多嘴多舌
TOO MUCH LIP

【澳大利亚】梅丽莎·卢卡申科　著
韩静　译

作家出版社

（京权）图字：01-2021-5712

图书在版编目（CIP）数据

多嘴多舌 / （澳）梅丽莎·卢卡申科著；韩静译. -- 北京：作家出版社，2021.12

ISBN 978-7-5212-1562-5

Ⅰ.①多… Ⅱ.①梅… ②韩… Ⅲ.①长篇小说-澳大利亚-现代 Ⅳ.①I611.45

中国版本图书馆 CIP 数据核字（2021）第 208576 号

TOO MUCH LIP by Melissa Lucashenko
Copyright © 2018 by Melissa Lucashenko
Published by arrangement with University of Queensland Press,
through The Grayhawk Agency Ltd.
Simplified Chinese edition copyright:
2021 THE WRITERS PUBLISHING HOUSE
All rights reserved.

多嘴多舌

作　　者：（澳）梅丽莎·卢卡申科
译　　者：韩　静
责任编辑：赵　超
特约编辑：孙玉琪
装帧设计：吴元瑛
出版发行：作家出版社有限公司
社　　址：北京农展馆南里 10 号　　邮　　编：100125
电话传真：86-10-65067186（发行中心及邮购部）
　　　　　86-10-65004079（总编室）
E-mail: zuojia@zuojia.net.cn
http://www.zuojiachubanshe.com
印　　刷：河北鹏润印刷有限公司
成品尺寸：142×210
字　　数：214 千
印　　张：11
版　　次：2021 年 12 月第 1 版
印　　次：2021 年 12 月第 1 次印刷
ISBN 978-7-5212-1562-5
定　　价：65.00 元

献给我的哥哥大卫，他奋不顾身游过河救了我的命。

感谢澳大利亚版权代理公司（Copyright Agency）2016 年提供了作家奖金，给予这本书的写作以巨大的帮助。同时感谢澳大利亚文化委员会（Australia Council）提供的新作品基金。感谢布里斯班热衷阅读书店（Avid Reader）慷慨提供的安静的写作环境，以及吉尔·雷德梅尔（Jill Redymre）为我在昆士兰春溪国家公园提供的宝贵的写作时间。朱迪思·卢金·阿蒙森（Judith Lukin Amundsen）是一名最认真的编辑，感谢她对我的鼓励。

她被指控向被告人开枪。被告人出庭为自己的行为辩护时，毫不隐瞒自己对她做出的企图，声称她不过是个土著丫头，他想对她做什么都理所应当。

引自地区法院的刑事案庭审记录
《布里斯班邮报》1908 年 1 月 31 日

欧文・艾迪生，1943

　　欧文头一次来到这么大个乡镇，还以为是到了城里。小伙子之前从未听到过有轨电车行驶在柏油马路上发出哐当哐当的声音，也从未见过架起来的拳击台，在刺眼的电灯光下，空空荡荡诡异地等待着他。看到这么多的白人，就知道身在何处。从每扇门里涌进来的都是白家伙们，苍白的脸死死地盯着他，完全是在看一个陌生人。"杂种的远大希望！"他听到其中一个人对着吊在他胳膊上的妖艳女人说。欧文咽了口唾沫。在家乡的时候，谁是他的敌人他一清二楚，欧萨利文牧师、警察、福利部门的人。但是在这个场子里，蛇藏在哪里呢？

　　看到了！

　　在对面的角落里，那个身材粗壮的警察，留着一撇火红的胡子。在他旁边站着另外三个警察，都穿着陌生的蓝色哔叽昆州警服。他耳边响起了老妈的声音，儿子，记住闭住嘴。你的任务是让我们能够远离那些道貌岸然的传教士们①。所以，别出声，只管赢

① 英国殖民主义者1788年在澳大利亚建立其殖民地之前和之后，视澳大利亚原住民为低等人类。19世纪初，在澳大利亚各个州相继成立由教会控制和管理的传教中心（Aboriginal missions），强迫原住民离开他们的土地，脱离他们的文化、语言与生活环境和传统，断绝与家庭之间的联系，以基督教教义和西方文明之名对原住民进行强行控制、欺压、教育与改造。与此同时，殖民地政府建立了由各级政府控制管理的土著人保护中心（Aboriginal reserves），对原住民强行隔离，接受白人教育。政府机构对原住民的生活拥有全面的控制权，使得他们失去了行动自由，失去了对自己土地的拥有权和对孩子的监护权。政府有权将原住民的孩子强行从他们的父母身边带走。这些被强行带走的孩子们成为后来被称之为"被偷的一代"（the Stolen Generation）。

了这场比赛。妈妈的双臂紧紧地搂着他，让他觉得气顶在了嗓子眼。他也用手臂抱住妈妈，不停地颤抖。他的胸腔里膨胀着自豪感，我是个堂堂男子汉，为我们的自由而战，为自己、妹妹们和家人而战。这责任之大带来的恐惧统统砸在了他十四岁的头上。

红胡子家伙溜达着步子走过来，脸上带着瘆人的微笑，令所有土著黑人们毛骨悚然。他握了一下路易斯先生的手。

"我是科贝特。这个就是来跟我打的吗？"他侧过身来死死盯住欧文，"是所谓的小杰克·约翰逊[①]吧。"欧文心头一紧。

当年美国黑鬼约翰逊大获全胜之后，墨尔本发生了一场暴乱，死了很多人。路易斯先生是种香蕉的农场主，对警察们的事一无所知。

"不会啦，欧文没法跟抢眼的美国人比。"路易斯先生温和地说，"他不过是河镇来的一个得力的混血杂种而已。"

"是吗，小伙子，你很得力啊？"警长紧抓住"得力"这个词。

"尽力而为。"欧文挺了挺下巴。

警长眼盯着他，不满写在脸上。他朝欧文跟前靠了靠，欧文感到警察嘴里的热气喷到他的耳朵里。

"也许你在昆州之外被认为还不错。"他轻声说道，"但是上次来这里的一个黑鬼就因为他的得力吃了苦头。听明白了吗？"他退回原处，放声大笑，好像刚刚开了一个很有趣的私人玩笑。欧文一时没有反应过来，接着恐惧让他不禁打了个尿颤。他真想杀了眼前这个家伙，但是他想到了母亲，还有对他的妹妹们觊觎的欧萨利文牧师。

"明白，先生。"欧文含混不清地说，但其实他并不明白。从

[①] 约翰·亚瑟·约翰逊（John Arthur Johnson 1878—1946）是美国最有影响力的拳击手，第一位获得世界重量级冠军的美国黑人。他在 1910 年赢得詹姆斯·杰弗里斯的那场比赛被称为"世纪大战"。

\多\嘴\多\舌\

长辈那里他听到几百回"得力"这个词，是个受到肯定的好词。比如，把马训练得很得力，这个小伙子用起来很得力，他的拳头挥舞起来很得力。怎么就在路易斯先生说了这个词，然后又被弹回的瞬间变了调呢？"得力"变成了紧箍咒。

欧文的任务非常明确。要让那些警察们少再来找麻烦，他必须在乡镇肮脏油腻的帐篷里获胜，然后一路打到冠军。路易斯先生说冠军称号非他莫属。他要成为河镇土著人的骄傲，那样当局就没有了借口强行带走他和他的妹妹们。但如果昆州不喜欢"得力"的土著黑人，如果因为他们"得力"而会遭残杀，那他还应不应该去赢得这场比赛呢？他把头压在紧绷的白色麻绳上焦虑地思考这个问题。坐在拳击台角落的小凳子上，他有些六神无主，这时就看到警察的眼睛直刺他的心脏，警告他别那么"得力"。他感觉全身麻痹，忽然听到宣布他的对手的名字，"属于我们的约翰尼·科贝特上场!"带着一团红发的小伙子出现在台上。

欧文很清楚地知道他怎样做就可以获胜。他也能大致猜出获得银拳手大奖的代价是什么。他弯下腰，朝镀锌桶里吐了口唾沫，脖子上青筋嘣嘣跳着。然后他站了起来，黝黑精瘦的身体站得挺拔。在耀眼的灯光下，他的影子被重叠数次，投向四面八方。所有的恐惧都突然间蒸发了。没错，他就是为这一刻而生。他的先辈们把他塑造成男人，不是搭花架子。欧文确定那个报社记者在目不转睛地盯着他之后，猛一转身，面对嘶喊的人群，他兴奋地大喝一声，将戴着手套的双手高高举过头顶，使劲拍在一起。他高喊："再来一轮！我两轮就把这个昆州小子打出局！"全场一片叫声。欧文转过身来，直勾勾地看着约翰尼·科贝特的眼睛。一切都一目了然了，藏在屋子里的蛇就是他，行啊！他随时准备出击。

欧文在获胜之后遭到报复，但他幸免一死。他胜利而归，却被这个世界里新的暴力行为震惊不已。路易斯先生询问他被打得稀烂的脸和血淋淋的双腿是怎么回事，他概不回答。那天晚上他明白他活下来的代价就是封口。当欧文成为一个垂暮老人在南方尽头的一所房子中死去时，他胸中积压了整整七十年的苦痛，全靠酒精和钢铁傲气给压下去，还有他干下的让家人永远不可能忘记的丑恶行为。但是有一点欧文无比自豪。那个夜晚警长把他关进看守所，锁上了牢房的门，然后跟等待他的其他几个白人一起放声大笑。自打那个夜晚之后，欧文没有在任何人面前掉过一滴眼泪，包括他的老婆、弟弟和家族里的任何人。他把全部的眼泪留在了昆州那所看守所里布满裂缝的水泥地上。

\多\嘴\多\舌\

目录

第一部分

少之又少

第一章

  一个陌生人骑着摩托进了镇子，只是她并不是外来人，她是凯瑞，是回来跟爷爷告别的。爷爷多年来倔强地紧紧抓住生命的边缘，但还是架不住生命垂危，即将撒手人寰。癌症，肯尼断定，只能是癌症了，要不然你就是拿斧子也砍不死爷爷。肯尼昨晚电话上说，没救了，你赶紧回来一趟吧，快快快。

  凯瑞把摩托车减到二挡，慢慢滑过街口小店，瞅一眼这些白人崽崽们，七八对蓝色的眼珠一看到她立马把他们的毛头都伸了出来。瘦得像麻秆的黑丫头居然骑着一辆锃亮崭新的软尾哈雷。这能不让他们心肌梗塞吗？没错，小子们，你们没看走眼。待会儿一起去土著黑人家看看去。凯瑞看着目瞪口呆的当地人，突然有个冲动，想伸出两个中指对他们说"我操！"，但她抑制住了冲动。接着她骑过土特产店，还有弗兰克的修车行，又骑过了一片空场地，那里长着齐腰高的野草，里面聚集了一代人的烟头，撕破的避孕套包装盒，还有空瓶子。她骑过了镇子上标志性的酒吧，一个多世纪容颜未改，也没有要改的计划。谢天谢地，改也改不出什么名堂。凯瑞骑到主道的另一头时，这个叫德容沟的镇子也就这么大了，人口三百二十。肯尼称这里是"社保中心作弊点"。如今跟从前没什么变化，如果你的需求过于复杂，比如你想要买啤酒，或者草料，还是上周烤的面包，你就得上路，在高速上开车半小时去帕特森小城，简称帕城。

德容沟镇渐渐消失在身后，凯瑞又压低了油门折了回来。她停在了主街与和尚大道之间的丁字路口，先伸展了一下感觉僵硬的一条腿，然后又伸了伸另一条腿，穿着沉重的黑色皮靴，脚尖跷向天空。这两万多大洋的美国技术制作的摩托居然就到了她手里。她伸出穿着靴子的右脚，朝左歪一下，伸出穿着靴子的左脚，朝右歪一下。本想着至少这个下午躲过嚼舌头的人们的视线，看来泡汤了。凯瑞熄了火。寂静一下子从她身边开始向周围扩散。她把头盔上的镜片推了上去，不禁退缩了一下，12月①盛夏的热气从沥青路面扑面而来。才上午十一点钟，脚下的路面已经感到被晒软。她额头上冒着汗，放眼朝空荡的十字路口和远处的田野望去。

"有些日子了。"凯瑞默默地不知跟谁又好像跟所有人说道，"可真是有些日子了。"她尖厉地大笑一声。在这里没法知道一天当中会发生什么，或者谁可能活过今日。在德容沟镇的每一天都他妈如此，或者说，会更惨。

三只乌鸦呼扇着翅膀飞落在她身边，显然是看到了路上压扁的棕伊蛇。看来蛇是在同邋遢包麦卡锡开的装牛卡车的对抗中失了利。

乌鸦盯着凯瑞，特别讨厌地对她发出呱呱难听的叫声，然后转过身，顷刻就把蛇撕成了两半。最大的那只乌鸦抢到了蛇的头部，蛇的嘴咧开着。乌鸦兴高采烈地带着蛇头跳到路边的草地上。饥饿至极，它把嘴使劲扎进了开始腐烂的蛇头，吸吮软软的蛇脑。当它抬起时，一下蒙了。龇着牙的蛇脑壳死死地卡在了乌鸦嘴上。乌鸦使劲摇晃着头，先是惊恐，接着愤怒，但都无济于事。凯瑞惊奇又紧张地看着这一幕。乌鸦可以解脱出来吗？难道这条蛇在发出最后

---

① 12月正值南半球的夏季。

\多\嘴\多\舌\

阴冷的嘲笑，用它小但坚硬的脑壳紧紧套住乌鸦的嘴，直到乌鸦被活活饿死吗？德容沟镇上抢吃与被吃的动物们在这个十字路口上大打出手。可惜在老伙计弗雷德·麦库宾[①]的自然风景画中没看到过这样的画面，不过老家伙也没有这个造化见到这一幕。

另外两只乌鸦留意到了同伴的处境。

"哈哈哈，这是不是基因突变啊？变成了半鸟半蛇。"站在左边的乌鸦嘲笑道。

"你是卡卡卡……卡住了吗？"另一只乌鸦对自己的风趣喜不自禁。

凯瑞想，看来我也不是德容沟镇上唯一被混蛋们死缠不放过的人。

倒霉的乌鸦操着邦家仑族土语抱怨道："我的嘴废了，你难道不可以帮一下我这只鸟吗？"

凯瑞看了看空无一人的大路。

"你可以帮一下忙吗？不会是城里来的傻蛋只知道呆坐着吧？"

凯瑞又环顾了一下周围。乌鸦愤怒地跳来跳去。

第二只乌鸦插话，不屑溢于言表。

"你有什么用？龇牙咧嘴的，连土话都不会讲！回家的路也不知道！到了卡河，应该直走，你却朝右拐了。看你要多蠢就有多蠢。"

"你他妈怎么知道我从哪里来？"凯瑞反驳道。刚到了镇子五分钟，就有野鸟来管她的闲事。第二只乌鸦用嘴梳理了一下羽毛，自以为是地斜眼看了一下凯瑞。

"我们乌鸦无所不知。鸭嘴兽深更半夜在洞里的一切我们一目了然。野母狗在一轮新月下在狗窝里……"

第三只乌鸦不耐烦了，插嘴道："闭嘴吧，你懂个屁！让人恶

---

① 弗雷德·麦库宾（Freddy McCubbin 1855—1917），澳大利亚海德堡画派成员，也称澳大利亚印象派代表画家，以早期开拓历史题材大型作品著称。

心，真是的。爷爷鹈鹕大嘴鸟告诉我家姨的二表哥，说他看到你在桥上迷了路。你个黑家伙也太牛了吧。"第三只乌鸦鄙视地在沥青地上磨砺它的尖嘴。凯瑞转过头来看着被蛇脑壳套住的乌鸦，把自己的头发从脖子上拢起来扎成一个马尾。万能的耶稣啊，这酷热有些受不了啊。

"那我帮你飞到这儿来吧。"她拍拍摩托车把手。另外两只乌鸦马上惊恐地尖叫起来。

半蛇半鸟的乌鸦歪着它基因突变的脑袋，操着土语对她说："讲邦家仑土话！证明你是好人。"

她用邦家仑语回答道："我的土话说得太烂了。"

乌鸦犹豫片刻。

"骗局！骗局！骗局！"另外两只乌鸦扯着嗓门大叫。

太阳直勾勾地照在四个黑色的头顶上。一分钟过去了。又一分钟过去了。凯瑞耸耸肩，踩了一脚哈雷的发动机，发动机响起了巨大的轰鸣声，好似一只母狗在长满蓟草的田野里号叫。

"亲们，你们自便吧，我可不想在这里被烤成熟肉。"

半蛇半鸟的乌鸦狐疑地看了她最后一眼，呼扇几下翅膀飞上了天。它那两个所谓的朋友也飞了起来，穿过田野，一路上相互挤对，直到停在小溪边上的一棵死桉树上。

凯瑞坐在那里不知所措地沉思了片刻，想着那只乌鸦肯定会在度过不堪的数日之后被活活饿死。但她骑了三个小时的摩托车不是来为了这只死定了的乌鸦操闲心的。她是来跟爷爷最后道别的，然后就赶紧开溜，及早回到昆州，离德容沟镇越远越好。

她踩了一脚油门，两眼直视前方，一条长长的碎石铺的车道直通到那幢简易得不能再简易的房子。房子坐落在一棵巨大的豹树

\ 多 \ 嘴 \ 多 \ 舌 \

下面，被伞状的树枝环抱。还是那幢纤维板搭的老房子，上面还是同样的铁板房顶，每经过一次雨季，房顶就被更多的铁锈腐蚀。草坪上的草留下一个好似歪倒的莫霍克发型，大概是打草机突然死机了，或者被偷了，也有可能肯尼一下失去了本来就没有多少的积极性。凯瑞盯着从房门延伸出去的露天凉台，以前那里放着那个破旧的涂镍浴缸。凯瑞感到头皮一阵发痒，她一把拿掉头盔，使劲地挠着大汗淋漓的头皮。

看来肯尼还没有把房门旁边被砸破了的百叶窗换掉。凯瑞眯着眼瞅了一下。确切地讲，肯尼动手修过了，他钉了一块粗糙的木板，成为窗上一块永久的纪念。当时肯尼回家看到寄给他的违规停车罚款单，罚金一百二十五澳元，他把手里的啤酒瓶砸向百叶窗。那辆违规停车的福特猎鹰没挪窝，凯瑞去年圣诞节回来时，车就停在那里。跟锈迹斑斑的福特猎鹰做伴的还有另外两辆破旧的车。凯瑞不禁暗笑，真是个草包。她极力在记忆力里挖掘着忘得所剩无几的孩童记忆。真应该给他取名"草包"，这个混球做什么都是瞎凑合。这就是我的大哥，全家的宠儿，我们谷里族的狗屁福星。

突然间，她想到不用在乎镇上的人对她说三道四、嚼舌头了，反正明天这个时候她就溜之大吉。凯瑞踩了一下油门。在远处的桉树上，那几只乌鸦嘲讽地大叫。凯瑞又踩了一下油门，摩托车顿时发出更大的轰鸣声，她露出一丝坏笑。爱打听闲事的乡邻们，多疑的乌鸦们，压扁了的棕伊蛇们，还有想管控他人生活的监视者们，这算是给大伙警告了，也可以当作是给自己回来的隆重欢迎。反正不管你们是否准备好了，我已经来了。她把头盔绑在左胳膊上，松开离合器，一路下滑去找靓玛丽。老妈靓玛丽一辈子都在诅咒着德容沟镇的居民们，其实凡是头上长了两只眼睛的人都可以告诉她，德容沟镇这个鸟不拉屎的地方早他妈的被诅咒了八百遍了。

在悉尼，玛蒂娜闭着双眼，难以相信全州销售总裁刚才跟她说的话。

"汤姆，"她小心翼翼地说，"我真的不感兴趣。我在悉尼城南部做得挺好的。多谢器重，抱歉了。"

"玛蒂娜，就八周，顶多十周，吉明·巴克利的继任把奥克兰的事情了结之后你就回来。而且你也许可以就待在拜伦湾，不用下乡。你就答应吧，我保证把你放在下一个市区房地产中介申请人名单的首位。"

玛蒂娜顿了一下。哼，申请名单！不如说是乞求更合适。当然了，直接拒绝管理高层的请求的次数是有限的。够扯淡的是，汤姆根本不知道他的要求对她意味着什么。

"我听说格伦·布鲁默要退休了。"

玛蒂娜顿时睁圆了眼睛。格伦拥有悉尼中南区首位的房地产中介公司有三十年了。她迅速在脑子里计算了一下，脉搏跳动加速。去狗屎镇镇上流放两个月，但未必能够实现梦想。

"玛蒂娜，你知道老板很看重有团队精神的人啊。"

玛蒂娜做了个鬼脸。她可不是个马屁精。但是为了买下属于自己的房地产中介公司，哪怕只有一线希望，她也可以嘟起香唇加入最佳马屁精的行列。

"顶多八周。巴克利负责我的来回机票和住宿。"

"丫头，这就叫听话。我就知道你靠得住。那周一去报到啊。"

凯瑞甩下蓝色的双肩包，对被吓得蜷在肯尼车下姜黄色的猫说了声对不起。可怜的猫咪。但哈雷发出的噪音一点没吓到昵称"猫王"埃尔维斯的家犬，这只机灵的小杂毛狗看不出最初来自什么种。它站在楼梯最上面一层对着摩托车狂叫，觉得发现了可以正视的对手。当埃尔维斯认出凯瑞时，从凉台上跳下来，疯了似的摇着只剩下一半的尾巴，伺机想跳过凯瑞，在摩托车的前轮子上撒泡尿。第三次企图差点成功，三条腿支撑着斜着的身体，高高跷起第四条腿准备就绪时，凯瑞把摩托车猛转一个圈，把狗甩了下去。埃尔维斯准备好的行动受挫，就好像瓶塞已出了瓶口，箭在弦上不得不发，结果尿都喷洒在了凯瑞的皮靴上。凯瑞嫌弃地尖叫着，一把把狗撸了下去："你个小脏东西，竟然跑到你主人的靴子上撒尿！"埃尔维斯重重地落在了地上，汪汪叫着，朝鸡棚跑去。这时肯尼从后门出来。

"我看到埃尔维斯跑了啊。"他说道。

"小狗有自卑症，看到什么都想划在自己的地盘里。"凯瑞提起湿漉漉的靴子给他看，"这个狗日的小崽子。"

肯尼大笑，饶有兴致地看着自己最小的妹妹坐在新款的哈雷上。"小狗有点易怒的症状。"他说道，一边用手指梳理头发，前面和两边的头发很短，后面的很长。

"老哥，你跟我说说谁没有易怒症，我可以舔他的屁股。"凯瑞开玩笑说。

肯尼靠着凉台的栏杆，身高一米八八，有一副多年打篮球和踢足球练下的强壮体魄。汗珠在他暴着青筋的脖子上闪着光。汗水显然已经流了很多，把早上干干净净的海军蓝背心变成了黏糊糊的煤炭色。凯瑞斜着眼看了看她的大哥。他进去又出来之后长了不少膘。如今，他扁平的大鼻子，加上灰白的头发，看上去比上次见他更像一只超重的巨型考拉熊了。

"稀罕了，你这是一年回来两次了。"他咧着嘴笑笑，露出一口破牙，"你是在纠缠我们不放吗？"

"先别着急习以为常。"凯瑞说着往楼梯上走。

肯尼对着哈雷点了下头。

"倒是很想骑着转一圈。"

"真是太热了。这是我昨晚在黄金海岸顺手抄来的。"凯瑞说道，挡回了他想开摩托的念头，把他往边上推了推走过去，将背包扔在了厨房的饭桌上，背包清晰地在她的视野之内。冰箱旁竖着个电扇，在不大的纤维板房里，转着脑袋吹出一阵阵热气。

凯瑞环视了一下这个家，看看有什么变化。没有丝毫的改变。一张很窄的医院病床挤在客厅里，就放在百叶窗下面。从百叶窗可以看到邋遢包汉麦卡锡的公牛棚。看来靓玛丽把爷爷搬进屋里住了。爷爷一向鼾声如雷，几十年来都被赶到后院的房车里住着，生锈的房车紧挨着鸡棚，周围环绕着杂草和种植的劣等大麻。

凯瑞想，爷爷终于回到家里了。托福伟大的万能上帝，他终于回到家里了。虽然爷爷乐意接受在房车上的隐居生活，但总是感到没有反映出自己一族之长的地位。现在，临死了，他才扎扎实实地回到了一切事物的中心，他做什么，大家也都一目了然。凯瑞寻思，不知道这个变化会带来怎样的情形。

在空床旁放着一个红色的"亏本卡拉克"廉价杂货店里放牛奶的塑料筐，筐子倒过来当小桌用，上面高高地堆着各种药盒、赌马的票据，还有杂牌的罐装姜啤。床单上和比较平一些的地方到处散落着赌马指南表格和翻烂的赛马杂志。电视里正播放着长腿良种马在院场上来回走动的镜头。

靠近后门的饭桌上放着一本耶证教徒免费发送的杂志《守望台》，杂志没打开，还包在透明塑料袋里。凯瑞拿起杂志，佯装严肃地对着肯尼，用杂志在自己身上画了一个十字。"保佑我，神父，因为我是拉拉，我是罪人！"她大笑着说。

"别让妈听见你说这些。"肯尼警告她，"她可是个再生还是再造的基督徒啊。"

"德容沟镇也有耶证教徒了，真扯淡！"她把杂志扔回到饭桌上，开始解鞋带。她的脚臭能把婴儿熏得流鼻血，谁闻到谁活该。

"我告诉你，各种玩意儿都来了。接下来在酒吧里要推出什么健康菜藜麦沙拉了。"肯尼说道，一脸无所谓。"你把那门关上，听到了吗？一会儿苍蝇就都来了，把这吃的全祸害了，这些个又脏又黑的贼尿们。"他说着回到炉灶边。

"可以也给我一瓶吗？"凯瑞抬起下巴示意肯尼左手拿着的啤酒瓶。谢天谢地，他喝的是啤酒。她哥哥犹豫了半秒。你要不是索尔特家的人，肯定不会察觉肯尼片刻的犹豫。肯尼当然想让凯瑞跟他一起喝，他想让所有的人都跟他一起不停地喝。如果这个时刻凯瑞跟他一起喝，就会给他没有说出口的异想加分，让他更加理直气壮地相信上午十一点就喝到第三瓶啤酒不算回事，任何人，包括他的小妹妹，都会这样做。但是他想到的另一面是，冰箱里只剩三个短瓶一个长瓶的啤酒了，但到发钱的日子还要再等两天，而他的两个信用卡早他妈记不清什么时候都刷爆了。此外，还有一个复杂的原因。自他上次见到凯瑞之后，敢情凯瑞就有了一辆哈雷软尾，所以不能排除一个非常小的可能性，就是凯瑞可能是带着礼物来的，甚至有可能是现钞。所以，肯尼犹豫了一下。

突然想到自己穷得都要光腚了还要表现得很好客，他觉得有些恼怒。他从冰箱里扯出一个短瓶，没有任何示意，猛地反手扔给了凯瑞。纯属条件反射，凯瑞急速往旁边一闪，抓住了扔过来的酒瓶，要不就砸到了破旧的仿石塑胶地面上。她双手套住滑溜溜的棕色酒瓶，一脸得胜的神情，她很随意地把酒瓶盖靠在饭桌的边上，然后用力一拳砸下去。哥们儿，你他妈要耍我，还得再练练。

肯尼背对着炉灶。

"干杯，少打探事。"当冰凉的啤酒到了嗓子眼时，凯瑞才意识到自己真是快被烤焦了。她在大路中央跟那几只破乌鸦斗嘴的时候气温足有四十度。"我操,太爽了! 朱迪法官①在家吗?"凯瑞是说她妈妈。

"她带爷爷去看专科医生了。"肯尼搅着炉子上的饭锅,一边使劲扑打着跟着凯瑞溜进来的七八只苍蝇,"他的脑子昨晚又出了问题。"

肯尼的旧车福特猎鹰离着凉台不到五步的距离,老早破裂的挡风玻璃上结着蜘蛛网,凯瑞离着那么远都能看到。肯尼当了好几年帕城足球队的队长,所以跟镇子上的警察们都有默契,这样的小事不会跟他过不去。

"坐公交去的?"凯瑞声音寡淡。用这口气很危险啊,因为肯尼在索尔特家族中的暴脾气一直以来独占鳌头。可是凯瑞偏不买这个账,谅他今天也不敢把她给拍了。

"没错,坐的公交。"肯尼迅速转过身来,眼珠死死盯着凯瑞。他牛高马大顶我两个,凯瑞想,立马提高了警惕。但是不用担心,放松,他喝的只是啤酒。亮晶晶的一滴油油的东西从肯尼的铲勺上掉在地板上。"你他妈什么意思?"他逼问道,下巴前倾,脖子上的青筋眼看着一根根暴起来。

任何有点脑子的人,这个时候都会退缩。一路磕着头,是的,先生。不敢,先生。您都拿着,先生。②可是凯瑞长期住在城里,跟着布里斯班洛亘区的一帮绝不讲儿女情长的假小子们混。

"外面可是几百度要命的温度啊。"

肯尼露出凶煞相。

---

① 《法官朱迪》(*Judge Judy*)是美国根据法庭裁决的真实案例拍摄的电视节目,展现法庭对生活中的小型争端的裁决。这个电视节目自1996年第一季开播以来,广受欢迎,迄今已经播出二十四季。

② 引自英国18世纪一首至今仍然流行的童谣《咩,咩,小黑羊》(*Baa, Baa, Black Sheep*)歌词大意是:咩咩黑羊你有羊毛吗? 我有,先生。我有三大包,先生。全拿去,先生。

\多\嘴\多\舌\

我为什么要回来？这不是好了伤疤忘了疼吗？我他妈整个一个白痴啊！

"妈说她不要开我的车，因为刹车坏了。我问过妈了。我操！"

肯尼紧锁着眉头，刚想要……恰巧他突然注意到掉在地板上的油点，他从台子上撕了张纸巾。凯瑞转过头去看着电视柜上面的照片，每张照片讲述的都是家人长久默认的谎言。露丝姥姥年轻时泛黄的照片，她靠在她父亲中国佬秦乔伊的胳膊上咧着嘴笑，那时她还没有被发洪水的瑞奇蒙河夺去生命。爸爸查理，二十岁，正当年华，穿着卡其军装，正准备前往越南努达特战场。她和肯尼，还有跟表兄克里斯，90年代的时候，在临时搭建的超市棚子里，三个穿着校服的孩子，棕色皮肤、骨瘦如柴。凯瑞的弟弟，昵称黑超人，还是个孩子，让爸爸斜挎在胯上，他俩皮肤黝黑，看上去跟家里其他人不是一个种族似的。妈妈在早年的利斯莫农展会上，亭亭玉立，那时候是名副其实的靓玛丽。唐娜是兄弟姐妹中肤色最浅的一个，爸爸查理常常开玩笑说，是不是送牛奶的工人除了送牛奶还落下了别的东西。肯尼的单人照，穿着得了奖的昆州篮球队球服，年轻健壮。他儿子唐尼夹着冲浪板，少有的一个周末去了布恩斯海滨。最边上还有一张唐娜的单人照，在吹生日蛋糕上的蜡烛，整个一个英国歌手艾米·怀恩豪斯的翻版，永远停留在十六岁。

"再说了，我那车上的空调坏了。像这天，他们还是坐公交的好。"

肯尼本可以开车带爷爷去医院，让妈留在家里，但这个混球不肯。

"随你怎么说。"

一阵令人局促不安的沉默。肯尼靠着厨房门框站着。凯瑞用尖尖的、涂着紫色指甲油的指甲抠着酒瓶上的商标，紫色的指甲是艾丽留给她的最后纪念。把母亲留在肯尼身边，受了多少年的罪，让她既感到无奈的愤怒又感到深深的内疚。

"是救护车把他们拉走的。"肯尼把火关了，用擦碗毛巾徒劳地想把热气扇出纱门外，"老家伙一条腿都迈进了坟墓，你以为我还会让他们去坐公交？见鬼，你让我积点德吧。"

肯尼就这德性，转眼就成了憨厚可爱的考拉熊。但问题是你没法知道你面对的是哪个版本的肯尼。

"行了，行了。"凯瑞从餐桌上跳下来，推开一大沓彩票条和《守望》杂志，腾出个空间来。她无聊地翻着靓玛丽放在那里随时会用的塔罗牌，心想：是走，还是留下？是不是应该当下赶紧撤回洛亘？

"他情况有多糟？"

"差点没把我给整疯了。他老年痴呆了，一个劲儿地来回问同一个问题，最后我恨不能对着他的头敲一棒子……"

凯瑞把眼睛从纸牌上挪开，抬头望了一眼。这个肯尼又来劲了。查查字典里"自我为中心"是什么意思吧。

"我是问医生怎么说。他还能活多久？"

肯尼无趣地笑了一下。

"医生说：'艾迪生先生，继续吃止疼药。'他大概还能活几周，也许几个月。他应该半小时前就离开医院了，现在躺在救护车里，就好像拉人力车的苦力拉着死人在游荡。他就只剩下玩宾果赌博游戏的力气了，不过也就是下个注。要不然就睡觉。可怜的老家伙，也不能怪他。唯一他妈的让人受不了的是，他一天里同一个注要下四十次！"

肯尼哐当把两盘嗞啦作响的杂烩跟洋葱放在餐桌上，将一盘推给凯瑞。他自己又加了一大块抹着厚厚一层黄油的面包。他怎么长出那些多余的肥膘来？谜底解开了。

"嗯，这饭全是油堆出来的啊。你还真有点能耐。"

肯尼咧嘴笑了笑："丫头，有谁会喜欢你啊？"

"谁他妈知道啊？我天天问自己呢。"

肯尼一副无所谓的样子："艾丽怎么样？"

凯瑞狼吞虎咽地把自己的那份饭吃了，使劲眨着眼把眼泪压回去。她不需要可怜，更不需要对她进行审查。尤其不想让肯尼指着她的鼻子，对她这几年搞砸了的生活说三道四。想都别想。

"在布里斯班女子惩教中心里。拘留等庭审。"

"我操！"

"事情有些……复杂。"

"她是不是又倒霉到喝凉水都塞牙啊？"

凯瑞感到从未有过的羞愧，她眼盯着盘子没有抬头。艾丽两年前因为把一名当地美发师打进了医院上了报纸（艾丽告诉她说："我跟那个婊子说了，别剪太多！"）。然后几周前，跟靓玛丽预测的一模一样，艾丽自以为学会了偷车，结果彻底栽了，被指控殴打他人致伤。之后每天晚上凯瑞躺在床上眼前都会闪现出车的警报器启动之前，艾丽从树丛的另一边把她的浅蓝色双肩包扔过来的情景。福从天降，只是这代价有些太惨重、太残酷。跟蓝色背包一样，这福来得出乎意料。

"要真那样倒好了。可她头脑发热，决定拿着一把高仿手枪，去劫了当地的赌马彩票店。结果警察就在旁边的麦当劳里。她脑袋没被打穿就已经他妈太幸运了。"

肯尼一下全神贯注起来。

"那就是持枪抢劫了？难怪事情有些复杂！"

他俩大笑，都露出难以置信的表情。

"整个乱成一团。"凯瑞说。

"你卷入了？"肯尼冷冷地问。

凯瑞看了他一眼："我跟你讲了，就是一时脑子进水了。"

凯瑞看到肯尼眼角展开的鱼尾纹，比上次圣诞节见到他时更长也更深了。他老得很快啊，谷里族男人们都衰老得很快，尤其是在德容沟镇这个鬼地方。三十五岁的年纪看上去像过了中年。四十五岁就已经衰老不堪了，做这个加法很容易。

"武装抢劫可不像人们以为的那么容易，"肯尼宣布道，"有些家伙们就想，简单，我就在酒吧里抽口别人的大麻，到了现场，干完事，就赶紧开溜，谁也没死。但是你要做得不出差错，就要做很多准备工作。那些混球们早上买把枪，下午就把活干了，他们就是那些年年在格拉夫顿监狱的访客室里等着见一面他们孩子的蠢货们。"

凯瑞眼睛盯着她的哥哥。让她不可思议的是男人们在那里信口开河，却毫不动摇地以为女人会信以为真，以为他们嘴里吐出的话都聪明过人。

"那律师怎么讲？"肯尼继续说道。

凯瑞伸出五个手指，另一只手继续翻炒着锅里的饭。肯尼打了个颤，发出咂牙的声音。

"我想不是五个月吧？"

凯瑞嘴里塞满了饭，她使劲地摇晃着头，看着像是农展会的游戏桌上不断摇着头的忧伤小丑。肯尼又咂了下牙。跟判五年相比，他自己短暂的几进几出完全不算什么。

"我操，那确实很惨哪！但至少你还在外面游荡。"他打住，若有所思地喝了一大口啤酒。"你倒是抄了一辆超棒的摩托啊！"他言外之意是，你对她背后捅了一刀吧，向警察屈膝，然后抄上票子，骑上亮闪闪的崭新软尾，一路向南开溜。凯瑞苦笑了一下，擦擦嘴，用手里的叉子指一指窗外，窗外的世界无限大，宝贵的自由意味着可以去任何地方，只要不招人眼目。

"我他妈什么都不知道，直到律师打电话来。她肯定是什么狗

\多\嘴\多\舌\

屁的躁郁症发作。"

肯尼把一块面包折叠成两块放进了嘴里，思量着凯瑞对自己清白的表述并不那么令人信服。他突如其来地问道："听着好像你甩了她。你俩分手了？"

"我俩没有分手！"凯瑞气愤地反驳道，尽管她俩确实分手了。艾丽最后的电话让她非常生气："别扯了，你个婊子，你骑上摩托，扔下我开溜了。我们说过的，生死不背叛。忘记了？"

"我是说……五年就是五年，他妈的很长时间啊。而且她也可能被判更久……"凯瑞说着垂下眼，死死盯着盘子上的污渍。说出的话听上去毫无逻辑。五年。艾丽怎么可能在一个地方待上五年？好像她可以陡然间变成一幢房子或者一棵树似的。她属于外面这个世界，坐在凯瑞的摩托上紧紧地抱着她的腰，或者在奥乐齐超市开着铲车，搬运成箱的软饮料和罐装茄汁焗豆。她应该在"周五节奏夜总会"跳舞跳到疯狂。她的被抓和接下来发生的一切就好像是一个巨大又愚蠢的错误，好像她们若有机会，就能跟这世上的法官和警察们解释这个误解，就能够把事情摆平。可惜艾丽不明白，凯瑞没有其他路可走。

"无怨无悔啊？欢迎进入我的世界。"肯尼在丢失女友上很有天赋。

"也不过就是很长时间里没有伴而已。"

"在空荡的房子里担忧你的女人在哪里，那日子可不是光阴如梭啊。"

肯尼感觉有些绷不住了。这些年他进去的时间远远多于凯瑞，他也因此失去了自己的女人和孩子们。嫉妒让他失去自控，总把事情搞砸给他造成很大的心理阴影，加上其他人们的嚼舌头，让他误入很多歧途，就好像谷歌地图把日本游客莫名其妙地带到了昆州东南部的库哒姆克土著民族的碧水蓝天。但是，肯尼把自己的愤怒放错了地方，只是凯瑞说不出口。她担心的是如果大声讲出来她被甩了，此事就真的会成为现实。

"我在外面有一阵子了，但随时都有可能有警察在我肩膀上点一下，又给我送进去。"凯瑞说道。

"这么说你也进去过了。"肯尼不失时机地说，"我没猜错。"

凯瑞没接他的茬。

"老哥，黑人美女不用犯事警察也会找她的麻烦。别说这些了。我侄儿怎么样？"

肯尼站起来，又从冰箱里拿出一瓶啤酒。他拧开瓶盖，把盖儿弹进水槽里，瓶盖在水槽里打了两个转。凯瑞的心情瞬间凝固了，她赶紧小心翼翼地低下头接着吃她的饭，希望把肯尼的注意力转移到她吃的饭上，她的咀嚼上，她的叉子和胳膊不对任何人造成伤害的来回移动上，只要能够不让他去琢磨儿子唐尼这回又闯了什么祸。真他妈恨死这如履薄冰的感觉了。恨死了！恨死了！

"唐老鸭一定是在睡觉。百分之百。唐尼！"肯尼对着走廊大声吼道，然后又狠狠地加了句，"你个懒屎蛋！"

"我一会儿也许带他去游泳。"她用了"也许"这个词来缓解肯尼的情绪。她要是说"应该"也还可以，但是不能说"一定"。涉及唐尼的所有决定，不论大小，必须由肯尼来做。

"好啊，祝你顺利，"他回答道，"这鬼地方就跟昏迷病房一样。爷爷躺在床上，手里的遥控器就好像焊在了赛马场上又老又残的马上。老妈坐着，倒弄她的塔罗牌，读着上帝耶稣的第二次圣临。要是唐尼这个没用的浑小子还不滚下床，我就要去收割他的器官了。好像海滩岩石上拔不起来的帽贝，永远在做梦！"

凯瑞大笑。如果肯尼感觉自己很会逗乐，他就不大可能发飙。再说了，收割器官的说法确实挺逗的。她吃完了饭，把洗好的盘子放在水槽边上，然后经过她贵重的双肩包，下楼去了客厅。她把头探进过道顶头的睡房。一个全身褐色的少年像僵尸一样躺在上下床的下铺，瘦骨嶙峋的背上盖着破了洞的棉布被单。他头顶上是吊在天花板上的风扇，动静之大好像要把整个房子掀起来带入平流层。凯瑞先把电扇关小了，然后踢了踢男孩的脚，她做这两件事都没少用力。

"嘿，醒一醒。"

没有任何反应。凯瑞突然感到一种恐惧带来的莫名其妙的刺激，也许他真的死了。

她躬下身仔细瞧他。没有任何动静。惊恐之下，她一把抓住他的肩膀使劲摇晃。

"滚远点。"唐尼嘟囔道。仍在睡梦中，他转过去，蜷起身体，面对着墙，墙上挂着《国家地理》杂志的海报。别人家十几岁的男孩子们的房间里都挂着淫秽和显示大男子主义的宣传画，唐尼挂的是澳大利亚无脊椎动物和沿海哺乳动物的分类图片。

"你就这样跟凯瑞姑姑讲话啊？"

男孩用肘关节撑起身子，在脸上抹了一把。化学药剂染淡的刘海后面闪烁着一对灰绿色的眼睛。

"对不起，凯瑞姑姑。"

凯瑞坐下，用一只手臂搂住他："还真该道歉！来，抱一下。我的天哪，你的肉都跑哪儿去了？"

唐尼略微挺直了一下身体，凯瑞拥抱他用的力有点大。他用细细的胳膊搂了一下凯瑞的肩膀。凯瑞喝了一小口啤酒，想显得很随意。这孩子瘦得皮包骨，脸颊深陷，手腕用两根指头就攥得住。

"你要起来吗？我一会去祖姥姥爱娃岛的河塘里扎猛子。还可以放根鱼线钓钓鱼。要是运气好，没准儿能看到那条鲨鱼呢。"

唐尼没任何表示地耸耸肩。凯瑞皱了下眉头。唐尼跟她一样喜欢在河里玩水。12月热得发臭的大夏天里，他居然不想去河里玩，一定是哪里不对头了。

"走吧，"凯瑞打趣他，"你是怕鳗鱼吧？那些家伙的胃口很小。"唐尼使劲撇撇嘴角好像在努力回忆起如何微笑。凯瑞站了起来。

"小伙子，你要说不去，我就跟你没完。你瞧瞧我这副身材，就是这些年在河里游泳练出来的。"她对着他假模假样地摆了个超模的姿势，又迅速地朝走廊瞭望了一眼，看看肯尼对她的双肩包有没有什么企图。可是唐尼又躺下去，紧闭双眼。凯瑞走到房间门口时歪了歪嘴。

"你再打个盹。我反正会回来把你这个小瘦黑崽扔到河里去。"凯瑞警告他。

肯尼在厨房里洗着炒锅，把黄色的油珠甩进放了洗碗液的水里。凯瑞肯定她的包放得跟之前的角度略有不同。她的胃一阵蠕动。一定别当敢怒不敢言的胆小鬼。

"你动了我的包？"她鼓起勇气问道。

"什么？"她哥哥看上去真的有些意外，接着马上露出饶有兴致的表情，"怎么，里面有什么？"

眼下唯一安全之计是用玩笑糊弄过去。凯瑞跳了一步，一下就离肯尼很近。她伸出右手，像鹰爪那样对着他的脸，嘴里发出像妖魔一样嘶嘶的声音。

"鬼来了，鬼来了！"她用巫婆嘶哑的声音对他说道，眼睛露出怪异的眼神。肯尼倒退一大步，很不自然地大笑起来。

"收起装神弄鬼那一套。"他说道。

"包里什么也没有。"凯瑞用她正常的声音说，鹰爪也恢复成正常的手，"都是些我找到的废铜烂铁，铜管之类的。"

"别跟我瞎扯。"

"好吧，算你逮着了。里面是大把的钞票，还有冰毒，都是些好东西。"凯瑞说道。

"让你的好东西见鬼去吧！我早不让冰毒进入德容沟镇了。酒吧里的人都知道，谁要是带了冰毒来，我就把他们揍成脑残。但要是带威士忌尊尼获加，什么时候都欢迎。"

"你告我哪里可以顺些威士忌，我就去。"

"我以为你答应老妈改邪归正了呢。"肯尼说道。

"是啊，我怎么忘了。如今的我，就是他妈的纯洁天使，不信你去问艾丽。"凯瑞仰脖喝完手里的啤酒，把瓶子扔进带秋千顶盖的白色垃圾桶里，撞到肯尼喝空的啤酒瓶上，发出玻璃破碎的声音，"她在里面受罚，我则成了那个改造好的人。自己琢磨怎么回事吧。"

"怎么高兴怎么来吧。"肯尼开始擦桌子，"就是别让老妈看到你骑着一辆拉风的摩托。"

凯瑞把双手搭在厨房的门框上端，把头探出去看着豹树下横七竖八停着一堆的旧车。她明白了。自打她十七岁离家，她就几乎不再受家人欢迎。跟靓玛丽不同的是，肯尼绝不会因为他妹妹有可能再进去而睡不着觉。她知道他的看法是：第一次进去是最难的，而凯瑞的抗击力很强。更重要的是，在肯尼看来，你一旦离开了索尔特家乡，一旦翻过了玛金山脉，把和尚山和加里河留在了身后，那你就只能靠自己了。她的哥哥一定会说，凯瑞要去大城市，要活得疯狂而没有节制，那就随她去吧。他自己已经有太多的烦心事了，守着临终的爷爷，还有得了厌食症的儿子；加上住在这个镇上，只要有事就会怀疑到黑人头上。凯瑞犯事的日子且长着呢。如果这意味着她可能偶尔会从昆州带回钞票分发给他一些，那就再好不过。凯瑞知道，假如她闲着没事非要问肯尼的话，她哥哥一定会这样回答她。

"好了，我要去拜访老人家们了。"凯瑞说道。

"我们没有牛奶了。"肯尼马上对她说道，"顺便带回一瓶威士忌也不费事。"

"好啊，没问题。我挥一下我的魔棒，就可以从地上捡起几盎司的金子。"凯瑞毫不掩饰她的讥讽的口气。得让肯尼以为她没钱花了，否则就没完了。她一把拿起她的背包，可以感觉到肯尼的目光紧紧地跟着她从走廊一直到了洗手间。她坐在马桶盖上，看着背包上淡蓝色的尼龙条纹和缝得很紧的接缝。祖先们把他们最宝贵的东西藏在秘密树桩里和遥远的洞穴里。在德容沟镇有什么地方可以找到让她放心的空心树桩呢？凯瑞掂了掂左手拿着的包，找不到对这个问题的答案。目前看来，她走到哪儿，她的包就得跟到哪儿。

第二章

玛蒂娜开着车，直视前方。苹果手机上显示来电，直觉告诉她先不要接。马上准备签约的客户都会有些神经兮兮。在房地产行业干了十五年，无须质疑，她学到了游戏规则，知道什么时候接电话，什么时候让买家再稍稍多等一丁点的时间。这得靠天赋。有些房产代理有这天赋，有些则没有。她肯定会给马斯登夫妇打回电话的，但要半小时之后。这段时间足够激起他们想在传得神乎其神的新州北部沿海买房的欲望，也足够让他们说服自己再加一点买下和尚山脚下那幢摇摇欲坠的板房，即使离最近的海滩，开车也足足需要一小时，但一定会给他们的生活带来翻天覆地的变化，这变化让他们迫不及待。她见识的太多了。前夫对前妻撒谎。现任老婆跟现任老公撒谎。孩子们把老爸老妈的房子卖了，靠养老金生活的老人们还蒙在鼓里。相比之下，她做的这笔买卖不过是桩简单的买者责任自负交易。假如马斯登夫妇缺乏常识，不知道乡村的小溪遵循自然规律，随着季节水涨水落，那将会发生些什么，关我屁事。当然了，她不会在技术层面违犯法律，而会轻描淡写地跟他们嘟囔两句，说"当然了你们是知道的，小溪有时会涨水"。但这必须是在他们被牢牢地拴在了北部沿海闪着银光的钩子上之后，等到他们已经深深地爱上了已经腐蚀了一半的烂房子而不能自拔的时候。根据她的推算，这还需要大约二十五分钟。

"朋友啊，别心急火燎。"她对着显示来电的手机说，"要由玛蒂娜来决定谁能搬进德容沟镇，以及在什么样的情况下搬进来。"她没有必要费太多气力。马斯登夫妇，男的是电工，女的是教师助手，看样子是随时都有可能生下哇哇大叫的小崽崽。他们不过是开着破烂的丰田海拉克斯，带着梦想，从格洛斯特小镇来的两个傻蛋。把这个房子卖给他们，她也只赚到不足四千澳元。这个她上周也跟吉明·巴克利解释了一大通。玛蒂娜把这个垃圾房子挂出来卖，给吉明帮了天大的忙，因为他自己是绝对不敢卖的，否则反贪局的人一定找上门来。五套房子已经出手一套了。吉明市长跟她说，我告诉过你，这几套房子会很抢手。再说，反正你也不在北悉尼的纽波特海滨区。难道那不是让她感到更惨吗？她想说但没说出来，因为从技术层面上讲，临时被调来管理帕城事务所算是提升。而且，两个月后她就回到悉尼港，坐进高级经理的拐角办公室里，再也不会一扭头看到的又是一头布兰格斯牛。她是从乡下起步，但那些日子已经一去不复返了。瞧，她有普拉达太阳镜作证。

玛蒂娜猛吸一口烟，把车窗摇下来，开了个缝让烟溜出去。白色的烟圈立刻被吸了出去。视线又变得清楚时，她看到在双行道的高速公路的另一边站着一个等搭车的年轻人。她注意到他背着迷彩旅行背包的宽肩，还有他穿着蓝色足球短裤露出大腿的弧度。年轻体壮。她要不是因为开在反方向的道上，很可能会破一下自己不载搭车或不速之客的规矩，把车停下来。年轻人有副常常光顾健身房的身材，高高的颧骨，戴着一项音乐节的那种看上去特傻的草帽，帽子压不住一头浅棕色的卷发。典型的澳洲帅哥，显然还没有嗷嗷喊叫的孩子，也没有中年的发福和对生活感到憧憬破灭。她也喜欢他的红色草帽。整个人看着感觉挺好。朋友，我们可以美美地做爱啊，她对着后视镜里的小伙子说道。你知道我们肯定会享受销魂时光。不用摘你的帽子，牛仔。来吧！

她的电话又亮了。是威廉。接下来的三秒钟就是威廉跟搭车仔的不利对比。金发英国人一直都不是她喜欢的类型。他的艾塞克斯口音一开始听着挺有趣，但现在开始让她觉得有些刺耳。

"嘿，亲爱的。"玛蒂娜娇嗔地说。

"你在那穷乡僻壤怎么样啊？你不是村里唯一的外国人吗？"威廉问道。

"不如说是村里唯一的智人更合适。亲爱的，我好想你啊。我太需要我的男人在我身旁了。"玛蒂娜夸大其词地说道，"你什么时候来啊？"

"你知道我订了节礼日在瓦特高斯海滨的客房。我们去那里。"

"亲爱的，可那还要等两周呢，太久了。"玛蒂娜嘟起嘴。威廉正要争辩，她的手机显示又来一个电话。又是马斯登。玛蒂娜顿了一下，掐灭了烟，然后将烟头扔了出去。她摇上窗户，快速做了个决定。该是起钩，钓上这两个傻蛋的时候了。

"亲爱的，我得去卖个房子了。十分钟后打回来祝贺我啊。"

她挂了电话。威廉没什么戏。马斯登夫妇也没什么戏。但是四千不挣白不挣，而且她来帕城也不是为了养颜的。

凯瑞仰面浮在加里河水中，透过祖姥姥爱娃的南洋杉的树杈看着天空。爱娃岛上这棵最古老的树长得巨大，树荫横跨河流。这些年在外，凯瑞一直心系的就是这个地方。无论是在布里斯班的春德公寓楼，还是在女子惩教中心，梦中的很多个夜晚都是在爱娃南洋杉树下度过的。千百回她的思绪被带回到岛上的这个地方，水果蝙蝠在树上造窝，鱼鹰站在河流里漂浮的树干上，两只翅膀高高竖起，好像在对看不见的敌人投降。露丝姥姥活着的时候，全家基本上就住在岛上，每天来回蹚几次河，点一小堆火烤香肠，夏日的时光都消磨在钓鱼钓虾上。捡起落下的花瓣和漂亮的贝壳放在祖姥姥爱娃的坟上，坟隐埋在森林中，旁边是她的丈夫，他们的祖姥爷秦乔伊，只有一块普通的花岗岩石标志他的过世。当时他们谁也没有想到露丝姥姥会在1991年消失在瑞奇蒙河中，永远没有了机会长眠在她的父母亲身旁。

凯瑞眼盯着南洋杉和旁边的桉树相交的树枝形成的几何图形。她可以听到周围潺潺流水碰到石头上打着漩往下游去的声音，还有青蛙沉醉于哲学的思考时发出的呱呱叫声。要是有什么地方让她可以疗伤，那就是这里了。索尔特家族的圣水流过和尚山和德容沟镇，下至平原，再穿过帕城，穿越海洋，到达彼岸遥远的布伦瑞克黑兹镇。她的大自然教堂就建在这岛上的岩石、沙土、鸟毛、树皮和青苔之上。神灵保佑我，她心里想，把水撩起拍打在两边的太阳穴上。因为我搬去了城里，造了罪孽，又因为没回家而造下更多的罪孽。她并不真心相信罪孽一说，不像靓玛丽那么相信。只是人们为了生存做了他们该做的事情，或者是他们以为他们该做的。有时候这是好事，有时候也不是。有时候地球也会抽了筋，把一个小小的蓝色双肩包从树篱笆的另一边扔了过来，掉进了我张开的双臂中，之后的事情就一发不可收拾，眼都没有来得及眨。

在对面的河岸，唐尼蹲在一块大石头上，朝水里扔着树杈，然后看着它们跟着水流漂走，转弯流往下游。凯瑞可以清晰地看到侄儿暴露在外的根根肋骨连接在凸出的脊椎骨上。他蹲在那里，一头金发，下巴夹在两个膝盖之间，两眼盯着河水，旁边桉树的阴影投在他身上。他看上去像老照片里沙漠上的黑孩子，瘦骨嶙峋。但唐尼的憔悴并非来自沙漠和干旱，他是谷里族的一个单纯瘦小的男孩，寻找着生存的意义。凯瑞感到有一股对肯尼愤懑的情绪涌上心头。但没有谁能够强迫人们爱自己的孩子。她也不可能一把抓住这个四十多岁的混蛋使劲摇晃，让父爱的情感在他心中觉醒。现实情况是，唐尼变得越瘦越柔弱，肯尼越是不待见他。假如这小子是个从头到脚布满文身的偷车贼，满嘴脏话，还有犯罪记录，肯尼很可能带他去酒吧，用胳膊搂住他的脖子，向每个人炫耀。可是唐尼在德容沟镇缺乏人气，他太安静，性格太温柔。他最感兴趣的是昆虫和鸟类，直到 6 月的一个早晨，肯尼一怒之下把唐尼所有与鸟类有关的光盘都扔进了火里，训斥他是胆小如鼠的白脸鸡巴，活得窝囊。从那以后，唐尼就缩回到他的电脑世界里。在那里，他感到安全，他也可以不去听肯尼的冷嘲热讽，钻进电脑就好像爬进棺材，在里面等死。凯瑞想到这些心里充满了愧疚，她离家太久了，即使靓玛丽着急之下给她打去电话，告诉她肯尼烧了唐尼的光盘，她也没有回来看看。不过，她现在就在唐尼跟前了，她要带着唐尼去游泳，去钓鱼，坐在哈雷上兜风。她要把唐尼拖回到这个真实的世界来，拥抱他，爱他，直到他想起他曾经的梦想，让他有一天找到可以安全做自己的地方。

一只喜鹊毫不理会人间疾苦，在河的弯道上唱着赞歌，站在河岸草地上的同伴跟它对唱，眼睛盯着凯瑞在河里顺流而游。

"小尼。"

少年抬头看她。

"你看这只喜鹊，是公的还是母的？"

唐尼看都不用看："它是另外那只喜鹊的女儿。"

凯瑞高兴地大笑："你小子厉害啊！太厉害了！"

唐尼脸上浮出一丝的变化，有点像是微笑。

"这里很漂亮啊！我们美丽的家园。你不觉得吗？"

唐尼耸耸肩，但马上改了主意，点点头，说道："是啊，很好，很安宁。"

"老人家们在照看我们，我可以感到祖姥姥爱娃眼睛盯着我们。要是我是你，我就天天来这儿，泡在河里直到长了鱼鳃。"

沉默。凯瑞等了等，然后憋了口气，头朝下钻进水里，看着泛着蓝色的河水在她身下流走。河流的弯道处是索尔特家族的神圣之地。南洋杉的树荫遮黑了水面和沙滩。祖姥姥爱娃就是奋力游到了弯道，救了两条命，所以才有我们家族所有人的今天。要不是那棵南洋杉露在外面的根让她抓住爬出了河流，要不是那天长居河里的鳄鱼比较友善，要不是白人们骑的马不愿意跳入 8 月[①]冰冷刺骨的河水中，要不是这一切，就不可能有现在的凯瑞晒着太阳，在河水上漂浮，看着身下一群群梭鱼翻出阵阵银光。要不是这一切，就没有露丝姥姥，没有靓玛丽，没有肯尼，没有黑超人，没有唐尼，他们这些人都不可能出生。当年的教训很简单：当那些白人拿着枪追你时，你就狠了命地跑，绝不要回头。凯瑞很清楚地记得第一次听到祖姥姥的传奇故事的那一刻。那年她九岁，坐在家里凉台的角落里，沉浸在一本漫画书中。高玛丽姨坐在凉台楼梯上帮忙剥青豆，她讲起再往北边的游甘伯族当年遭到大屠杀事件。住在昆州玛吉拉布拉镇的游甘莫伯族被白人邀请去吃饭，饭里下了毒。而如今住在那里的白人后代们却对此事表现得一脸无辜。

　　警察朝祖姥姥爱娃开了枪。靓玛丽听着失声痛哭起来。他们用滑膛枪向祖姥姥爱娃射击，河水都染红了，但她还是拼命地游。天哪，她是个多么坚强的女人，又是多么幸运。她的父亲鲍比王把她抚养成人时，就知道她会是坚强和幸运的。父亲把歌声铸入祖传给他的项圈中，赋予它保护的力量。滑膛枪远不足以对付机智的祖姥姥爱娃。戴着父亲给她的项圈，歌声环绕着她的脖子，祖姥姥爱娃活着爬上了岛。她搬起一大块岩石，使劲扔进了河中，跟追杀她的白人们说"见鬼去吧"。她站在那里，血流在自己的土地上。她对着警察喊叫，试图引他们游过河来。她说过很多回，如果要死，一定要死在自己的土地上。她毫无惧色地面对追杀她的白人们，她要

---

① 8 月正值南半球的冬季。

\\多\\嘴\\多\\舌\\

让他们看清楚她的脸。但是他们戾了，让冰冷的河水吓退了。算他们走运。也许也算我们走运。

高玛丽和靓玛丽剥着青豆一致同意算是走运了。凯瑞坐在角落里，满心疑惑，怎么这还叫走运呢？被警察追杀，遭到枪击，面对死亡，手无寸铁，只有一块岩石和一条带有魔力的项圈。走运从何说起？

故事还没有讲完。

靓玛丽轻声细语地接着讲。那一天那些白人们撤了，但留下了他们的印记。靓玛丽停下手中正在剥的豆子，两手紧紧地抓住小钢盆，夹在两膝之间，身体前后晃动着。祖姥姥那天怀着露丝姥姥的肚子挺得老高，当天晚上，露丝姥姥呱呱坠地。在婴儿身上留下了打穿祖姥姥肚子的子弹印记，印记看上去好像英国米字旗。露丝姥姥一辈子都带着那个印记。如今那杆滑膛枪的伤痕永远留在了我们索尔特家族身上，靓玛丽悲哀地说道。她一只手松开小钢盆，用食指在身边落了灰尘的玻璃窗上，砰、砰、砰，点出了十二个点，代表女王的国旗。

"当真？"高玛丽吃惊地问道。

"一点不假。"靓玛丽肯定地回答。

"这就不讲理了。"高玛丽愤愤不平地说，"白人们没有为此付任何代价，从未有过！必须有人付出代价！"

靓玛丽只说了一句："就好像一头被烫上了印记的牛。"

坐在角落里看着漫画书的凯瑞，使劲地琢磨刚听到的这个故事的意思，她实在搞不清楚。在她的幼小的心灵里，祖姥姥爱娃从未离开过他们。她就是河流的弯道，是森林深处那棵巨大南洋杉后面的坟头。每当需要律己、勇气、坚韧、文化知识的时候，祖姥姥爱娃都会出现在脑海中。祖姥姥爱娃不可能死，从来没有死过，随时随地都会出现在她的生命中。可现在突然听到祖姥姥爱娃遭到白人的枪击，让她震惊不已。祖姥姥爱娃遭到枪击的画面充斥了她的漫画书，她周围的空气和坐着的凉台。这个故事搅乱了她的脑子，她必须把这个故事赶走，说它是个谎言，否则她的小脑袋就会让这事逼到爆炸。

"全是编出来的。我不相信你们！"她在角落里大声喊叫道，带着一个聪明孩子的率直。

高玛丽吃了一惊，嗑了一下牙，说道："你这个小丫头，怎么这么多嘴多舌！"

靓玛丽，这个世界上最不愿出风头的女人，意识到她们说的话被女儿听到了，吓了一跳。她用异样的眼神看了女儿一眼，突然放下盛着青豆的小盆，撩起自己的裙子，扒下内裤的松紧带，给女儿看在他们每一代人身上落下的印记。凯瑞看到妈妈棕色的皮肤上一个整齐而熟悉的图案，一块深紫色、呈对角线的长方形疤痕。凯瑞抬头朝外面的田野看去，感觉自己奇异地脱离了自己的身体，她心里明白学校里不会有任何人相信这一切。上帝拯救我们高贵的女王。她耳边响起泰勒校长每周一早晨在校园高高的不锈钢旗杆上歪歪扭扭升起带有米字形的蓝布时，压低了声音唱起的歌声。那一天，在凉台上，凯瑞得知了作为索尔特家族一员的真相，它不仅意味着我们肤色黑、我们与他人不同，更主要的是，我们的与众不同无法言表。你要是把这个不容置疑的实情讲给白人听，他们一定以为你是骗人，是疯子。这之间的鸿沟无法逾越。有些事情永远无法表述。而有些秘密，即便是对一个九岁的孩子来讲，也难以保守。

靓玛丽轻轻地说道："我生下来就有这个疤痕。露丝姥姥有，唐娜也有。所以，丫头啊，你得相信我们说的，我们从出生起，就一辈子带着这个白人留下的疤痕。"

之后的很多日子里，她总盯着唐娜看。她不明白的是历史在她姐姐身上留下的烙印。她与姐姐九年共住一间房，一起洗澡，还常

\多\嘴\多\舌\

常睡在一张床上，怎么就从来没有留意到呢？她觉得张不开口直接问姐姐。被轻言细语的妈妈证明她错了之后，凯瑞觉得很可能她凡事都想错了。也保不准她姐姐是个狼人，她哥哥也许会变成一条黑蛇。最好在沉默中好好观察，仔细思考，少说为妙。说出去的话轻重难料，而且常常布满隐患。

凯瑞在缓缓的波浪中翻过身来，大口地喘着气。心跳平缓之后，她又舒舒服服地平躺在水面上漂浮着，好像一条精瘦的黑色海星。她竖起耳朵听着。当午的阳光热乎乎地照射在她脸上，她眯着的双眼只能看到一团红色。风把她穿着的 T 恤衫在腰周围吹得鼓起来，露出了她的黑色内裤。她庆幸选了一个小时候来河里游泳最隐秘的地方跳进水里，想她的心事。哈雷停在对面的河岸，唐尼蹲在那里。她的牛仔裤挂在摩托车上，背包牢牢地绑在车把上，她一眼就能看到。自从那天早上过了新南威尔士州的边界以来，她第一次感到放下心来。这里就只有她和唐尼，离着上高速公路的秘密土路至少有两三公里。

抬头看天空，巨大的蓝桉树在河的两边高挺，空心树杈看着摇摇欲坠，但其实很安全，而且即使掉下来也打不着她。不过在灌木丛里到处都是风化了的树桩。不少是当初这里的奶牛场留下的，那时牧场突然比桉树更有价值，来的人抡起大斧子就把树都砍了。凯瑞站起来踩着河水，水面上划出对称的图案。当她看着对面河滩上横七竖八地躺着的树桩时，她的脉搏跳动加快。可以了，有办法了。这里有足够多的树桩让她的想法可行。她可以找个密封的盒子，用结实的胶带粘住，然后把盒子埋进一个腐朽了的树桩里面，跟其他树桩分辨不出来，在上面撒上细土和枯叶，再退回几步，用树杈把地面扫平，绝对不会有人发现。凯瑞脸上浮起了胜利的微笑。她今晚要单独回到这里，在加里河岸存下她的第一笔，也是唯一的一笔存款。

"这个办法怎么样？"她突然激昂地大声喊道。她的问题如同"击败魔兽"游戏，找到解决方法了。唐尼蹲在岩石上冷得发抖，两只胳膊紧紧地抱住像麻秆的小细腿。"小子，站到太阳里，省得你得了伤寒死了，我们还得费事给你挖个坑，埋在祖姥姥旁边。"

唐尼听话地像螃蟹一样横着走到有太阳的地方："小姑，为什么不把祖姥姥埋在公共墓地里？"

"小子，因为这里是她的家啊。"凯瑞回答道。让祖姥姥长眠于其他地方而不是这个岛上的想法，着实让她吃了一惊，"爷爷给努恩家干了很多年的活，我想人们可能变得有眼无珠，视而不见，我可没有影射爷爷的独眼哟。我是说人们以为我们没有自己的家。祖姥姥必须永远住在这里，还有祖姥爷秦乔伊和我的爸爸必须埋在这里。等爷爷走了，他也要来这里。落叶得归根啊。"

"我以为爷爷不知道他的老家在哪里。"

"是啊，他不知道。但是有时候家乡就是收留了你的地方。我爸爸查理娶了我妈，这个地方就收留了爷爷。爷爷从南边的河镇来，之后就再也没有回去过。"

"那是谁想被埋在哪里就埋在哪里吗？"

凯瑞斜眼看了他一眼，心想这孩子是在想着要把自己埋了吗？

"现在不行了。从前的时候，如果有谷里族人老了，死在丛林里，镇上没人在乎。所以祖姥姥爱娃和祖姥爷秦乔伊被埋在这个岛上时，也没人管。到了我爸查理的时候，就只有骨灰了，就把他的骨灰撒在这里。只要没有人知道，你想把骨灰撒哪里都可以。"

凯瑞停顿了一下。爸爸查理1991年的一天突然在厨房感到胸痛，摔倒在地。那时唐尼还没有来到这个世上，肯尼已经不上学了，参加了布里斯班子弹头篮球队，周末练球，其他时间在黄金海岸疯玩。妈妈靓玛丽把丈夫的死怪罪在唐娜头上，但是凯瑞常想，爸爸的去世其实跟肯尼有很大关系。爸爸一定一直都在担心有一天

\ 多 \ 嘴 \ 多 \ 舌 \

晚上肯尼会突然消失，要么被卖给他毒品的摩托车帮匪枪击，要么是被韦斯特维尔镇上的三K党谋杀。父子之间的紧张关系最后让爸爸难以承受，最终，五十岁的时候因劳累过度和心碎而撒手人寰，抛下妈妈靓玛丽独自一人将她和弟弟黑超人抚养成人。爷爷欧文尽力做到他儿子能够做的事情，但他无法取代爸爸查理的位置，谁也不可能。凯瑞慢慢游过河，到了唐尼跟前。在烈日炎炎之下，她卸下心中的负疚感和许许多多的疑问。死不能复生，到此为止了，不要朝后看。她手指着盛开的金合欢说道："我们摘一些花放在坟头吧。"

凯瑞爬出河流正要去摘花，突然三只鹦鹉嘎嘎大叫着从榕树里像子弹头一般飞射出来。远处有只狗在叫。凯瑞听到土路上一辆四轮驱动车传出的微弱的车轮滚动声。我操！白人们来了。她珍贵的背包还挂在摩托车上，会被一把抢走。她急忙爬上滑溜溜的岩石，一着急掉了下去。胳膊肘重重地撞在了坚硬的花岗岩石上，她疼得大叫一声。

"怎么回事？"唐尼转过头问道。

"我有通缉令在身。赶紧走！"她用没受伤的胳膊焦急地向他挥了挥。她只能把背包留在摩托车上了，祈祷不要被发现，否则会指控他俩非法踏入私人土地，她的黑色皮肤尤其容易招致怀疑。

四轮驱动车轰鸣着拐过弯时，她只有把唐尼拖进严实的杂草丛里的时间。他们俩躲在一棵灰色的大树桩后面，树桩周围长着大片的五色梅和高高的香草。五色梅的秆刷了她的腿，蚊虫叮咬她也不敢动，擦破了的手臂火辣辣地疼。她穿着湿漉漉的衣服趴在地上，沮丧地看着吉明·巴克利把车停在了空场地。他的新型丰田陆地巡洋舰多功能车上装备着一堆超贵的辅助工具，有车顶行李架、汽车通气管、高级拖车挂杆，还有涂着白圈的宽大车胎。每个车胎上的纹路比肯尼车上所有车胎加起来还密集。在车门上喷着几个大字：

吉明产权转让、土方工程与开发公司。一条大嘴狗在拖车里趾高气扬地咧着嘴。显然是条纯种狗，对于自己在狗中的优越地位表示出至高无上的自信。和他同车来的是个五十多岁的男人，穿着昂贵的奶油色西裤，戴着一顶约翰迪尔高尔夫球帽。当吉明和同伴下了车，没有给狗解开链子，踱着步走了，这才对狗骄傲的自信有了那么一点点打击。

凯瑞的心里一紧。

两个男人慢步走了过来，看到哈雷有些不解。吉明站在摩托车前面盯着看，然后撩起凯瑞挂着的牛仔裤裤腿。"约翰迪尔球帽"开了句不得好死的玩笑，俩人哈哈大笑。凯瑞想幸亏没有什么东西表明摩托车的主人是女性。她的背包挂在车把上，背包是那种便宜的尼龙包，与装在里面的财宝格格不入。亲爱的上帝啊，千万别让他们动我的包啊。吉明停在那里看着包，但没有动它。凯瑞屏住呼吸，听到他们在讲什么"擅自进入""开发许可"。然后他们走到河边查看。那他们一定会注意到草地上和她刚才摔下来的岩石上留下的两行脚印。但他们只是忙着在那里指指划划。吉明指这指那，"约翰迪尔球帽"不断点头。他们又眯着眼打量着草丛。凯瑞想，现在可以喘气了吗？安全了吗？殊不知带着窝藏赃物和袭击警察的通缉令，她什么时候都不安全。

"这里水很好，大部分土地都清理过了。养四十头没问题。"吉明说，"如果你想养肉牛的话，也许可以养五十头。"他好奇地看着"约翰迪尔球帽"。"约翰迪尔球帽"没有表示他对肉牛的立场。他仔细观察了这片坡地，不断地看看两手抱着的一个很薄的银色平板电脑。然后他嘟囔了点什么。吉明赶忙用食指比画了一下从北到东的边界，两边都是起伏的山峦。"约翰迪尔球帽"点了点头，做了一下笔记。然后他拿起平板电脑，用靴子使劲在绿色标识牌子下踩了踩。标识牌上写着他对面的岛，也就是祖姥姥爱娃岛，属于国家森林公园。接着他开始拍照。凯瑞的手紧紧地攥住长满了刺的五色梅秆，恨不得"约翰迪尔球帽"立马死掉。她真希望这两个白人都死掉。

如果他们看到她，一定会义愤填膺地指责她"擅自违法入内"。但是她的祖先们早在白人踏入这河滩之前就制定了不准外人擅自入内的法规。如果擅自入侵者不听从合理的警告，那他们就会两脚朝天地被埋在这红土地里。没有比这个更简单的道理了。要是凯瑞有把砍刀，她就会给他们点颜色看。用砍刀砍掉这个践踏祖姥姥爱娃岛的白人的脚，然后把脚扔到河里给鲨鱼当下午茶！再把"约翰迪尔球帽"扔回他们车里，不能让他流的血玷污了这片土地的神灵，紧接着跟他们两人说赶紧滚蛋。唐尼透过精致的香草花向她做了个鬼脸，压低声问："到底怎么回事啊？我们为什么要躲起来？"凯瑞赶紧把手指放在嘴上，示意别出声，别探头看。

她听到"约翰迪尔球帽"说了一句"重新划分"。吉明两手叉腰，微笑着，非常高兴的样子，好像他非常喜欢那个词。吉明舔舔嘴唇，这让凯瑞突然想罗斯，罗斯是曾经栖居在靓玛丽屋外茅房的一只巨大蔗蟾，不知它如今怎样了。

眼下没工夫操心狗屁蛤蟆。她有一种一场灾难正在眼前展开的感觉。她克制着喊出声的冲动，感到喉咙发紧。这两个狗杂种在祖姥姥的土地上讲什么"重新划分""开发土地"。这肯定不是什么好事。凯瑞感到惊恐卡在嗓子眼，她用双手捂住嘴，使劲压下去害怕引致的咳嗽。

留在车上的狗不耐烦地大叫几声，但没人理。

"是啊，我们就是要在德容沟展开新业务。"吉明口气里带着鼓舞。他领着这位买家走到了河流弯道的观景点，从那里看出去，和尚山的全景尽收眼底，"这个地点是做民宿的最佳点，世外桃源……"

"他们要价是多少？一百万？"买家问道，好似在明知故问。吉明用长满雀斑的胳膊擦了擦额头上的汗，目不转睛地看着买家。

"不算地产开发申请，就是一百二十万。假设地产开发申请通过，这一点不会有问题，那就是接近两百万。"吉明很轻松地说道，"别忘了，地产是全部围起来的。不过所有手续要通过我的合伙人递交。"

"我的客户并不想要围住。""约翰迪尔球帽"不动声色地笑了笑，没有多做解释。

凯瑞感到眼前一片眩晕，只有一堆黑点在涌动。她的背包会没事吧？这个岛会没事吧？一切都会平安无事吗？"约翰迪尔球帽"拼命地在平板电脑上记着笔记，然后他们俩人走回到车跟前，用劲在狗身上拍了几下，又揪了揪它的耳朵，钻进了车里。吉明发动起车，打开了空调。他得好生伺候买家啊，凯瑞没好气地想。混蛋，赶紧走吧。可吉明还没完事，他又打开车门。

"我得撒泡尿，马上回来。"他说道。凯瑞看着吉明走过她和唐尼躲藏的地方，简直不相信自己的眼睛。吉明拉开裤子的拉链，对着清澈的河水撒了一大泡黄黄的尿。他边撒尿边向四周窥探，寻找哈雷的主人。他一泡尿足足撒了几分钟，尿臊味飘到焦虑地趴着一动不敢动的凯瑞鼻子里。我操！凯瑞祈祷上帝此时让树枝掉下来砸在这个蠢货的脑壳上，一劈两半。这方土地这方水养育了你，你就是这样感恩戴德的？祖姥姥爱娃，祖姥爷秦乔伊，你们在关注吗？凯瑞看到唐尼惊恐的眼神，她把手伸过去按住他，不让他跳起来把帕城市长一把推下河岸，栽进自己臊臭的尿里去。她不能让唐尼冲动，她有通缉令在身。

显然祖姥姥和祖姥爷都没有关注，因为吉明安然无事地拉上拉链，他的脑壳没被树枝砸成两半，也没有复仇的南棘蛇用毒牙咬住他的腿，就连四处叮人的牛虻都没有对他下手。他信步走回到哈雷跟前。凯瑞无助地看着市长随意地拎起挂在车把上的蓝色背包，然后又很随意地把包扔进了车的车后厢里。"约翰迪尔球帽"在车里聚精会神地在平板电脑上做着各种计算。车厢里的狗闻了闻背包，然后转过身去，一脸毫无兴趣的样子。

"抱歉了，尿还是不要憋着的好。"吉明开着玩笑，对着哈雷瞥了最后好奇的一眼，踩了一脚油门走了。丰田陆地巡洋舰掀扬起的红尘一时弥漫了空场地。

凯瑞一下蹦了出来，口中骂骂咧咧，穿上她的牛仔裤，跳上摩托，告诉唐尼在这等着，她马上回来。她戴上头盔，拉下透视镜，她要追上吉明，把她的背包再偷回来。她要一把将背包从车厢里拎出来，然后超过吉明的车，让市长大人瞧瞧在这地盘谁他妈是老大！凯瑞站了起来，然后用力往下一蹬想把车打起来，可是她的湿脚板在脚蹬上打了个滑，车的铁杆重重地撞在了她的脚脖子上。她疼得大叫起来，赶紧把靴子套在脚上，擦掉了皮的那块地方迅速变红。可是即使穿着靴子，无论使多少力，车就是发动不起来。她试了又试，直到发动机疲软无力，她愤然倒在地上。当她把靴子又脱下来的时候，才发现脚脖子上的血滴都连成了线，在脚跟后结成一大块血渍。

凯瑞疲惫不堪，两手撑着倒在地上，眼睛直勾勾地盯着草地。她的宝物一瞬间被抢掳走了。主赐予她的，主又收了回去，这就是主的祝福吗？白人说得对，占有者总是占上风。眼下在她与她的蓝色背包之间出现了一道巨大的鸿沟。吉明·巴克利不仅是一市之长，还拥有全帕城唯一的房地产公司。他拥有当地的警察和法官，他拥有整个帕城，至少他自己这样认为。像他这样一个穿着斜纹布西裤和蓝色衬衫的白人，他的曾曾祖父是 1859 年第二位渡过了加里河的白人，他认为他拥有的一切都是理所应当。行啊，凯瑞必须跟他拼了，想让她善罢甘休，没门儿。但是，一旦吉明打开了包看到了里面的东西，从他那里再要回来，得他妈要费老劲了。要赶在吉明老蟋蟀①大笑着去银行存款之前，拿回她的背包的几率恐怕不大。

凯瑞足足用了两分钟才颤颤巍巍地站起来，对世界之不公平愤怒不已。她不顾自己的胳膊肘和脚脖子火辣辣地痛，也顾不上回答唐尼连珠炮的问题，她眼盯着殖民大道上飞扬的红色尘土。丰田陆地巡洋舰已经不见了踪影，但是灰尘仍然盘桓在空气中，然后缓慢地、无足轻重地落下来，将路边的草丛染成了红褐色，也把她的哈雷从锃亮的黑色变成了斑斑点点污浊的铁驴子。

一百二十万。

假设地产开发申请通过，这一点不会有问题。

这里是做民宿的最佳点……

凯瑞跌跌撞撞地到了河边，一下子跪在南洋杉的树荫下。帮帮我啊，她对着河对面的祖坟祈求着。

帮帮我。

---

① 吉明老蟋蟀的绰号取自迪士尼经典故事《木偶奇遇记》中的人物名吉明尼小蟋蟀。

\ 多 \ 嘴 \ 多 \ 舌 \

第三章

　　凯瑞因为光天化日之下遭了吉明·巴克利的抢劫感到义愤填膺。当她回到家时，妈妈和爷爷已经从医院回来了。她一边想这不是个好兆头，一边把哈雷锁在院子里晾衣服架的铁柱子上，省得让肯尼和附近的其他小子们惦记着。那些庸医们要是有点用，还不得让爷爷在医院里待上十天半月的，哪里可能让他半天不到就回家，还赶得上看午后的肥皂剧《大胆而美丽》？肯尼报告说，医生要爷爷住院，但靓玛丽死活不依，最后医院只好同意让她把自己的公公带回家等死。这会子爷爷已经在关了声音的电视机前睡着了。他的鼻子里插着根透明塑料管子，另一头连在塑胶地板上直立的氧气瓶上，地上散落着他昨天买的彩票单。凯瑞看到，即使是在12月的盛夏，爷爷饱经风霜的身体还需要盖上一条被单，因为自去年起，他掉了太多的体重。脸上的颧骨明显地突了出来，看上去怪吓人的。他瘦弱的两只胳膊就像从林大火烧过之后留下的烧焦了的小细棍。

　　凯瑞小心翼翼走到他跟前，生怕吵醒了他，其实更害怕他永远不会再醒来。爷爷看上去好像纳粹集中营的囚犯，或者是卢旺达的饥民。去年圣诞节的时候，他还能自己利利索索地起来行走。虽然也跟其他老人一样，这里痛那里不舒服，但还可以去屋外，对着沙袋，挥动他的拳头，给孩子们展示一下他当年参加银拳手大奖赛的风采。可眼下他只剩下可怜的一把老骨头了，凯瑞感悟到离家整一年让她付出的代价是什么。她跟爷爷谈不上有多亲密，爷爷不重视家中的女人们，对拉拉们就更没有好感了，但她就只有这一个爷爷，他要是走了，那她童年的生活就被切去一大块，而不复存在。凯瑞站在那里，低头看着废墟一般的老人，把一只手放在他的胳膊上，不知道该作何感受。伤感，肯定的。但也有解脱，也有些害怕。要是爷爷不在了，索尔特家族还会存在吗？谁来接替爷爷的位置呢？

"等到你回来露个脸可是不容易啊。"靓玛丽坐在厨房的饭桌边话中带刺地对女儿说，"你是突然想起来去地狱的高速公路是双行线，是吗？"

"是啊，妈，我也爱你！"凯瑞咧嘴笑笑，"一年不见，让这么多的爱和温情包围，让我感动得就差晕过去了。"

"丫头，你要想得到爱，那就要常常回来遛一圈啊。"

肯尼脸朝下趴在沙发上，手里拿着啤酒瓶，大笑起来。这会子他处在想当一个乐呵呵的绿巨人的状态。再喝两瓶，他就该口齿不清了，瞎扯些谁也听不懂的故事，要是感到有谁蔑视了他，他马上变臭脸。只是眼下他还没到那一步。

以她长期的经验，凯瑞知道跟她妈妈争是不可能赢的。在靓玛丽眼里，凯瑞永远顶着遗弃家人的帽子。出落成一个拉拉就够让家人丢脸的了，再加上因为离家给这个家庭留下难以弥补的空洞，靓玛丽更是视她犯了滔天大罪。即使唐娜的突然失踪让全家笼罩在可怕的阴影当中之时，凯瑞依然不管不顾，拔腿离开了家，搬到城里跟白人们混去了。之后产生的怨言和闲言碎语比蛇的牙齿还锋利。

"你知道我自己的事情已经让我焦头烂额了。爷爷怎么样？医生说什么？"她问道，接着在她妈布满皱纹的脸颊上亲了一下，顺手把妈妈手中喝完了的咖啡杯子拿走。靓玛丽半起身，看看爷爷确实是睡着了，然后又坐了下来，有气无力地把她的塔罗牌排整齐。

炉子上的烧水壶响起来，凯瑞听到了她预料中的消息。

"他怎样？他活不了多久了。医生今天给了我们吗啡，让给他注射。"

凯瑞一瞬间以为她妈妈在讲让爷爷安乐死。接着又想到，幸亏肯尼选择用的毒品里没有吗啡。要是医院给爷爷生命最后日子开威士忌作为缓解疼痛的药方，那这家里的麻烦就大了。

"能活多久？"

"医院也说不清。一周吧。卡尔顿医生说要是爷爷不走运的话，就是两周。"靓玛丽摇摇头，望着窗外的豹树。在她赤褐色头发的中间分叉处长出了差不多两英寸长的白发。凯瑞想，这就是跟死亡相连的微小明示吧，生命中的常态在一个个慢慢地分崩离析。

"昨天我在塔罗牌里四次抓到预示不祥之兆的水塔，估计他等不到圣诞节了。"

"那就这么着了？"凯瑞问道。虽然肯尼在电话里跟她讲得很直截了当，但此刻她仍然感到震惊。很快她就是一个没有了爷爷、姐姐和伴侣的人。

"吗啡管用吗？"

"反正是把他放倒了。"靓玛丽有点无奈地说，"但他回望的路很长啊，从河城开始，然后所有的停靠站。露丝姥姥，我爸爸查理，甚至祖姥姥爱娃都出现在他的眼前。有时候他把我当成唐娜。"靓玛丽眼里充满了泪水，她转过头去："孩子啊，告诉你，实在太难了。我真希望露丝姥姥还活着，能够帮到……"

凯瑞觉得嗓子眼被什么堵住了，怎么都咽不下去。靓玛丽抽泣的脸埋在她的手绢里。

"他赌注没下却想赢，而下了赌注的马还没有出生，买了彩票的比赛压根儿没进行，你说这能不难吗？"肯尼插嘴道，突然从沙发上坐起来，模仿着痴呆了又卧床不起的爷爷情绪激昂的样子说，

"你们这帮黑杂种们把我赢的彩票偷走藏到哪里去了？"

靓玛丽和凯瑞都忍不住大笑起来。

"他坐那里看着电视上的赛马，只要有马第一个到了终点，他就喊叫，'天啊，我的马！我的马赢了！肯尼，快点来，我的那张彩票在哪里？刚才还在我手里啊！'"肯尼笑得呛住了。

靓玛丽拍了一下肯尼，让他住口，可自己已经笑得肩膀不住地抖动。

"自11月的墨尔本杯赛马节以来，他没有输过一场赌注！"肯尼大笑着说。

"他以为他是天才赌马手呢！"靓玛丽实在绷不住了加入进来。

"爷爷认定自己是百万富翁了。"肯尼狂笑着，眼泪直线涌出。

凯瑞靠着饭桌，强忍着不笑，但每次他们中间的一个忍不住扑哧一声笑出来的时候，又引得其他两人新一轮的大笑。她笑得喘不过气来，大口地吸气。然后靓玛丽的笑声化作满面的泪水，凯瑞突然蹲在她妈妈的身旁，用手不大自然地揉搓妈妈窄小的背。

完全不应该是这样的。妈妈是他们的磐石，他们的支柱，他们的缓冲区。曾经酗酒而如今滴酒不沾的靓玛丽从来没有让任何灾难打蒙过去，因为在酗酒的日子里积攒的各种事件的记忆储蓄中总能找到先例可以参照。总有人在她之前经历过类似的事情。她最常说的一句话，至少每周都会说，当你失去过自己的孩子之后，没有什么对你的打击会更沉重。当你失去自己的女儿的时候，这个世界把它能够砸向你的全砸在你头上了。

但是爷爷在缓慢而艰难地行将就木的时候，他们却束手无策，因为没有先例可循。在这无限悲哀、沉痛悼念的时刻，唐娜却没有来跟爷爷道别。唐娜的缺席加倍了靓玛丽的悲痛，她在凯瑞的怀里又一次哭泣起来。凯瑞抬起头，两眼看着电视上泛着光泽的跑马，在离他们既遥远又生机勃勃的世界里跑了一圈又一圈。没有了爷

\ 多 \ 嘴 \ 多 \ 舌 \

爷，他们就将成为现在这个样子吗？凯瑞问自己，不由得打了个冷战。她会变成什么呢？妈妈的护理？

"看看吧，我跟你讲的，三室加一个书房。"玛蒂娜大声说道，一边把车停在帕城不招人待见的南角的一幢挺难看的平房前，"这可是砖房，不需要太多打理。而且这条街上把房子租出去绝对没有问题。"

她指着周围那些最漂亮的房子，很有经验地把注意力从这座房子生锈的排水槽转移走，也不让客户看到这条街是死胡同，每周五的晚上，吸毒的人们都聚集在这条街的尽头。跟她来看房的客户是新州北部小镇巴林纳的三姐妹，她们怀揣着成为中产阶级的祈望和定金。三姐妹狐疑地看着生锈的铁网栅栏和前院里长着的几棵细弱的瓶刷树。

"进来看吧！"玛蒂娜热忱地说道，迈着大步走在通往前门的小道上，脚踩在一条近两米长的棕蛇上，眼都没眨，没动任何声色。蛇正好那一瞬间蹿过裂着缝的水泥道进到隔壁长得老高的草丛里。"地毯有点旧了，但是可以把地板打蜡，会很漂亮。浴室也可以……"

她的展示滴水不漏。她头头是道地讲着行话，眼睛直视前方，根本不往草丛的方向看。那蛇压根儿不存在。这个地球上从来就没有过棕蛇。三姐妹听得全神贯注，跟着她进了房屋。

靓玛丽哭完了。她直起身子，从自己做的裙子的口袋里拿出手绢。她先使劲擤了一下鼻子，然后向凯瑞开火："我们本来希望爷爷生日的时候你能回来一趟。也就一年一次，又是特殊情况。"

这就来了，就是要让你感到愧疚，这是靓玛丽的绝招。

"你好啊，老朋友，好久不见。"可话音未落就变调了。从后门看出去，凯瑞正好看到夕阳照在哈雷软尾完美的曲线上。她妈妈说得对，去地狱的高速是双行线。她可以马上跨上摩托，一溜烟地回到昆州，管它有没有被通缉。不到三小时就会回到她在春德公寓楼的住所。易如反掌啊。但是不行，她得先把自己的蓝色背包从吉明·巴克利那里取回来。

"是啊，我就是那个混账女儿。我去法庭看艾丽时，脑子里不知道在想什么。"凯瑞没好气地说道。然后为了转移靓玛丽的注意力，她接着说，"黑超人在哪儿？我以为他要飞来呢。"黑超人是她的最佳拍档。他会听她讲艾丽的事情，也会给她出主意，怎么对付那个偷盗成性的市长。

"他自己说下午茶的时候就会到了。"肯尼回答道，"他带着娃们去了沙滩海滨了。还租了车。拿着政府的工资一定很爽啊。"

凯瑞安慰靓玛丽道："听到了吧，我们三个人今晚都到齐了。"她特别注意没有说"我们所有人"，否则错误就犯大了。自打她在中学初三起，"我们所有人"这个词就此消失了。小屋前总有朋友啊亲戚啊聚集，从坐落在院子里的房车里传出乡村乐手特洛伊的歌声，就知道表兄克里斯也来了。但是唐娜·索尔特的缺席总是笼罩在人们的心头，忘记是不可饶恕的。冰箱上唐娜的照片下面写着一行金色的字：让我们不要忘记。而凯瑞从未敢想过要忘记。

"你少跟你弟弟过不去！"靓玛丽生气地跟肯尼说，"他很多次地帮助我，而且从来不挂在嘴边上。况且他现在又有孩子们让他操心，那两个可怜的臭小子。"

"我从来没说过他不帮你。"肯尼寸步不让地回答，伸手去拿简易包装的炒花生，"我只是说有票子到处散，感觉一定很好，没别的意思。去年他还去了巴厘岛，还有健身房会员卡。想去哪里都可以租车。"

免费住在家里，坐在那里什么事也不做，感觉也一定很好吧，凯瑞心想，不禁觉得可笑。肯尼总是对黑超人抱有怨恨，怨恨他遇到了受教育的奇迹，有一份政府的工作，来看妈妈和爷爷都是飞着来飞着去，还可以送礼物送钱做好人。而肯尼自己生活中的各种优越条件，例如作为长子的地位，住家里不交房租，妈妈帮他带唐尼，还有他的头受伤之后，他就一直在领伤病救济金而再不用去找工作。所有这些好处都被黑超人的一份政府工作掩埋了。在肯尼眼里，他的这个弟弟曾经是也永远是个宠儿，凡事都顺风顺水，根本不知道他这个黑混球有多幸运。

"艾丽到底怎么样了？"靓玛丽严厉地问道。她的手机响了，在她眼前的饭桌上打着转，"肯尼跟我说她犯事了，又给关起来了。说实话，真是胆子大得无法无天，那个姑娘不一般。"

"她没事。"凯瑞有些闪烁其词地说，"她表妹跟她在一起，在候审，一切都很好。当然了，也不是方方面面都好。"看到肯尼的表情她又赶紧加了一句："但没有太大问题。"

"圣诞节在里边过了。"肯尼说道，一边摇着头，一边嚼着花生米，"要我说啊，惨了去了。"

凯瑞只有默认，努力让自己不去想还将有多少个独守空房的圣诞。艾丽被抓后的那一周，她曾想不如索性跟艾丽关在一起得了，但是她有通缉令在身，很难保证她不被押回新州，那样的话，她就不知道会落到哪里。所以也幸亏她没有为艾丽牺牲了自己。艾丽在电话里说的话锋利如同刀割："别他妈再跟我来哭戏，今后的事都没个准儿。另起炉灶吧。"

凯瑞盯着水槽里的花生壳，脑子一片空白。

"也许你该想想改变一下你放浪不羁的生活了。我来告诉为什么。"靓玛丽教训着凯瑞，一边拿起还在响的手机放在胸前，"丫头啊，违法可不是开玩笑的事。你们那帮人什么坏事都干得出来！"

她把手机放在耳边:"德容沟一眼望穿卜算服务,你好。是啊,没错。我记得你,姑娘,你的水瓶座上有两个月亮。我们会去棕榈谷夜市,还有帕城的夜市,但不去星期天集市,每月的第四个星期天会在利斯莫城。其他时间需要预约。好吧,姑娘,到时候见。"

"我是改变了我的行为啊。"凯瑞反驳道,她回过神来,把咖啡杯放在桌子上,"所以我这会子在这里,而不是在布里斯班女子惩教中心啊。"她摇摇头,心想她妈妈什么时候可以不硬塞给她这些没用、格式化的免费建议啊。从来就没有说她好的时候,哪里做错了就会喋喋不休,还要告诉她如何赶紧改正。妈妈唯独从来不对爷爷说三道四,做任何的评价,而最没有道理的是,在索尔特家族史里最应该受到是非评判的就是这个瞎了一只眼、在隔壁屋里等死的糟老头。

"这几日怎么也赶不走这个客户。"靓玛丽带着满意的表情大声说,顺手在墙上挂着的新州原住民联盟式橄榄球狂欢节日历上记标下预约时间,"也正好,爷爷的葬礼保险金也不够用的。"

凯瑞跟她说:"社保中心会补齐的。"她在琢磨肯尼是不是跟她妈妈嚼舌头了,跟她讲了他怀疑凯瑞介入了武装抢劫。应该不会的,肯尼一定会把有价值的信息牢牢抱住,等待对他最有利的时机拿出来。一想起吉明·巴克利把她的背包提进他的皮卡里就感到扎心,不禁咬牙切齿。她必须把她的东西拿回来,哪怕是得钻进市委会议大楼,用背包带勒死他呢。

"这是在给爷爷算吗?"凯瑞问道,把注意力转到塔罗牌上。一堆牌摊开在桌子上,好像是在做私人占卜,不同的是靓玛丽没戴镶着银色月亮和星星的紫色面纱,也没有戴长长的黑假发,或者红色的丝绒披风,化着烟熏妆。今天她是素颜塔罗牌占卜师,一个瘦高棕色皮肤、拿老年救济金的老太太,脚上穿着脏兮兮的两元一双的拖鞋,耳朵后面夹着一支大麻烟卷。她身上穿的裙子,还是凯瑞上次圣诞节回来时看到的那件她自己做的橘色连衣裙，给人的感觉好像她一年都没有换过衣服似的。

"不是，是给瓦丽姨算的。"靓玛丽回答道，眼睛仍然盯着日历。她把奄奄一息的笔快速在手掌之间揉搓，然后又使劲地甩了甩，试图把笔抢救过来。凯瑞翻了一下眼珠，七大姑八大姨里，这个瓦丽姨又是哪门子亲戚？

"就是那个瓦丽姨嘛，莎薇娜的妈妈。"靓玛丽说道，很不耐烦地用指尖指了指隔壁的老房子，就好像她女儿脑子反应慢，用的是铜线而不是光纤处理信息。凯瑞的脸一下沉了下来。哼，原来是那帮蠢驴！他们家大门上挂着澳大利亚国旗，在福特卡车上绑着一面美国南方联盟蓄奴州的军旗。他们那些白人们，刺着丑陋无比的文身，又去把自己晒得通红，蓝眼珠像是煮熟了的鱼眼，茫然地望着死气沉沉的天空，对自己生活之外的事一无所知。不过这都很正常，超级正常。在这个地区白人无处不在，她走到哪里都看到他们。这跟昆州的洛亘区不同，在德容沟镇，黑皮肤的人难得一见。这里是由野蛮白人们统治的。

"哼，自豪白人大队的！"凯瑞充满不屑地说，"妈，你脑子有毛病啊！"

爷爷发出低声的呻吟，大概是吗啡作用减退，他恢复了知觉。靓玛丽看看手机，还有半小时。医院对于注射多少吗啡和什么时间注射给了非常严格的指示。

"老爷子，还有五分钟。"她大声说道："肯尼，把电视声音调高些。"

肯尼觉得无聊，快速地换着频道，让凯瑞看得头晕。最后他停在一档自然世界的节目上。鲸鱼的歌声把唐尼从凉台上吸引了进来，他本来在凉台上聚精会神地看埃尔维斯图谋袭击鸡棚里的鸡。凯瑞看了一眼侄子。

"侄儿，快来看大卫·爱登堡大叔的节目吧。"凯瑞使劲叫他。她想让他跟大家近一点，真正成为这个家庭的一员。

"是啊！"肯尼打趣道，"快来看看吧，都说捕鲸行业里有很多工作机会哟。"

唐尼没搭腔。让凯瑞高兴和吃惊的是他过来扑通坐了下来，但是离着肯尼尽可能地远点。大卫·爱登堡开始讲述以往的捕鲸对座头鲸数量的影响。他散发出的热情远远超过不足他年龄四分之一的人。

大卫·爱登堡愉快地解说着："捕鲸业迅速扩展，因为 19 世纪后期捕到一条鲸鱼的价格相当于今天的二十五万美元。鲸鱼肉、鲸油、鲸脂都价值连城。龙涎香，也就是鲸肠内分泌物……"肯尼做了个鬼脸，"用来制作香水，可以使一名海员一夜之间成为百万富翁。榨出的鲸油点亮了全球各地的油灯，屠宰了的鲸鱼肉……"

唐尼一下脸变得苍白，但仍然目不转睛地看着电视。鲸鱼就是他的个人图腾，所以他必须了解鲸鱼的一点一滴，无论有多不堪入目，多让人受不了。凯瑞寻思，要是祖姥姥爱娃活着，她就会教他们怎样让鲸鱼从沿海岬角游过来，教他们唱特别的鲸鱼歌，明白鲸鱼的各种行为。可是住在利斯莫城的理查德大舅只是说鲸鱼是唐尼的图腾，还有他们祖先如何称呼鲸鱼的，其他都没多说，就靠唐尼自己如何把知道的运用在 21 世纪了。凯瑞突然想到，理查德大舅知道的应该还有很多，应该去找他帮忙。也许理查德大舅用鲸鱼来干预，可以把唐尼从电脑中拉回到现实的世界。她得琢磨一下怎样做，但是首先要做的是把丢了的背包拿回来。

"要是隔壁住的是自豪白人大队的，那一定有人忘记告诉莎薇娜了。"肯尼洋洋自得地说，从唐尼身边走过进了厨房，把手里的大瓶啤酒换成了小瓶，"她总来找我，好像我能有什么给她一样。不过想想，也许我还真有东西给她。"他咧嘴笑笑，坐回到沙发中

间，撇开两腿，伸开两臂，好似宣告这地盘是他的。国王肯尼，万
众之君主。他重重地坐下的时候，散落在棕色沙发套上的花生壳都
给震得跳了起来。他敷衍地把花生壳拢在一起，对掉进沙发缝里和
地下的花生壳视而不见。

凯瑞特别不屑地大声舒了口气。

"怎么着？是要我们拍手吗？噢，宝贝啊，来啊，让我好好舒
服一下。"凯瑞边说边在饭桌的另一头扭动着身体，呻吟着，模仿
快乐无比的样子。凯瑞心想，恐怕他幻想着一拳打在莎薇娜的脸上
的痛快，但凯瑞没有说出来。她跟谁都没有讲过，大约两年前她在
洛亘区的一家典当铺里遇见了肯尼的前前女友。这个掉了一颗门牙
又没有医疗保险的新西兰丫头讲起肯尼真的是怒火冲天。

"你行乐之前先套好自己啊。"靓玛丽警告，"实话告诉你，我
可不会再帮忙换尿片了。"

"你把自己洗得好白啊！"肯尼气愤地对凯瑞说道，马上又带着
下流的表情加了一句，"你是急不可待吧？谁不知道？"

"你个黑鬼，闭嘴吧！"凯瑞回了一句，怒不可遏。

"莎薇娜应该有头脑，知道好马不吃回头草。"靓玛丽哼着鼻子
说道。她又打开了一包炒花生，把吃的花生壳放在她的烟灰缸里：
"丫头，你也别来种族歧视那一套。我们的淋浴坏了一个月，瓦丽
姨一直都让我用他们家的淋浴给爷爷洗澡。你知道她得了癌症，8
月把两个乳房都割了，刚刚做完化疗。他们啥殃都遭了。这我早知
道的，给她占卜时，手里一把空牌。"

"他们大门上挂着屠夫的破旗子，你说我是种族歧视？这是哪
门子道理？"凯瑞反驳道，看了一眼爷爷，爷爷疼得翻来覆去，不
断呻吟。

"他们真没有种族歧视，他们人挺好的。他们没文化也不是他
们的错。"靓玛丽说。她对他们比对自己的女儿仁慈多了："儿子，

表现不错啊!"有点小奇迹出现的感觉,肯尼居然站起来用一块冰在啤酒里沾了沾给爷爷湿润嘴唇。

"妈,地球上的每个人都有自己的文化。即便是什么'足球秀',还是'南极星马术大赛',也算是文化啊,只不过破烂些而已。不扯这些了,你怎么想起给他们家算命啊?"

"现在做总比下月做好。"她妈妈喃喃说道,眼睛直勾勾地看着凯瑞。自凯瑞进门,她妈妈第一次这样盯着她看。凯瑞看到妈妈眼里的痛,怔了一下。妈妈的意思是最好在葬礼和悲痛袭来之前把这事做了,而且解读塔罗牌对靓玛丽来说是一种慰藉。面对塔罗牌,靓玛丽就感到找回了自我,有了自信,就觉得宇宙在她的指尖之间流动,一切皆有规划。

"随便你怎么讲。反正是……"她刚要说反正葬礼是你来管。话没出口就被一声尖叫打断。

"赶紧把这个该死的电视换到赛马上!"靓玛丽突然怒不可遏地打断所有人。大卫·爱登堡大叔蹲在那里,面带微笑,轻声细语地解说着,旁边是一群丛石鸻①。肯尼和凯瑞看着电视画面,惊呆了。唐尼一跃而起,拿起遥控器,赶紧按关闭键,但来不及了,丛石鸻的诡秘的叫声在家中回荡。靓玛丽发出一声惊恐的呜咽。凯瑞突然觉得想撒尿。爷爷又呻吟起来,这次声音更大。肯尼死死地盯着唐尼,好像是他把死神邀进家来,并且自告奋勇帮死神磨刀。唐尼僵在那里,手里拿着遥控器,就像被猎手手电筒照到的惊恐小兔。

"不是他的错!"凯瑞对着死一样沉寂的房间大喊一声。但是肯尼根本就没听见一样。他一动不动地坐着,两只肌肉发达的胳膊伸展在沙发背上。他的蓝眼睛发着光,怒气冲冲地盯着唐尼。大家紧张地在肯尼和唐尼之间来回看着,焦虑不堪地等着看肯尼会不会猛地跳起来,大打出手。肯尼最后摇摇头,坐在那里没动,每个人

---

① 在原住民的信仰中,丛石鸻的叫声代表失去孩子的妈妈的哭声。

\多\嘴\多\舌\

都小心地舒了口气。凯瑞也松了口气，但对自己憎恨不已，对自己说，你个窝囊废，为什么不敢面对这个一贯受到姑息的恶霸，他对你从小欺负得够多了，还能把你怎么样呢？

"你他妈这个蠢货！"肯尼对着唐尼咆哮道，"这下你开心了吧。还不赶紧滚开！"

"可是我也不知道他会……"唐尼怯生生地嘟囔道，把遥控器放下，悄悄溜回自己的房间。他走在过道里的瘦小的侧影就像一根火柴棍。

"你说得对，唐尼，你不可能知道！"凯瑞鼓足勇气大声对着他的背影喊道，"小子，不能怪你。"

肯尼阴阳怪气地学着凯瑞的话："小子，不能怪你。"然后又加了句，"没用的傻逼！"他是在骂凯瑞，还是唐尼，还是把他俩一起骂，不是很清楚。

凯瑞眼睛直盯着电视屏幕，心里愤懑极了，就跟小时候的感觉一样。肯尼还有脸跟唐尼说"你开心了吧"。可唐尼生活里最缺少的就是开心！太过分了！她得赶紧离开这个要命的鬼地方。妈妈说爷爷可能还能坚持一两周，加几天安排葬礼，再陪妈妈几天等她缓过劲来。爷爷走了之后，妈妈要感到寂寞了，但跟前还有这个膀大腰圆的混球要养着、要供着，里屋还有一个他的受气包。表兄克里斯也会带着他女朋友和他们的小女儿时不时地来看看。靓玛丽会好起来的，而且她从此可以一心一意地算她的塔罗牌，不用再操心照看爷爷了。想到这里，凯瑞觉得良心上过得去。这样的话，1月中旬就可以回去了，顶多还有三周。

凯瑞站起来，拿起靓玛丽的打火机，走到后院点了一支大麻烟卷。她靠着鸡棚，看着自己手指的影子被拉得很长，一直到了牛圈。如果艾丽可以在布里斯班女子惩教中心待上五年，如果靓玛丽可以在德容沟镇快活地过一辈子，她凯瑞有什么不可以忍受几周肯尼的胡作非为呢？但愿她的这些假如都可以靠得住。

凯瑞的手机响了。是罗基，她刚从布里斯班南边的纳滨巴惩教中心放出来，就迫不及待地给她拨电话，想诓她接个活。凯瑞斜眼看了一下停在院子里的哈雷，长长地吸了口气。心想，姐们儿，得有畏惧感哟。一口回绝，别他妈的瞎扯，根本没门。

"甭想，没兴趣。而且我眼下在新州。"

"我知道。姐们儿，这回我们可是有一个做梦都梦不着的机会啊。我有个姐们儿睡了个电工，那家伙告诉她说在布里斯班的森尼班克区，一个中国佬家有个保险柜，他家没狗，只有一个警铃，保险柜里至少有三万现钞。我们仨人分。还有，那个外号'花生'的伙伴那里有干冰。"

"你是什么意思？想什么呢？"

罗基跟她解释了自己万无一失的计划。凯瑞嘴角抽搐了一下，罗基这回可真出格了。

"我都跟你说了，没兴趣，对不起了。"

"可是我们可以……"

"姐们儿，我说了没兴趣。"

凯瑞刚要解释玩干冰不是什么好主意，罗基就挂了电话。凯瑞摇摇头，毫不顾忌地大笑，真他妈蠢货，不会有好下场。

玛蒂娜握住马斯登夫妇的手，口袋里比吃早饭时多了四千澳元。她特意跟他们打保票，在当下的情况下选择不要规定的冷静期，绝对是明智的决定。她给马斯登太太指了去帕城五金建筑材料店的路，再次祝贺她的远见和旺盛的精力，然后乐呵呵地把这对夫

\多\嘴\多\舌\

妻送出了门，十有八九帮助俩人迈入了打离婚的地带。当然了，这样的事谁也说不准。马斯登先生是个修理工，没准儿他可以把这个狭窄到一枪能把屋里所有人打中的小屋整修出来。玛蒂娜其实也就是在德容沟镇逗留的一瞬间瞥了一眼这个小屋。如果按照正常的房地产买卖趋势，马斯登太太两年后哭丧着脸地来找她，要她给个差不多的价，赶紧把房子卖出手，那她就又可以拿到一笔佣金。房地产就是这样转着圈地盈利。生活中的变幻莫测，无论是死亡，离婚，提升，还是赢了彩票，都有一个共同的坐标，就是房子重新进入卖和买的市场。一个精明的房地产代理能够在婚姻的两端都赚到出手房产的佣金，并且仍然跟夫妻两人都保持友好的关系。玛蒂娜看着桌子上买家和卖家都签署的合同，乐不可支。有时候她不禁想，她应该成为一名赚大钱的心理学家。

她整理文件时，看到吉明发给她的短信，要求尽快见面讨论河边地产开发项目，玛蒂娜感到有些不安。她距离拥有自己的代理公司的目标又近了四千澳元，但距离城市文明还差着十万八千里。而且住在帕城她总是感到不自在，还有六周的时间，就觉得好像还有六年。在北悉尼的纽波特海滨区，她跟威廉可以去有名的安东尼里意大利餐馆吃丰盛的庆祝晚餐，也许还可以去赌场玩，或者去游艇派对，那里肯定会有摇头丸或可可精什么的。那样的日子多有情调。可帕城除了两家旅馆和一家还算过得去的泰餐馆之外，什么也没有。玛蒂娜心想，对一个女人来说，总吃亚洲外卖有点吃不消。想起可可精，她心里有点发痒，但她还不至于去酒吧里跟那个没牙的瘪了买毒品。她望着窗外，感到有些沮丧。她手里等待出手的这家面包店每月租金在两千四百澳元，可坐落的地界很尴尬，一边是米开罗水果市场，市场价大概值四十万，另一边是本迪戈银行帕城分行。她心想，这生存难度跟电视真人秀《幸存者》差不多啊。

"你说什么？"办公室经理凯莉问道，她正准备下班去球场接她孙女。

"噢，没事。就是有点想念城里的日子。"玛蒂娜大声叹了口气，"还有我的那个所谓的另一半，就是不肯现在搭飞机来，一定要等到圣诞节。要是有人跟我抛媚眼，就活该他了。"

凯莉说："这个星期六是澳式足球决赛，格拉夫顿队的那帮小伙子们个个火辣强壮哟！"

玛蒂娜狐疑地回答："这浑水也敢蹚啊。不过，信息收到。"自她到了帕城之后，除了上班，她几乎没出过下榻的这家"丛林火鸡旅店"的门。她倒是还去了趟拜伦湾，算是出了趟远门，感受到不同于小镇、有些阳光的世界吧。

想到男友，她觉得需要交一个新男友了，这才是问题所在。很多星期她都没有享受到快乐的性生活了。在帕城，找到让她有欲望的男人就如同碰到能讲话的狗一样难。当然对她垂涎的男人有的是，那样的人从来就没有短缺过。她刚到了帕城还不到四十八小时，凯莉就悄悄告诉她："地产公司里所有的小伙子都在对你跃跃欲试哟。"她听了浑身起鸡皮疙瘩。上帝啊，把我从这些乡村房地产代理们的垂涎中解救出来。那个戴着球帽等搭车的小伙子，是她在德容沟镇看到的唯一一个有范儿的男人，唯一一个没有穿着破烂背心或戴着澳洲牛仔帽的男人。天哪，难道她现在就落到了要在不知名不知姓的搭车男人中寻找浪漫的地步吗？这个想法让她沮丧不已。她抬头看了一眼日历。她所要做的就是把德容沟镇剩下的那些简陋破屋赶紧便宜出手，把帕城加油站转让出去，还有就是帮吉明盯着他的生意，等他圣诞之后一回来，就可以立马打道回府，飞回悉尼了。

凯莉一走，楼里就剩玛蒂娜自己了。时间是六点四十。商店都打烊了。在主街上的几辆车都亮起了车灯。她站起来，把办公室的窗帘放下来。然后她打开手机，开始刷屏。

第四章

　　凯瑞在双层床的上铺醒了。她躺在床上眼盯着离她的脸不到两尺的天花板。外面天还没亮，很凉爽。家里异常地安静，院子里的公鸡都还没醒。一晚上她翻来覆去，听到小溪和远处的丛林中野生动物低沉的叫声。小时候的噩梦和在布里斯班女子惩教中心度过的日子沉重地压在她的心上：紧锁的牢门，还有剃着光头端着枪的白人看守。她躺在床上睡不着，听到唐尼在下铺均匀的呼吸声。但是听到唐尼的声音让她疲劳的神经一下处在紧张状态。亲爱的上帝啊，给我杯咖啡，给我大麻，最重要的是给我一点空间吧！她可以眼都不眨用拳头砸穿紧挨着她的纤维板墙。从现在起这就是她的生活，醒来时不再有艾丽侬偎在她身边。世界上的操蛋们都想从她身上拿走点什么，比如吉明·巴克利，闯进她的世界，想拿什么就拿什么，就如同很久以前白人们来到这里，想拿什么拿什么。眼下她要琢磨出个办法，怎样从吉明老蟋蟀那里拿回她的包，而又不被抓住。

　　唐尼一声大一声小地打起了呼噜，凯瑞咬了咬牙，右手握成拳头，准备砸过去的时候又收了回来，让手落回到床上。

　　凯瑞自言自语道，醒来就想把墙砸出窟窿，可不是好兆头。她深呼吸了一下，看来得要给自己对症下药了。她把两条细腿甩到床边，没出声响地下了床，站在满是裂纹的塑胶地板上。三分钟后，她到了碎石铺的车道中间的窄条草地上，脚上穿着唐尼的黄色耐克跑鞋。

凯瑞跑在光线昏暗的大路上，昨天那条棕蛇只留下一团黑色的印记。她跑得很带劲，膝盖高抬，昂首挺胸，双臂紧靠身体，动作跟在学校里教练教的一模一样。跑步对她来说是件再自然不过的事情。其他孩子们越野长跑的时候大汗淋漓，还怨声不断，唯有她轻松地上坡，享受奔跑的每一分钟，直奔终点线。教练都说她有长跑的天赋。黑、瘦、有毅力，她就是任何一个教练的梦想。但他们不知道的是，在帕城中学，跑步是她应对嘲笑和奚落的堡垒。"黑鬼！黑鬼！拿枪打鬼！"凯瑞讥笑那些骂她的白脸。当她带着胜利的表情，飞一般跑过挤在跑道边上观看的学生们时，她就想象着把那些骂她"土猴，黑婊子，原始人"的嘴脸踩在跑道上，她打出的旗子上写着："傻蛋们，能把我怎样！"她的满不在乎一半是做样子，一半是真的。很快对她的辱骂转向了属于少数的其他谷里族土著学生们。而当他们还口或还手之后，很快就被开除。他们所期望得到的只是在他们的生活里有那么点大家都该有的尊严。在帕城中学的黑孩子们基本上都是头一天来第二天就被赶走了，流落到布里斯班、悉尼或者黄金海岸。开始几年还可以在社区里听到他们的名字，然后就再没有消息了。凯瑞猜测，他们大概是被关、被打、被毁了。她在布里斯班女子惩教中心遇到过几个女孩，她们说知道部分黑人学生的下落，只是凯瑞也没想刻意去找他们。德容沟镇发生的事情够多了，还是少找事吧。

跑了十分钟后，她还在加速，甩开膀子，大腿开始有火辣辣的感觉。她跑过一座熟悉的小木屋，破破烂烂的凉台上可怜巴巴地贴着一张"房屋出售"的广告。接着和尚山的三连峰出现在她眼前。要跑到山脚下，也不过是四公里的路程。她抬起头，仰望着她再熟悉不过的崎岖的山崖。看到山的轮廓沿着天际线，心中让一种无名的感受充满，带给她慰藉，只有当地人才可以感受到这样的情绪。爷爷以前总喜欢站在家里的凉台或牛圈看这座山。他在各种光线下看着这座山，跟它交谈，向它提问，从它那里获得启示。爷爷曾说，这座山就好像是他的老朋友。他的家人是从河镇以外的不知什么地方来的，他本人也不属于邦家仑族，但是这座山从未把他带错方向。

凯瑞小的时候就注意到，那些年长的白人农场主们总是用一种过于自以为是的口吻说到和尚山，好像在对待大自然上，他们要带有那么一点的蔑视。这座山并不与他们的内心相连，对他们来说也没有什么神秘之处。而爷爷的感受则完全不同。他坚定不移地认为，没有人可以对一座山了如指掌，就好像不可能对任何一个人了解得一清二楚一样。要是白人问问题的态度还不错的话，他可能会一时兴起编些故事给他们听，什么有条蛇从海滨一路穿行来到这里，造了这座山。要不然就是远古的梦境时期，这座山是由一个仰面躺着的土著女人变的。也有可能是一只澳洲野狗变成了石头，成了这座和尚山。凯瑞听到过多种版本。她太知道别跟爷爷打破砂锅问到底。在爷爷那里，用提问的方式得不到答案。

凯瑞转过一个弯，可以看到和尚山的全景。她回想起小时候的一个星期六，家里没有了钱，也没有了粮食，人人都火气十足。靓玛丽又犯了偏头痛，大家都不安宁。爷爷拿起他的小圆烟丝盒和卷烟纸，对她说："跟我来吧。"凯瑞想爷爷并不需要她陪着，也无意教她学习本领。大概是因为家里的男孩子们都去巴利纳镇看足球了，爷爷就叫上她去帮着提回猎物吧。那时候她应该是十三岁吧，整个一个假小子，棕色的皮肤跟她哥哥们很像。在邋遢包麦卡锡家的后院找了半小时，没有任何收获，这时她听到一声枪响。爷爷喃喃自语，把他的澳洲牛仔帽推到脑后，右手臂上挂着一支小口径步枪。几步之遥的地方一只小袋鼠蹬着四肢，渗出殷红的鲜血。爷爷走过去，对着它的头开了一枪，没有片刻的犹豫。凯瑞站在后面，闻到火药和血腥混在一起的味道。步枪的神奇令人却步，爷爷用它指向什么，死亡就被定格在那里。凯瑞感到有些受不了。为什么爷爷要带她来？他以前从不让她跟着来，因为打猎是男人们的事，不是低人一等的女娃能承担的。

他朝她看了一眼，她犹豫不决地站在那里不动。

"过来吧，我又不会对你开枪。"

她向前跨了一步，并非出自内心意愿。小动物疲沓沓地躺在地上，脖子上让弹孔打得稀烂，头上致命一枪的弹孔却细小整齐。苍蝇已经挤在周围嗡嗡地叫着，凯瑞只能看到小袋鼠的一只眼睛，它的嘴微微张开，露出一排雪白的小牙齿。凯瑞感到一阵反胃。她默默地跟小袋鼠说："对不起。"心里则明白这个动物只有死路一条，才能成为他们活命的食物。晚餐有了保障，爷爷很开心。他把手放在凯瑞肩膀上，让她转过去面朝和尚山，然后用手指了指地。他俩挨着坐下来，爷爷一边卷着烟，一边用手撵着苍蝇。凯瑞看到小袋鼠的一家在不远处的山坡上，竖着耳朵站立在那里，眼睛看着他们的方向。她问爷爷是不是还要再打一只，爷爷说不用了，不能太贪心。而且他估计再过两天马特·努恩会给他些活干，阉小牛和打印记。

他们坐在草地上，草长得很茂盛，蓟草点缀其中。还有些桉树甲壳虫试图占领空场地。爷爷说，麦卡锡是个牧场好手，他懂得不要过度放牧。所以这个草场眼下基本空着，只有几头奶牛在小溪边蹭草吃。他们刚刚走过的那片牧草雀稗全是新长出来的，绿色的叶子上布满了很难看见的小茎，给叶子从这一头到那一头输送着养分和水，所起的作用跟人体中的静脉一样。但他们坐下来的地方，牧草被啃掉一小块，看上去是一两个小时前啃的，很可能就是爷爷射中的小袋鼠啃的。麦卡锡为牛种植的牧草在小袋鼠的胃里还没有来得及消化，小袋鼠自己却成为了他们今晚的桌上餐。凯瑞寻思这一切都是反复、来回的循环，周而复始，永不停歇。想着这些，脑袋觉得有点晕。这是不是就是祖姥姥爱娃对她说的，孩子啊，无论你是不是可以看到，一切事物其实都是相互连接的。

爷爷斜眼看了她一下。

"马上要上中学了。"

她点点头，他用那只好眼睛盯着她看，让她觉得有点不自在。爷爷喜欢跟大人们聊天。对待小孩子们，他基本上是下命令，或者抽两巴掌，很少跟他们讲话。

"学校里有很多白人小伙子，离他们远点，听见了吗？他们都很野蛮。别学你姐姐那样放浪，走到哪里都不检点。"

"听到了，爷爷。"

凯瑞盯着草叶。要是她姐姐是个听话的好女孩，她肯定很生气爷爷这样说她。但是爷爷说得没错。姐姐唐娜当时真的是镇上的风骚女孩。凯瑞可不像她。首先靓玛丽不屑一顾的表情就会让她无地自容。再说了，男孩子们有什么了不起的？其实唐娜也不过就是嘴上吹牛而已。肯尼是靠着篮球和足球闯过来了。黑超人呢，则有自己的办法，他有他要面对的，跟其他人又有所不同。爷爷看出她没有在认真听，在她胳膊上拍了一巴掌，手指着另外一个方向。

"看那边，那座山看着像什么？"

凯瑞歪着脑袋看。白人们总想知道这个问题的答案，不论是酒吧里那些大声喧哗、装模作样的一群人，还是靓玛丽称之为她的朋友的那帮人。她把他们带回家来醒酒，可是一转身的工夫，那些家伙们就变了脸。凯瑞想讲出心里的真实想法，她觉得那座山看上去像小袋鼠的两只耳朵，从地面伸出来，也有些像一只巨大的青蛙的两只眼睛朝下看着他们。她耸耸肩，反正肯定不像和尚。

"像一个仰面躺着的女人？"凯瑞小声说道。爷爷咕哝了一声，他显然挺高兴，但是凯瑞不明白是什么让他高兴。

"还真有人这样说，包括祖姥爷秦乔伊。我还是个少年的时候，比你现在大一两岁，巴克利警长就是吉明的爷爷，他骑着马追我追到这个山脚。"爷爷讲的时候，他的小口径步枪就静静地躺在他脚下，"我当时从河镇传道中心再次逃跑出来，你知道，我必须远远躲开欧萨利文牧师。我就在山里这儿藏藏，那儿躲躲，反正山的阴面有很多地方可以藏。但是巴克利警长作为一个白人来讲，对这座山算是很熟悉。他抓到了我，把我带回到帕城。在旧警察局前给我一顿狠揍，就在大街上。他说他就是要把我身体里的黑鬼揍出来。"

爷爷摇摇头。

"我的天哪，那个巴克利警长真是太狠了。"爷爷不会随随便便说出这话。爷爷停了下来，在回忆。

"欧萨利文牧师从河镇赶来带我回去。我被殴打的时候，他跟镇上多一半的人一起站在那里围观，脸上带着得意的微笑，真他妈狗杂种。可我只能眼睁睁地受着，那个年代黑人没有任何权利。"

"知道了吧，这就是白人。"凯瑞有些不解的是，如果你是黑人，你就一辈子是黑人，怎么可以把黑人揍成白人呢？要是揍揍能把一个黑人变白，那唐娜和肯尼早变得白得跟得了白化病的人一样了。但还轮不着她，也轮不着黑超人。她太小，爷爷不使劲揍她。而且她是个机灵鬼，很会察言观色，知道什么时候赶紧躲到鸡棚后面，也知道待在小溪的另一头是最安全的地方。爷爷揍她的次数不多，她用十个指头就可以数得清。而黑超人有些神秘的眼神让爷爷对他也比较宽松。所以也许真跟肤色有关系，她跟黑超人比唐娜和肯尼黑很多。真的是有些搞不清楚。

之后爷爷又做了件让她不解的事。他举起右胳膊对着山，好像是在向它敬礼，然后慢慢捏住拳头对着下午的日光。他向凯瑞靠过来，他的头挨着凯瑞的头，凯瑞不记得爷爷有过跟她这么亲近的时

＼多＼嘴＼多＼舌＼

候。他俩的肩碰着肩，她顺着爷爷伸出的手臂看去。爷爷手上三个突出的黑色骨节映照在蓝色的天边。当爷爷把手臂往下移动时，凯瑞看到三个骨节跟山的三峰相映。一模一样。

"看到了吗？"

凯瑞点点头。

爷爷跟她说："也许一开始是条狗，或者是个女人。但现在你看清了，丫头，这山就是一只拳头。"他把手臂放下来，眼里满是痛苦地看着凯瑞，"是警察的拳头，专门等着我们。只要违规，就把我们一拳砸翻在地。你要牢记，我们生活在白人的世界里。"

爷爷在鞋底上把烟踩灭，站了起来，手里提着他的枪。他低头看着凯瑞，他的表情里带着一丝深藏很久的愤怒，让凯瑞不禁胆怯。她极力不去想爷爷会突然转身把枪对着她脆弱的脑壳。又一个流血的弹孔，又一具死尸躺在地上。这是什么乱七八糟的念头。爷爷会用绳子抽捣蛋的唐娜，也许也会用板球棒揍唐娜，但是爷爷绝对不会拿枪对着他的孙儿孙女们。

"拿着。"爷爷把枪递给她，好像在证明她的想法是正确的。他蹲下去，用刀三下两下就把小袋鼠的肠子划拉出来，扔进深草丛里，然后把整个袋鼠甩到肩上，往家走，血吧嗒吧嗒地顺着他的背流到地上，一溜血滴。凯瑞跟在后面，很小心地看着脚下，在长草和牛粪之间挑着道走。她上了安全栓，把枪口一直对着地面。

妈妈看到小袋鼠，头痛立马消失了。肯尼在当晚赢了格拉夫顿队的比赛中，当上了第一进球手。那天晚上的炖肉真是格外好吃。

凯瑞两手叉腰，在坑坑洼洼的和尚大道上大汗淋漓地走着圈。然后她停下来，前后摇晃着，使劲吸着氧气。天空已破晓，夜间的一丝凉意瞬间消失，炙热数分钟之内就会降临。她把 12 月的炎热吸进了肺里，在这个季节跑步，就好像跑在热带雨林中。她也就跑了三公里，就感到肋骨炽热难忍。显然，她总是骑着哈雷，很少用脚走路。塞进唐尼鞋子里的脚，同从前一样精瘦，但是瘦不等于健壮。她把脑后的马尾拉紧点，后悔没在出来之前编成辫子。

呈现在她眼前的大山，跟她在靓玛丽的大门前看到的侧影完全不同。山变成了卡其色，树尖从一片昏暗中探出头来，背后的天则是粉灰色。是坏天气的迹象？不对，这就是破晓的色彩，不用担心。笑翠鸟这会子安静了，轮到乌鸦和喜鹊叽叽喳喳。黄金海岸机场开往悉尼的第一架飞机飞翔在天空，一帮穿着西装的老板们急不可待地南下去再多压榨点员工们的汗水。如《圣经》所云，对于那些富有的人，神将赋予你们更多。可是对于那些有背包的，他们的背包却被夺走。突然间，非常奇怪的事发生了。在凯瑞身后传来了"咚、咚、咚"的声音，跟几分钟前她自己的脚步声一模一样。凯瑞感到心里一紧，意识到自己被围困了，离家有着三公里远，能最快飞奔到的地方也只是那几幢破烂不堪、无人居住的房屋。在德容沟镇，没有人能听见喊叫声，就像肯尼讲的，因为每个人都在忙着大喊大叫。她左右看看，想找几块石头，准备砸在袭击她的人的脸上。即使打不过，也得拼一下。

还没容她多想，也没来得及做什么，六七尺之外一个移动的身影变成一个跑步的男子，一张似乎有一点点熟悉的面孔顶着一头棕色的卷发。

此人大约三十来岁，颧骨很高，矫健如同狐狸。居然也跟她一样在这个荒无人烟的道路上跑步！他冲凯瑞笑笑，好像凯瑞是这个地球上他最想见到的人。

这位站在她面前的白人显然不是纯种白人。他有着跟她一样的深棕色的眼睛，肤色有点像唐尼的，略显黄色，大概是南欧来的外国佬。他确实是个性感小帅哥。

\ 多 \ 嘴 \ 多 \ 舌 \

莫非喜从天降？

"嘿，你好。"男子微笑着，慢下脚步打量着她。看上去他已经跑了很远的路，下巴和额头闪着汗水的光泽。从肩膀到手腕呈现的是漂亮的弧形肌肉，穿着松松垮垮的背心跟没穿差不多。一看小伙子健魄的体魄就知道他行动敏捷，关节处都是精瘦的肌肉，好像一个正儿八经的运动员，大腿和肩膀呈现着爆发型肌肉。莫非是打橄榄球的？或者是专业单车赛手？问题是他这一大早徒步跑到没人、没烟火的地方来干什么？

"你好。"凯瑞打了声招呼，有点拿不准。眼前这情景搞得她有些糊涂。在这个丛林覆盖的大山里，周围是在吃草的海福特牛群。突然出现一个性感十足的家伙来跟她调侃，这是怎么回事？

小伙子用他的背心擦了擦额头上的汗，凯瑞就势瞄了一眼背心下面结实的六块腹肌。他把背心放下来，两眼直直盯着凯瑞，一点不羞怯，眼神里透出不言自明的邀请。凯瑞对这样的眼光太熟悉了，意思就是你要愿意我就行动。自打她十四岁起，绝大部分盯着她看的男人，或者垂涎欲滴，或者恼羞成怒，可这个小子的眼神不一样，它给出的是大胆的表白，但既不乞求也不奢求。

凯瑞暗自思忖，如果我要是对白人男子有兴趣，他应该是我喜欢的那一类。

"去这边？我打算跑到桥头。"

对他那种毫不遮掩的表示，凯瑞忍住没笑。

凯瑞有些不屑地说："不去，我跑得够多了。"但不可否认心里挺有小鹿乱撞的感觉。在遇到艾丽之前，她挺喜欢这种游戏。他们不需要再多废话，三分钟之内就跟兔子一样进窝了。她半转过身去，抓住一只脚的拇指，从后面提起腿，拉一下股四头肌。面对着家的方向，她开始拉另一条腿，眼睛根本不看小伙子。意思是，找错人了。她还是放不下艾丽，分手没分手都在其次。

"等太阳上了山头，就很热了啊。"靓仔原地跑着，保持他的热血沸腾。

"已经太热了，我可没那么憨，我回了。"

凯瑞今天穿了她最喜爱的短裤，还把艾丽给她的银戒指留在了窗台上，她挺高兴。得了，还是别瞎想了。

"那明天见，还这个时间，还这个地儿。"小伙子依然是笑眯眯的，露出整齐洁白的牙齿，这副好牙得烧多少钱啊。我们家里从来没有一个人有这样好的牙齿。

"不能保证。不过，谁知道幸运之神在哪里？"山的另一边传来海福特牛一声低沉的长啸。

他笑了笑："幸运是我的小名。"

"是吗？可是我听到的说法是，幸运与不幸是命运的两种味道。"

凯瑞弯下身子，把手掌平放在脚背上，腿上的筋被拉直时两腿感觉火辣辣的："你是尝到了第一种味道？"

小伙子大笑。

"我叫史蒂文。史蒂文·阿巴科。你是凯瑞·索尔特。"

凯瑞如同一把自动弹开的刀，一下站直了。

"你不记得我了，对吗？"

记忆让她倒抽一口气。那时候他叫阿寇，不是史蒂文。少年时代没什么体面可言，加上个外号，就更别提体面了。他说对了，她真没有认出他来。

"天哪，你这是……"她用手指画着圈。他大笑。

"是的，长圆了。爆炸头也没了。你脑子里恐怕还是坐在你后面的那个瘦麻秆。"

他现在长得真棒啊。瞧瞧那臂膀，还有那诱人的六块腹肌。光想想就够受用的。

"我还真记得那个讨人嫌的瘦麻秆。好像你还会跳高，还是什么？"

"好记性。十年前那个会跳高的入了健身房的门。这些日子又学了些武术。"史蒂文开玩笑地秀了一下他的二头肌。凯瑞的胃抽动了一下。"你怎么样？你还住在德容沟镇。有孩子了吗？"

凯瑞笑出声来。他以为她这些年一直待在这个地方。

"哪里啊，我能出去的时候就离开了。我是从布里斯班回家看看。我没有小孩。你呢？"

"我两个月前刚搬回帕城，经营一份生意。我女儿五岁，跟她妈妈住在黄金海岸。"

史蒂文·阿巴科，眼下没女人，站在这里冲着她笑，而且看样子打算继续笑下去。凯瑞想到了艾丽，开车也就是三个半小时的距离，但却是完全不同的世界。她要在带着电网的大墙后面关押五年的时间。

艾丽说了之后的事都没个准儿。另起炉灶吧。

"对不起了，我是真的要走了。我爷爷得了癌要不行了，我就是回来……你明白。"

"太糟糕了，真的很抱歉……"

他还在不断地说着抱歉的话，凯瑞报之以微笑，没等他回答就上了路，用劲地踩着柏油碎石铺的路。她跑过小溪时把水里的一对木鸭吓了一跳。鸽鸟一家对着她一阵乱叫，发出会有严重危险和疼痛的警告。她使了劲地往家跑，跑得小腿疼。她当然记得史蒂文·阿巴科。他是白人孩子里唯一一个敢站出来质问那些骂她"黑鬼""土人"的浑小子们，他对那些辱骂欺负其他同学的坏孩子们也同样不依不饶。初三，他们几个人在外面喝酒，让廉价的汽酒灌得一塌糊涂，十四岁了，感觉好刺激。那个晚上她很想亲他一口，但他并不知道，她也没说出来。之后不久他就转学了，就完全消失了……

打住，打住。她根本不想这些。眼下她最不关心的就是这个破事，都是这个不知从哪里杀出来的史蒂文害的。都过去二十年的事了。

她去洗个澡。两手撑住淋浴的两壁，把头放在淋浴下面，让猛烈的冷水把过去的记忆全部冲洗掉，绝对要冲洗掉。统统冲洗掉。

一刻钟后，头发滴着水珠的凯瑞站在厨房里，有了新的计划。她要留个条子，但是一着急，水打湿了的纸被写不出字的圆珠笔划破了。见鬼！她生气地把纸揉成一团，使劲扔到身后，把橘色的猫吓得跑到还在沉睡的房子下面。[①]她又找了个铅笔头，开始写道：

　　我得先回去。圣诞再来。亲吻。凯瑞。

淋浴没能让她安下心来，她现在只剩唯一的选择：逃走。逃离这个一波未平一波又起的地方，太搅乱人心，让她难以入睡。在河边看到唐尼好像竖琴一样的一排排肋骨。吉明顺走了承载着她的未来的蓝包，开着车一溜烟走了。肯尼敞开两臂坐在沙发上，满嘴脏话漫骂这个世界。爷爷躺在隔壁屋里，只剩下最后一口气。眼下又冷不丁地冒出来六块腹肌，激起了多少年前的记忆。她的妈妈靓玛丽在抽签，爷爷在怒吼……打住！扯淡的德容沟镇。她要赶紧登上摩托上路，必须赶在靓玛丽醒来之前，否则她会提高了嗓门，用她受伤的眼神，央求她留下来跟大家一起受罪。

凯瑞光着脚悄悄走到厨房的另一头，把纸条放在维吉麦酱瓶子下面。头顶上的风扇把她吓了一跳，风扇疯了一样地吹着房间里的

─────────────
① 在新州北部和昆州，很多房子离地建在木桩或水泥柱之上，类似高跷房子，房子下面有很大空间，目的是为了防范洪水和高温天气。

\ 多 \ 嘴 \ 多 \ 舌 \

热气，把刚放好的字条也扇了起来，厨房桌子上的塑料贴面被吹得啪啪作响。"小点声！小点声！"她赶紧用花生酱把纸条粘住。廉价牌子的花生酱，里面的糖比花生多。见鬼！管它什么花生酱，赶紧拿了自己的东西走人。她越惊慌越觉得在家里再待两周无法忍受。摩托车的油箱满着，她胸罩里还塞了二十元的钞票。不到一分钟她就上路了，再加一分钟她就可以骑到高速公路，然后不带喘息地冲到州界，晚上十点准到家。先去艾丽父母家一起开喝廉价酒精，直到所有的记忆都消失殆尽。要是那些狗日的警察们有能耐，就来抓她吧。

卧室里传来她妈妈老烟枪的咳嗽声。凯瑞僵在那里，好像被车灯照到的惊恐小鹿，但她马上恢复镇静，立刻行动起来。

她不出声地拿起靴子。爷爷，再见，她心怀愧疚地转过头悄悄嘟囔道，另一个世界再见了。回见，爷爷。回见，唐尼。回见，橘色猫咪，还有你这个断了尾巴的埃尔维斯。她蹲下去最后拍一下狗，突然感到一种羞耻感让她难以自持。你可能刚离开，爷爷就走了。她又悄悄爬回到爷爷睡的小床，见他黑色的手仍然死死地攥着一张彩票。眼里含着泪水，她弯下腰，快速地在他好似怒发冲冠的头发上吻了一下，家里只有肯尼遗传了他的直发。只有……

只有……

我的上帝啊！不会吧……

没有任何生息。

我操！不可能！不可能！不可能！

凯瑞的靴子从手里掉了下来，她发出一声含混不清的哭声。爷爷走了。痛苦穿透了她的整个身体，四肢变成了空壳。天哪，这不可能啊！她突然疯了似的四处看，好像可以在屋子里的哪个角落找出答案。

"凯瑞，丫头，是你吗？"

没有任何动静。没有一丝生命的喘息。爷爷的脸颊上、额头上、胳膊上，在炎热到发臭的 12 月，没有一丁点的热度。肯定在她出去跑步的时候他就已经死了，可能她从后门往外走时还碰到了他的魂。谢天谢地，他的双眼是闭着的，她不用帮他把眼睛闭上。爷爷躺在那里，姿势跟之前没有两样。好像还是爷爷，又好像不是。她想，点燃桉树枝，让烟雾缭绕，唤醒土地，唱起歌声，她知道这些都是俗套，但是开始吧，让大伙来缅怀，欢笑，痛哭。爷爷走了。

"凯瑞，亲爱的，可以给我倒杯茶吗？"靓玛丽说完又接着咳起来，恨不得把肺都咳得错了位。

凯瑞的靴子好像在对她说："赶紧把我拿起来，顺着楼梯走下去，然后你就是一只自由的小鸟了。没什么要多想的。"

凯瑞稍微挪了一下脚心，感到拿不定主意。假装她什么也没有看到，什么也没有听见？赶紧一跑了之？还是留下来跟靓玛丽一同度过最艰难的时刻？站在尸体旁，她生出一个惊人的念头，在地球上几亿人当中，只有凯瑞·索尔特一个人知道爷爷死了。几十亿人当中，只有她一个人掌握这唯一的信息。当然这不会持续，也就几十秒钟，家人马上就会知道。但这个瞬间感觉之奇特，她独自担负知晓这一信息的责任。

靓玛丽的床嘎吱嘎吱地响，然后就听到打火机不停地打着火。

"听到了，等一下，老妈，马上来。"凯瑞一着急喊出了口，她不知道还有什么其他办法让妈妈先别出来，好让她有时间保持清白。就这样了，她别无选择只能留下来。她把靴子放回到沙发后面，寻思她接下来该做什么。妈妈得知这一消息时，手里有没有拿着一杯茶，会有关系吗？

赛马频道还开着，开了整整一夜，声音关了，屏幕上来回播放的是白天录下来的影像。今天的比赛还要等好几个小时，但是已经有一本正经的评论员在侃侃而谈。同时在播放的还有赛马服务的广告。赛马结果的数据也不停闪现，昨天赌马赢家已经拿到了奖金。凯瑞看着爷爷左手攥着的赛马彩票，轻轻取出来，好像从睡着了的孩子手里取出攥着的糖块。爷爷赌的"沃威"跑了第十二名，爷爷的五澳元打了水漂。亲爱的，把最后一支舞留给我①。

　　"爷爷，没走运啊。"凯瑞对着爷爷说道，把彩票折了起来，突然感到这张彩票意义的沉重，因为它是爷爷最后一张赌马的彩票。她把彩票连同没有用的纸条一起塞进了牛仔裤的口袋。她看看墙上的钟，六点四十五分。再过整整一周就是圣诞节了。

---

① 这里引用的是创作于 20 世纪 60 年代的名曲《把最后一支舞留给我》，由美国漂流者乐队（Drifters）演唱。歌词大意是你可以跟你喜欢的任何人跳舞，也可以把微笑展现给他们，但是我希望你的心不要被带走，为我留下最后一支舞。别忘了，谁的怀抱才是你的归属。亲爱的，我是多么爱你，我永远不会让你离去。答应我，留给我最后一支舞。

第五章

一声口哨划破了空气，凯瑞迈着大步怔了一下。她有意没有扭头朝对面街上的酒吧看一眼，不能让那些混蛋们得意。黑超人走在她身边，猛地一转身，手搭在眼睛上遮阳，对着看不见的观望者夸张地飞了个吻，然后把手高高举起，最后一秒的时候突然亮出两根手指表示鄙视。"抗旱王牛"酒吧传出哄笑。

进了街角的小店，凯瑞自然而然地抬头看了一下，没有摄像头。德容沟镇这小地方确实不与时俱进。站在柜台后面的凯西有五十八岁了，胖得有些病态。她抬了下眉毛。

"我还记得当年有人对我吹口哨的时候啊。宝贝，有一天你会怀念的。"

"哪儿的话，他们是在对我吹口哨！"黑超人凑了上来。凯西龇牙笑了笑，张开嘴发现她没有什么要说的，又闭上了嘴。

"我爷爷四天前刚死了。你以为我需要哪里蹦出来的混球告诉我他有多喜欢我的胸？"凯瑞说着走到冰箱前。

"宝贝，我听说了，很难过啊。这镇上没了你爷爷，可就不一样了。再也看不到他在酒吧里赌马了。"

"谢谢。"凯瑞从胸罩里拿出二十元，买了两袋面包和四升鲜牛奶，可以不用靓玛丽的阳光牌奶粉了。家里已经变了样了。医院把爷爷用的小床收回去了，客厅里空出来的一块地摆满了布兰登和拉

\多\嘴\多\舌\

波拉波的玩具，还有他们的儿童床垫。赛马频道成了往事，电视固定在了卡通频道，肯尼有时也会看他又爱又恨的真人秀。老人逐渐衰退的朽味已经让缭绕的烟雾驱除出去，靓玛丽、瓦丽姨、莎薇娜和黑超人，抽起烟来一个比一个快，好像在比赛，看谁第一个把世界上的烟先抽完。

"别忘了给妈买烟。"黑超人提醒凯瑞，从钱包里拿出两张五十元的票子塞给凯瑞，"给老妈多买一盒吧。记着拿份报纸，看看通告。"

"葬礼是什么时候？我争取去参加。"凯西边说道，边把一百元找的零钱给凯瑞，黑超人马上把他姐姐的胳膊推到一边。

"给我吧。葬礼今天两点半，在圣麦克尔教堂。"他兴高采烈地说，"欢迎大家都来参加，看看老家伙是不是真死了，然后再给他支大麻烟抽。"

凯西又一次无言以对。

"闭嘴吧，你个白痴！"凯瑞使劲把他推到门口，然后从铁架子上拿了份免费报纸搭在肩膀上，说道："凯西，欢迎你来参加。守灵是在酒吧。"

"哎呀，我忘了，不许说死人的坏话啊！"黑超人大声说道。凯瑞在店门口推了他一把，他差点摔倒。

"你非得要如此夸张地求关注吗？"凯瑞大声地教训黑超人，一边把面包递给他，"其他人还得在这里继续生存，明白吗？"

黑超人大笑不止，然后又把声音降了八度，说道："亲姐，我没法控制自己。我一回到这里，就马上变成了十五岁。没关系了，这下凯西星期五晚上聚会上有的讲了。"

"他是我们的爷爷！"凯瑞尖锐地指出，"无论他有多少毛病，他仍然是长老。要不是爷爷，我们连住的房子都没有。"

"他是什么狗屁长老。"黑超人反驳道，"我出柜的时候，他把我打得半死。我永远不会忘记，我也绝不会他妈地原谅他。姐，让这个歧视同性恋的可怜虫烂在地狱里吧。"

凯瑞抿了一下嘴。生活中有些事情可以放下，有些事情放不下。黑超人的标准比大多数人都高点。

"那你回来干什么？"她马上问道。

"我刚才说了，就是要看着这个老混蛋被放进焚化炉里。还有看看你啊，我亲爱的小姐姐。"

五分钟后，凯瑞说道："轮流坐庄。"她把两个重重的塑料瓶哐当一声放在靓玛丽的厨房灶台上，瓶子下面立马出现了牛奶圈印。"还有面包。"她把面包使劲放在牛奶瓶旁边，"还有报纸和你的烟。"

"噢，是乐富门牌子的，我的小天使们！"靓玛丽很满意，两手正泡在洗碗水里，眼睛侧过来紧盯着烟盒，"丫头，给妈点一支啊？你跟酒吧确认一下杯子都备齐了吗？"电话又响了，今早响了不下一千次。凯瑞小心地把点着的烟放在靓玛丽的两唇之间。黑超人飞快地奔去把孩子们正在玩的手提电脑一把拿了过来，锁到租来的车里。

"十点之前不可以玩电脑！"他告诉两个孩子。

电脑突然被夺走，六岁的拉波拉波大声地哭着要去找悉尼的奶奶。她的哥哥布兰登发脾气，嘴里骂着人，拿起遥控器就要朝电视砸去。肯尼腾地跳起来，撞倒了厨房的一把椅子，一把捏住男孩的胳膊，把这个四十五公斤重的小胖子提了起来。肯尼夺下遥控器，把电视给关了。

"你发的哪门子疯啊！"他吼叫道，把布兰登扔在了沙发上，用肩膀把靓玛丽的手机顶在耳朵上，"吵得我都听不到我自己说话了。"

"可是唐尼叔叔为什么可以玩电脑！这不公平！"布兰登气愤地抗议。

"唐尼叔叔十七岁了。"黑超人回到屋子里说，他把嗷嗷大哭的拉波拉波抱起来，架在自己的胯上。站在布兰登和肯尼之间，他接着说，"等你长到十七岁，你想做什么就做什么。"

布兰登对着两个大人龇牙咧嘴地吼叫道："我讨厌这里！我要回去跟我奶奶住！你们这帮变态人！"

"你赶紧把你的狗嘴闭上！"肯尼咆哮着，"理查德大舅在打电话！"

拉波拉波哭声更大了，他紧紧骑在黑超人的胯上，好像龙卷风中水手紧紧地抱住桅杆。黑超人神情淡定。

"小子，你那个奶奶根本不靠谱，你跟着我别无选择。"他握住布兰登的肩膀严厉地说，"我跟你们讲过了，十点以前不许碰电脑。出去玩去吧，去爬爬树。"

布兰登看着黑超人，好像黑超人长了两个头似的。

"为啥？我是鳗鱼。鳗鱼不爬树。"

"他把你考住了。"靓玛丽笑了，两眼哭得红肿，她在茶巾上擦擦手。

"鳗鱼也不玩 iPad。"凯瑞说道，"鳗鱼不看电视，也不吃麦当劳啊。"这话又激起了布兰登新一轮的叫喊，他粗暴地推开黑超人，气冲冲地走到后门。埃尔维斯看到，赶紧钻到房子下面去了。

"还来问我为啥。见鬼，好意思称自己是谷里族人？为啥，宝贝，为的是找鸟蛋，为的是锻炼锻炼。快去吧，傻蛋！因特网也不会因为你几小时没上网就消失了。"黑超人把两个孩子撵到外面去。"这些小屁孩们，让人操心！我先去冲个澡，然后再来跟他算账。你帮我盯着点拉波拉波。"

凯瑞点点头，把坐的椅子往后退了一下。

两个孩子刚到了外面就忘记了还有听话这一说了。凯瑞朝着院子里张望时，就看到他俩拿着刹车灯的碎片在豹皮树的树桩上刻着自己的名字。布兰登刻下了"鳗鱼人布兰登统治此地"几个字，然后还在下面刻了三条横线以示强调。

"伙计，别靠近摩托车啊，想都别想。"她对着往晾衣服架子走去的布兰登说。黑超人刚到的时候，就严厉地警告布兰登别碰哈雷。但凯瑞对黑超人的警告没什么信心。布兰登生长的环境充满了吼叫和拳头，对警告是充耳不闻。

"不要叫我伙夫！"布兰登朝地下吐了口唾沫，转过身去，把刹车灯碎片扔向鸡棚，马上响起一串刺耳的鸡叫。

"是伙计，不是伙夫。伙计是白人们常用的称呼。"凯瑞解释道。

男孩踢着地上的土，没吭声。

这傻小子不知道凯瑞是哪个庙里来的。布兰登和他妹妹算是他们家的远亲吧，但是俩孩子是悉尼生悉尼长的，对德容沟镇一无所知，一个月前才听说。现在让不知哪里来的姨对他指手画脚，他当然不服气。他肯定在想，她的目的是什么？她的承诺会不会兑现？会不会只是说得天花乱坠？也或许是要揍他一顿？还是要先从他妹妹下手？也可能是"以上全选"。

"你造过鸡棚吗？"她接着问道，知道答案是什么。养鸡需要地盘和稳定的环境，这两点在他之前的生活中都不具备，直到黑超人去年介入了他的生活，赶在了强行带走孩子的代理机构之前。布兰登耸了耸肩。凯瑞走到鸡棚前，然后发出响亮的鸡鸣声，喔喔喔！她的拿手好戏。躲在楼梯底下的埃尔维斯歪着脑袋看。凯瑞就又学了声鸡鸣。

"你试试啊！"她怂恿布兰登。一开始挺不乐意，后来他也开始学起来。喔喔喔，一边扇动着两只胳膊。

喔喔喔！布兰登大声地叫着。

埃尔维斯钻了出来，它开始又叫又转圈。拉波拉波也跑来一起学鸡叫。

"再大点声！"凯瑞喊道，她想布兰登恐怕这一辈子头一回被鼓励制造更大的噪音。靓玛丽养的小公鸡们也激动起来，开始喔喔喔。鸡鸣和狗叫的大合唱进入高潮时，爷爷从前住的房车中传出了敲打声。

"你们可以他妈的小点声吗？"房车里的声音大吼一声。

凯瑞突然意识到克里斯正在睡觉，他在酒吧上了夜班。糟糕。

"对不住了，表兄！"她对着布兰登做了个鬼脸。布兰登对她咧嘴笑了笑，凯瑞在他头发上抓了两下。

凯瑞跟他说："小子，你学会了。"指着一群小公鸡，"以后就是你的事了，你就是鸡倌啦。"

"爷爷在坟墓里都让你们的喧闹吵晕了。"靓玛丽从厕所里大声喊道，"你们可以歇歇了吧。"

拉波拉波问："姨，我们可以去隔壁玩吗？"凯瑞朝着隔壁看去，看到庭院里一堆白人孩子在疯玩。

"你认识那些娃们吗？"凯瑞想着她应该不认识。

"认识，他们是我们的朋友。"拉波拉波黑黑的脸颊闪着天真的喜悦。六岁的年龄还太小，对肤色没有意识，也不会理会别人注意她的肤色。布兰登已经看到隔壁孩子们在充气小水池里高兴地玩耍，他朝着大门口走去。十一岁的他已经自己当家作主了。也理所应当，他在充满愤怒的脸色和石头心肠的世界里带大了自己和妹妹。凯瑞眯缝着眼，想象着隔壁邻居家里可能发生的情景，料想他们知道倒白粉是死罪。只需一次警告，就一命呜呼。

"宝贝，要是他们说可以，你们俩只能玩一小会儿，因为要去葬礼了。我带你们去吧。"凯瑞蹬上她妈妈的拖鞋，往隔壁走去，脑子里绷紧了弦，谁也不可预测会发生什么。插在福特车上的旗子没准儿意味着傲慢的姿态和充满杀气的眼睛。当然了，他们也可能是一群乐呵呵的傻蛋。

"凯莉，我这一身看着不错吧？"吉明问道，他正站在帕城房地产公司里的镜子前收拾着自己。他拿起西装外套，眯着眼看看外面被太阳烤干的城镇。夏天举行葬礼真是太惨了，圣麦克尔教堂里差不多是全镇最热的地方。但是老相识们走了，即便是黑人，他也得露一下脸。加上这回这个情况有些特殊，更加需要去一下了。

凯莉回答道："吉明，你看上去像是一名五十九岁的政客。很难相信哟。"

"就像歌词里唱的，像个大男孩。"玛蒂娜在自己的办公室里调侃道。她更感兴趣的是查看房地产网站，对于吉明回到办公室取他的外套根本不在意。眼看着罗丝湾的房价继续飙升，她长出一口气。要是在悉尼，这钱就太好挣了，可眼下她被搁浅在这个鬼地方。吉明拿起他的车钥匙。

"我四点回到市委会。"他对凯莉说道，"他们要发的文件传过来吗？"吉明满头大汗，倒不是因为还有几天就是圣诞了，而是他马上要在殖民大道上的 14 号房产上轻松挣到二十万。

"五分钟前查了还没有。"

"到时候给我发短信。玛蒂娜，我们得坐下来过一遍过户的细节，这事需要尽早做，我们的申请必须一次通过，否则居民要发起扯淡的邻避运动①。你四点可以去市委办公室吗？"

玛蒂娜伸伸懒腰，笑了一下，好像吉明有着大把的时间，花

---

① 邻避 NIMBY 是 not in my backyard 的缩写，是指居民因担心在附近的建设项目对身体健康、环境质量或资产价值等带来诸多负面影响，而采取强烈和坚决的集体反对或抗争行为。

了无数个星期签那些做了手脚的过户手续，然后看上去好像是她做的，而不是吉明，把殖民大道上的地产推送给州政府支持的一家财团。由于某些战略性的延误，加上绿色环保党掀起的反对这个开发项目的高潮，给这个项目增加了额外障碍，吉明这下是稳遭碾压了。玛蒂娜知道只要反贪局没发现他坐着市长的位置仍然在做房产交易，吉明老家伙就不会放手这块马上掉进嘴里的肥肉。可怜的蠢货打错了算盘，他以为可以把她用来当替死鬼。

"是啊，我们是需要聊一下这事。"她面带微笑说道，从开着的门里面，用冷酷的商业眼睛看着吉明。骗我一回，你可耻。骗我两回，我可悲。吉明停了下来，手里拿着他的丰田陆地巡洋舰的车钥匙，感到他的世界在中轴的地方倾斜了一度。难道他低估了这个脑筋灵活的悉尼婊子？

"还有什么需要聊的？"他走近玛蒂娜，"我跟你讲过这笔交易了。天上掉下来的肥肉。"

"是啊！"玛蒂娜说道，"那五个狭窄得一枪能打中屋里所有人的小破房，坐落在鸟不拉屎的地方。吉明，抱歉，我对这桩交易激动不起来……"她打住，数数到三时接着说，"就目前这条件。"

凯莉惊奇地瞪大了眼睛。没有人敢对吉明如此讲话，就连警察们都对他毕恭毕敬的，还有法庭的法官，生意场上的人，都追着舔他的屁股。玛蒂娜显然不知道她在跟谁讲话。吉明大步走进玛蒂娜的办公室，从里面严严实实地关上门。

"我不明白你是想要干什么。"吉明对她恶狠狠地说，"亲爱的，别想着跟我这儿玩游戏，否则你会悔之莫及的。"

玛蒂娜没有露出一丝一毫受到恐吓的迹象。她心想，老友，你他妈根本不知道你在跟谁打交道。她抑制住对他开炮的冲动，假惺惺地耸了耸肩，这是她从威廉那里看到的，决定拿来用用，看上去很英国式的洒脱。她知道从长计议更有成效。

"吉明，殖民大道上的房产销售是个硬骨头，我可是在帮你呢。我觉得我拿三成比较合适。"

"三成？"吉明的脸变成了甜菜头的紫红色。

"吉明，这是我开的价。你什么时候改变想法，我洗耳恭听。"玛蒂娜在日记本上记了下来，转过身去看着她的电脑屏幕，把吉明晾在一边。吉明居然被一个女的给耍了，一种奇怪又极为不爽的感觉袭上心头。对他来讲这简直不可思议。

"你是拉拉，对吧？"他不怀好意地说道。玛蒂娜大笑。这个虚荣猥琐的混蛋还真以为她会为一点小钱以身试法，让他拿上二十万去逍遥？她习惯了被男人们低估，但是这一回她得让这个男人知道谁他妈的是真厉害。她坐在椅子上旋转过身，面对着吉明。

"我是拉拉？不是。但是我在反贪局的几个好朋友都是。"

吉明的嘴变了形，有点认不出来了。

"你还真他妈不是个玩意儿！"他憋了半天说道，愤怒中夹杂着让他感到恐慌的敬意。玛蒂娜歪过头去看她的电脑。

"没错，我至少有三成不是玩意儿。"她附和道。

吉明用力把门打开，怒气冲冲地走了出去。当他猛然把当街的公司大门关上的时候，一股12月午日的热流扑向凯莉，她打了个趔趄。

她说道："这外面跟烤比萨炉没两样啊。"她急不可待地想知道发生了什么事，谁占了上风。

"是谁的葬礼啊？"玛蒂娜从她的办公室里大声问道，"一定是个重要人物，才能让这小子穿上西服去。"吉明从来都穿着一件蓝色的农庄主衬衫，一条斜纹棉布裤子和两边带松紧的靴子。他那副乡村打扮让农场主们感到放松，而城里来的人以为他在跟原生态的澳大利亚神交。玛蒂娜寻思，有些人可真他妈的蠢。

"是在圣麦克尔教堂，估计是原住民的长老吧。"

"当真？"

"忘了带上我的咖啡。"吉明折回来拿他的"世界最佳老爸"旅行杯，顺便狠狠地瞪了玛蒂娜一眼，"这该死的酷热简直要了我的命。凯莉，搞点冰镇咖啡，可以吗？"

"好的。是谁的葬礼啊？"

"老头欧文·艾迪生的。记得肯尼·索尔特吗？就是那个黑家伙，之前是十四岁以下儿童足球教练，就是他的爷爷。听说他们家族在殖民大道上非法居住很多年。所以我得露个脸，以防他们甩出个土地所有权的诉求。"

"真见了鬼了！"玛蒂娜对着电脑骂了一句。

"怎么了？"凯莉问道。

"悉尼北岸房产拍卖市场平均清盘率居然是百分之八十九！"她对凯莉说道，一边站了起来，把她办公室的门砰的一声关上了。她回到办公桌，坐下来眼睛盯着她的悉尼到霍巴特帆船大赛的日历。同意来到帕城陌生的代理公司是她近来做得最烂的决定。还有，为什么威廉昨晚没有回她的短信？她坐在那里发怔，然后起身去了洗手间洗了把脸，重新化上妆。她可以承担各种角色，也做过各种职业，但她绝不言退。走回她的办公室，她从窗外看到一对夫妇在逛街，男的戴着卡尔文克莱恩墨镜，一副喜悦的表情。他太太在讲话，手上戴着全克拉的钻戒。

"学着点，小白。"玛蒂娜对凯莉说道，走到门外，伸出右手："我叫玛蒂娜·罗斯。你们是打算投资？太棒了。我想你们可能已经有所了解。"看到一个病恹恹的老头开着电动代步车进了卖酒的铺子，她不动声色地站在能够挡住这对夫妇视线的位置，接着说道："这个地区变化很大啊。如今拜伦湾的买家们都跑来帕城投资地产。瞧瞧，你的戒指可真漂亮！"

他们的丰田塞恩车停在圣麦克尔教堂外面时，已经挺晚了，肯尼正慢慢抿着他的第四听酒精饮料。虽然肯尼已经醉到绝对不该开车的程度，但他依然清醒地做出没几个人来教堂的判断。这使得他的不满情绪一下突变成了怒火中烧。"这些混蛋们有事的时候全都跑来，可到了爷爷的葬礼，他们狗日的屁股都不抬！"他对着靓玛丽气呼呼地说。靓玛丽重新涂了一下口红。

　　"儿子，别激愤。"靓玛丽劝道，"很多人没来是因为马上就要圣诞了，加上这个热到恨不得把马都能烤死的天气。"她用手绢擦了擦脖子上的汗，"你也看到了，理查德大舅一家都来了。"靓玛丽因为缺乏睡眠和炎热的天气感到发晕，但她没有告诉其他人。"唐尼，把纸巾盒递给我。"她把纸巾盒塞进她的手提包里，然后打开车门，"小子，从后备厢里拿些桉树叶，还有迪吉里杜管。"她擦擦眼睛，又给自己打气，一定要把葬礼办好。

　　凯瑞已经在教堂外等着了。她也跟肯尼一样，看到停车场空空荡荡很吃惊。爷爷是帕城 80 年代创立帕城原住民合作服务的十位创办人之一。"以为会有更多的人不嫌麻烦。"她对唐尼说，唐尼无所谓地耸耸肩。唐尼对这个世界没什么期待。

　　"兄弟，别上火。"黑超人安抚肯尼，跟他一起朝教堂走去，"除了那些软骨头们，有头有脸的都在这儿了。其他人都是他妈的操蛋！"

　　肯尼停止了抱怨，但他摆出的臭脸让一家人很不爽。他们穿过人群往里走，唐尼拖在最后，尽可能地离他爸爸远点，省得受他奚落。他们进到高顶的教堂里面时，靓玛丽跟肯尼争起来，唐尼躲在后面。

　　"根本没门儿！我是老大，这是我的事。"肯尼喊道，"我他妈的花了一晚上的时间准备悼词！"他把写得乱七八糟的一页纸塞给

　　＼多＼嘴＼多＼舌＼

他妈妈作为证据。牛高马大的肯尼怒不可遏的时候看上去比原先更增大一倍，好像他的怒火是有体积的，需要有盛放的空间。

"我知道，但是，考拉熊，我想让你跟我在一起。"靓玛丽撒了个谎，"我需要我的长子在这样的时刻待在我身边。"就好像为了证明自己的话一样，她歪歪斜斜地走了两步，筋疲力尽地一屁股坐在前排的凳子上。肯尼原地不动地站在那里，两只胳膊抱在胸前，沉着脸。

"你觉得我做不了这事，把个同志小弟从城里叫回来，来给我们大伙讲话！"

"这跟是你还是黑超人没关系。"凯瑞插嘴道，"是爷爷和妈妈的事。你看看妈，她肯定是病了！"

"你少管闲事。"肯尼含混不清地说，一边把最后一滴酒精饮料倒进嘴里，"你十年回来一次，就他妈的对我们指手画脚。"他把手里的饮料罐捏扁，扔进了前台二十多米以外的铁垃圾桶里。响亮的哐当声吸引了一小群来客的注意。

"三分球！宝刀不老啊！"肯尼得意地叫道。

"肯尼，求你了。我真的受不了这些了。"靓玛丽的声音带着哭泣的颤抖。瓦丽姨走过来，莎薇娜的两个顶着金色卷发的娃娃紧抱着她的两腿，好像刚刚出生的小鸡。平时邋邋遢遢流着鼻涕的两个娃娃今天给洗得干干净净，香波洗过的头发扎着紧紧绷绷的小辫。凯瑞局促地对她们点点头，心想至少她们的用心表示了敬意。瓦丽姨坐下来，她白白胖胖的胳膊搂住靓玛丽的肩膀时，凯瑞看到泪珠从妈妈的脸颊上断了线似的流下来。靓玛丽用手擦擦脸，靠在瓦丽姨的肩上，悲痛地抽泣起来。

"没事的，亲爱的。"瓦丽姨说，小心翼翼地不招惹肯尼，"别都憋在心里，那样对谁都没益处。痛快地哭一下。"她用两只胖胳膊紧紧地抱住靓玛丽。让凯瑞吓了一跳的是她的妈妈开始放声大哭，把瓦丽姨手术切除之后装的假乳房都打湿了。

"哥，妈需要你在她身边。"黑超人用坚定的口气说道，"爷爷也希望我们至少今天能够照顾好妈。"

"全他妈扯淡！那你说了算吧。"肯尼说道，狠狠地看了人群一眼，"什么都是你说了算！"他用一只手把写得乱七八糟的那页纸揉起来，塞进了口袋。唐尼小心翼翼地在教堂的另一边等待，见此情景赶紧溜过来，挨着凯瑞坐在长条凳的顶头。他很庆幸在他跟肯尼之间隔着他姑姑，两位邻居，还有穿着粉色花童纱裙的三岁和五岁的小姑娘。

黑超人的黑色西装让殡仪员的穿着黯然失色。他的胡子刮得干干净净，神情庄严。对那些喜欢私语的人，他在他们耳边轻声细语。对那些想要开怀大笑的人，他跟他们说个笑话。他要让那些自我膨胀的人受到奉承，还要使社区当中各种小的不和别浮出水面。他做的基本上都奏效了。克里斯用迪吉里杜管吹完一段低沉而悲伤的曲子之后，殡仪人员把棺材抬进来做熏烟仪式。黑超人现场发挥讲了一段话，在场的大部分人把这段话当作悼词。然后他又邀请理查德大舅上前来讲话，他是当地的传奇人物，今天来的人当中足有四分之一是他的家人和跟他有关系的人。

理查德大舅面对大家，他因为患有贝尔氏麻痹症，本来帅气的脸颊朝一边歪着。他讲起他听说的爷爷在河城的成长经历，河城在很远的南面。他提到爷爷对当地社区做出的贡献，接着尖锐地点出黑超人也应该像爷爷一样回到家乡为乡亲们服务。凯瑞把这话解读成是对黑超人的训责，但理查德大舅马上又说道黑超人有着跟爷爷一样的勇气，一样的智慧，知道谷里族人需要什么，并且会找到办法实现。凯瑞听得目瞪口呆，差点没从长凳上掉下来。一个公开的同性恋男人居然被选定为爷爷的继承人，而且是在由腐败的白人统治的乡镇里。凯瑞左右望了一下，看到不少老人们点头赞同。她不

\ 多 \ 嘴 \ 多 \ 舌 \

无保留地想，进入 2018 年，帕城终于在克服恐同症上迈出了一小步。见鬼，奇迹还真在不停地发生。

肯尼坐在那里看着理查德大舅把继承人的桂冠给了自己的弟弟，满脸写着愤怒。他大声地叹着气，右脚在铺着白瓷砖的地上敲打着。恼怒像浪潮一样涌上来又退下去。千万别发作，凯瑞默默地祈祷，妈妈实在经受不起更多的打击了。

"肯尼，我没有忘记你为我们这个大家族所做的一切。"理查德大舅站在讲台上接着说道，转过身面对肯尼，"外甥，我们都看到了你这些年对你爷爷的照料，也知道今后你会照料好你的妈妈和其他人。有的时候，最艰难又最重要的事情是在幕后完成的，这些事情常常是其他人所看不到的。这才是真正的谷里族文化。外甥，我为此向你致敬。"

凯瑞心想理查德大舅可真够老奸巨猾。肯尼点着头，情绪缓和到可以继续坐在那里咽下拔高黑超人带给他的侮辱。

一位看上去不堪一击的拳击老友站了起来，为爷爷当年赢得银拳手大奖的光荣史大唱赞歌。爷爷用的那双拳击手套摆在他的棺材上，散发着自豪感，手套下面是殖民统治当局授予族王鲍比·索尔特土著人领袖的胸甲的复制品。这个复制品只有在特殊场合靓玛丽才会拿出来。今天这个场合拿出这个胸甲的复制品，黑超人其实是反对的，他说爷爷并不是族王鲍比的后裔，不配这样的荣誉。拳击老友盛赞爷爷，反复称他为"勇士""斗士"，直到耳朵听得出了茧子。他对爷爷的赞扬获得大部分人的认可。接下来凯瑞不顾肯尼的焦躁，上台念了一首诗，怀念缺席的朋友和逝去的亲人。她的诗让靓玛丽抽泣起来，同时为唐娜和爷爷感到悲伤不已。

凯瑞念诗的时候，肯尼更加忍不住地用脚敲着地板，手指也同时不出声地拍着长凳的顶端。凯瑞念完了诗，回到了座位上，想着葬礼到了尾声，她也很快可以逃离，不禁松了一口气。这时肯尼嚯地站了起来，把黑超人拨到一边，走到台上。肯尼把上一个酒精饮料罐扔进垃圾桶有好一阵了。不是说一小时可以消化一罐酒精饮料吗？凯瑞祈祷肯尼现在至少能够装出清醒的样子，千万别说话含混不清，或者走路跌跌撞撞，或者对那些因为各自神神秘秘的原因来参加爷爷葬礼的镇上白人们说些蛮横的话。让她感到松了一大口气的是，肯尼上了台之后并没有显得像是打了鸡血，反而看上去因为悲痛而有些站不稳。他讲起 1999 年失去唐娜时有多难，他们全家齐心合力共渡难关。他讲到了爷爷作为一届澳大利亚原住民及托雷斯海峡岛民委员会委员长的时候，受到大家的欢迎。还讲到了爷爷年轻时的拳击生涯使得他的家人免于落入河城传道中心的手里，为他们最终搬到北边的德容沟镇赢得了机会，大家都知道德容沟镇教会和福利机构的管控相对宽松一点。

他还讲到爷爷是如何用免费酒加脱衣舞女制胜了一位州政府主管救济房的部长，使得原住民合作服务又为黑人购得一处住房。坐在第二排的吉明·巴克利跟提到的这位部长属于同一政党，听到这个故事咧着嘴笑起来。凯瑞注意到吉明不动声色地看看手机上的时间。看着他，她两眼就像射出激光一样的子弹。砰！砰！心想他一定是到时间要去骗下一个人了，一定又是一笔糊弄人的交易。凯瑞克制着立即冲出教堂，直奔吉明在河岸的大楼的冲动。她多想破门而入，把他的鬼地方翻个乱七八糟，直到找到她的背包，紧紧握在她戴着黑手套的手里。但很可能这一切都为时已晚，她越想越愤怒。吉明肯定已经打开过她的背包了，她抢来的宝贵财富已经成为一去不返的过去。

肯尼站在台上回忆着爷爷当年用在赌场上意外赢来的一笔钱买了一辆抢眼的雪佛兰。可一周后刚开出科夫斯港一百来公里，车就抛锚了。

"爷爷因为被卖车的当大头耍了气得要命。他索性把车撂在那里走人了！"肯尼跟来宾们讲道，"对爷爷来说，这就是来得快，去得快。传统的原住民就像他这样。是啊，真是这样。"肯尼对黑超人让他结束的恳请满不在乎地挥挥手。他还没讲完，还差得远呢。他是家里的长子长孙，爷爷的故事归他独有。黑超人这个小基佬，一边去吧。

肯尼接着说："当然了，爷爷有他的错，但是我认为在座的任何人都没有权利对爷爷率先提出批评，因为我们没有一个人是完美无缺的。爷爷是个有脾气的人。我知道不止一个白家伙后悔跟爷爷耍嘴皮。你除非打得过他，否则就别招惹他，这一点就像铁板钉钉，明摆着。但是你知道，作为一家之主，他永远靠得住。还有一点你们不知道。爷爷从河城传教士中心学会了反击。还有这里超级棒的长老们也教会爷爷很多。那些长老们是我们的前辈，他们被迫奋力抗击白人，白人想把他们赶跑，好偷走我们的家园。"

肯尼扫视了一下坐在长凳上的白色面孔。他看到了吉明·巴克利，狠狠地瞪了他一眼。虽然几位年长的女性表示不赞赏，但很多谷里族男人和女人们频频点头，又激起了肯尼新一轮的热血沸腾。

"爷爷在非常恶劣的环境中长大，几次被送进传教中心。他一生中受到过多次毒打，这一点确信无疑。他儿子查理娶了一个德容沟镇的姑娘之后，他爱上这个镇子。他的愿望是被埋在祖姥姥爱娃岛上，我们一定会让他留在祖姥姥爱娃岛上。"

频频点头的人更多了，好几个人大声表示赞同。听到提到祖姥姥爱娃岛，吉明·巴克利不由得眯缝了一下眼睛。肯尼的眉毛紧锁，朝前倾身。他的声音从悲痛转为热烈，继而听上去好像在宣告世界末日的到来。他如同马上炸响的惊雷俯瞰人群。有一两个白人不禁打了个冷战。

"因为爷爷是族领，他是抗击斗士的一员。他跟祖姥爷秦乔伊、祖姥姥爱娃，和露丝姥姥同一族。这就是为什么……"

这时肯尼从大衣里面拿出一份当天早晨的《帕城先锋报》。他高高举起报纸，胳膊在颤抖。凯瑞突然看到肯尼不是因为酒喝多了或者感到悲痛发颤，而是因为完完全全、纯粹的愤怒。他用另一只空着的手使劲捶了一下讲台。

"这个……这件操蛋的事绝不可能发生！这上面说市委会要把殖民大道上一百英亩的地盘出售给一家联合财团，他们要在祖姥姥爱娃岛边上的河湾处建立一座劳教所。是啊，我看到吉明·巴克利就坐在下面。没错，就是这个吉明·巴克利！（他又捶了一下讲台）老朋友，我可把话给你搁这里了！"肯尼气愤地将报纸甩向吉明。报纸扔偏了一点，没打着吉明，却散落在棺材上，有几页落在地上。在座的人们倒抽一口凉气，吉明吓得缩了一下。

肯尼用右手食指指着吉明·巴克利。凯瑞想，如果一个人的眼神可以杀人的话，真不知道肯尼会干出什么来，即使是在教堂里，在爷爷的葬礼上。

"吉明·巴克利，你听好了。要想在我们的土地上建个监狱，除非是拿我这个邦家仑族男人的躯体做基石。那块土地是我们的神圣之地！"砰！他又用手砸了一下讲台，"我们的祖姥姥埋在那里！"砰！"我们的祖姥爷埋在那里！"砰！"我们的爷爷也将埋在那里！"他更用力地砸了一下讲台："所以我现在提议，在座的有不同意的，就站出来，立刻他妈的给我离开！甭想在我们的土地上建什么狗屁监狱！谁要想打架的话，来啊，没问题，一定让你终生难忘！"

肯尼弯下腰，拿起棺材上面放的胸甲复制品。他扫视了一下所有的人，把胸甲高高举过头顶，然后发出一声怒吼。

教堂里的黑人们大声欢呼起来。在这个通常沉睡的乡村城镇帕城算是一场令人兴奋的娱乐演出。这就是我们想要的！靓玛丽大声呼喊同意，兴奋地高高摇晃着手里的手绢，看上去好像是在投降，只是大家都明白她想要表达的意思。坐在她后面的吉明·巴克利感到进退两难。他既不能像肯尼要挟的那样站起来走出去，也不能反驳。无论发生了多么令人难以置信的事，这怎么也是在葬礼上啊。他不得不端坐，保持着作为市长的尊严，心里牢牢地抱住令他欣慰的念头，即使爱娃岛属于州政府保护森林的一部分，但是岛对面的河岸上的几十公里的土地是有永久产权的。肯尼尽管用什么祖姥姥还是什么瞎扯的神圣之地来威胁他，他是雷打不动。肯尼的要挟根本站不住脚。

就在欢呼声进入尾声的那一刻，黑超人走到了肯尼身边。他跟肯尼做了一个两拳相碰的黑人团结的动作，然后把手臂搂过去搭在肯尼的肩上，用另一只手巧妙地把胸甲从肯尼手里拿了下来。肯尼发现自己已经稀里糊涂地被领下了台，殡仪馆人员很熟练地把他带了出去。凯瑞把散落在地下的报纸捡起来，黑超人赶紧示意演奏押尾的曲子。克瑞斯再次吹起了他低沉的迪吉里杜管，四位抬棺者站了起来，准备将爷爷抬出去。应该是有六个抬棺者，但是肯尼和理查德大舅去了外面的月季花园。黑超人咬着下嘴唇，眉头紧皱沉思着。突然他拍了一下唐尼和瓦丽姨的丈夫尼尔的肩膀，示意他们去补缺。唐尼惊慌地看着凯瑞，凯瑞用力地悄声对他说："你一定能行。"长着细胳膊和瘦骨嶙峋肩膀的唐尼加入了五个大人的行列，勇敢地协同大人们把曾祖父抬了出去。

黑超人和凯瑞站在前门口，目送着人们散去，走向停车场。肯尼被带去守灵，省得他再发表长篇大论的讲话。巴克利市长主动伸出手跟几个选民握手，巧妙地转移了他们尖锐的问题。他说，他们表达的情绪可以理解，这个时刻对索尔特一家来说不容易。当然了，所有的正式程序都会走的。然后他在来宾簿上签了名，双唇紧闭地朝黑超人点了点头，赶紧从后楼梯下去，开上他的丰田陆地巡洋舰飞快地回到市委办公室。只剩下少数几个来吊唁的人在前台聊天，前台的圣诞树被悄悄挪到了后面的角落里，省得它给下午的悼念活动散发出过于热烈的节日气氛。理查德大舅跟他太太翠西走到门口，这对恩爱夫妻跟在一群娃娃后面，好像格林童话里的花衣魔笛手。理查德大舅歉意又悲哀地对凯瑞和黑超人笑一笑。

"大舅，你知道我没法久待，我在悉尼的工作……"黑超人说道，紧紧地拥抱了一下老人。跟家里其他亲戚一样，理查德大舅也长着一副瘦长的身体，中等棕色的皮肤。就如索尔特家族的男人们喜欢唱的：高大，黝黑，还有好帅气哟！他当年确实如此，直到后来的麻痹症使得他的一边脸比另一边下垂足有两英寸。但理查德大舅的棕色眼睛仍然像是充满善意的两汪水井，在前额的银丝卷发下面闪动。

"外甥，我知道你还需要时间准备。但是让大伙知道我们的立场非常重要。丫头，你也同样。"他把凯瑞加进来，说道，"你们需要什么，需要任何帮助，都来找我，知道吧？这个家园需要你们这些年轻人回乡。"他对着凯瑞张开两臂，凯瑞投进他的怀抱，两眼泪汪汪。她多么希望在靓玛丽沉迷于酒精的日子里，理查德大舅一家住在帕城啊，这样的愿望不止一次地涌上她的心头。那时候车开在弯弯曲曲的乡村小道上，利斯莫城遥远得就好像在另一个星球上。当理查德大舅和跟她一起来的一群人走到外面时，凯瑞看到他用一只胳膊搂住他的孩子的肩膀，凯瑞的喉咙里感到如同火烧的忌妒。

她想，你要是我的爸爸有多好啊！我多希望你的胳膊是搭在我的肩上！

"只要有考拉熊肯尼在，就一定有好戏看！"黑超人嘟囔道，对着从北边凯欧格尔镇来的几个受到惊吓的阿姨们微笑着，并有礼貌地打着招呼。

"小子，走之前来看看我们啊。"其中一位阿姨说。黑超人答应一定去。

"我的天，太无耻了！"凯瑞悄声说，欣慰的是她的黑肤色看不出来她脸发红。她停顿了一下，在祖姥姥爱娃岛上建监狱的想法仍然让她感到震惊不已，"倒不是那个贪得无厌的混蛋巴克利会有什么好点子，但是在他所有愚蠢至极的主意中，这个是最为荒谬的。"

"我觉得这事成不了。"黑超人回答道，"得要几千万澳元哪。"

"你没看报纸吗？说有家中国财团支持。"凯瑞沮丧地说，"再加上州政府的支持。"无论你喜不喜欢白人，跟你明白现实没关系。白人们想要什么，一般都能得到的。

"姐，希望你节哀。欧文大叔曾经帮助我找到一份水暖工学徒的工作，把我从邪路上拉了回来。"一个身材魁梧的吉瑟布尔族男人跟凯瑞说，吻了一下她的脸颊，脸上的细菌应该又多了几粒，"为此我永远感激欧文大叔。"

"兄弟，谢谢了。爷爷真的很为你自豪。"

水暖工跟黑超人以黑人握手的方式使劲握了握手走了出去，迎面碰上从前台的另一头走过来的一个熟悉的身影。

"不会吧，这是玩的什么把戏？"凯瑞说道，一眼认出带着浅棕色卷发的后脑勺。黑超人凑上来，有意拉了一下已经很展的西装。

他对着姐姐的耳朵小声说："瞧瞧，我用我超小的眼睛看到送上门来的小鲜肉啊。"

凯瑞两手叉腰。

"怎么，在爷爷的葬礼上？你也太浪了吧！"

黑超人没理睬她的鄙视，那些清规戒律很没劲。

"宝贝姐姐，性与死亡，绝配啊。你尽管翻白眼吧，没准儿你就中奖了。"

"他可不是同性恋。"凯瑞对弟弟有些不屑地说，"他是白人。

而且除非他脑子进水了，谁看到肯尼的表现不给吓得跑都来不及呢？有病啊！"

黑超人漫不经心地说道："这些男人们都这么说而已。再说了，你怎么知道他不是同性恋？你跟他做过？"

凯瑞想，那天这个小鲜肉不到三十秒就瞄上我了。他笑着问我记不记得他。她突然想到，是不是她在自作多情，史蒂文不过是表示友好而已。是不是她自我感觉太好了点。

凯瑞说道："他上过帕城高中。"这时史蒂文朝他们走来，他穿着一件黑色的马球衫，紧紧绷在块状的肌肉上。

黑超人眯缝着眼打量了一下凯瑞。凯瑞穿着一件米色的丝绸上衣，脖子上戴着一个银色的十字架，右手上有两个银戒指。她穿着细裤腿的黑色长裤，套上气派的摩托车靴子，加上一头亮闪闪的黑发披在肩后，她可以轻而易举地挡了他的道。

"是我先看到他的哟。"黑超人对着她的耳朵说道，然后马上转过身来正了一下领带，"别忘了，你可是个拉拉啊。"

"你可是有孩子的人！"她愤怒地回了一句，"你去跟白人小伙子鬼混，让我来帮你看孩子？想都甭想！"

"关你什么事？红眼了？"黑超人的鼻孔呼扇着。

"史蒂文！你怎么来啦？"凯瑞龇牙跟他笑了笑，迫切地希望黑超人的影响力没有覆盖整个前台。

"希望你节哀。"史蒂文跟黑超人握着手说道，友好中透着严肃。然后他走近凯瑞，吻了一下她的脸颊，说了同样的话。当他的嘴唇几乎要碰到自己的嘴时，凯瑞的大腿禁不住颤抖了一下。滑稽。在教堂，公共场合，公共视野。显然她是有些头重脚轻了。

"谢谢你的到来。"黑超人很正式地说道，难以相信一分钟前他还用过"小鲜肉"这个字眼，"你是史蒂文，对吧？那你是认识爷爷了？"

史蒂文说他小的时候跟爷爷学过一点拳击，所以从未忘记过爷爷。在他十三岁迷茫的年纪，同其他孩子们一样希望在练拳击中找到想要的东西。黑超人理解地点点头，邀请史蒂文参加守灵。

　　"好啊，但是我可能需要搭一下车。"史蒂文转向凯瑞，"你开车来的吗？"

　　他的眼睛跟凯瑞的眼睛对视，凯瑞在心里告诉自己，眼神里什么也没有，别使劲看，转过头去，想点其他的事。别去想他软软的嘴唇，宽宽的肩膀，蓝色牛仔裤里窄窄的男人的胯。多想解开那条用旧了的皮带，然后把银色的裤扣一个一个地从扣眼中滑出，将牛仔裤一点点往下拉……别去想他挥动臂膀时，你是多么希望他伸过手臂，把你搂过去，直到你们俩的嘴唇相碰，然后你们的舌头轻轻地套在一起，他的手滑过你的脖子，停在你的脑后，用两手牢牢地托住你，你们接吻，然后……

　　"搭个车没问题。"黑超人就事论事地说，随即招手示意在里面的尼尔大叔出来一下，他来做安排。然后他大声地一字一句地跟凯瑞说："嗨，可惜艾丽没能跟你一起来啊！"凯瑞恨不得当场给黑超人下毒。

　　"艾丽是谁啊？"史蒂文问道，黑超人转过身去。

　　"噢，我没开车，我骑摩托来的。"凯瑞说道。问题要一个一个回答。艾丽到底是谁呢？是她一生最爱的人，可她从布里斯班女子惩教中心打来一个三十秒钟的电话二话没说就把她给甩了。她朝着停在前面草坪上的摩托点头，看到一堆人羡慕地围着她的摩托看。凯瑞从未因为骑了一辆哈雷感到如此喜悦。

　　"是辆软尾啊。难怪你穿这双靴子。有了这，谁还需要车啊？"史蒂文龇牙笑了。

　　"抱歉了，我只有一个头盔。"凯瑞说道，假装根本无所谓这个靓仔会不会五分钟后坐在她的摩托后座上紧紧地靠着她。她把两手随意地放在腰上。骑在高速上只有两层薄薄的牛仔服隔着他俩。史蒂文随和地笑了笑。

"我骑摩托转遍了南美。"他说道，"要是我担心有没有戴头盔，恐怕我现在还跟个傻子一样被搁在墨西哥市中心火车站呢。"

史蒂文把两个拳头塞进紧身牛仔裤的口袋里。他往前凑了凑，宽宽的肩膀成弧形。凯瑞可以闻到他剃胡子之后用的香水，可以瞥见衣领下面脖子上古铜色的肌肉与肩膀交接的一道深褶。她几乎能够用自己的手指感受他的肌肉的曲线，想象着她的嘴唇贴在他的肌肉上，她的身体融化在他的怀抱里。

"要不然就是你不想带上我吧？"史蒂文说，一边碰碰她的肩膀，笑了笑，好像他的问题很滑稽，并且这事就这么定了。

凯瑞感到一切都在倾斜，她就像是海滩上往回退的浪涛下面的沙子。除了艾丽之外，没人有资格坐在她的摩托上。而且她还有通缉令在身，如果让警察逮着，恐怕是没有机会获得保释，直接投到监狱里去。带着不戴头盔的史蒂文行驶在高速公路上，绝对是脑子进水，无论他动人的棕色眼睛怎样目不转睛看着你，也不论这个夜晚会有多么销魂。

都怪该死的艾丽！谁他妈的会抢劫警察局隔壁的博彩店啊！简直是瞎胡闹！

"你找我啊？"尼尔大叔手里拿着一本悼念小册走过来，另一手里拿着车钥匙。

"不是我不想。"凯瑞声音嘶哑地说道，很无望，"是我不能。"

她一个跨步冲到了前院草坪，把头盔往头上一套，开上摩托一溜烟走了。在高速公路上，她耳边响着刚才的问题：艾丽是谁？她使劲踩了一下油门上了右道：艾丽是谁？我的前任，被甩的刺痛仍然难以下咽。艾丽是谁？是那个在抢劫中让自己暴露了身份的傻瓜。即便我拿到了她的战利品逃之夭夭，她也坚决不肯把我出卖给警察。她在自己的胳膊上纹下一行字："为了快乐时光，不为永久长存"。在她的小肚子上用红色、黑色和金色刺下"土匪生涯"四个字。是那个她觉得我应该跟她一起被抓，但我跑了之后她就甩了我的疯子。史蒂文的问题可以有无数个答案，但没有一个答案能够医治她破碎的心。

二十分钟后，凯瑞放到三挡，朝左拐上了主街。艾丽有些像潘多拉魔盒，解起来令人痛苦，但是至少凯瑞知道自己是谁。她属于索尔特家族，是土著，还是个有头脑的女人，不会因为一个帅气的白仔朝自己笑一笑就爱上他。所以，当她发现自己像一只粘在蜘蛛网上的苍蝇，左边是杂货店和酒吧，右边是危险四起的守灵堂和来守灵的人们，她深深吸口气，使劲一蹬，摩托发出一声痛苦的怒吼，一口气冲到了丁字路口，上了和尚大道，转眼到了家。

第六章

靓玛丽正在包圣诞礼物的手停了下来。

"丫头,我跟你说过了,不会建什么监狱的。他们为什么要在我们那么漂亮的岛上建个监狱呢?"

"跟他们做其他事一样,不需要什么理由。那天新闻上放狗屁,说什么把犯罪的黑人关起来会创造工作机会。这混蛋市长也真他妈敢说。我那天在河边要是用我的手机把他干的事给录下来,事情就不会是今天这样了。我就会把视频发到反贪局……"

"是啊,让黑鬼们种田可以捞到很多现金。"肯尼加进来,一边用咖啡把抗抑郁药喝了下去。他和凯瑞在对市长的厌恶上找到了共同点。凯瑞甚至考虑是不是要肯尼帮助她把自己的背包找回来。

"丫头啊,千万别再提那个局,我恨死那个名字了。"靓玛丽看上去痛苦又憔悴,整个一周她都是这样。她的血液感到疲劳。她的骨头感到疲劳。连她的头发都感到疲劳。她从地上拿起几份《守望台》,同厨房桌子上其他的那些摞在一起,她想用两只手把杂志都码齐,但她手刚停下来杂志就立刻乱成一堆。

"我也恨,但我也同样恨那个混蛋。"凯瑞跟她说。让她气恼的是,靓玛丽摇摇头。

"女儿啊,塔罗牌不会骗人的。"

凯瑞气鼓鼓地悄声骂了一句,冲到院子里去洗她的摩托车。什么都不能说服她妈妈，让她相信这造监狱的事真的会发生。黑超人十年前在教师培训学院上过三门心理学的课程，据他讲，靓玛丽的这种反应是典型的拒绝承认的案例。还有她自葬礼之后的剧烈胃痛也是同样的原因。是应激状态和悲痛的表现。他坐在后楼梯上跟凯瑞说，需要时间来疗伤，没别的事。

"可我们缺的就是时间啊！"肯尼从厨房窗户伸出头来说道，吐出一口白烟。守灵时他用烟和酒安抚自己，之后就又抽上了烟，"老弟，你得行动，别老是空谈来，空谈去。"行动是他眼下的新口号。肯尼的自我形象从退休的足球英雄到性感大神，转移到了活动家和文化人士。到目前为止他的活动仅限于模糊地提出在酒吧闹革命，还有把压箱底的早年要求归还土地所有权的衬衫找出来。

"受压迫的人们必须成为解放自己的主人。"肯尼引用听来的口号，然后转过身去对着在厨房里的靓玛丽说道："妈，你什么时候热一下那些肉派啊？我的胃饿得受不了了。"

凯瑞用肥皂水洗着车轮，看着海绵上白色的泡沫变成了一串串红色的肥皂水流到了地面上，然后消失在了草坪里。红色的尘土起源于东部的火山深处。几千万年之前发生的火山大爆发将红色的尘土推到天际线，形成了大分水岭。之后几千个世纪的风蚀，红色的尘土落了爱娃岛对面的空地上。现在这尘土又进入新一场轮回，注定要在德容沟镇待上十几二十年，然后被冲刷到牧民小溪，最后汇入帕城另一端的大海。与大地相比，人类的生命微不足道。土红色的小泡沫让凯瑞遐思不已。我们是这样地渺小，这样地无足轻重，然而同时我们的生命又非常重要。

凯瑞抬起头。肯尼又在那里发表什么自以为是的大论？

"有道理。"黑超人说道，"我因为工作认识一个御用大律师。我去问问有没有什么法律禁令可以让我们阻止他们。我也会向国土委员会询问。"

"国土委员会忙于原始土地拥有权的事，顾不上。"肯尼口气中带着不屑，"而且只要是沃伦掌权，他们就不会对我们的事放个屁。"

"告诉你的御用大律师老兄，我们在制造管状炸弹。"凯瑞一边说道，一边用羚羊皮抹布把摩托车的汽油箱擦得锃亮，"还有那种人们说的简易炸弹。谁要是敢侵犯我们的祖姥姥爱娃岛，我们就他妈炸了他们。"她脑子里开了小差，幻想着他们全家站在殖民大道的中间。面对他们一百米远的地方，巴克利开着他的丰田陆地巡洋舰，加速驶来。他的狗坐在他旁边吼叫着。一杆滑膛枪架对着车的挡风玻璃。他们可以看到一双要人命的眼睛直直地盯着他们。站在一家人中间的凯瑞把手从胯上放下来，举起双手的两个中指奚落巴克利。你他妈要敢过了这条线，有你的好果子吃！然而市长接着往前开，压到了简易炸弹上。"轰"的一响！从此给炸到天上去了。

"还有燃烧瓶！"肯尼加了一句，他刚发出一条短信，希望能赢一台新洗衣机，他就可以在易贝网站上很快出手。

"哥，燃烧瓶都是上世纪的玩意儿了。"凯瑞瞧不起地说道，"跟上时代的步伐吧！"

靓玛丽突然在屋子里放声唱起了歌，"耶稣基督是我们的朋友"震荡着每扇开着的玻璃，也鞭挞着她的孩子们的叛教和不信奉上帝。

"天生的基督徒啊。"肯尼说道，一边摇着头。

"我还是赶紧把小崽崽们领回来吧。"黑超人说着下了楼梯，"要不然瓦丽姨会给他们灌太多的浓缩果汁。"

"我去吧。"肯尼朝隔壁走去。凯瑞满腹狐疑地皱了皱眉头，心想是不是瓦丽姨那里有酒啊。黑超人鼻子里哼了一声，一脸可怜凯瑞反应慢的表情。肯尼和莎薇娜在守灵的时候吃着最便宜的香肠卷时又对上了眼。你没注意到自打葬礼之后肯尼一直有副好心情吗？

凯瑞嘟囔道，敢情不只是抗抑郁药起了作用。她可以预见到靓玛丽的下一个孙子横跨在瓦丽姨的胯上，白白的小手里拿着一个原住民的小旗子。

"你这是种族歧视啊。"黑超人笑着说道。

"我倒希望肯尼种族歧视。"她反驳道，"无论怎样，他要是接着造白皮肤的小崽崽，至少让他们有颗黑人的心。"

"你是说唐尼没有黑人的心？"

"他当然有，因为是我们把他养大的，不是那群没有头脑的蠢货们，整天听的是艾伦·琼斯的谈话节目①，选举的时候投一国党②的票。"

黑超人龇牙笑了笑，走进屋里去告诉靓玛丽把圣诞礼物藏起来。跟凯瑞争辩白人的话题纯属白费口舌。索尔特家里四个孩子中，她是唯一一个从来没有跟白人约会过的，看样子也不会改变。她总是撇着嘴说那些白人们都太自以为是，瞧他们那副装腔作势却又野蛮残暴的死样子，就什么欲望也没有了。

圣诞节过去了。不论是街上的打架斗殴事件，酗酒事件，还是在远南海岸高速上发生的车祸次数，全部达标了。肯尼在酒吧里打错了人，被禁止一个月不许进酒吧。新年时在帕城的展园放了一丁点的烟火。1 月来临时，尽管靓玛丽的胃痛不减，她还是从后院的工具房里取出了占卜塔罗牌用的携带式锥形帐篷。

黑超人带着孩子们回到悉尼之后，凯瑞每天和唐尼去河边。她一定要带侄儿来这里游泳，钓鱼，聊天，根本不知道她这样做对侄儿是很残酷的。她把这孩子从屋里拉出来，让他脱离了电脑上带给

---

① 艾伦·琼斯（Alan Jones）是澳大利亚有名的广播节目主持人，以其保守加右翼的观点著称，加上他犀利甚至鲁莽的讲话风格，使得他的谈话节目有很高的知名度，同时也招致很多的争议。

② 一国党（One Nation）是澳大利亚的一个少数派政党，宣扬极右观点，主张维护极端民族主义，反对移民，反对多元文化。

他安全的幻想世界，然后把河流的美丽，河流的荣光，还有河流涌动的危险一股脑带给了他。她把这个大自然的孩子从冬眠中拉了出来，捅捅他这里，戳戳他那里，让他苏醒过来，眨眨眼，打个哈欠，然后给他扔进生活的河流中。早年詹姆斯·纽恩船长[1]带着他的大部队来到这里，大家一起哄抢，我要这个！我要那个！既然来了这里，我全要了！现在他们的这条河流又要被偷走了。

这是凯瑞每天上午做的事，觉得她留在德容沟镇对唐尼有好处。到了下午她满身汗水地躺在凉台上，直到豹皮树的树荫挪到了生锈的房顶上，空气才又变得凉爽，人们才可以又动起来。她骑着摩托车多次路过吉明·巴克利的豪宅，她想要报复的计划屡屡被高高的围墙和旋转的摄像头挫败。她跟着靓玛丽学习占卜塔罗牌来消磨时间，但心里根本就不信占卜。

她没再一大早跑步去和尚山脚下的牧牛场。她也没让其他人发现黎明时光她常常朝窗户外面看去，希望又不希望看到史蒂文·阿巴科走过的身影。索性把注意力都放在她侄儿身上，放在探寻市委会决策程序中的超级腐败之谜上。她不会忘记那天吉明·巴克利蹲在五色梅花丛中脸上泛起的恶心的微笑。凯瑞亲眼看着他将祖姥姥爱娃岛廉价出让给了那个戴着约翰迪尔高尔夫球帽的陌生人。

"吉明老蟋蟀怎么样了？"凯瑞问老妈。靓玛丽正在很熟练地把刚卷好的大麻烟的顶端搓成细条。她穿着粉色的背心，坐在凉台上冒着汗，一边把芦苇劈成小条用作编篮子，一边担心没钱付电费的

---

[1] 这里指詹姆斯·库克（James Cook）船长于 1770 年 4 月 19 日带领"奋进号"轮船首次登陆澳大利亚，并宣布此大陆为无人居住之地（terra nullius），所以占领此大陆没有协商和签订任何公约。对于上万年来居住在这个大陆的原住民来说，库克船长的到来之日，就是入侵和掠夺的开始。

\ 多 \ 嘴 \ 多 \ 舌 \

事。埃尔维斯在房子后面的楼梯前徘徊，等待重温它在靓玛丽发怒一棒子打过来之前超快地叼起一只小母鸡飞奔的辉煌。埃尔维斯随着年龄的增长慢下了脚步，靓玛丽也同样。在狗的思维中，这个速度的问题就是个常数方程。埃尔维斯耐心地等待准确无误的时机，它对着后院工具房朝阳一面长着百香果藤的地方抬起了后腿。凯瑞做了个鬼脸，把之前捡起来的没有洗的百香果扔到了一边。

"可怜的家伙，那次事故造成了脑损伤。"靓玛丽若有所思地一边说，一边准备好，只要埃尔维斯再靠近她的鸡宝贝一步，就把盆里的水泼向它。

"你说什么？"凯瑞跷着二郎腿坐在没有地毯的木地板上，一口咖啡从嘴里喷出，"什么时候的事啊？"

"就是那次事故之后。"妈妈的语调平静得有些不可思议，"就是马特·努恩养……"

"马特·努恩养的巴克利？"

"你说吉明·巴克利？怎么可能啊！"靓玛丽脸挤成一团，"你说的哪儿跟哪儿啊？我是说埃尔维斯还是小狗的时候是马特家的，后来它被拖拉机轧了，所以才给了我们，但已经落下了残疾……"然后她俩放声大笑起来。凯瑞庆幸自己搞错了，自从灵车推出教堂之后，家里几乎没有过笑声。爷爷的骨灰放在灰色的塑料盒里，摆在厨房的橱柜上面，家里笼罩在压抑的情绪中。"对了，我想起来……"靓玛丽又想了想，量了一下从水盆里拿出的芦苇秆，不那么合适，不禁叹口气，"我在想那个吉明……"

"吉明·巴克利脑子没受伤，他就是纯粹的坏心眼，狗屎盗贼。"凯瑞突然想起另一件事，"妈，你生日礼物想要什么啊？要不要去趟西村，去看看高玛丽姨一家？"靓玛丽跟高玛丽一起在西村的传教中心长大，高玛丽有两个女儿，多丽丝和海伦。她们两家亲密得就跟一家人一样。

"丫头，算了吧。甭想生日这事了。"靓玛丽抽搐了一下。最可恨的是妈妈的生日同唐娜的生日在同一周里。接下来的 3 月是会很难熬。

"妈。"凯瑞还是不肯罢休。

"我听说多丽丝又染上冰毒了，她从戒毒所跑了出来，真是胡来。"靓玛丽接着说道，坚决不想去，"吉米又进了医院，还是他的癫痫病。你也知道你托尼大叔在凯欧格尔镇，他的大女儿莎恩，就是那个生了双胞胎的女儿。你还记得她在《谷里邮报》找到一份很好的工作吗？"

"多丽丝的事够糟糕的。但是你的生日肯定要过的。"凯瑞打断妈妈的话，知道她又会东家长西家短地说上三个小时，"活到六十五可不是件简单的事，对吧，肯尼！"她对着屋里喊道，"姐姐要不然也应该三十五岁了。"

"是啊，她是三十五岁。"靓玛丽肯定地说道。她从来没有放弃那一线希望，女儿没有死。

"说得对！"肯尼附和道。他把手伸进马桶的抽水箱里，把里面的铁丝拉起来，水开始流进水箱。完了之后他走出来，把手在短裤上擦了擦："我们来个大桶啤酒和烤全猪，把这旧的简易酒吧再整活。提到酒吧让我想到了大麻烟卷……"他示意了一下凯瑞，凯瑞把用自家种的大麻卷的烟递给肯尼。肯尼猛吸一口，烟立马短了半截。

"再说吧。"靓玛丽有些敷衍地说，接过肯尼递过来的烟卷，然后又传给了凯瑞："丫头，我想去趟海滨。这些芦苇都太短。我昨晚做梦我们去白沙海滩，找到一些又长又好的芦苇。你看看这。"靓玛丽提起两边不对称的篮子，递给凯瑞。篮子确实走形了。她妈妈可以用塔罗牌把故事讲得有鼻子有眼的，能赚三百元回来补贴家用。但是要靠编的这歪七扭八的篮子创收恐怕另当别论。

\ 多 \ 嘴 \ 多 \ 舌 \

"去白沙海滩？那得用掉整箱汽油啊。"凯瑞有些犹豫。

"我可以骑摩托去一趟。"肯尼嬉皮笑脸地说。

"做你的狗屎梦吧！"凯瑞说道，想起来千万别忘了把摩托车钥匙藏起来："妈，河边的芦苇怎么不好了？"

"就是不好。"靓玛丽坚持说，声音中带着恼火，"难道你耳朵聋了吗？我不是告诉你我做的梦吗？所以需要去趟白沙海滩，而且是在月亮渐圆的时候去。"凯瑞悄声对着鸡骂了一句。自打葬礼之后，靓玛丽不管是做了什么梦，还是翻到了什么牌，还是看到了来自鸟啊动物啊的各种迹象，只要这些跟她要做的任何决定不相符，她就会感到非常不安。她能感到无顾虑地从凉台上站起来都算是奇迹了。

"哈雷跟车耗油差不多。"凯瑞说道，想起来她妈妈还在等葬礼的钱。去海滨正好可以去趟大家称之为"屎保中心"的社保中心，可以帮助靓玛丽过了得到低保的基本要求，"我们就开肯尼的福特猎鹰吧。索性好好用一下车，然后下周去香农镇做个全面检修。"

"我正准备明天修一下刹车呢。"肯尼说道，想到有大麻把自己的生活重新搞定就来了劲。他总是喜欢制订计划，而且是重大计划。

"那太棒了！"凯瑞假装相信他的话，"有配件了吗？"

"要等星期五发钱才有。"肯尼告诉她，没有一丁点的不好意思，"你可以先给我垫一百吗？"

凯瑞哼了一声。自打肯尼拿到了爷爷的赌马彩票账号，他就铆足了劲地赌，不分早中晚。

"哥，你看着我像自动提款机吗？找克里斯要钱去，他上班。"她建议道。肯尼气哼哼地回到屋里。靓玛丽咯咯笑了。凯瑞想，发钱时该给妈妈买染发水了，新长出的发根看上去有些吓人。

"妈，你的生日想怎么过？"

"再说吧。"她妈妈喃喃说道，希望女儿别再提起这个话题，

"我只想要些好的芦苇。"

"我们会去的。"她跟妈妈许诺，手里转着走了形的草篮子。摸着硬邦邦的芦苇边部感觉很好，天然材料。也许她也应该学学编草篮，也算了解一下自己的民族文化。

"用我们的话，芦苇怎么说？"她把篮子放在地上问妈妈。

靓玛丽一脸怀念的表情回答道："迪里。祖姥姥爱娃从前总跟我说，小孙女啊，去河边给我拿些迪里来，要好看的啊。"

"还要结实的。"凯瑞加了一句。祖姥姥爱娃是他们之间的连接，她是家族中最后一个没有皈依基督教的，也是最后一个能够流利讲本土语言的。之后基督教会就轻而易举地进入了他们的生活，十二岁的露丝姥姥满嘴都是对主的祈祷。

靓玛丽接着说："祖姥姥爱娃必须手里有活做，才可以安稳地坐着。我们在树下一坐就是几个小时，或者拿着鱼线钓鱼，或者用迪里编草篮。"凯瑞脑子里出现了几年之后她同靓玛丽坐在凉台上的情景：妈妈头发的发根像一条白毛毛虫全部长了出来，成了一个雪花头。凯瑞黑黑的卷发长到了齐腰。肯尼不知道到哪里找死去了，要是只是去了戒毒所，那算是他幸运。她和妈妈用芦苇编的篮子搭了一个城堡，她俩坐在里面干活。她们几乎足不出户，富得流油的白人们找上门来，掏出大把的百元钞票买她们珍贵的编制品。她们成为德容沟镇远近闻名的编草篮子的隐居人。

这也太惨了！凯瑞突然被自己的走神吓了一跳。我怎么变成了吃养老金的老东西？她嗖的一下站起来，把烟屁股扔到碎石地上，冒出一丝烟，好像一个小小的 SOS 求救信号。海上所有的船只注意了，我被困在这里了，变成跟我妈一样了。赶紧行动！凯瑞手握住楼梯的栏杆，寻思着肯尼在打什么算盘。她自言自语道，丫头啊，你得采取行动！要不然回布里斯班贫穷的洛亘区的春德公寓楼，要不然就留下来做点事。只要是能够阻止吉明·巴克利的计划，做任

　　　　　　　　　\ 多 \ 嘴 \ 多 \ 舌 \

何事都行。最怕的就是哪天一睁眼醒来发现爱娃岛上竖起一座高大丑陋的监狱。可是家里的冰箱里、银行账号里，还有汽油箱里，全都是空的。拿什么来发动抵制运动呢？

"妈，我们明天去采迪里，然后去一下社保中心问问葬礼付款的事，好吧？"凯瑞说着使劲在栏杆上拍了一下。

凯瑞说这话的时候，靓玛丽的表情经历了快速变化。一开始很高兴，听到"社保中心"四个字马上露出痛苦的表情。她没好气地说："我不想去看那帮工作人员高人一等逼你就范的嘴脸！在电话上跟他们讲了快两个小时，之后就把钱给停了！现在我账上和信用卡上一分钱都没有了！人会饿死的啊，可他们管吗？"

"妈，我明白。"凯瑞安慰妈妈，"但是葬礼的钱好几千，是最大的一笔钱啊。"她估计肯尼去社保中心闹过了，但是最近只要凯瑞对肯尼有任何的不满，靓玛丽都会光火。尽管在葬礼上理查德大舅公开赞扬了作为爷爷继承人的黑超人，在靓玛丽的心中肯尼才是新的领头人。

黑超人飞回悉尼的头一天给凯瑞一个信封，里面装着六百元。他跟凯瑞说："一定要让妈妈用这个钱过日子，不要都送给操蛋的博彩店了。我下月还会寄六百的。"

"不行啊，老弟，下月我早走了。"凯瑞有些退缩。黑超人只是点点头，把信封塞进她手里。那是两周前的事了，黑超人留的钱也很快花光了，她钱包里只剩下一张十元的票子。付了一张地产税的账单，加了两箱汽油，她回了一趟春德公寓楼取衣服，还买了一两次六瓶包装的啤酒取悦肯尼。

"你要不想讲，我可以在社保中心帮你说。"凯瑞提议。靓玛丽还是不积极，她先前的笑声一扫而光。

"我还是很疼。"靓玛丽小声说道，手撑着自己的肚子，"疼得去不了社保中心。"

"那你是想去看医生？"凯瑞有点不耐烦。

"我就想要一些好一点的芦苇。"靓玛丽突然气愤地说，"我不想过什么生日，不想去社保中心，也不想看医生！我就想要些芦苇！要不然我怎么埋爷爷？就用这个破烂塑料盒，好像埋垃圾一样吗？难道他一文不值吗？我就是想对得起爷爷！我嫁给你爸的时候，我承诺我一定好好待爷爷。所以我一定要做到，明白了吧！"

"好了，好了，听到了。你别急赤白脸的啊。我们明天去采芦苇。也许这周我们可以去帕城的星期天集市摆摊。我都穷得放不出屁来了。"凯瑞气呼呼地冲进屋里，打扫厨房准备晚饭。难怪我们的传统文化教育我们要尊重长老，善待他们，无论他们对我们怎样糟糕。否则不知道要出现多少流血事件。

"妹子，帮我买个六瓶装的啤酒吧。"肯尼机械地喊道，坐在客厅抬头看了一眼，接着在手机上发短信，寄希望于赢一台崭新的丰田雅力士，"星期五发钱我还你。"

"狗屁考拉熊，想都甭想。我一分钱没有！"凯瑞说完，很恼火地甩了一下两手，"妈还要让我出汽油费呢。你也听到了。"

"星期一的时候你手里还攥着大把的钞票呢。"肯尼不服气地争辩道。

"都用去付房租了，你难道没看到吗？我还以为你是爱因斯坦呢，哼！"凯瑞提高了嗓门，"我还买了狗食，还有一家的食物，还有香烟。哥，我手里攥着什么跟你有什么关系？你怎么不给这个家花点钱呢？再说了，你咋知道我手里攥着什么？混球！"

多少年来她头一次完全无视肯尼的怒火，顺手去拿扫帚扫地。

"你们好了吗？"靓玛丽坐在福特猎鹰里喊道，很不满意地注意到草坪上的草长得老高，都看不到鸡棚生锈的底部。

\ 多 \ 嘴 \ 多 \ 舌 \

"着什么急啊！"凯瑞喊道，她把唐尼屋子里笨重的衣柜推回原位。她刚才把柜子拖出来从下面拿出她的钱包。

"再问你最后一次。要去海滨吗？"她边往外走边问肯尼，明知肯尼不会去。他刮了胡子，冲了澡，在等莎薇娜，他俩要去酒吧吃午餐。不让肯尼进酒吧的禁令终于解除了。

"你们可别急着回家啊。"他嬉皮笑脸地说。

"谁爱理你！看好莎薇娜的崽崽们，让他们离我的摩托远点！"她说着冲下楼梯，一把抱起毫无戒备的埃尔维斯，把它从后车窗里扔到了唐尼的两腿间。唐尼大叫一声。埃尔维斯激动地乱踩唐尼的私处，然后把口水抖得到处都是。

"凯瑞姑！"唐尼带着哭腔喊道，使劲把埃尔维斯推开，疼得弯下了腰。

"为什么狗狗不可以也开开心呢？"凯瑞咧嘴笑笑，一屁股坐在驾驶座上，把她的钱包顺手放在车座下面。车朝着海滨的方向驶去。靓玛丽把车上光盘播放器的音量加大，车上的四个喇叭只剩两个还工作，不过阿奇大叔①的歌声还可以盖得过埃尔维斯激动的叫声。阿奇大叔的《感性》专辑放到第二遍结束时他们到了白色沙滩的潟湖。轻风吹动着潟湖，水面荡起一层层波纹，闪烁着蓝宝石一样的光芒。有两三个身材火辣的姑娘们站在冲浪板上，凯瑞兴致勃勃地看着她们。谷里族人活得好来劲。

"快来看这些又高又好的芦苇啊！"靓玛丽眼前一亮，从手提包里拿出剪刀。她满脸笑容，凯瑞突然吃惊地意识到，她很久没有看到她妈妈这么高兴了。

"我要下水。"凯瑞说着一把扯掉 T 恤，立马感到让人睁不开眼的夏日阳光散发出的炙热："下来吗？"

---

① 阿奇博德·罗奇（Archibald Roach）是著名的澳大利亚原住民歌手和争取原住民权利的领导者。

"我来啦!"唐尼喊叫着,高高举起两只胳膊,顺着水边跑起来,细细的白色沙滩上印着十几种不同的鸟留下的脚印。埃尔维斯跟着他边跑边叫。为了报复埃尔维斯刚才踩了他,他把狗扔进了潟湖里。埃尔维斯拼命往回游,只能看见它的头浮在水面上。靓玛丽在车的后座上有点着急,紧张地喊道:"唐尼,看着它,别让它淹了!你知道它有点呆啊!"

唐尼转过身来,学着大卫·爱登堡的声音说道:"埃尔维斯……离开了……海岸……"他学的英国腔很地道,还加上大卫特有的带喘气的停顿,"但是,这只犬会很快……回到车里。在车里……它会努力把尿撒在……主人的衣服上……还有主人的其他所有物上。"

凯瑞大笑不止,仰面跌进潟湖里,让清凉的海水流过自己的头发,进入耳朵和鼻子。最近这几天唐尼开始讲话,逗乐,甚至开始主动吃一点东西。老妈刚才也有了笑脸。肯尼留在德容沟镇的两个多小时尽可以去惹别人烦。这几件事加起来,凯瑞一下感觉一切都可能好起来,出现奇迹也不是完全没有可能。

第七章

　　三天后凯瑞把车停在帕城星期天集市外面。她最喜欢集市了，从小就觉得集市是一片令人惊喜的绿洲。德容沟镇所在的地区真是个鸟都不拉屎的地方，娱乐就是传闲话，谁为谁的老爸，或老公，还是男朋友献身了。在开办星期天集市之前的五六十年里，周日下午令人特别沮丧。凯瑞很清楚地记得镇上的大人都去看澳式足球了，她自己在空无一人的街上游荡。跟上一个星期天相比，唯一的变化是水沟里躺着一只流浪猫，包在秋天的落叶中。可怜的小东西看上去是没气了。它的黑毛乱成一团，眼珠都皱巴了。凯瑞用脚趾戳了一下，小猫已经硬得跟木头差不多。对十一岁的凯瑞来说，死猫就是帕城的写照，也预示着她待在帕城的未来。自星期天集市开办以来，人们不再只是谈论酒吧、澳式足球，或者降雨量。那种刺激至今记忆犹新。但是今天的集市让凯瑞兴奋起来恐怕不大容易。两小时前艾丽的妹妹给她打电话，要她去春德公寓楼把她的东西都取走，因为她的那间卧室已经分给了一名无家可归的长老。艾丽的妹妹还顺便告诉她，艾丽在惩教中心爱情开花，有了新欢，是一位来自昆州莫里菲尔德镇的沃卡沃卡族姑娘。靠近凯瑞枕头边的墙上多出一个崭新的拳头砸的洞。

　　凯瑞把手机放进口袋里，走进了集市。肯尼之前跟她说直走，到了姜汁饮料摊朝左拐，就在卖德国香肠的拖车下面的斜坡上。当时凯瑞听到"德国香肠"四个字时，口水直流。当年他们总是挨饿，站在拖车前不动，看着嗞嗞冒油的香肠，多希望有钱买根香肠，而不只是看着流口水。有时候卖香肠的主人会把烤焦的香肠免费扔给他们。偶尔也有游客可怜他们，提出给他们买根香肠。黑超人过于矜持，凯瑞过于谨慎，只有唐娜每次都露出兴奋的表情，赶紧说好啊，谢谢。即使对那些色眯眯地看着她，好像她没有穿衣服似的白人男人们，她也满不在乎。她给大家分香肠时开心地大笑。为了吃到德国香肠，他们爱看就看吧。几年之后，凯瑞意识到当时在学校里听到唐娜为了六瓶装的啤酒不惜低头的传言，十有八九是真有其事。

她手摸着口袋里的零钱，心情沮丧地绕过集市中心的足球场。她心想就是饿死也不会跟那些下流的白人男人们搭腔，甚至看一眼他们那些狗日的都让她感到恶心。还有艾丽也太混蛋了！犯了最愚蠢的案子把自己栽了进去。不到三个月，又跟一个恬不知耻的狱友搭成了新欢！什么至死不渝的爱情，瞎扯淡。她需要更换手机上的壁纸了。换成一张她的摩托的照片，或者唐尼的。

当然了，凯瑞自己也必须小心翼翼，只要有一个小小的闪失，哪怕是个酒驾抽查，还是交通检查，她就会被抓了投进监狱。只是她在昆州境外待得越久，她的担忧就有所降低。新州的交警大都在大城镇转悠，比如拜伦湾、利斯莫尔，还有卡西诺，在那些地方他们开罚单达到月标的把握更大。像德容沟镇这样的地方基本上属于自我管理。因为肯尼在酒吧立下了规矩，在他的镇上绝不许倒手操他妈的冰毒，镇上绝大部分人都服从。小量的大麻交易，时不时有姑娘被打得鼻青脸肿或者打断胳膊，这类事件不足以惊动警察来镇上一趟。秦卢克每周四晚上来德容沟镇酒吧喝酒，但他来时常常不穿警服。小镇上的情形长久如此，没有急需改变的必要。

"千万别微笑，一笑你就绷不住了。"肯尼告诉凯瑞，一边把占

\多\嘴\多\舌\

卜的假鹿皮锥形帐篷支好。然后他竖了一个牌子，上面写着"了解你的未来——塔罗牌占卜大师，为你解梦"。他突然看见凯瑞红肿的眼睛。

"怎么回事？"

"艾丽在里面又找了个新欢鬼混。"凯瑞呸了一声，走进去把牛仔服脱下换上靓玛丽的黑色和紫色相间的彩服，做了个鬼脸。夸张的喇叭袖，甚至是扎眼的亮片，她都还可以忍受，但是服装的胸口开得实在太低了，让她很不喜欢。她试图拉上去一点遮住乳房上面比其他部位都浅的皮肤，但没有用。靓玛丽没理睬凯瑞的抗议，硬把一个巨大的水晶玻璃坠子挂在她脖子上，跟她的银十字架项链搭伴。女儿需要学习的第一课是这个地区的大部分规矩，都是些一本正经的男人设定的，但只要有男人，露点就不会白瞎了。这一点傻子都知道。

"也许你应该帮艾丽越狱。"肯尼在帐篷外建议道，"就像长湾监狱的那个挥着砍刀的疯子越狱而逃。"

"没错。可是她以为自己很聪明，结果硬是把自己给投到里面去了，还说我抛弃了她。我翻篇了。"

"求你了，你可不可以站好别动啊。"靓玛丽说着小心翼翼地把一串假钱币戴在凯瑞的额头上。凯瑞在小镜子里看到自己的样子，皱了一下鼻子。那个镜子是从肯尼的旧车上拆下来的后视镜，用根铁丝绑在中间的柱子上。镜子里照出来的样子比原本更加惨不忍睹。凯瑞一把将假钱币扯了下来。靓玛丽不快地撇了一下嘴，又把一块黑色蕾丝盖在凯瑞的头上，遮住了她的额头、嘴和下巴，给予她一道神秘色彩。

"我看上去像个穆斯林。"凯瑞说道，有点疑惑，难道是个黑人还不够？不过，这个面纱比假钱币还是好点，就戴着吧。

"车钥匙。"肯尼说，把手从小帐篷的门帘伸进来。凯瑞跟肯尼有个交易，他把帐篷搭起来，就让他骑哈雷回去。

"别撞了。也别带着莎薇娜去兜风。最重要的是别让他妈的警察扣住，听到了吗？"凯瑞给他发了一连串指示。

"两周后见！"肯尼逗她，得意地晃着手里的钥匙。昨晚他赌马赢了，口袋里一把钞票，他打算今天全花在拜伦湾。

"除非你不怕我把你的那堆垃圾旧车都收了！"凯瑞说道，已经有点后悔这桩交易了。肯尼脚不沾地地一溜烟跑了："你们忙吧，我去找乐去了。"市场的管理让摊主们很不满意，但这几周以来肯尼心情很好。看来有个女人的陪伴就可以让他立刻成为一个快乐的绿巨人。凯瑞坐在帐篷里忍不住偷笑，等她哥哥发现汽油箱几乎空了时，快乐感会迅速递减。肯尼这些日子迷上了这个女人，神魂颠倒，凯瑞才不会冒险让哈雷跑出这个地区之外。

搭车客的脸出现在副驾那边摇下的车窗口时，玛蒂娜面带着微笑。这一次他没有伸出拇指招车，但她还是急刹车停在他跟前。他跳进副驾的座位，她赶紧调整了一下她时尚的超大复古太阳镜，调到一个更好看的角度。

"我叫玛蒂娜。我们认识吗？"她笑着问道，表情既友好又带着暗示，"还是你长了一副大家都认识的脸？"

"我叫史蒂文，是长了一副大家都认识的脸。我们家曾经住在当地，多年前搬到黄金海岸了。你呢？"

"我基本上都住在悉尼，很想念悉尼啊，特别是悉尼的海滨。看上去你应该会冲浪吧。"玛蒂娜挑逗他，"我是说看看你的膀子，冲浪男的膀子啊。"史蒂文笑了笑，说他一直都到处跑，没机会学冲浪。玛蒂娜兴致勃勃地讲到悉尼的库吉海滩，讲到兴奋之处就势把T恤衫拉下肩膀，露出她的比基尼，这套比基尼还是她专门从美国邮购的。但没有看到任何反应，玛蒂娜有点局促，两人陷入尴尬的沉默中。

最后还是史蒂文主动说："我打算在工业基地开一家健身房，就叫'帕城健身房'，可以满足你所有的健身要求。"

"有私教吗？"玛蒂娜问，把车速放慢，进入帕城郊外巨大的转盘，"在悉尼我一周有四次私教训练。好痛苦啊，但绝对值得。"他说私教不是他的主打，他是要做武打健身房，有很多的举重器材，还有一个拳击台。

"那些在笼子里打斗的家伙们。"玛蒂娜压住声说。

"也有姑娘们。"他说，"当然也有普通的有氧运动，为那些……那些怕受伤的人。"

玛蒂娜挑起眉毛成弓形。拜托了！这家伙把她当成了厄包，一个开着拉风的红色小车的被娇惯的小公主。简直是太可笑了。她换到二挡上，飞一般转了个弧形弯驶过加油站。

"你以为我就是被逼到头上也不会打架的丫头，是吗？"她问道，"还是你觉得我太老了？"

"哪里啊，绝对没有。我就是从实际出发，那个游戏可真不是容易玩的。"他说道，很小心地斡旋着，"那帮新西兰姑娘们手下一点不留情。但是，如果你想参加训练的话……"

那个游戏可真不是容易玩的。这句话不仅让玛蒂娜很不爽，甚至使她恼羞成怒。即便是他对她没有浪漫的情怀，至少对她有所尊重吧。

"参加训练，但不能打斗，是吗？"她一针见血地问道。

"都可以啊。我是靠打斗为生的，基本上是。但是不到迫不得已干吗要钻进笼子呢？"史蒂文的心平气和、富有逻辑的回答使得情形变得更糟。

"亲爱的，我也不是一开始就有拉风的马自达六系。"玛蒂娜没好气地说道。她又下了一挡。这回是在足球俱乐部跟前来了个急转弯，车轮发出一声尖叫，"我可能看上去像是悉尼北岸的富家子弟，可是你显然不知道的是……"

前面的红绿灯变成黄色，她的乘客抓住开门的把手。

"我相信你说的。要是我的话得罪了你，很对不起。你看……"他朝她咧嘴笑笑，露出两排整齐洁白的牙齿。玛蒂娜伸出两只胳膊耸了一下肩膀。史蒂文把牙齿拿出来放在手掌上。玛蒂娜脸一下变得煞白。带着粉色塑料牙龈的假牙摆在他俩之间看着有些面目狰狞。他把牙齿放回嘴里时没再笑。

"让我们活了下来的是靠颅面外科手术和支撑四肢的铁钉。"他说得很直接。

史蒂文打开安全带。

他继续说道："我赢了最后四场，但并不能还回我的牙齿。我每周跑五十公里，每天做三百个仰卧起坐。要是你觉得这些活动很有意思，下周我的健身房开张。就停这儿吧。多谢啊。"

玛蒂娜面无表情，把车靠边停了下来。史蒂文赶紧钻进朝集市走去的人群中。

凯瑞把一张五十元的票子折了一下放进钱包，钱包里已经有了四张大卫·乌纳蓬头像[①]。乌纳蓬大叔神情凝重地看着她，周围还有不少零钱。"不错啊，大叔。"凯瑞对着钞票说道，"待在我这里别跑了啊。"她龇牙笑了笑。这些白人也太容易哄了，紧赶慢赶地送上钞票来，谁吃饱了撑的去抢博彩店呢？

---

① 大卫·乌纳蓬（David Unaipon 1872—1967）是原住民牧师、发明家、作家。他对澳大利亚社会在维护原住民权益、科学和文学领域做出的重要的贡献打破了公众对原住民的刻板印象。为了表彰他的重大贡献，他的头像被用在五十澳元的纸钞上。

"这也太容易了。"她得意地说。靓玛丽在昏暗的帐篷后面抬头看了看。

"丫头，可别太骄傲啊。"她教训凯瑞，"别小看了塔罗牌，要不然日后会找上门来算账的。也别对那些高大帅气的小伙子下狠手啊。"她刚开始的时候手生也很紧张，特别是头两张牌里出现了即将怀孕的占卜。她赶紧给坐在她对面的一对同性恋解释说是她俩的姐妹或者侄女将有宝宝降临，才算自圆其说。幸亏她俩高高兴兴地接受了。每当她看出客人表示怀疑时，她就重复靓玛丽的话，抓到的牌是不会撒谎的。她要是支支吾吾，就没人会付钱听她占卜。

"你来吗？"凯瑞问靓玛丽。靓玛丽谢绝了。但是凯瑞第五次揭牌又拿到怀孕征兆时，靓玛丽猛然醒悟。她大声说："那是因为我在这里啊！你坐在我旁边当然会总揭到怀孕牌的呀，因为你就是我的孩子嘛！"她有些不知所措看着凯瑞。至少还需要陪凯瑞一整天，她才有可能在塔罗牌帐篷里独当一面。

"要不然我去给咱俩买点吃的吧？"凯瑞提出。整个一下午她的肚子都在让人尴尬地发出咕咕的叫声。她最喜欢的格言是：见好就收。还有一句是：没破别修。

"那我先去一下厕所。"靓玛丽说，急急忙忙掀开布帘出去，一头撞在一个长相英俊的小伙子身上。小伙子一把扶住她的上臂，没让她摔倒。"我的天哪！对不起，小伙子。"她向他道歉，一边用力把脚放回到走了样的凉鞋里。她瞅了他一眼，但尿急得憋不住了。好像在爷爷的葬礼上看到过这个小伙子。他是谁家的呢？靓玛丽的好奇心与她急于去厕所的心情搅在一起。

她建议道："小伙子，不妨试试。让德容沟大师告诉你，什么样的未来在等待你。"说完指一指帐篷，赶紧朝厕所跑去。史蒂文龇牙笑笑，钻进帐篷，看到吓得魂不附体的凯瑞在洗牌，东张西望到处看，就是不看他。他穿着帕拉马塔鳗鱼足球队的短裤和一件红色的无袖 T 恤衫。

"头次见面，欢迎啊。请坐。"她戴着面纱说，不确定史蒂文是不是光凭她的眼睛和双手就可以认出她来。对了，还有她露出的酥胸。史蒂文在昏暗的帐篷里坐在了凯瑞对面。他们之间只隔一张小小的方桌。凯瑞洗完牌，开始摆牌。

"你是想要十五分钟还是三十分钟的占卜？"凯瑞问，牌差点从手中滑落。史蒂文没有回答。他从桌子上随便拿起一张牌，仔细地看看，然后把牌转过来让凯瑞看到。

"你先来设置一个问题……"她说，但史蒂文打断了她。他的眼睛里闪着恶作剧的神情。

"讲讲愚人牌。"他说道。

"代表新的开始，回归纯真。"凯瑞有所防备地回答道，思忖着她的伪装是不是被识破了，要不然他不会给她做出那样的表情，除非他就是个色魔，老少通吃，看所有的女人都是同样的表情。这个念头让她挺不爽，但凯瑞是个十足的现实主义者。

"特别是跟事业有紧密的联系，当然也适用于其他事项，例如住房，还有家庭，等等。但是我们需要先设置一个问题，然后才……"
史蒂文抬头看看她，又低下头看着手里的牌。

"新的开始。"他重复了一句，往后靠了靠，"这个我喜欢。"

"那是这样，十五分钟的占卜是二十五元，半小时是五十元。"凯瑞继续说，心想靓玛丽什么时候回来，她真不知道自己可以装多久。两眼盯着史蒂文几乎赤裸的上身，离她也就一米远。他的两手放在桌上，她整理桌布和摆牌时都差点碰到他的手。

"那就十五分钟吧，因为我预见你一会儿会跟我去酒吧喝一杯。"他微笑着说，"在你登上哈雷离开之前。"

凯瑞在戴着的面纱后面咧着嘴笑了。这小子，也太贫了。她伸出手拿过他手里的那张牌，很熟练地洗起牌来。

\ 多 \ 嘴 \ 多 \ 舌 \

"那我们就来看看神明对此有如何说法，好吧？"她回答道。

"伙计，请多放点芥末酱。"史蒂文跟满头大汗卖德国香肠的小伙子说，他俩排队终于排到该他们了。

"我要原味。"凯瑞说，然后从钱包里掏钱。史蒂文伸手拦住她，他的手放在她的手臂上感觉触电一般。

"我请客。"他说，"别客气。"

"那不行，我要了三份。"她说道，然后拿出下午刚挣的一张五十的票子，在心里说，"可是朋友，你可以把手留在那儿别拿走啊，想放多久都可以的。"

"别争了，没问题。"史蒂文坚持付钱，脸上露出古灵精怪的表情。他的手指在凯瑞的胳膊上多逗留了一会儿，凯瑞也有意超慢地把钱包放回口袋。她想说，此刻把你的手伸到我哪里都会让我心花怒放的。卖香肠的小伙子把纸袋递给他们之后，凯瑞拿出两份递给一直在看着排队的两个瘦骨嶙峋的白人孩子，她对稍微大一点的孩子点点头，接着往外走。史蒂文转过头看了一眼，看到两个孩子迫不及待地把香肠塞进嘴里，好似连命都不要了。

他俩找了棵巨大的香樟月桂树，树枝搭到了草地上。他们坐在树下，前面是块草地，有人拉着两匹骆驼，一副瞧不起人的样子，骆驼上骑着紧张不安的游客。他们显然刚刚意识到驼峰离着地面有多高。人们为什么要拿钱买焦虑，实在不可思议。凯瑞不断地搓着戴在脖子上的银十字架，真希望自己比感觉的更酷点。

她的身体好像绷紧的弦，每根神经都被拨乱了。她要是一辆救火车，她的警报器一定会长鸣，闪着红蓝色的灯，恨不能让全世界都看到。可是她不是救火车。她是一个马上奔三十四岁的谷里族靓女，被一个火辣男人紧追不放。唯一可以看出一点端倪的是她脸上

115

抹不去的傻笑。还有，有人忘记提醒她了，她喜好的本是女人。但是眼下她身体里的每个细胞分子都巴不得地想靠近史蒂文。就好像他俩之间的距离不是由普通的空气填充，而是什么别的东西。她与史蒂文之间充斥着一点即燃的气氛。史蒂文故意逗她，说她贪吃，买三份香肠本来是要独吞的，说着开玩笑地推了她一把。凯瑞心想，他这一推差一点就可以引爆了烟火，或者点亮了激光。

"你怎么知道那两个小孩不是在排队买香肠呢？"史蒂文问道，因为自己没有看出孩子们的贫穷，觉得有些不好意思。

"因为我小时候就跟他们一样。"凯瑞说，手里举着吃了四分之一的香肠做示范，"我们就站在香肠车跟前，嘴里流着口水，看着那些白人们大口地吃着香肠，简直就是在受酷刑。"

"现在可以好好补回来了。"史蒂文把脸埋进西红柿和芥末酱里。他抬起头时，下巴上沾着一块西红柿酱。凯瑞淡淡地微笑了一下，香樟月桂树的叶子撒落在绿油油的草地上。史蒂文看到她拿出一张五十元的票子就以为她现在可以没命地吃热狗，还可以随便像分糖一样发送给别人。他可能以为她的裤兜里塞满了带有乌纳蓬大叔头像的钞票，或者银行卡里有足够的钱，只要想，就可以买八元一份的外卖吃。她知道有些人真是过着那样的生活，但是跟她住在同一公寓的人们绝大部分的日子只吃得起面包和薯条。每两周领一次钱，只有在发钱的那一周才可以有点肉吃，也只有那一周可以享用到从商店里买来的酒和烟。不发钱的那一周就是饿肚子周，到处去朋友和亲戚家蹭饭，看看他们是不是领到一袋食品，获得一份工作，或者是赢了一盘宾果游戏。她低头看着自己的腿，觉得跟别人解释他们黑人们是如何生活的很丢脸。即便是白人相信你，他们也只是会给一些没用的建议，告诉你怎样从贫穷中爬出来。好像那是很简单的一桩事。好像当权者们真心希望穷人们不要在垃圾里讨生活，而他们其实是在引开穷人对富有社会丰富的物资的注意力，以免他们想出绝妙的点子也为自己抓些财富。

"我小时候，十五六岁的时候，常去商店偷东西。"史蒂文平淡地说。

"是啊，为了找刺激。"凯瑞对白人孩子把自己看成是捣蛋鬼嗤之以鼻。

"当然不是，是因为我们家穷得揭不开锅。我妈以为我们去海滩玩去了，其实我跟我哥在小超市忙着把培根塞进我们的裤子里。"

凯瑞睁大了眼睛。

"你有没有把一袋油腻腻、冰冷的培根放进自己的裤衩里的经历？"史蒂文做了个鬼脸，"告诉你，绝不开玩笑。最惨的是把冰冻的汉堡肉饼放进小裤衩里。"

凯瑞大笑起来。

"至少教会了我们怎么洗碗。"史蒂文接着说，"我们偷了商店里的肉，跑回家，做熟了，吃完，然后在我妈下班回来之前把所有的蛛丝马迹都打扫干净。"

"我当你是富家子弟呢。"凯瑞说。

史蒂文张大了嘴，好像凯瑞在说醉话："哦，没错，富人去哪里都得靠拦车。"

"我以为你是绿色达人。然后你又说你要创业。还有，瞧瞧你穿的鞋子！"超贵的长跑鞋。还有洁白整齐的牙齿。史蒂文紧锁着眉毛看着她。她撞了一下他的肩膀："咋了？不要这样看着我。"

"鞋是赞助商给我的。我的健身房到目前为止基本上就是一堆债。你的功课做得不够啊，小妞。"史蒂文说着拿起凯瑞掉在草地上的手机，"听着，在你再次消失之前，我用你的手机给我打个电话，这样你就有我的电话号码，我也有你的了。"

"还我手机！"凯瑞大声说，试图抢下手机。史蒂文朝边上打了个滚，轻松地躲过了凯瑞的猛扑，仰面对着阳光，一边拨电话一边大笑。他短裤口袋里传出老式电话铃声。

"你太讨厌了!"凯瑞没想到他这么容易就把自己给撂倒了。她是从小跟肯尼和黑超人打架中长大的,也学会几招。史蒂文逗她,她爬起来要抢回电话时,史蒂文把电话高高举起。在抢来抢去的过程中,凯瑞最后骑在了史蒂文身上,她的两只手平平地放在史蒂文的胸上,她的手机也在那里,就在她的右手掌下面,可是史蒂文好像钳子一样死死地握住她的两只手腕。他俩相持不下。

"投降吗,白仔?"她气喘吁吁,想唬住对方。

"绝不让步。"他跟凯瑞说了句西班牙语。他使劲两边摆动,让在他身上的凯瑞晃来晃去,"我看你投不投降。"她用膝盖顶住他的肋骨,向前弓下去,把重力推向她的手掌。她的头发披下来盖住了她的脸,她只能通过带卷的黑瀑布看到他。

他们两眼相对。他们忘记了抢电话的事,两人同时意识到他们所处的状态。凯瑞坐在一个她并不熟悉的男人身上,他们两人汗水淋滴的大腿之间只隔着史蒂文薄薄的尼龙运动短裤。凯瑞换了个位置,很不好意思地感觉到史蒂文大腿的热度,而且他的大腿根儿就压在自己的腿下。想到这一点,她的身体一颤,嗓子里无意识地发出一声呻吟。史蒂文听到了,一丝微笑慢慢划过他的脸庞。

"明天晚上跟我吃晚餐,我就把没收的手机还你。"他跟她讲起了条件。凯瑞试着想从史蒂文的手腕里抽出自己的双手,发现史蒂文的力气之大,她立刻觉得一股电流从头顶通到脚底,紫色上衣里面的乳头也一下变得挺立起来。

"你们是不是该订个房间呢?"一个男人走过时建议道,他肩上扛着一个咿咿呀呀学语的小孩,"要不然收费观看也行啊。"

"多谢温馨提示。"史蒂文回了一句。他仰面看着凯瑞,凯瑞垂下来的头发飘向四面八方。她的玻璃水晶坠子歪靠在她的乳沟上,随着她的呼吸一起一伏。

"怎么样啊？可以答应吗？"

"我明天要做夜市。"凯瑞闭上了眼睛。史蒂文有一副惊人的肩膀。她可以感受到史蒂文挨着她的前臂的六块腹肌。自打中学毕业后她不记得自己有过如此强烈的欲望。而这一切已远远超越打情骂俏的范围，在发展成为另一种感情。这是怎么回事啊？这么多年之后，竟然撞到了一个白人怀里？不能吧？

"还有……"凯瑞有些尴尬。她坐在史蒂文坚实的身体上，他的胯仍然在轻轻地两边摇晃。她的手指紧紧扣着她的手机。

"看着我。"史蒂文说道，松开抓住她手腕的两手。他的两手顺着凯瑞颤抖的双臂伸到了她的头顶，他轻轻把凯瑞的头往下拉。凯瑞的最后一道防线彻底坍塌了。他们的双唇碰到了一起，一开始有些犹豫，接着是深情激烈的接吻，全然不理会过路人的口哨和起哄。跟史蒂文接吻的时候，凯瑞有一种奇怪的感受，好像时间没有改变任何东西，自从初三毕业迪斯科舞会上，她想亲一下史蒂文但没有亲，十九年过去了，但这十九年并没有改变什么，甚至好像这十九年根本不存在，只不过是一个奇特、超长的暂停，直到刚才又接着继续。他们躺在草地上接吻，时间的巨掌吱吱呀呀开始慢慢启动，生命在悠长但毫无意义的停顿之后重新开始。

当他俩紧挨着的嘴终于分开时，史蒂文调侃地问她："那你是明天乖乖地来呢，还是准备打一架？"

凯瑞又闭上了眼睛。她用食指顺着手机长方形的外壳找到了关机键。她使劲按了一下关机键，只听扑哧一声，出现了空白机屏，手机关闭了。然后凯瑞睁开眼睛，温柔黝黑的眼睛里闪烁着强烈的欲望，想要史蒂文更多的吻，想要新的开始。

她没有回答他，而是把手伸出去，在史蒂文的运动短裤前部蹭来蹭去，然后把手指轻轻地从裤口伸进去，摸到了他的臀部的上面。继而她又把手拿出来，在短裤前部的帕拉马塔鳗鱼标志上画着圈，这回轮到史蒂文不禁发出呻吟声。凯瑞要往前弯下腰的瞬间，他坐了起来再次亲吻她。凯瑞把手伸进他俩紧挨的小肚子中间，感到了他的勃起。史蒂文打了个战，就在那一瞬间凯瑞意识到一切都不可阻挡了，她知道无论对错，她都想要跟他睡。

　　"好吧。"她说道。

第八章

　　蒸笼般的 2 月一点一点进入了潮湿的 3 月。本来就不大喜欢艾丽的靓玛丽称史蒂文是凯瑞的"小白脸"，凯瑞也懒得再跟她争辩。肯尼跟史蒂文第一次见面时恶狠狠地盯着他，但是最后算是在肤浅简单的大男子主义的观念上接受了他。看着他俩一起撅着屁股修理肯尼的福特猎鹰的刹车时，凯瑞不禁感到滑稽，人们看到一定以为他们是天生的好伙伴，只是史蒂文是人们所称的纯种的美利奴羊，指早年的自由白人移民。他在沿海跟昆州和新州北部的玛瑞族原住民和泰国拳击手一起训练多年，跟他们学到不少东西。他很有头脑，知道什么时候该闭嘴，讲到黑人的事情时只管听着就行。他还有个诀窍，就是肯尼霸道不讲理的时候，他让着他的同时不降低自己的身份，也不失去内心的平衡。他身上的某些气质让凯瑞想到了理查德大舅，他非常清楚自己是谁，坦然接受自己的身份，对于自己生为白人不卑不亢。每次凯瑞有意无意地嘲讽史蒂文是白人，是殖民者，他都会出乎凯瑞意料地表示同意，然后还会加一句，英国人先掠夺了我们的民族，然后又把我们随意地扔到别人的土地上。凯瑞马上指出，你是来享受消灭了我们民族之后的成果。老兄，这是喀里多尼亚河，不是阿尔比恩。① 他就赶紧说，是啊，你绝对正

---

① 喀里多尼亚河位于澳大利亚维多利亚州。阿尔比恩是大不列颠岛早期的称呼。

确，你们民族的所失就是我们这帮人的所得。然后就把她拉过来使劲亲吻，打岔分散她的话题。

靓玛丽开玩笑说，索尔特家族里现在有俩白人了，一个是埃尔维斯，一个是史蒂文。凯瑞反驳说，这样说还为时过早。在一起玩得高兴和把他完全当成家里人，完全是两码事。更别提想要她成为他的女人，想都别想。是啊，跟史蒂文交往完全是为了快乐，她没少忘记提醒他。当史蒂文跟她提议情人节时带她去拜伦湾吃晚餐，她说不如给家里每人买杯热巧克力饮料，让大家都高兴一下。当然不算唐尼在内，她侄儿仍然是除了糖果和方便面以外，别的一概不吃。

就在市委会召开会议的前一周，索尔特一家也来了个讨论会。盛着爷爷骨灰的塑料罐已经在橱柜上放了好几周了，家人必须做出决定，是不是要把爷爷早点带去爱娃岛。但至少要一年之后才可以让爷爷入土为安。

"我明白，我明白！可我们居住在白人的世界里啊。"黑超人在苹果手机上用视频聊天争辩着，"还是趁早去的好，要不然等岛上建了监狱，我们就没有机会再上爱娃岛，唯一的机会就是被关进岛上的监狱里。"

"那个监狱根本不可能建。"肯尼不容置疑地说，好像这事到此结束了，他的话就是法规。凯瑞心想，你做梦吧，老哥，回到现实吧，你在梦幻世界待得有点久了。

"我得再想一想。"靓玛丽抱怨道。她加快速度整理洗好的衣物，把心中的恐慌压下去，"神明会不高兴的。不能突然袭击式地把我架在这儿做这样重大的决定。"一摞叠好的起了毛边的浴巾在她面前摇晃着眼看着要倒下去。

"那就别太费力地想了。"肯尼说,用两手掌搓一搓自己胡子拉碴的脸,"想多了,反而节外生枝。"

凯瑞突然灵机一动说道:"我们索性现在就行动。也许这就是为什么翻的塔罗牌一直在告诉我们不对。我们现在行动没准儿可以阻止建造监狱的计划。"事实上,凯瑞就是想赶紧把这事了结了,在老人家死去的事上做个决定,然后大家的生活就可以继续。也许靓玛丽的胃痛也会停止。也许从隔壁房间传来的抽泣会渐渐缓和下来,这样她就可以仔细想想怎样把自己的背包拿回来,然后开上摩托离开德容沟镇,这是第二次自己无望地陷入泥潭拔不出来。

"嗯……"靓玛丽抵制的态度有所松缓。当黑超人答应他飞回来参加仪式时,靓玛丽的抵抗荡然无存。能够见到她的宠儿的喜悦超越了没有遵循传统规则的负疚。

然而最终黑超人是在视频聊天上参加的埋葬仪式,因为一场强风暴雨将悉尼机场的航班全部取消了。高玛丽姨和理查德大舅也因为要参加原住民条约会议未能从堪培拉赶来。靓玛丽悲哀地痛哭,但也没有其他的办法。只是家里的大部分人都在场,能够让爷爷入土为安,总还是比没有一人在场的好吧。

"慢点开!"唐尼尖叫着,肯尼以六十迈的速度在碎石路上一个急转弯上了殖民大道,凯瑞一下滑到史蒂文的腿上。坐在前排的靓玛丽紧紧抱着放在漂亮的草编篮子里爷爷的骨灰盒,大声地祈祷。肯尼兴奋地叫喊着,用右手敲着车顶。他倒是没有想让车像鱼尾一样左右摇摆,但他今天肾上腺素飙升,兴奋不已,巴不得让坐在车里的每个人都紧紧抓着座位,挤得东倒西歪。埃尔维斯坐在唐尼的腿上,几次差点要从车窗里飞出去,紧张地汪汪大叫。凯瑞抓住它的后腿以防万一。

"慢点开啊，你有病啊！"凯瑞也跟着唐尼一起说，但无济于事。

"我这是给老人家最好的道别！你们这帮没出息的货！"肯尼喊道，把车打直。然后脚踩油门，冲下土路，跟河流并行，车上的人从挡风玻璃上的裂缝看出去，好像是在多屏幕上看超级动作片。

"怎么回事啊？你们到了吗？"黑超人的声音有些嘶哑，靓玛丽的手机信号时有时无，黑超人的脸变成一团模糊的拼图。

"肯尼开车跟疯了一样！"凯瑞告诉黑超人，"好像我们这帮人都是死不了的神仙。"

"万福玛丽，充满恩典，主与你同在，你在女性中受赞颂……"

肯尼还在大笑时收音机里传出 AC/DC 乐队①的歌声。"哇塞，酷毙了！"肯尼把音量调到了最大。

肯尼跟着马尔科姆唱《越狱》。

"你他妈的可以不那么疯狂吗？"凯瑞噌一下从史蒂文腿上跳起来，"刚才差点把埃尔维斯甩出去！"

史蒂文把手机拿到窗外，想找到信号，但没有找到。

肯尼加速转过最后一个左转弯，好像终于听到大家的呼吁，狠狠地踩了刹车。但他们还没有来得及松一口气，福特猎鹰开始打滑，扬起一片红色尘土，然后滑行一大截突然停了下来。车一停，尘土四处飞扬，每个人都惊呆地张大了嘴。福特猎鹰的前盖紧挨着一道新竖起来的焊网围墙，拦住了整个道路。没有穿着反光背心的工人。没有好像巫婆帽的橙色交通锥。没有修路器材。只有远处的河流闪着银光，还有竖在他们眼前的路障。在焊网围墙上挂着一个红白相间的帕城房产代理的牌子，写着：出售。

牌子上对角贴着一行字：已签约。

半分钟过去了，没有一个人讲话。突然间大家一起爆发。

---

① AC/DC 乐队是世界著名的澳大利亚摇滚乐队，1973 年由兄弟俩马尔科姆·扬（Malcom Young）和安格斯·扬（Angus Young）组成。风格上属于硬摇滚和重金属的混合。

\ 多 \ 嘴 \ 多 \ 舌 \

唐尼说："完蛋了！"

肯尼怒吼道："我操那个狗日的！他是活腻了，想吃子弹了！"

靓玛丽对着牌子挥动着她的手绢抗议道："这不对啊。这根本不可能啊！"

"我非要把这个操蛋的巴克利宰了！"凯瑞威胁道，她一个劲地捶打肯尼座椅的后部，直到史蒂文抓住了她的胳膊。他抱着她，她一下子泪流满面。唐尼坐在那里，完全惊呆了，好像他们来帮助爷爷入土为安的计划被一群外星小绿人给打了劫了。

靓玛丽跌跌撞撞地一屁股坐在碎石地上，脸色铁青。唐尼迈开他的小细腿，走过去双手扣住铁网的菱形小孔，不知所措地望着远处他们的理想之地。肯尼扒开周围的草丛，发现焊网一头伸到河岸，另一头伸到茂密的丛林中，他的福特猎鹰根本开不过去。焊网有七尺多高，铁柱子都是用水泥铸入地下的。不论是靓玛丽还是其他人，包括肯尼，都不可能翻过去，他们不可以将爷爷的骨灰撒在爱娃岛上了。肯尼跟大家一起站成一个半圆，一声不响，面对着这张令人绝望的牌子。

"把这个操蛋的焊网冲倒！"唐尼说着用脚使劲踢了一下房产公司的牌子表示他的认真。凯瑞惊奇地看着唐尼，他爸爸也看了他一眼，点点头。凯瑞说道："我们干脆就开车冲进去得了。"反正这辆车已经是又旧又破。要是给车加速开过去，说不定焊网会跟柱子脱节。唐尼说得有道理。

"我们必须过去。"靓玛丽着急地说，"我答应爷爷我一定会把他安葬在河边，跟祖姥姥、祖姥爷，还有你们的爸爸在一起。我答应了他的。"凯瑞一瞬间极其气愤，心想有的时候违法是应当的。

"或者我们可以找条小船，然后从河里划船上去……"史蒂文寻思。

"让他们那些狗东西也知道一下我们的厉害。"肯尼说着点点头，他同意唐尼说的，不接史蒂文的话，"为了让库克船长①之流开心，凭什么我们得偷偷摸摸地溜进我们自己的土地？我真该把这里一把火全烧了！"肯尼怒气冲冲地点了根烟，然用把胳膊画了一个弧形，指的是方圆五百英亩的国家森林，里面有十几个永久地契的地盘面对着河流。凯瑞叹了一口气。难怪她哥哥不是进了一次，也不是两次，而是三进格拉夫顿监狱。肯尼真他妈是最自以为是的白痴。

"你们都瞎了眼啊？"她努努嘴，在铁网上方五米处有棵桉叶树，上面绑着一个监视器。肯尼骂了一句，把烟放进嘴里，然后对着监视器举起两根手指。史蒂文盯着监视器足足看了一分钟。大家都感到很泄气。埃尔维斯跑了过来，对着焊网随意地抬起一条后腿，一股黄流带着刺鼻的臊气在焊网底部形成一个小水坑。每个人都欢呼起来。凯瑞朝后看了一下，发现靓玛丽回到了车里，抱着装着爷爷骨灰的草篮子前后地摇晃。肯尼说道："这还真他妈不是开玩笑。"说罢也走回到了车里。只听轰的一声，他发动起了引擎，车哐当哐当响起来。

"肯尼，等一下！"靓玛丽大声喊道。她刚才一惊慌抱着的篮子掉了下去，爷爷的骨灰撒出来一点，落到了生锈的车底部。不能把爷爷放在工人们来回开着工具车的路上，他们要把爷爷带到河岸，在那里祖姥爷秦乔伊留下了他的歌声，祖姥姥爱娃跳进河流救了自己的命，然后又把生命给予了整个家族。

"我要让那些狗日的白人们知道他们是在跟谁打交道！"肯尼告诉靓玛丽，又更使劲地踩了一下油门。他把头从车窗里伸出来，对着监视器乱骂一通。

---

① 詹姆斯·库克（James Cook 1728—1779）是英国皇家海军军官、航海家、探险家和制图师。1766 年获委任为"奋进号"船长，首度出海往太平洋探索。于 1770 年 4 月 29 日首次登陆澳大利亚悉尼的博塔尼湾。

"你等一下！"靓玛丽心急火燎地命令肯尼，"儿子，等一下，等我把撒掉的这点……拿起来。啊呀，我的天哪！"她指指撒掉的骨灰。一滴鲜血悬在她的食指上，马上要掉下来给她抱着的草篮子洗礼。

"系好安全带。"肯尼跟她说。

凯瑞冲到靓玛丽开着的车门前，对着肯尼大喊应该等到天黑再来，这样就不会被监视器照到。他没理她，上好了挡。

当肯尼不管不顾地左拐一下右拐一下地倒着车时，靓玛丽还在用她另一只没有划破的手在脚底下摸撒落的骨灰，史蒂文突然从后面冲过来，一个箭步跑到闪着银光的焊网跟前。他的右手拿了一根很细的桉树枝。凯瑞还在想他是不是要来个撑杆跳高，跳过焊网，可手里拿的树枝也有点太细了吧。这时史蒂文投出了手里的树枝，精准无误地打中了监视器的镜头，只听砰的一声，接着一阵令人心悦的碎玻璃声。监视器传出愤怒的嗞啦声，长矛被卡在了破碎镜片中间，好像对着全世界伸出长长的白舌头。

"我操，太牛了！"凯瑞惊喜地欢呼。

"不光会跳高，还会投标枪。"史蒂文喘着气说。

唐尼看到树枝做的长矛被卡在监视器的镜头里，放声大笑起来，很久没有见到这么可笑的事。福特猎鹰发出巨大的轰鸣声，靓玛丽赶紧系上安全带。

"干得漂亮。"凯瑞小声对史蒂文赞许。肯尼一脚踩下油门，朝着焊网冲了过去。

车继续前行，菱形网状的焊网撞在车前身和两边时发出刺耳的碰撞声，随之焊网脱离了柱子。在很远的另一边，肯尼身体压在喇叭上宣布胜利。

凯瑞、史蒂文和唐尼欢呼着从裂开的口子里冲进去，就好像澳式足球队员冲进赛场一样。他们钻进车里，带着爷爷去祖宗那里。

"往里靠点！"凯瑞大笑着跟埃尔维斯挤进车的后排座位。

肯尼在后视镜里斜眼看了看史蒂文，问道："兄弟，你肯定是白人吗？"

"百分之百的苏格兰人，还有些爱尔兰和英国血统。"史蒂文回答，一只胳膊搂着满脸笑容的凯瑞，另一只手抓住埃尔维斯的项圈，"也许还有那么一丁点西班牙血统。"

靓玛丽有点不置可否地笑笑。

"西班牙人啊，是吗？"凯瑞说，"早年的时候在澳大利亚的西班牙人怕是比在西班牙的还要多。"

"可别因为我的肤色而不待见我啊。"史蒂文说，觉得有点冤枉。

"兄弟，我绝对没想过。"肯尼回答，马上又嘲讽地加了一句，"你没准儿也会把我拿长矛捅了。"

"凯瑞，你不是总想找一个纯血统的人吗？"靓玛丽问道，有意地点了这个话题，下了车在河边的空地上准备点火开始送爷爷的仪式。

"说什么呢？"肯尼严厉地说，他最恨纯血统这几个字眼，他这一辈子都被他的肤色不是纯黑而受到各种质疑。

凯瑞说道："就我所知，我们都是满腹热血。"然后又加了一句，"我们是把爷爷漂过河流到达岛上呢，还是有其他办法？"

"你在乱讲什么啊！"靓玛丽说，面带惊恐，然后把草篮递给肯尼，"让肯尼带过去，把爷爷安放在那棵南洋杉树下，我在这边唱歌……"

靓玛丽朝着点着火的铁桶使劲吹了口气。每个人都从桉树枝里冒出的烟雾中走过，靓玛丽在靠近她的一块石头上画了一个赭石色的十字架，用她的哭声和歌声送爷爷入土。

一小时之后，爷爷的骨灰撒在了爱娃岛上，肯尼游了回来。让大家大吃一惊的是，他居然打开了一罐伏特加配果汁饮料，一股脑

\多\嘴\多\舌\

儿地全部倒在一块大石头上，祭祀爷爷。凯瑞问他为什么要用一整罐饮料，肯尼摇晃了一下饮料罐，把最后几滴倒在夏日干渴的土地上，蚂蚁和苍蝇都围上来吮吸着糖分。

“老人家，在力量中安息。”肯尼指了指爱娃岛，“一路走好。”然后他转向凯瑞，大声笑她刚才提的问题，样子很傻。

“有什么可笑的？”凯瑞问道，也跟着傻笑起来。

肯尼把空饮料罐一把捏扁了，说道：“妹子，你不记得那个广告吗？”

“哪个广告？”

“可乐广告，‘有可乐，万事顺’。”

“哦，是那个，你真是不着边。”凯瑞噘了噘嘴，还是笑了一下，把她的手放进史蒂文的手里。

离他们不远的地方，靓玛丽还在对着河流哭泣。凯瑞寻思，下次洪水泛滥时，爷爷骨灰的一部分就会被水流带走，踏上流向海洋的漫漫旅程。那样也挺好的。爷爷虽然跟很多人一样，被英国传教士们的强制干预害惨了，一辈子连自己的身世都不知道，但他至少清楚他是属于这方水土的原住民。最终大海召唤我们回到万物之源母亲的怀抱。月亮召唤海洋，海洋召唤我们，无论我们有无所知，万物都受到其他力量的召唤。就像靓玛丽告诉我们的，祖姥爷秦乔伊常跟她说，孙女啊，任凭白人们怎样扇着两片嘴皮滔滔不绝，我们的民族拥有我们自己的土地法规，这比什么都重要。我们存在于一切自然造物当中：土地、树木、动物、河流。我们之中有它们，它们之中有我们。千万不要听信白人们说的，记住，他们都是野蛮人。

“下水吗？”凯瑞问，脱了衣服只留下运动文胸。

“没的说！”史蒂文说，一把扒下他的背心。凯瑞站在那里愣住了。这腹肌，太美了。他的肋骨只露出一丁点，肋骨周围是一排排的肌肉。真棒啊，亲爱的。可是凯瑞的欢乐被很快终止了。

"哎呀，千万不要下水！"靓玛丽从水边对他们喊道，"不能游泳，傻孩子们！鲨鱼在里面。否则明天这个时候你们就变成了鲨鱼屎。"

凯瑞长叹一口气。又来耶稣基督那一套了。什么事都有见鬼的先兆啊、奇迹之类的。

"妈，我们总来这里游泳的。"

"儿子，下水。"肯尼跟儿子说，一把将他的 T 恤从头上脱了下来，"我们男人们没问题。"他一个猛子扎进了水里，然后浮出水面拿凯瑞打趣，先是大声宣布河水是多么舒服，然后又说作为女孩子的好处。唐尼坐在河岸上，在水流里荡着两条细腿。在史蒂文面前脱了衣服他觉得有些无地自容。

"别跟我顶嘴。"靓玛丽对着凯瑞不依不饶，"鲨鱼们还在等待许诺给它们的人肉呢。丫头，你不能下水。还有你，史蒂文，你要是知好歹就待在岸上。"

史蒂文一头雾水地看着靓玛丽，她向他解释了鲨鱼图腾是怎么回事。她说肯尼可以在河里游泳，没问题，他获得的保护会传递给他的儿子。但史蒂文和凯瑞会有被鲨鱼咬掉胳膊和腿的危险。加上史蒂文是白人没有任何保护，他的风险更会增加三倍。靓玛丽严厉地说他和凯瑞坚决不能下水。欠下的血债是所有债务中最严重的，而且没有时间的限制。

史蒂文不情愿地哼了一声。他觉得让鲨鱼吃了也比晒死好。

他小声跟凯瑞嘟囔："我以为你总来这儿游泳呢。"

"我是总来。我妈说的都是胡说。最后一次有人看到鲨鱼还是 2014 年发洪水时候在河流的上游。可是跟我妈争辩这些没用。"

"太爽了。好凉快啊，可别把我给冻着了。"肯尼在河中心继续奚落凯瑞，然后扎进水底去找祖姥姥爱娃丢失已久的胸甲。

凯瑞大声叫喊："哥，你别太得意！"一个箭步跳上最高的一块岩石，然后一跃跳进了水里。肯尼刚从水里像条银鱼钻出来，凯瑞拍起的巨大水花让他呛了水。凯瑞银铃般的笑声在岛上回荡。

"你会后悔的。"靓玛丽教训凯瑞，肯尼还在不停地咳嗽。靓玛丽对着自己的孩子无奈地摇摇头，走到阴凉处坐了下来，预言更多的灾难发生。接下来所发生的事让凯瑞瞪圆了眼睛。史蒂文靠着岩石把背心浸到水里，拿出来把多余的水拧掉，套在他如同雕塑的身体上，然后走过去坐在靓玛丽身边，跟她聊起天来。

"娘娘腔。"肯尼对着史蒂文说，还在不停地咳嗽。他使劲摇摇头，头发上的水珠飞向四方。埃尔维斯在河岸上奔来跑去，汪汪地命令着每个人。

凯瑞跟肯尼说："哥，这就是我向你说到的文化。"她朝着史蒂文点点头，"就是尊重，没别的。"

"他才不信那一套呢。"肯尼不屑地说道，"他不过是因为你才那样做的。"

"那也很好啊，至少他努力了。我咋没看见莎薇娜呢？"凯瑞说着仰身翻进水里，没理肯尼的没完没了，他随时随地都要比他周围的男人强。在酒吧要比别人更能打架，聊天的时候要比别人更有文化，甚至当傻瓜也要比别人更傻。但是即使肯尼的混账也不能扫了她游泳的兴。河水美妙怡人，他们撞开巴克利设立的焊网的胜利，实在完美。

她看着波光粼粼的河湾。周围没有房屋，没有噪音，除了埃尔维斯的汪汪叫。没有白人。这就是她向往的澳大利亚，绿色的圣岛，长着棕榈树、无花果树、金合欢树。南洋杉骄傲地挺立在岛上，投下严实的树荫。她突然有一种强烈的欲望，希望时光能够倒流，就像他们小时候那样，大家一起在岛上露营、钓鱼、讲故事，为一些无聊的事笑到岔气。但是这一切都不可能了。首先肯尼在第一夜之后就会不停地抱怨，还要操心谁赢得了维州南部小镇旺加拉塔七位委员的区委会的第七位。唐尼没有了他的电脑恐怕会躺在那儿一动不动直到没有了气。而且老实讲，她自己也会留恋家中的各种舒适。她们这一代人远不够坚硬，而且被宠坏。十七岁的时候，第一次逃学去了库利海滩，她觉得自己酷毙了，在黄金海岸的伯利角和冲浪者天堂毫无节制地疯玩。一年后她从布里斯班女子惩教中心出来，觉得没什么劲。她算是从土匪生活中迅速觉醒的一个人。

坚硬并不是靠小偷小摸勉强度日，也不是在斗殴中获胜，甚至是被关进劳教所。坚硬是不为任何事依赖于白人。祖姥姥爱娃和祖姥爷秦乔伊躲开了传教中心，依靠自己耕种、打猎和劳动所得为生。他们虽被白人奴役，当饲养员和家仆，但他们靠的是自己劳动挣来的工钱，而不是在满口教义的牧师或者传教中心老板的皮鞭下求得生存，他们所做到的在那时算是个小小的奇迹。坚硬是指祖姥姥爱娃挺着大肚子，为了保住她唯一能够留在身边的孩子，即使在后背中弹之后，她戴着保护她的项圈游过了寒冷刺骨的河流上了岛。爷爷也很坚硬，以他自己的方式。虽然这个老家伙有很多缺点，但他非常坚定。凯瑞突然醒悟，原来这就是为什么要有祖坟，祖坟提炼了家族史，把祖先的所作所为和他们是谁交付给你。在祖坟那里，你可以思考祖先们的生活，吸取教训，以便更好地前进。凯瑞感到深受激励，她游向小岛。她弯下腰，用右手掌摸着河岸上富饶的黑色土壤。她的手指的颜色跟土壤的颜色一样，自然地融合在一起，感受到一股神秘的力量的驱使。接下来的几个月，如果他们要保住河湾，就需要借助祖姥姥爱娃和祖姥爷秦乔伊的力量。凯瑞默默地说道，我向你们两个人保证，我一定要尽全力保住河湾。

"我女儿唐娜此刻应该在这里。"靓玛丽哀伤地感叹，她没指望能听到回答，因为不会有回答。她弯下腰来用河水洗脸和手，然后站直了任河水从脸上和胳膊上流下来。她脚下被打湿的石头闪着黑黝黝的亮光。老人家盯着看水里穿梭而过的鱼群，斜阳打在它们的

\ 多 \ 嘴 \ 多 \ 舌 \

鱼鳞上一闪一闪。她再次抬起头时，脸上出现了凝重的表情。她转变了心态。凯瑞在河流的另一头吃惊地看着。靓玛丽就好像回到了从前，回到了很多年前，露丝姥姥还在世的时候。她两手一拍发出很大的响声。一下，两下，三下。然后她把手指放进嘴里，发出鸟的叫声。尖锐的叫声在河面和岛上的丛林中回荡，渐渐远去落入肃穆的寂静中。连埃尔维斯都安静了下来。每个人都在等待。然后靓玛丽，从前的靓玛丽，双手叉腰，将她的注意力转移到活着的人身上。肯尼和凯瑞在河里踩着水，看着靓玛丽。

"你们大伙儿听好了。爷爷已经在这里安息了。我们完成了哀悼的事情。这就是说我们必须加把劲，斩断这个建造监狱的鬼勾当。你们听清楚了吗？"

"没的说！"肯尼回答。

"这就是几周以来我一直在跟你讲的。"凯瑞说道。

"算我一个。"史蒂文坐在树荫下说。

"也算我一个。"唐尼靠在车上说。

靓玛丽说："那好。我们就想想办法，开始行动。"

凯瑞爬上岸时，史蒂文把坚实的右手给她，她高兴地抓住他的手。史蒂文用力把她拉上岸，亲了一下她的头顶，然后搂住她湿漉漉的肩膀。

"怕老婆。"肯尼一边奚落史蒂文，一边跟他去车里。史蒂文心里很高兴，根本不在乎肯尼的话。

在他们一家人头顶上的树枝上坐着一只笑翠鸟，安静地看着他们。除了鸟之外，没人看到一个细细的黑影，面对着祖姥姥爱娃树的方向，缓慢地朝河的上游游去，鱼鳍的尖端划破了水面。

第九章

　　"再来一杯？"史蒂文从藏在前台后面的小炉子上拿起冒着热气的烧水壶。凯瑞摇摇头。史蒂文的咖啡让她感到头有点晕，她来是想试一试健身房的器材。她十几岁在布里斯班女子惩教中心练过举重，不过是多少年前的事了。一想起布里斯班女子惩教中心又让她想到了艾丽，她赶紧打消这个念头，一屁股坐在高拉滑轮机的黑胶座位上。她抓住头顶上方的横杠，肌肉记忆告诉她在下拉重力的时候她的背部和脖子应该有怎样的感受。

　　"再拉开一点距离。"史蒂文走过来站在她的背后，把手轻轻放在她的肩膀上。他把她握着横杆的双手往外移动了两厘米，又稳固了一下栓钉，"好了，现在可以稳当地往下拉。慢着点来。"

　　凯瑞的脸颊鼓了起来，但是横杆几乎没动。史蒂文皱了一下眉头，又摆弄了一下配重片。

　　史蒂文说："这是四十公斤。你再试试看。"凯瑞试了试，还是同样的结果。她松开横杠，喘着粗气，揉了揉自己的右肩。他俩换了一下位置，史蒂文很轻松地拉起放下。凯瑞第三次未能成功地拉下横杠时，史蒂文耸了耸肩，有些搞不明白。

　　"你想试一试三十公斤吗？"史蒂文问道，弯下腰准备去掉几个砝码，"还是二十公斤呢？"

　　"提起拉波拉波没问题，她比三十公斤还重呢。"凯瑞有些不屑

　　　　　　　　\ 多 \ 嘴 \ 多 \ 舌 \

地说。

"你得放下身段。"史蒂文面带小小的微笑建议道,"从你现在的能量开始,然后慢慢进步。"

"好吧,好吧。"凯瑞懊恼地长出一口气,又使劲地去拉刚调整了重量的横杆,横杆一下就掉了下来。她在座位上转了过来,狐疑地盯着史蒂文。

"也许是我忘了松这个了。"他坏坏地一笑,给凯瑞看钢筋安全栓将砝码死死地锁住。

"你个混蛋!"凯瑞骂道,从高拉滑轮机跳下来就在超大的健身房里追史蒂文。史蒂文躲来闪去,好似一名足球运动健将,一跃跳过沙发躲到前台后面,然后又绕过举重设备,直到凯瑞认输知道她不可能抓住他。她跑得上气不接下气,站在健身房举办的早上八点训练营的广告前。

"饶了你了。你还是赶紧去准备你的训练营吧。"凯瑞高调给自己解了围,然后朝淋浴间走去。史蒂文看着她走路的臀部在尼龙短裤里上下摆动。他看了看表,七点十九分。

"我跟你一起去。"史蒂文说着跟凯瑞进了淋浴间,脱下自己的短裤。

"嗨,你好,海员!"凯瑞大笑起来,看到史蒂文已经勃起。

"那可得快……"

"足够的时间。"他向她打保票,说着站进淋浴间,凯瑞刚刚打湿。史蒂文用浴液帮凯瑞在身上搓起来,白色的泡沫跟她的肤色形成鲜明的对比,变成细流顺着她肌肉紧绷的大腿流下去。凯瑞笑眯眯的,伸出一只手握住他的把儿,轻轻地上下滑动她的手。史蒂文闭上眼,快乐地呻吟着。

"转过身去。"史蒂文跟她说,沾满泡沫的双手捂住她的乳房,然后向下滑去,一直到了她的小肚子和大腿。他更紧地靠着她,看见她脖子后面头发下面的刺青，是只在游泳的海豚。史蒂文轻轻地咬了一下她的脖子。凯瑞双手撑在淋浴的玻璃挡板上，开始跟着史蒂文的节奏上下摆动着自己的两胯。她都不知道自己在呻吟，只觉得世界缩小成头顶上流下的水柱，变成了在她身体里和周围的爱。史蒂文湿漉漉地进入她的身体，她突然感到一股震感的热流穿过了全身。这时候早晨来健身房的第一位客户把车开进了停车场。

"快点！赶紧走！"凯瑞一分钟后催促史蒂文。史蒂文必须保持他没有违法居住在健身房里的状态。他抓起衣服，差点滑了一跤，跌跌撞撞地冲进了男更衣室，时间刚好。很快客户都来了。凯瑞看着他们想到，这些朝九晚五的人们，得一大早八点来健身房，然后把接下来一天全部的时光卖给操蛋的资本家们。客户中有好几个是不上班负责在家接送孩子上下学的妈妈们，她们都是来挑逗教练的，史蒂文称之为职业风险。他第一次带她来健身房参观时就告诉她了，但凯瑞大笑起来，根本没把这些有所企图的妈妈们放在眼里，史蒂文为此暗暗感到有点失望。那天晚上他第二次问凯瑞有关艾丽的事。"就是个以前有过一夜情的人。"凯瑞不耐烦地回答，显然她的回答告诉史蒂文别再打破砂锅问到底。

"你拿了我的 T 恤，我只好偷一件你的衣服了。"史蒂文跑出去时凯瑞对他喊道。

"你们这些手脚不干净的黑家伙们，"史蒂文从男更衣室里调侃道，"你们见啥偷啥！"

凯瑞此时已经跨上了她的哈雷，从后视镜里看到一辆白色皮卡后面跟着一辆抢眼的红色跑车。要是一份朝九晚五的工作可以买得起最新款的马自达，也确实有点了不起。不过那还不够吸引凯瑞去坐办公室，当然了，这样的机会对她也不存在。她脚一踢启动了摩托，呼啸着朝新州东北部的默威伦巴小镇开去，赶紧去那里的社保中心赴约，给那些光吃不做的老大妈们收一收骨头。最后还是黑超

\ 多 \ 嘴 \ 多 \ 舌 \

人从自己口袋里掏出钱付了爷爷的葬礼费，解决了当务之急。要是等着社保中心那帮官僚发下来丧葬费，爷爷的尸体这会儿还躺在太平间里，黑色大脚趾挂着个小牌，上面写着：欠费五千元。凯瑞虽说职业偷窃的历史不短，也还表现不俗，但是去帕城殡仪馆把爷爷的尸体偷出来，恐怕超越了她的能力。

　　肯尼和莎薇娜肩并肩地站在市政厅大楼跟前，堵住前门楼梯。肯尼和其他抗议者都举着个标语牌，上面写着：抵制建新监狱！刑事司法投资教育项目！但是跟其他抗议者不同的是，肯尼对示威游行遵循的非暴力原则予以零承诺。他打算把吉明·巴克利的牙打掉，然后让他呜咽着吞进自己的白肚皮里。站在他旁边的莎薇娜把烟屁股扔在人行道上踩灭，然后象征性地朝着市委会踢过去，嘴里骂着："一群享有特权的混蛋！"

　　"极权统治，可耻！"一个留着脏辫的七十岁左右的无政府主义者喊道。一辆警车慢慢驶来，停在了肯尼旁边的人行道上。几十双愤怒的眼睛盯着警车和里边坐的警察。

　　"肯尼，他们怎么样？"高级警长秦卢克问道，把胳膊肘伸出警车的窗户。"伙计，不会给我们找什么麻烦吧？"他单刀直入地问，扫了一眼这些乌合之众，有疯子、黑人，还有社会主义分子，他们都是被肯尼手写的宣传单吸引来的。

　　"打架不是我引起的。"肯尼回答道，"是吉明·巴克利。他这种人偷东西偷习惯了，连瞎了眼的鹦鹉的眼珠都不放过。他就是个腐败的混球！"

　　"伙计，我们还是走司法程序的好。"秦卢克说，"星期四桌球比赛上见啊。"

　　肯尼提醒他："你还欠我们上周的参赛费呢。"秦卢克自从跟肯尼在帕城参加十七岁以下比赛起，就一直想尽法子躲账。

"我请你吃肉派吧。"秦卢克说，把警车放到了一挡上。

"要两个！牛肉加蘑菇。"肯尼对他说，"别忘了多拿些番茄酱，你个专爱捡便宜的浑小子。"

秦卢克假装没听见肯尼对他的挖苦，开车离开帕城的是非之地，把车停在无名战士雕像下面的阴凉处，对面是甜面包烘焙店。他眯着眼看看雕像，雕像的脑袋忧伤地垂在倒过来拿着的长枪的枪托上。跟许多乡村小镇不同的是，帕城直到 1980 年才有了一座纪念澳新军团日的无名战士雕像。那年雕塑家扎扬·达玛利在一个舞会上一下用了三剂迷幻蘑菇，兴奋的高度点超过天上风筝时，他申请了一项地区艺术资助。他塑造的澳新军团战士铜像的鼻子比标准的雕像正好多出三毫米，嘴唇也更厚，所以一直是帕城里白人们的一个心病。秦卢克咧嘴笑了笑，朝着战士挤了一下眼，走进面包店。

在示威的现场，一位怀孕的嬉皮女士说道："让我们把手臂连起来。"大家表示同意，认为这是展示团结反对建立监狱工业区的最好方式。这后来也成为当地无厘头报纸的头版照片。十来分钟后，当市委会的委员们出现时，抗议的人群已经连成一堵不可动摇的人墙。只有唯一的一名绿色环保党委员被抗议者拍打着肩膀放行，其他的六名委员在大家的起哄和讥讽声中被迫绕到大楼后面去。手臂连着手臂的抗议者们无法快速地移动阻止民主选出的市委会代表们从后门钻进大楼。肯尼从队伍中挣脱了出来，扔下标语牌，以当年在布里斯班子弹头足球队队员的速度几秒钟就跑出五十多米，但是还不够快，政客们已经进了大楼，锁上了后门。肯尼又气冲冲地回到楼前，跟莎薇娜和其他抗议者们一起站在大楼的公众厅里观看市委会举行的会议。绿色环保党委员尽了最大努力，但是不到十五分钟，市委会就通过了吉明·巴克利的土地开发申请。当肯尼看着市长胜利的微笑时，气得血压直线上升。

"巴克利，这事没完！"肯尼大喊一声，愤怒的力量将抗议者们聚集在他的周围，就好像他是一块强力吸铁石。大家齐声高喊：这事没完！这事没完！巴克利扫了一眼愤怒的人群，又看了看提高了警惕性的保安人员站在通向市委会办公室的门口。在人群中，那位留着脏辫的七十岁的抗议者拿出打火机来，用拇指无聊地一开一灭地打着火玩儿。年轻人们嬉笑着，开始用拳头敲鼓一样敲着塑料椅子。肯尼受到激励，朝委员们逼近，直到他跟仇敌之间仅隔着一堵低矮的木墙和十米长的地毯。莎薇娜想着巴克利的保护将被打掉而激动不已，但她还是提醒肯尼他是在假释当中。可肯尼对她的话充耳不闻。

"听好了，巴克利！不要以为我们不知道你骗人的勾当。你没有任何社会权力建造什么扯淡的监狱！"肯尼大声喊道。大厅里又此起彼伏地响起了人群的呼喊：这事没完！这事没完！保安拉威里劝市长去休息一下，这样抗议的人群就会散去。肯尼死死盯着市长，他太阳穴的青筋暴跳着。他高高举起自己的右拳，然后砸向左手掌，使劲地碾了几下。肯尼等待着只要巴克利脸上露出一丁点胜利的微笑和蔑视的鬼脸，他就会跳过小木墙，把巴克利打进重症监护室。

市长鼻子里哼了一声。他用手懒洋洋地对着抗议人群挥了一下，示意他们散开。有二十多万到手，他根本不在乎索尔特家的癞皮狗肯尼跟他嚷嚷。肯尼就是把脸气青了，对他来讲也不过是水过鸭毛，什么事也没发生。

"没事，小伙子有些激昂。现在，我想请……"市长又接着开会。

肯尼喉头发出愤怒的声音。

"我非得收拾这个小丑！"肯尼大声宣布，双手撑在低矮的木墙上，一跃跳过了木墙，身手惊人地灵活："今天就让你到此为止！"

抗议人群的呼喊声戛然而止，被吓坏的嬉皮士们意识到肯尼是来真的了。

"巴克利，你以为你可以置自己于法律之上吗？"肯尼吼道，把手又握成了拳头准备需要的时候用，"那我告诉你，你必须遵守邦家仑之法！"说到这里他看了保安拉威里一眼。拉威里去年申请市委会保安工作时让表弟克里斯屈居第二："你小子，给我他妈的滚回你的长白云之乡①去！"

"听着，先生！请你立即站到墙那边！"拉威里冲着他喊道，一个箭步跳过去，伸开两只纹满刺青的胳膊，将委员们跟挤上来的肯尼隔开。拉威里靠他魁梧的身材和愤怒赚钱，而肯尼比他还愤怒，但他打架不是为了挣工资。看到低矮的木墙没被肯尼放在眼里，巴克利突然清醒地意识到当前的形势。他想起来那天在葬礼上肯尼对着他挥舞着胸甲，还对他怒言相向。现在想想，他家的老爷子不也是个愣头青吗？别忘记因为在比赛现场出现多次打架斗殴的场面，他被告知少去足球俱乐部。

拉威里拉好架势，冲着肯尼来的当口，秦卢克突然不期而至，站在拉威里和肯尼之间，来送肉派和番茄酱："肯尼，给你。他们只剩一个牛肉加蘑菇了。"他为了引开肯尼的注意力胡诌起来，"我记不清你是不是喜欢鸡肉派，就又给你买了个原味的，我估计你不会喜欢青豆泥的。"他这一招还真灵验了，肯尼犹豫停顿了片刻。秦卢克警服的领子上都是肉派上掉的酥皮渣，秦卢克把纸袋放在他鼻子底下让他闻到了诱人的香味。秦卢克往前蹭了蹭，挡住了肯尼靠近市长的路。还没等肯尼同意，两只热腾腾的肉派已经放在了他手里。

"快吃吧，肯尼。"秦卢克督促他，"这家做的派绝了。再说了，老兄，别忘了你还在假释当中啊。我们还是出去吧，你说呢？"他在肯尼背上拍了一下。就拍了一下，然后就把手拿开了。

肯尼有些动摇了。还有两个月他的假释就到期了。再说他受了

---

① 长白云之乡（Aotearoa），毛利语，指如今的新西兰。

＼多＼嘴＼多＼舌＼

伤的膝盖还挺疼的。拉威里年轻力壮，看样子也是练过的。

"兄弟，在狱中很难打好仗。"拿打火机的哥们儿说，"我们还是另行组会，讨论下一步的计划吧。"

"行啊。"肯尼看着巴克利吐了一口唾沫，说道："你个混球，你等着瞧！"转身走向抗议的人群，伸着的两手小心翼翼地端着肉派。

"休会。"巴克利声音有些颤抖地说，然后拿起报纸朝大楼深处走去，还能隐约听到人群在喊：这事没完！这事没完！

"你们怎么这么晚才回来？"凯瑞和靓玛丽刚从拜伦湾的布伦瑞克黑兹小镇两手空空回来就听到肯尼指责。"又来了。"凯瑞把福特猎鹰停在豹皮树下，顿时觉得有点紧张，肯尼又搞什么名堂。她扫视了一下现场。肯尼手里拿着一罐伏特加饮料。克里斯的车没停在外面。昨晚上冰箱里只剩三罐伏特加饮料，肯尼不可能再去买。那就只有两种情况，第一来了有钱的客人，第二肯尼中了奖。但是没有看到有来客的车，而且要是他真中了大奖，早出门赌去了。所以，可以断定他顶多只喝了三罐，这样看来肯尼应该基本上是清醒的。如果他没喝醉，凯瑞就绝不会对他的胡扯八道唯命是从。

"怎么了？你这个人讲话总是很难听。我们没赶上什么啊？"

"土地开发申请通过了。"他告诉凯瑞，"另外，我差点跟委员会的那个毛利混球打起来。然后秦卢克也来了，想抓了我。"

"糟糕！你为什么不给我发短信？"凯瑞摔上车门。自从他们开着车闯过焊网围栏后，车门就得使劲才能关上。摔门声把靓玛丽吓了一跳。

"我跟你说了我手机没钱充值！"肯尼很享受可以把埋怨转嫁给凯瑞。她之前发誓她会赶回来参加抗议示威，而且要拉上唐尼一起去，"妹子，感谢你亲临现场。还要感谢我没被抓走。"

凯瑞决定不理睬肯尼的讽刺挖苦，说道："好啊，那我就让你再高兴点。社保中心说他们没欠款。看那个样子好像是系统出了问题。所以才耽误很长时间。你也不是不知道，我们也是想找到钱保住爱娃岛。所以你也少表现得好像就你是大英雄，我们都是吃闲饭的。"

"黑超人打电话了。"靓玛丽说着走进厨房，差点撞在肯尼身上。跑了一趟社保中心让她疲惫不堪，"他说他找到一个顶尖的御用大律师，只收半价。"

肯尼啐了一口，说道："是吗？他付这个钱吗？"

"他已经付了葬礼的钱了。"靓玛丽尽管觉得头发晕还是鼓足了劲回答，"他也不是钱做的。"

"是啊，他要是没钞票，干吗想出来请御用大律师的馊主意？"肯尼眼里放着光，他全部的嫉妒都压缩在这个义愤填膺的问题当中，"他那么有能耐，为什么不把军队和空军都调来？不可以吗？有本事把演《勇闯夺命岛》的道恩·强森请来啊，他一定会帮助兄弟的！"

凯瑞口气强硬地反驳道："可不可以让老妈坐下，喝杯茶，然后再讨论？她年纪不轻了。"

"少跟我来坐下喝杯茶那一套！我们需要行动。"肯尼一把从凯瑞手里抢过车钥匙，气冲冲地进了车。他使劲地打方向盘，启动了引擎。"如果不做出改变，什么都不会改变。你要是把你的摩托典当了，我们就可以雇得起御用大律师，事情就会有所进展！"他使劲压过轰鸣的发动机声音大声对凯瑞说。

"你满嘴酒臭。要是遇到随机酒测的，你肯定完蛋。"凯瑞说道，心里气愤地想，是不是给警察局打个电话，叫秦卢克过来，看你浑小子怎么对付。

"你俩可以不吵了吗？歇了吧！"靓玛丽不耐烦地说。

"可笑的是，好像我把自己唯一有用的东西卖了，世上什么扯淡的问题都解决了！"凯瑞对着肯尼喊道，"你怎么不把你的那些破

142 　\多\嘴\多\舌

烂车处理几辆啊？"她一脸瞧不起地指指豹皮树下堆积的破旧车辆。肯尼每次赌马赢了钱就上易贝网，迫不及待地买了再卖二百来元破得不能再破的烂车。你得花钱才能赚钱，他至少每天都特认真地重复一次这样的话，还无比自豪地做着他那一堆废铜烂铁支撑的梦。凯瑞不屑地称之为：完蛋汽车行。但是靓玛丽很支持肯尼的愿景。还经常看到克里斯还有唐尼，甚至尼尔大叔，趴在支起的引擎盖底下，听着肯尼坐在没有挡风玻璃的驾驶室里一边使劲踩着加速器，一边大声地发号施令。

"你懂什么？傻逼！"肯尼转头吼了一句，脚踩油门开车走了，扬起一片尘土，把院子里的鸡吓得四处逃散。

"你为什么非要惹爷爷啊？"靓玛丽指责凯瑞，"怎么就不能不作声？他也是有口无心。"

凯瑞瞪大了眼睛看着她妈妈。

"爷爷？你说什么呢？爷爷在哪儿？"

"我是说肯尼，你知道我叫错了。你干吗总惹恼他？总有一天你会把他弄光火了，就跟你爸一样。"

"怎么回事啊？你就会怪我。那个混蛋生来就带着火气。"凯瑞从后门伸出脑袋喊了一嗓子，然后走到冰箱看看克里斯是不是下班回来带了牛奶。她不自觉地用手摸摸左耳朵后面。肯尼最后一次抽她已经是很多年前的事了，但是跟他吵架仍然让她感到耳根疼。她的大哥是个特别让人受不了的人，可妈妈总是护着他，说他有口无心，别跟他较真，他一会儿就没事了。或者说，他喝多了，他太累了。口口声声都是他，他，他。每句话都是以肯尼开头，让凯瑞听着实在厌烦。

"丫头，我有点不舒服。"靓玛丽声音有些颤抖。

"那赶紧躺下。"凯瑞命令道，抓着妈妈瘦骨嶙峋的手，把她领到客厅里。

靓玛丽说："我想我是不行了。上帝喊我回家。"

"哪里的话！他根本没说。"凯瑞说着帮靓玛丽躺下，把两脚搭起来，在她脸上放了条湿毛巾。她不能又失去一个亲人。不能这么快。

"答应我一件事。"靓玛丽悄声对凯瑞说，一边把头从栗色棉绒靠垫上抬起来，凄惨地看着她女儿，"丫头，找到你姐姐。要是她真的走了，我想让你……"

"妈，你不——会——死！"凯瑞尖声喊道，"如果你真要死了，我的承诺也没什么价值。这一点你比任何人都更清楚。"

要是凯瑞想纵容靓玛丽的疑病症，她可以毫不费力地猜到妈妈接下来会说什么：把哈雷当了，雇用黑超人找到的御用大律师，阻止在爱娃岛上建造监狱。还有，顺便找到治愈癌症的办法。她又用湿毛巾给靓玛丽沾了沾额头。凯瑞打开百叶窗的一格。从她站着的位置，可以看到她的摩托在晾衣架下闪着光。卖两万没问题。现在的情况是即使友情价，御用大律师一天的收费也得三千。

跟平时不同的是，今天摩托车没有独自在晾衣架下。橘色猫决定舒坦地坐在摩托车宽大的皮座上，把带条纹的尾巴惬意地绕过来放在前爪下。小猫顺着两个车把手往前面的大路上望去，好像在思考人生。想象着去到阳光明媚的远方，再也不用整天跟埃尔维斯和癞蛤蟆们斗智斗勇，争着舔扔在房屋下面最廉价的动物罐头。

静物与猫，德容沟镇风格。这辆哈雷恐怕是德容沟镇唯一一件可以称得上有范的物件，是生活中唯一不昭示贫困和绝望的物件。也唯有它能够每天早晨告诉凯瑞，她终于从这个鬼地方走出去了。她回到她十七岁逃离的这个鸟不拉屎的破镇子不过是临时造访，她并非永远属于这里。

小猫转过身来，眼睛直直地看着她，好像在说，三千元一天？告诉他们那是做梦。

猫咪啊，你说得太对了。凯瑞心想该掸去工作服上的尘土，去找回她的双肩包了。肯尼这个混蛋至少讲对了一句话：如果不做出改变，什么都不会改变。

第二部分

不奋斗，就失败

第十章

凯瑞在橱柜门上的镜子里仔细看着自己。头发编成了辫子，穿着黑牛仔裤和跑鞋，上身套着肯尼的超大号 T 恤衫。太神了。她看上去分不出男女，也看不出是深色皮肤的哪族人。

她想起来小时候玩的游戏：冲过来，冲过来，我就冲过来。[①]

她把头探进客厅。妈妈和瓦丽姨去城里看医生了，顺便享受一下 7.95 元一份的特价晚餐。肯尼和莎薇娜去了隔壁看足球预赛。唐尼在玩《魔兽世界》，目不转睛地盯着电脑屏幕。克里斯去穆伦宾比镇看他时好时散的女朋友，他想尽力和好如初，能够介入到女儿的成长中。

这一切安排都再好不过。凯瑞拿起车钥匙时，心跳加速。她戴上只露着两眼和嘴巴的巴拉克拉瓦头套。正要戴上头盔时，突然听到从客厅角落里传来一阵咯咯的笑声，她的心一下沉了下去，像石头掉入静止不动的水中。

"凯瑞姨，你的样子太搞笑了。"莎薇娜四岁的儿子咯咯笑着从沙发背后钻了出来，手里拿着肯尼的手机。小孩凡事都喜欢说

---

① 雷德洛夫游戏（red over game），据说 19 世纪源于英国的儿童游戏，后来传入澳大利亚、加拿大和美国。小朋友分成两队，每一队的小朋友都手拉着手站成一排。其中一队对另一队的小朋友喊，冲过来，冲过来，请你冲过来，然后另一队中的一个小朋友就冲过去，如果撞开了拉着的手，就带两个小朋友走，没有冲断，就被留下。

"不"，因此得了个小名，叫"不先生"。见鬼！不先生怎么会在这里？

"嗨，小宝。"凯瑞尽力保持冷静地说，一边把头套卷上去好像戴着一项针织帽。此时她的血直往头上冲，赶紧，要来不及了！

"肯尼叔让我坐在这里，玩这个小娃娃快乐游戏。"不先生说道，为获得的自立无比自豪，"他跟妈妈去商店买烟还是什么的。"

他们现在是去买烟了，凯瑞心想。

"小宝，游戏好玩吗？是你最喜欢的游戏吗？"凯瑞在厨房桌边坐了下来，心急火燎地想怎么支走这孩子。不先生兴致勃勃地讲着这个不用动脑的游戏，凯瑞琢磨着该怎么办。这孩子一定是肯尼和莎薇娜来家里找烟时跟过来的，然后他俩又懒得再走几百米把小孩送回瓦丽姨家去，就给他自己留这里了，在客厅里让埃尔维斯看着他。凯瑞是在家，但没有人跟她说过要她照看四岁的小娃娃。

"小宝，我跟你说，我要出去一下，我把你带到尼尔爷爷家去吧。我可以让你坐我的摩托车回家，好吗？"凯瑞欢喜地跟他说。

不先生点点头。

"我也要戴头盔！"他要求道。

"你家就在隔壁，不用戴。小宝，来吧。我让你坐在我前面，然后就好像你在开摩托，好吗？"

凯瑞把头套抹下来，装进牛仔裤口袋里。她把不先生送回家，跟尼尔大叔挥了挥手，他正在前院车道上修理他的卡车。他一向沉默寡言，直了直腰，也对着凯瑞挥挥手，表示送货收到。凯瑞调转车头，追着暮色前往帕城。吉明·巴克利以为他可以用他狡黠的白人方式来对付她而没有反弹，那这个吉明老蟋蟀就想错了。因果报应，你的名字是女人[1]。

---

[1] 借用莎士比亚剧《哈姆雷特》的名句：弱者，你的名字是女人。

一条不引起任何注意的黑影骑过旧浸会堂，里面正在举行蓝光迪斯科舞会，一片嘈杂声，蕾哈娜的低音歌喉从每扇开着的窗口倾泻而出。没有必要吸引注意力，做到这一点也很容易。以前做过无数回了，就若无其事地穿过这里。一辆闪着蓝光的警车静悄悄地停在跟前，让凯瑞心里一沉，但她继续坚定不移地眼盯着马路中间的白线。警官，保持好道德规范别犯错哦。我这边没什么好看的，去看那边十来个中学女生们，穿着短上衣和紧身裤，来这里找嗨的。凯瑞心想，不难预测这几个小时这帮猪警察们会待在哪里。她很快就到了农展场。

她把摩托车停在靠近一个小水坑的阴影处，离着最近的街灯有一百多尺，月亮也只显出淡淡的银光。她走进展览场后面溢满香樟月桂花香味的树丛，拿出头套，用手指小心撑开。现在打退堂鼓很容易，但是放弃计划就意味着让巴克利得胜。她对自己说，别他妈这么没胆量！然后把头套戴在头上。在常人的世界里，犯罪行为是个社会问题，也是个抽象行为，但对于像她这样的人，犯罪是解决问题的办法。当然了，她自己不称之为犯罪，从她的角度来讲，这是补偿。

她蹲下去把软尾弄脏。对不住了，她小声说道。接着捧起地上的稀泥甩到摩托车上，直到摩托车看上去好像刚从犁过的稻田里开出来。她做完这一切之后，车后长方形的昆州车牌号根本无法辨认。今晚没人能抄到她的车牌。她在水坑里洗了洗手，站了起来，让车上的湿泥干一下，不会甩下来。然后用有些颤抖的手指从胸罩里拿出下午塞进的一根细细的大麻烟，点燃。她吸着烟时，看了看手机，晚上八点。再过 小时家长们就会来接参加迪斯科的孩子们了。她把烟头扔进小水坑，戴上黑尼龙手套。是时候让帕城的人们看到那些以偷窃为生的政客们偷错了人，偷了她这个谷里族人的下场是什么！俗话说得好，让公鸭做的，也应该让母鸭做，要一视同仁。九十秒之后，凯瑞把车停在了隔着帕城房地产公司三个店铺的地方。

她把钥匙留在打火器孔里，走到橱窗跟前，两天前她专门来踩过点。都说男人计划，上帝嘲笑。现在该说女人计划，上帝嘲笑了。这回橱窗上多了张条子，上面写道：本公司不收取任何现金。自2月27日起所有的租金都必须通过电子转账或直接存款的方式交付。特此通告。祝你美好的一天。

美好个屁！

凯瑞痛骂这张操蛋的通告，搞什么直接存款。还有，她计划的这个时间也太坑人了。她气愤地看着橱窗里贴着售价上百万的乡村别墅广告，同时在出售的德容沟镇小破房不足其四分之一的价。她更生气的是白把自己贵重的哈雷抹得满是泥巴。她发誓一定要让吉明·巴克利因为偷了她的背包而把肠子悔青！巴克利的行为分明就是光天化日下的抢劫。一点不错，暴力抢劫。跟巴克利相比，史上"丛林大盗"奈德·凯利①和抢劫银行新秀"明信片抢匪"布伦登·艾伯特②算什么？要跟世界真正的抢匪比如美国银行抢匪威利·萨顿③……凯瑞顿了一下。

---

① 奈德·凯利（Ned Kelly 1854—1880）是澳大利亚历史上最著名的丛林大盗、匪首。多次受到警方通缉和悬赏。1880年6月他穿着自制的重达40公斤的铁甲与警察交火失利被捕，11月被处以绞刑。从此凯利成为最富传奇色彩的历史人物，有些人称他是劫富济贫的绿林好汉，也有些人认为他是杀人不眨眼的黑帮头领。他的故事频繁出现在澳大利亚文学与艺术中。

② 布伦登·艾伯特（Brenden Abbott 1962—   ）是澳大利亚当代被称为"明信片抢匪"的银行抢劫犯。他依靠惊人的记忆和视觉观察抢劫屡屡得手，并且入狱期间数次成功越狱，于1998年最后一次被抓，现在在狱中服刑，直至2040年刑满。2003年澳大利亚出品了以艾伯特生活为原型的电影《明信片抢匪》。

③ 威利·萨顿（William Sutton 1901—1980）是美国有名的银行抢劫犯，被很多人称为"绅士盗贼"。据称在他四十多年的抢劫生涯中，从未害过命，也不在有女人和孩子的银行抢劫。萨顿三次成功越狱，最后被抓捕之后判处终身监禁，但后来鉴于他在狱中的表现和身体状况，给以假释。假释期间他协助银行开发防范严密的安全措施。据说萨顿被问及为什么抢劫银行时，他说"因为钱在银行"。这句名言被冠以"萨顿定律"，成为医学院学生的座右铭，意为对症下药，不需在别处浪费时间。

　　　　　　　　＼多＼嘴＼多＼舌＼

她想起威利的名言：我抢银行，因为钱在银行。她突然恍然大悟。让巴克利难以自持的激情——让他一想起来就能勃起的激情——就是当市长。她见到过他每周都把自己打扮成一个自我感觉特好的市长样子。每一期的《先锋》周刊都登着他到处游访，煞有介事地展现着帕城未来的蓝图。在爷爷的葬礼上，黑超人称他巴克利市长时，他的自豪感爆棚，好像一只鼓起来的癞蛤蟆。凯瑞咧着嘴笑了。抢劫房地产公司显然是懒人的做法。应该杀蛇先剁头，别忙着砍蛇身，那是浪费时间。她大笑着加大油门上了纽恩街，想象着市政厅办公室在她光顾过之后被烧成灰烬的光景。

到了城里要谨慎起来，市委会肯定会有摄像头，而且也一定有保安在街上巡逻。凯瑞找到一个大型工业用的垃圾箱，把车停在垃圾箱后边。她从街上看了看，确信看不到摩托车。周围没有车，也没有发动机的声音，只有远处传来的迪斯科的音乐声在铁皮房顶上回荡。她低着头，拉低头盔面罩，甩着膀子走路，像个男人。她在唐尼的旧书包边上的小兜里找到一把小电筒，因为头盔面罩拉下来就跟深更半夜一样漆黑。凯瑞把面罩的硬塑料边稍微往上推了一点，只能看到脚前三米的地方。也就可以了，而且不可以也得可以。一瞧，看见大门上别着一张保安公司的名片，表明他们来查过夜间第一班岗了。得赶紧了，没时间瞎晃了。她砸碎了厕所的窗户，把尖利的碎片扒拉下去。然后把头盔扔到深草丛里，自己从窗口钻进去，跟爷爷一样变成了一条棕蛇。头朝下，把电筒用牙齿咬住，两手往下探，一直探到了厕所盖。她用两手撑住厕所盖，心里说：一定要撑住啊，别掉链子，一定要撑住了。

终于进来了，进到了市委会大楼里。她四肢着地，听见自己的心咚咚地跳。没有警笛声。什么声音也没有。只感到肾上腺素飙升，这是多久之后又回到了老行当。得劲啊！就跟游泳一样，一旦学会就永不忘。而且也不会忘记那种刺激感，特别是偷回原本属于自己的东西的快感。

　　凯瑞在洗手间里站了起来，左右环顾，猛地吓了一跳，不禁往后退了一步。怎么是"丛林大盗"奈德·凯利在镜子里看着她？黑色的头套下露出窄窄的长方形脸，好像凯利戴着盔甲的脸。她咧嘴笑了，又是一个兆头，不过这回应该是个好兆头。奈德老伙计，你很棒啊。你小子，了不得啊。大叔，多谢您的支持。但不能再耽搁了。她打开洗手间的门，很快就到了大厅。

　　她随时准备听到警笛，然后就会听到警察在大喇叭里宣布她完蛋了。凯瑞一个箭步跳过前台，开始翻每个工作台。她把没用的东西都扔到一边，什么文具、铅笔、U盘、日记本、无数盒的阿司匹林、员工去巴厘岛和泰国度假的照片、卫生棉条、硬币等等。她把几张十元和二十元的纸币装进口袋，除此之外，抽屉里没有值钱的。这让她气不打一处来。不过就是有她要的东西，她也要把这个大楼点了，必须让巴克利感受到她的怒火。

　　她看了看墙上的钟，喘着粗气，汗水在头套下面流到了脖子。怎么就他妈已经八点半了？她又去翻下一个工作台，柜子上了锁，看来有希望。凯瑞伸手在红袋子里掏，找到了一个扁形的金属棒，撬进柜子缝里。刨花板一下就分崩离析。哈哈！中大奖啦！柜子里的上面两个抽屉都是放钱的。但她立刻趴在地毯上，用手捂住手电筒的光亮。一辆车从大楼巨大的玻璃墙前面驶过。千万别是警察，千万别是保安在巡逻。她的心在干渴的嗓子眼里扑通扑通地跳，祈求开车的司机别停下，接着开，接着开。

　　车还真开走了。

　　凯瑞一个蹦子跳起来，把二十元、五十元的票子全都撸进张着大口的袋子里。抽屉一下全空了，连硬币都没留。这钱够了吗？凯瑞对他们需要雇用多长时间的御用大律师，心里没数。她在法庭上见过的案子都是半小时就搞定了。

八点四十五分。

丫头，要掂量一下风险，认真思考。蓝光迪斯科舞会正在进行，帕城所有的警察都去那里找偷运进来的伏特加，还有的去找喝多了的孩子下手。她最多还有十五分钟。然后就一把火点了这个令人憎恶的大楼逃之夭夭。

她低下身子，神经扩张到好像吸了冰毒，穿过走廊到了楼中的市委会办公室。巴克利会不会把她的背包放在他的办公室？她能这么走运吗？她吸了一口长气，接着走。

在走廊的顶端有一个打着微光的石座，上面放着绰号"神抽"安德鲁·努恩的雕像，他是有名的慈善家，也是第一个定居在德容沟的白人的独生子。凯瑞停下了脚步，她家的三代人都为努恩家族当长工，建起了他们家族的养牛大业。这位一族之长可是个心狠手辣、聪明绝顶的老家伙。他的雕像戴着一顶澳洲牛仔帽，双手叉腰，右手握着一杆盘起来的牧鞭。对头，差不多就是这个样。这雕塑可是青铜做的，尽管神抽努恩没人稀罕，但青铜很值钱哪。凯瑞把雕像拿在手里掂了一下。应该不会有人惦记着这个雕像，即使有人发现了，凯瑞也觉得没关系，反正市委会的人不会用一天的工夫才发现抽屉的钱全飞了。这事肯定在明天上午九点轰动整个帕城。也就是距现在还有十二个小时，希望不要在此之前警笛突然响起，四处出现蓝色的闪光灯。

凯瑞回头看了一眼通往各个办公室的走廊，朝着黑暗的街道走去。九点零三分，早过了该撤退的时间了。她对自己说，她的背包放在市委会办公室的可能性几乎为零，而且就跟歌里唱的，长寿的秘诀是见好就收。凯瑞接着往后门走去。还没到出口，她突然停了下来。她的脸一下变得煞白，膝盖发软，她用一只手颤颤巍巍地摸索着想找到最跟前的一面墙。

站在她面前的是祖姥爷秦乔伊，一米九的大高个，穿着破旧的帆布长裤，戴着一顶毡帽，帽子下面一头黑黑的直发，手里拿着一个玉米芯做的烟斗，跟她小时候在旧漫画里看到的烟斗一样。祖姥爷看到凯瑞手里拿着的东西皱了一下眉头。凯瑞哆哆嗦嗦地赶紧把手里的雕像塞进了袋子里，半淹没在偷来的钞票中。

凯瑞直起了身子。她跌绊地退了两步，把头套取了下来。她的祖姥爷显然认出了老努恩。可是他知道凯瑞是谁吗？而且他会讲英文吗？他会因为凯瑞偷盗对她吼叫吗？他们原住民的法律是，不属于自己的东西不要拿，不论这东西是物品、是时间、是尊严，还是自由。不是自己的都不要拿走。安分守己，不侵犯他人。但是市委会在他们的土地上的所作所为已经侵犯了他们。偷盗者是那些白人们，不是她。她不过是在实施几项重要的个人补偿计划。假如祖姥爷秦乔伊知道她是为了保护这座岛，他会理解的，对这一点凯瑞坚信不疑。但她怎么就觉得口干舌燥，头重脚轻，有点想吐呢？

"我是想救爱娃岛。"她含混不清地说道。祖姥爷秦乔伊微微点了一下头，好像他已经知道，没有兴趣听过多的解释。然后这副高大的身材走进走廊，示意凯瑞跟着他。凯瑞看看后门，出了后门就意味着令人眩晕的自由，但她还是趔趄地跟着祖姥爷。她本应该骑上哈雷飞奔而逃，可却鬼使神差地跟着这个老人走过巴克利的巨幅画像，画像中巴克利握着保守派总理的手。凯瑞暗中骂道，这个王八蛋。她真希望身上带把小刀，一时间忘了害怕，她可以用佐罗的方式，唰，唰，改进一下这幅画。

祖姥爷停下脚步时，凯瑞发现自己站在巴克利办公室里一个很气派的金属柜子前面，柜子牢牢地钉在办公室后墙上。祖姥爷把他的左手放在滑溜溜的铁柜上，示意柜子上着的锁。凯瑞惊恐地看看这面墙。

九点零八分。没时间了。可是万一她的背包是在这个柜子里呢？一口气憋在了嗓子眼。

"祖姥爷，我需要钱，需要现金。"她焦急地小声说道，"要是这里没钱，我就得赶紧走，来不及了，快点啊！"

祖姥爷看看她，仿佛在说："不要走。先别走。"他拍拍柜子，好像在拍他心爱的马。

"在柜子里？"凯瑞急不可待地问道。祖姥爷点点头。

凯瑞又重新燃起了找回她的背包的希望。她拿出撬棍，捅进锁里，发出铁碰铁的刺耳的嗞啦声，但她已经顾不上有没有响声了，关键是要赶紧，否则巴克利在这个锁着的柜子里只藏了些无关紧要的东西，导致她未能及时逃离这里，就会比艾丽关起来的日子更长。但是她终于撬开了柜子，打开最上面的抽屉时，她倒抽一口冷气，把找背包的事忘在了脑后。抽屉里藏着一个带玻璃罩的托盘，上面盖着柔软的丝绒，就像博物馆里的展品。托盘里面放的都是陈旧但仔细保护的文物。

一个跟靓玛丽用来盛爷爷骨灰的篮子编法一模一样的芦苇草编袋；一副早年铐罪犯的手铐，上面的小牌子上写着手铐是在1889年修建加里河桥时发现的；一张作为纪念品的1907年在卡西欧镇举行的黑脸娱乐表演的节目单；两大块赭石，一块白色，一块棕色；在托盘中心的位置上有个什么东西闪着微微的光芒。是件银器，透过包着的黑丝绒，可以看到数个边角不平的孔。

不会吧？

凯瑞费尽气力告诉自己她所看到的是千真万确的，就好像在费力分辨着原子与幽灵。实在是太难了。她突然感到心肺一下被掏空了，实体不复存在，只剩下一副空壳。她朝着祖姥爷秦乔伊望去。祖姥爷盯着胸甲看了一下，然后咧嘴露出胜利的微笑。老人家对着盖着托盘的玻璃罩舒了一口气，长长的一口气。晕晕乎乎的凯瑞颤抖地朝着抽屉里又看了一眼。她觉得自己飞速地飘走，似乎是在很远处旁观这一切。莫非人要死了的时候就是这种感觉？那自己是还活着吗？她还没来得及更多地思考人生的短暂，猛然感到两个肺充足了气，人一下子回到了这间办公室。她又有了力量，有了生气、热血和勇气。她活过来了。她手下摸到的这件东西是真实的，不是幻觉。

巴掌大的半月形，上面有十几个弹孔，挂在一根金属链上。半月形银器上刻着：族王鲍比·索尔特。

是祖姥姥爱娃的项圈。

心怀畏惧，凯瑞犹豫了。她望着祖姥爷秦乔伊，祖姥爷急忙点点头，眼睛朝她的脖子上望了望，在说：拿起来，戴上它。凯瑞拿起半月形银器，感受到了它的重量。之前一定有人修补过它，金属链上有几处连接用的都是普通铁。她小心翼翼把头伸进环形金属链，让有几处穿孔的银片宽宽贴在胸前。她谨小慎微地摸摸银片，心想这是族王的徽章，还是奴隶的标记。

祖姥爷脸上露出灿烂的微笑。然后他指一指托盘，用胳膊使劲做了一个一扫而光的动作，快速说了几句邦家仑语。凯瑞只听懂了三个字：我给予。

九点十五分。她可以听到外面已经有车来往的声音，开始有人进入大厅了。再不走就惨了。但她刚要迈步离开，祖姥爷挡住了她，非要她把抽屉里的东西都拿走。凯瑞就飞快地抓起那两块赭石、芦苇草编袋，还有一些石英鹅卵石，塞进装着雕像的袋子里，直到袋子满满的要系不上带子了。这些够了。她必须赶紧逃，没时间放把火点了大楼，而且戴着祖姥姥爱娃的项圈，她也没有心思做这件事了。她本来是来报仇的，但却意外地找到了想也没想过的宝藏。今晚上算是赚足了。

凯瑞闪电一般冲出大楼，戴着的半月形项圈好像绕在脖子上的一圈火。她用右手指紧紧压在弹孔锋利的毛边上，任凭残害生命的子弹留下的毛边刺痛着她的手指，好像这痛将她同她的母亲，她母亲的母亲，还有她母亲的母亲的母亲，她们索尔特家族中的女性，在秘密地点的秘密行动全都连在了一起。她冲向哈雷时禁不住发出胜利的叫声。今晚，不只是反击。今晚，赢得了胜利。

凯瑞跨上摩托，使劲踩了一脚，隆隆声中摩托被发动起来。她伸手拉阻风门时，看到手上在流血，吓了一跳。一个多世纪之后，这块胸甲仍然让血打湿。但是祖姥爷秦乔伊硬是要她拿上它，要不然祖姥爷今晚也不会出现，不会示意她，不会带领她进到那间秘密房间，里面锁着他们家族四代人的历史。这块胸甲救了祖姥姥爱娃的命，同时记录了她的九死一生。偷回这块胸甲的荣耀使得冒多大的险都值得。这是给靓玛丽最精美的礼物。

凯瑞加快了速度。

她背着的包里有着大沓大沓的钞票。

有老头努恩和他沾血的鞭子。

她脖子上戴着祖姥姥爱娃的胸甲，回家的路畅通无阻。她一松刹车，哈雷忽地冲出去，好像她身后就是张着大口的地狱。

第十一章

　　树枝冒出的烟钻进了每个人的衣服和头发。烟像一团白云飘过粗制滥造的房子和堆积的木材，然后像是一块被单覆盖在牧民小溪上，不远处是马斯登夫妇家后院的围墙。福特猎鹰车里也都是烟雾，唐尼坐在里面一脸的不高兴，他是让凯瑞姑硬给从电脑边拖出来的，一定要他见见日光。靓玛丽轻轻晃动着手里的敲木条，结束了仪式。当敲木条声消失在寂静中时，只能听见小溪流水和远处传来的乌鸦的叫声，还有怀有身孕的马斯登太太茉莉发出的喘气声。

　　靓玛丽转过身来看着她的客户时两眼放光。她得知茉莉不光是怀的是女孩，而且她今年也是三十五，跟唐娜同岁，禁不住多愁善感起来，当下给茉莉减了五十元的服务费。

　　"你不会再有任何麻烦了。"她安慰茉莉，茉莉正猛吸一只蓝色的哮喘雾化器，"我已经跟你们解释了在这里不要闯祸，要尊重这片土地。"把绿色的桉树叶放在支着房子的木桩边上，"我们家爷爷来造访过你们，就是我公公。这就了了，上帝让他安息了。他就是想看看谁来这里了。"

　　"非常感谢你，玛丽大妈。"茉莉感激地说，她的咳嗽稍微减缓一点，"这样我们终于可以睡好觉了。"

　　大路对面的麦田里两只乌鸦对着他们呼扇着翅膀，嘎嘎地笑。靓玛丽透过烟雾对着乌鸦狠狠地瞪了一眼，但没有奏效。两只厚脸皮的乌鸦。她想要是它们再大声地吵，她就要对它们吼两声了。

"等房子整修好了，我们会在小溪边进行植物再生。"丈夫瑞安·马斯登说，特别自豪地看着他们家坑坑洼洼的五英亩地。他们已经种上了芒果树和木瓜树，鸡棚正在建造中，还用旧货架的木条做了个新围栏，等于是警告小袋鼠们这里有块菜地。他们的房子离着和尚山仅隔着两家牧场。哗啦啦的小溪在房边流过，是年轻的家庭憧憬未来的好地方。要不是闹鬼，确实如此。

鬼神出没给马斯登夫妇造成了各种烦恼。他们整晚一动不敢动地躺在床上，直到拂晓，听着周围回荡的鬼的哭声和喃喃细语。他们搬进来之后，在房子的横梁上和柱子上发现了大面积的白蚁泛滥，这一震惊的发现对他们的婚姻造成了严重的考验，接下来的彻夜难眠更让他俩的感情雪上加霜。瑞安用疲惫不堪的胳膊搂住妻子，希望妻子的乐观能够站得住脚。

"是啊，把这些柱子换掉是对的。既然要整修，就索性好好做一下，对吧？"靓玛丽赞赏地指了指紧挨着十几根水泥柱子的木条。她确定她是喜欢马斯登夫妇的，这俩人脑袋长得对头。"爷爷并不是生你们的气。"她继续说道，一边在散着烟雾的火盆上点着了一支烟，"他只是来探寻一下你们来这儿干什么。你们可能不久前在报纸上看到有关我家爷爷的报道了吧？爷爷叫欧文·艾迪生。"

瑞安说他们确实看到过爷爷十几岁时的照片，手里举着一个巨大的拳击比赛奖杯，也看到另一张他多年后的照片，戴着一个眼罩。他自打搬到小镇之后就开始戴着眼罩，省得镇上的人看到他皱皱巴巴的空眼眶后一惊一乍的。

"他是昆州青少年冠军，还获得过银拳手大奖。"靓玛丽得意地说道，一边把她的敲敲木放进"亏本卡拉克"廉价杂货店的购物袋里，然后又把袋子折好放进她的棕色塑料合成手提包里，"战争年代，他做了很多事情，拳击、斗牛、伐木、饲养牲口，还做了很多

159

年的工头。后来当选为原住民与托罗斯海峡岛民委员会的委员。想想有多厉害啊！所以我们才有了自己的住房，明白吧？银行经理一看到爷爷的工资单嘴马上跟抹了蜜似的。"

几十年后，靓玛丽对爷爷中年时来运转的三个奇迹仍然喜不自禁。首先他突如其来地被升为原住民与托罗斯海峡岛民委员会委员，给开的工资差点没让他们惊掉下巴，还以为是财务算错了账了。其次，只有小学三年级文化的爷爷又被邀请坐进开着空调的办公室，跟马特·努恩的弟弟罗素讨论跟天书一般难以搞清的房贷事项。第三个奇迹就是在和尚山路的这所房子，他们一家终于有了属于自己的房子，再也不用担心公房经理大摇大摆地走进分派给他们的公房，查看有没有虱子，是不是一尘不染，各种地挑刺。他们终于可以在自己家里的院子里想种什么树就种什么树，而不会被告知种错了树，或者种错了地方，或者因为没有提前征得奶牛场女主人的同意而把树拔了。他们终于把家安下来，不再担心活干完了或者白人的好意耗尽了就得搬走。靓玛丽的妈妈没有赶上住在自己的房子里，他们从岛上被赶到公房，又从公房赶回岛上。但是爷爷、查理和靓玛丽，在 90 年代抓住了一线时机，使得成为房主的奇迹得以实现。所以，即使有时候爷爷晚上喝多了把尿撒在了洗碗池里，不止一次地对她动粗，打得她脸颊红肿，还对肯尼和唐娜下狠手，让他们童年的日子过得有些悲惨，即使如此，靓玛丽从来都不忘记提及爷爷，赞扬他勇敢地走进联邦银行的大门，让他们终于拥有了自己的家。

"中间这个是我爷爷，两边是我爸和我妈。"凯瑞拿出手机指着上面的照片。

"他的一只眼是怎么瞎的？"瑞安咳嗽了一声问道，不动声色地把一个装着两张崭新的一百元票子的信封递过去，这给他壮了胆。靓玛丽顿了一下，把手里的烟吹灭，让眼前本来就烟雾缭绕的画面又加了一道浓雾。

"是这样……"她有些吞吞吐吐，把手里的烟在车窗上弹了弹，地上落下一层烟灰。她努了努嘴，又挠挠耳朵后面。凯瑞和大家耐心地等待着，但靓玛丽还在非常仔细地斟酌她该用什么词。连乌鸦们都在竖着耳朵听她的回答，它们对从人身上掉下来的任何部位都保持着职业的兴趣。

"是爷爷从马上摔了下来。"凯瑞最后忍不了越来越尴尬的沉默替她妈妈回答了问题，"他骑在马上赶牲口的时候，对吧，妈？他的眼睛受了伤，那个时候没有救护车，也没有医生。给老东家努恩干活，只能用草药，给几口甜酒，要是走运可以休息两天，然后就一切照旧干活去。"

"原来是这样的，挺有意思。"瑞安说道，"我很有兴趣发掘当地的历史。"

凯瑞和靓玛丽交换了一下眼神。

凯瑞心想，你可别啊。

茉莉使劲吸了一口气，说道："人们都说过去的美好时光，但其实过去并不总是美好的，对吧。"

"可那些丛林工人们都是硬汉。"茉莉的丈夫半带微笑说。

"爷爷必须坚强。他要是坚持不下去，就要被送回到教会收留站。"凯瑞很冲地抢白道，这个蠢货的半带微笑刺痛了她，"而且他的孩子们也会被带走。"

"丫头，故事不是那样……"靓玛丽说道，对着后视镜捋了捋头发。她把几缕散下来的头发塞进发带里。

瑞安转过身，赶紧抓住机会躲开凯瑞的刀子嘴。

"赶牲口的故事是编给你们听的，是因为你们那时候都还小。"靓玛丽说道，终于做出了一个大胆的决定。靓玛丽紧紧地用双臂抱住她的手提包，身体朝后靠在车上。她换了几个站的姿势，终于找到可以让髋骨不受力的一个姿势，把腿紧挨着车后门车把手上。坐在车里的唐尼斜眼看着奶奶的身体挡住了午后的太阳。

"是老东家努恩夺去了爷爷的眼睛。"

凯瑞感到一股愤恨的热流遍布全身，她的脸走了样。是啊，怎么就没有想到呢？马斯登夫妇目瞪口呆，惊愕不已。他们等待靓玛丽接下来讲细节，瑞安嘴角的那丝微笑还隐约可见。靓玛丽抬起右胳膊，奇怪地使劲甩了一下胳膊，好像是在下咒。然后她干笑了一声。

"知道吗，那个老东西特别会玩马鞭。每周都会有人的眼睛被他的马鞭抽没了，他因此闻名。那个时候，一只眼的谷里男人们到处可见。大家都称他是'神抽努恩'。"

"神抽努恩！神抽努恩！神抽努恩！"乌鸦们兴致勃勃地跟着叫。

猛然领悟的一瞬间之后，茉莉突然弯下腰，在垒砌的木桩旁边的地上哇哇地吐起来。带着腥味的湿乎乎的点子溅到了准备盖新家的木条上。

两块通红的红晕出现在瑞安的脸颊上。

"你为什么要对一个怀孕三十八周的女人说这些！"他火气冲天地喊道。

靓玛丽毫不畏缩地盯着他，对瑞安从她讲的故事中居然找出自己成为受害者的本事几乎要报以微笑。这可是需要些能耐。

"你自找的。"她毫无歉意地回答。

"这叫什么话啊！太过分了。"瑞安手指僵硬地摸摸剃的光头，做了个鬼脸，"这下好了，我们得要担心撞见一只眼的土著鬼了……"

还在干吐的茉莉对着她丈夫使劲摆手，示意他闭嘴，他太多嘴了，还是赶紧把气雾剂拿过来。

"赶紧把那个东西给她。瑞安，我已经跟你说了，爷爷不会再来打扰你们了。你们还是先把那些桩子拿出去，它们可能随时会倒下来，而且很快要下雨了。"靓玛丽说着钻进福特车里，用两手把车门使劲关上，"我们得走了。有个人遇到了跟袋鼠相关的问题，我得去看看。"

凯瑞看了一眼瑞安，他一声不吭地忍着妻子在猛吸浅蓝色的气雾剂的空隙间使劲骂他。

"拜拜了，老邻居。"凯瑞神清气爽地说，把放着钞票的信封折了一下塞进胸罩。她开车上了路，不住摇着头，靓玛丽转身成了一个直言不讳的历史斗士。同时让她自己惊叹的是，她从小到大从来没有把这两件事联系在一起。每个谷里族的人都知道在当年的牧场里发生了些什么，但是她在三十三年的生命中一直都接受了一个美丽的童话。靓玛丽的话在她心头不断地回荡："大家都称他是'神抽努恩'。大家都称他是'神抽努恩'。神抽努恩……"车开过了和尚山，她看到一群小袋鼠在斜阳里吃着草。它们的安宁是一种福分，让她想起了很久以前的那一天，爷爷带她来到山脚下，告诉她要防备那些野蛮的白人们。

"跟你说，我向上帝发誓，鲍勃·巴克利是个狠毒的人……"

好像爷爷的一生中遇到了很多狠毒的人。他们都是铁石心肠，一门心思要把这个国家变成他们自己紧握的拳头。

"反正你让他们俩有事琢磨了。"凯瑞对着她妈妈说，大笑一声，此刻她真希望有瓶冰啤压一下挥之不去的茉莉呕吐的味道。

"是啊。"靓玛丽忍住笑，"我其实是在逗他们呢。趁他们还不熟悉情况唬一下他们，这样会使他们成为好邻居。"

"什么？"凯瑞紧皱双眉。此刻她渴得受不了，可还是把车慢下来，"你是说没有神抽努恩这回事？"

"别打岔，神抽努恩是真的。爷爷赢了银拳手大奖之后就去给努恩家干活。爷爷从不向任何人低头，管你手里拿着鞭子还是没拿鞭子。但是也许爷爷应该低头。没人可以用一只眼打拳击，对吧。"

努恩一鞭子下去断送了爷爷的拳击生涯，打破了他拿到金拳手大奖的梦想，和随之而来的一切。

"你想过吗，那为啥爷爷不肯离去？难道我们在河边用烟雾送他做得不到位？我们不是把他葬在了他想去的地方吗？我们不是唱着歌送他入土的吗？"靓玛丽问凯瑞，晃动着食指。凯瑞小心翼翼地同意他们该做的都做了。那天在河边为这个臭脾气的老家伙送行，每件事都做得妥妥的，这样他就不会阴魂不散了。

"我还是不明白你的意思。"凯瑞迷惑不解地说道。

"你没看到他们房子里的那些木桩吗？"唐尼突然从后座探过头来说道，"是不是让白蚁都糟践了？"

凯瑞在后视镜里盯着唐尼看。为什么侄儿偷着笑呢？她让驱神和熏烟仪式分了心，没有太注意那所老房子。

"你想想爷爷怎么会跑到这一头来烦扰两个白人？"靓玛丽问道，跟着唐尼一起咧着嘴笑，"那房子哪有什么鬼魂骚扰？"

"你是说他们家根本没有闹鬼？"凯瑞的嘴角抽动了一下。靓玛丽又来玩她的老把戏了。

"哪里有什么鬼。他们听到的是白蚁深更半夜咬木头的声音，那个老房子迟早会被咬成碎渣。"靓玛丽发出狡黠的笑声。

"原来他们的鬼就是白蚁啊！"凯瑞大笑起来。

"那些白蚁倒是真的很吓人哟。"唐尼一本正经地说。

"噢，那俩人估计让爷爷吓得够呛。"靓玛丽笑着说道，闭上一只眼，用另一只眼到处张望，"他们等着看到一只独眼谷里族人从窗户外面往里看。"

凯瑞把装着钞票的信封从胸罩里扯出来，喜不自禁地在她妈妈眼前晃了晃。

"两百元大钞，"凯瑞叫了一声，"就为把白蚁当邪驱。"

"嘘！"靓玛丽说，对着女儿晃着一片棕榈叶，忍着没笑，然后又说道："丫头，小心点。如果他们不把那些木桩搬出去，爷爷可能还会回来！"她举起双臂，发出鬼哭的声音，然后放开嗓门大笑起来。凯瑞把车停靠在路边，笑弯了身子挤着车门，眼泪都笑了出来，央求靓玛丽别再说了，要不然她要尿裤子了。

靓玛丽缓过劲来，她擦擦眼睛，然后她把装着钞票的信封放进她的手提包里，挤在滑溜溜的敲敲木和她的胃酸口服液中间。

"这个够我们付电信公司的账单，还剩二十元可以用来欢庆。"靓玛丽说，擤了一下鼻子，心满意足地把手提包扣住，"我看今天下午的工作很有成效。"

"要是屎保中心也做好他们的工作，你本来是可以一改常规，给你自己买件东西的。"凯瑞说道。

坐在后座的唐尼游离出靓玛丽和凯瑞的对话。他把头伸出窗外，太阳穴枕在合起的双手上，让微风吹着他漂黄的头发。唐尼所向往的是蓝色的太平洋。

铺天盖地的闪电把厨房照得通亮。隆隆的雷声从天空滚滚而来，大雨从玛金山脉降到德容沟镇。靓玛丽家里客厅的窗帘自打炎热的天气到来就一直用蓝色的打包绳绑着，这会让从小溪刮过来的大风吹得好像帆船，不停地摇摆。

"但愿房顶别让风给揭了。"凯瑞从小在夏季到来时就担心房顶上生锈的铁片飞向空中砸在和尚山路上。百叶窗在窗框里使劲地晃着，窗框是用锯得很粗糙的胶合板做的，看上去很不协调。

"奶奶，驱鬼写多少钱？"唐尼盘腿坐在客厅的地板上，他用盗版软件建了一个网站。靓玛丽一心三用，一边听唐尼讲话，一边看着莎薇娜的孩子，还一边看着手里的牌。

"噢，我也搞不清，那就写二十五澳元吧。宝贝，赶紧把那个放下！唐尼，帮我把它放在洗碗池里，这样他就拿不着了，里面有

165

辣椒的。"不先生刚才正要把剩下的面包放进嘴里尝一尝。"你这个闲不住的孩子，去玩你的玩具吧。肯尼，把那个玩具盒从外屋给孩子们拖过来，可以吗？"可是肯尼看着曲棍球睡着了。不先生用劲爬到靓玛丽的腿上，伸出黏糊糊的小手想抓靓玛丽的牌。五岁的姐姐萝丝看见靓玛丽有些烦了，一把将弟弟拖下来，放在塑胶地板的中间。弟弟嘴巴抽动着，眼看着要大哭起来。

"标上市场能够承受的价格。"凯瑞提议。她在布里斯班女子惩教中心里从毒贩子身上学习到了做生意的套路：低价进，高价出。还有，要对你的靶向市场了如指掌，突出自己的产品，等等。

"写上那个叫什么来着？对了，可协商。"靓玛丽告诉唐尼。凯瑞走过去把玩具箱拖过来。"这样你就有话跟他们聊了。得要试探一下他们是不是有钞票，还是穷得光屁股。丫头，我告诉你，"她对凯瑞说，很不经意地晃一晃手里的同花顺放在桌上，"玩牌的天赋不是用来赚大钱的。我只想能付家用的账单，然后稍微有点剩余就行了。"

"是吗，那就好。我们可不想发掘你的天赋，然后成为百万富翁，对吧？"

"妈，家用账单还包括两百一十四年来白人欠我们原住民的房租。"肯尼说道，一下子醒了过来，"摆出特蕾莎修女的姿态于事无补。"

"哥，这一点上你说得很对。"凯瑞表示同意，她想起三天前从打破的玻璃窗钻进漆黑一片的市委会大楼洗手间。第二天上午这起非法闯入事件上了新闻头条。当时靓玛丽对着电视眯起眼睛，说当地的孩子们干的坏事，需要好好抽他们。

"可是儿子，你让我给你买酒的时候，就不介意我摆出特蕾莎修女姿态了，是吗？"靓玛丽没留情面。今天黑超人上了她的好人簿，唐尼因为用他的电脑帮了她，也上了好人簿。肯尼被降级。他

\多\嘴\多\舌\

不置可否地哼了一声，转过头去看西印度群岛板球队在有点模糊的电视屏幕上激愤的表现。

然后整个房子的灯光暗了下来。

"这也太可恶了！"唐尼喊道。他刚才因为电脑电池没电了，做的活全白做了。他使劲把电脑合上，气呼呼盯着在厨房桌子上面晃来晃去没有灯罩的电灯泡。不先生高兴地一脚踩在用乐高得宝搭的高塔上，五颜六色的塑料块飞向厨房的各个角落。看着他姐姐一个一个地捡着乐高积木块，他高兴得咯咯地笑。

"妈，自然母亲找来了。"凯瑞两手一甩高兴地说道，接着又加了一句，"显然是个坏脾气的臭婆娘。糟了，打嘴。"她一下想起来两个小孩子在跟前。其实这俩孩子听这样的脏话多了去了。靓玛丽开玩笑说她每天早上的闹钟就是莎薇娜七点半的吼叫，莎薇娜大吼大叫地让孩子们赶紧起床去幼儿园，自己要赶着上班去。

"下着雨的周末，家里又都一堆熊孩子。"肯尼抱怨道。讨厌的大雨下个不停，他的车没油了，他也没钞票去酒吧。他开始刷手机："这有一款丰田凯美瑞，黑色，电动窗，开了十九万公里，状况优良，三千出售。可以转手卖了，赚一千很容易。有谁有三千藏在床底下吗？有吗？估计不会了，你们一群一毛不拔的铁公鸡。"

所有人都放声大笑起来。肯尼，拿出三千，你想得美。

凯瑞寻思别说三千了，三百都没有。她从市委会找回的钱给自己留了两百，其他的昨天全部存入黑超人的账户中，然后给他发了条短信：用来请御用大律师，爱你，凯瑞。黑超人给她回了两条短信，一条是一个张着大嘴的表情包，另一个是一连串的问号。她回了四个字：沉默是金。一整天她都咬紧嘴唇，听着靓玛丽把黑超人表扬到天上，说黑超人对家里的事情最上心，说他费尽周折从高利贷那里借出几千澳元，用来雇用御用大律师，给大家带来了新的希望。肯尼觉得这不算什么，他一向认定他弟弟就应该做到这些。但靓玛丽的超级喜悦简直就没有止境。她的小儿子又一次成为家里的宠儿。凯瑞的肋骨因为撞到那个洗手间尖尖的铝合金窗沿上还在隐隐作痛，可她却对此一个屁也不敢放。她认真地告诉自己：生活既是如此，废话少说。但她还是感到情绪低落。

"嗨，好事来了，好事来了。"肯尼一下跳了起来，"2001 年产的尼桑，开了二十三万公里，被雹子稍微打了一下，七百五十澳元出售！"靓玛丽紧闭着嘴，希望肯尼不要在凯瑞面前这样没完没了地蒙骗她。

"行了吧，别来劲了！哪个蠢货不会买车？可你卖掉了一辆吗？"凯瑞抢白道，全然不顾她哥会不会因为她这个丫头片子，居然狗胆包天敢质问他在院子里堆积如山的旧车而大发雷霆。如果他负责打草也罢了，可是家里的院子就跟"侏罗纪公园"差不多。肯尼那些陈旧的破车好像沉船一样躺在齐膝高的雀稗草里，为棕蛇、田鼠和巨型猎人蛛提供免费住房，而且这些动物还旁若无人地进出他们的家。就在上一周凯瑞不得不把一条蜷卧在洗衣池里的蛇挪出去。肯尼成天说要成立一个"速卖车行"，在凯瑞看来不过是白日做梦。

肯尼死死盯着凯瑞，手指头抽动了一下。可以感觉得到他身体里的肾上腺素正在上升，要不就是雄性激素，抑或是什么其他形式的细胞转化。他肌肉的每一根纤维都在呐喊着对抗。他右胳膊肌肉和拳头条件反射的记忆准确无误地告诉他一拳下去打在凯瑞的脸上和嘴上的感觉。无论是男是女，打准了地方，他们都会瘫倒在地。他所谓的自控力就吊在他的指尖上。

"你他妈成了专家，是吗？那你去卖一辆试试看啊？就跟卖自己一样！少跑到这里来管我的闲事，说话阴阳怪气自以为是的婊子！你以为我的麻烦事还不够多，还要整天听你他妈的废话！"

"肯尼，你别上火。"靓玛丽惊恐地说道，"凯瑞没别的意思……"

"老哥，你是不是在吸快客？谁会买遭了冰雹砸了的狗屁尼桑车啊？至于我卖什么……"这时不先生想爬上来坐在凯瑞的腿上。"你可以别乱爬吗？讨厌的熊孩子。"

她猛地站起来，把不先生抖了下来，小胖屁股一下坐到了地上。凯瑞走到前门往外张望，尽可能离肯尼远点。斜雨从凉台上溅了进来，夹杂着来自山间吼叫的狂风。邋遢包麦卡锡的牧场里，几头可怜巴巴的牛低着头站在那里，用臀部抵御着狂风骤雨。

在屋里，不先生坐在散落一地的玩具中间，因为遭拒绝哭泣着。凯瑞回过头来狠狠地瞪了他一眼，然后又瞪了她哥哥一眼，都怪他替靓玛丽做主，应承下来照看两个孩子，因为莎薇娜要带她妈瓦丽姨去特威德黑兹镇检查一下瓦丽姨的心脏问题。

"瞧你们俩，是要打架啊！"靓玛丽生气地说，用手抓住哇哇大哭的不先生的一只胳膊，一提把他从地上拉起来。萝丝赶紧跑过去说，用乐高给弟弟重新搭一个塔来安慰他。

"奶奶，"萝丝小心翼翼地悄声问靓玛丽，"凯瑞姨是坏人吗？"

"我向你保证她是坏人。"肯尼尖刻地说道，顺手拿起他妈妈的烟点了一根。靓玛丽大笑起来，问萝丝为什么这样讲。原来萝丝的外公尼尔大叔警告萝丝离凯瑞远点，说凯瑞是个坏女人，让她不要跟凯瑞姨讲话，因为她进过监狱。凯瑞有点难以置信地摇摇头。难道肯尼和爷爷没进过监狱吗？就连黑超人还进过拘留所呢。从什么时候起进过监狱就算是坏人了？拜托！那不过是白人们的逻辑。然而偷了几百万公顷土地的白人，却被称为拓疆英雄，塑成青铜雕像放在市委会的大楼里。可偷辆车或一个手机，就被指责为大逆不道的魔鬼。

"凯瑞姨以前调皮捣蛋。"靓玛丽跟萝丝说，"但她现在不再淘气了……凯瑞姨，我说得对吧？"

"谁他妈胡编乱造的？"凯瑞对着外面的大雨说，然后转过身来回她妈妈的话："是啊，小丫头，我小时候是有点捣蛋，但是我告诉你，我从来没有把女朋友的牙打掉，我从来没有在德容沟镇的酒吧里无缘无故跟人打架，结果把两个人打进了急救室。我当然也没有'借用'悲痛欲绝的老妈本来要用于爷爷的丧葬费，然后假装什么事都没发生。"即使是瞎子也可以看出政府付给靓玛丽的那笔丧葬费并没有从社保中心的系统里"神秘"地消失，而是变成了躺在院子里豹皮树下的破烂旧车，指望再把这笔钱还回来，恐怕没有太大的可能。

"你就在那儿废话吧。"肯尼说道，快速地点着头，"你要找茬，我就让你的臭嘴说个痛快！"凯瑞感到胆怯在她身体里扭动，但她绝不把害怕表现出来。这个越来越嚣张的家伙，强势压着妈妈，榨光她的每一分钱。他要是动手打她，好啊，那她就从地上站起来，也狠狠反击，不信打不死他！

"是我的钱！"靓玛丽动了气，"我想借给谁就借给谁。你们俩都别吵了！"

"是谁把女朋友牙打掉了？"萝丝问凯瑞。

"哎呀，你不用操心那些闲事。小丫头，去给我画张画吧。"靓玛丽拿着笔和纸把孩子支走了。她把水壶烧上，在找没有用过的袋茶。

凯瑞咚咚地去了在过道的厕所，在昏暗的灯光下发现来了月经，才恍悟她为什么有这么大的胆敢顶撞肯尼。

这也是为什么她昨天收到社保中心的公函时怒火冲天，公函确认靓玛丽两个月前收到了爷爷的丧葬费。要是她在春德公寓楼的住处还在，她就当下把德容沟镇和镇上所有人统统甩在脑后，可是她在那儿的住处没了。凯瑞只好把没处发泄的火带到健身房，听了史蒂文的劝说，才同意在新州再多待些日子。

又是一阵滚滚雷声，电视机又活了过来。肯尼转过身子接着看

\ 多 \ 嘴 \ 多 \ 舌 \

西印度群岛板球队。不先生在画画，画的是他和凯瑞骑在哈雷上。

当天午后肯尼冲着唐尼喊道："唐纳德，把我的枪拿过来。"他从凉台往唐尼的睡房探探身子。莎薇娜在吊床里轻轻晃动着，她刚从医院回来，她妈妈心脏的各项测试都不乐观。唐尼从屋里拿着一个纸盒出来。

"史泰龙，没改变主意吧？"肯尼接过盒子问道。唐尼耸了耸肩，他顶讨厌他爸爸对他的嘲讽，但同时又因为自己对爸爸的恐惧而感到很羞耻。肯尼和莎薇娜都大笑起来。

他们的聊天传进了静悄悄的屋里。

"别那么娘娘腔。"肯尼奚落道，"你等什么呢？等耶稣第二次圣临？"

唐尼又耸了耸肩。

"没那么可怕。"莎薇娜告诉他，"拿着。"唐尼接过莎薇娜递给他的一罐啤酒。

"我是不忍看着那么靓的白皮肤浪费了。"肯尼又说道，把刺青枪插进了凉台上唯一一个没有烧黑印记的电源插口，"小子，哪天我得给你加点色彩。"

"好吧，做吧。"唐尼的话让大家吃了一惊，连他自己也吃了一惊。凯瑞抬起头来。坐在沙发上，她可以看到肯尼坐在面朝后院的椅子上不住地点头。唐尼拿了条毛巾，叠起来放在两排牙之间。他坐好后，肯尼开始动手。

半小时后，巨大的汗珠从唐尼的额头上滚下来。他胳膊上精瘦得一点肥肉都没有，无处缓解疼痛。他忍不住呻吟了两声。苍蝇嗡嗡地叫着，男孩流出的血的铜腥味诱惑着它们。

"小子，歇会儿了。"肯尼说着直了直背，四下里找湿纸巾。唐尼在莎薇娜举着的圆镜子里瞄了一眼。胳膊后臂红红的一大片，好像在发怒，但是血渍红肿的下面可以清晰地看到一条跳离水面的座头鲸。他两眼放光地左右来回地看着自己的胳膊。肯尼精确地仿刻了唐尼去年从一张旧的拜伦湾灯塔照片上描绘下来的鲸鱼。

"绝了。爸，你真是秒杀混球们的文身师啊！"

莎薇娜又递给他一瓶啤酒："这孩子有胆量，只是没人知道而已。"

"接着刻？"肯尼问道，将刺青枪对着房顶。

"要吗？我是想在下面一点再刻一条鲸鱼崽，但是有些疼。"唐尼回答道，还在欣赏着胳膊。他感到有些想吐，啤酒更加剧了这一感觉。还有，他不想让肯尼把这个完美的文身画蛇添足搞砸了。肯尼哼了一声，他放下刺青枪，脱下海军蓝背心，露出大片的文身。布满两个肩头的文身只有一个是他付了钱做的，是一面拉长的谷里族旗子，飘扬在一条鲨鱼左右，鲨鱼在格子线表示的河流里游上来。

"要是你想知道什么是疼，就试一试这么大面积的文身吧。"肯尼跟他说，指指自己布满肌肉的肩膀和黑墨刺出的整面旗子，"为了这个，我在穆伦宾比镇刺青店的椅子上坐了整整四个小时。"唐尼没有吱声。犹豫不决让他难以取舍。他的骨子里涌动着愤怒和受到伤害的自尊。

"行，老爸。"他说道，两眼直直看着肯尼，"给鲸鱼个崽吧。"但愿不会搞砸了。肯尼拿起嗡翁作响的刺青枪，低下头准备开始。

可是就在刺青针头触及到唐尼的皮肤的瞬间，就听见靓玛丽在屋里大声喊叫。

莎薇娜吓了一跳，扬了一下眉毛，因为通常都是肯尼吼叫。厨房里靓玛丽的声音越提越高。肯尼偷笑起来，一边摇着头。

"我操，这又是怎么了？"他自言自语道。

"我已经失去了一个女儿！可是你们这帮孩子们根本不在乎。

\ 多 \ 嘴 \ 多 \ 舌 \

太自私了！"靓玛丽喊道，"你要是还想违法犯事，那你就滚远点！"她手里捏着一张简图，上面画着戴着黑色巴拉克拉瓦头套的凯瑞。

"我自私？我做的都他妈是为了救回我们的岛。黑超人怎么可能说拿就拿出三千元？"

听到"三千元"这几个字，肯尼怔住了。他耳朵竖起来一动不动听的时候右前臂上一条条肌肉弹出来，刺青枪朝下对着凉台的地板。刺痛突然停止，唐尼大声地舒了口气。靓玛丽还在屋里高音量地喊叫。

"你脑子有毛病啊？要是警察向你开枪怎么办？要是你被抓进去做五年牢怎么办？怎么办？"

"可总得有人去做啊！而你还把你所有的钱都给了坐在外面的那个没用的肥猪！"

凯瑞站到了凉台上，两眼睁得滚圆，肩上挎着红色的书包，胸部一起一伏。她斜眼看了看下着的瓢泼大雨。细细的水珠从楼梯上弹起落在她的牛仔裤上。哗啦啦的雨水大声地穿过房子下面陈旧的下水道，雨水不断地又从生锈的水管孔里溢出来。

"你们娘俩是在吵什么啊？"肯尼问道。凯瑞气不打一处来，想到这是她从昆士兰回来肯尼头一次问她在干什么。她小心翼翼地给自己找了个容易快逃的位置。她的行动、她的想法、她的感受，这些对于肯尼来说，一向都无关紧要。他从小就是个混账孩子，但是自打他二十一岁进了监狱，他就一直生活在一个大家以他的所作所为、他的想法、他的感受为中心的世界里。凯瑞做了什么，还是没做什么，对他来讲根本触及不到他的一根毫毛。但眼下显然靓玛丽的大嗓门激发了这个男人的好奇心。当然提到了的三千元也是一个不容忽视的原因。

"你妈今天是气得鼻子都歪了。"莎薇娜没心没肺地开着玩笑，斜躺在吊床上，手里握着一瓶冰啤酒。我操，怒火冲天的凯瑞心想，我们难道还生活在奴隶时代吗？

"你们这些混蛋，让我哑口无言！"凯瑞一边咄咄逼人地说，一边把手伸进书包里，掏出胸甲。

唐尼目瞪口呆。肯尼想说什么但没有发出声来，他猛地迈向银色的月牙形胸甲。

凯瑞一下拿起胸甲，大步走进屋里，将胸甲重重地拍在厨房饭桌上，餐具架被震得晃起来。

"祖姥姥！"靓玛丽大叫一声，眼睛直勾勾地盯着胸甲。"这是从哪里来的啊？"面带惊色，靓玛丽把眼光转向凯瑞。凯瑞站着，气得七窍生烟。靓玛丽往前蹭了一蹭，仔细地看着胸甲，但没敢碰。

"生日快乐！本来是要等到明天给你的，但是既然你要赶我走，那索性今天你就拿去吧。"凯瑞跟她妈妈说完，转身冲到楼下，跑到院子里。她本来还想说让你的无端指责见鬼去吧，但话到了嘴边她又吞了回去。她坐在号叫的哈雷上，抬头看了看肯尼和他身边一钱不值的肥女人："老兄，你也去见鬼吧！为了救回我们的岛我去犯罪了，你就悠然自得地骗妈的钱吧。在我眼中，你就是这个地球上最渣的男人！"

肯尼怒吼一声，跳起来奔到楼梯，可是凯瑞已经倒车出来，一溜烟地开走了，两边溅起一排泥浆。她没有戴头盔，就冲进了瓢泼大雨中。

\多\嘴\多\舌\

第十二章

第二天早上，凯瑞气喘吁吁地躺在折叠沙发床上，脸上带着湿漉漉的傻笑。阳光明媚的一天，蓝色的天空预示着夏季最后的日子。微风拍打着百叶窗，百叶窗又有节奏地敲打着玻璃窗。

在同一瞬间，她跟史蒂文都大笑起来，兴奋中，他俩同时转过身来，脸对着脸。凯瑞的黑眼睛温柔而没有设防。史蒂文一下看入了迷，他伸出一根手指把一缕头发从她脸上撩到一边。她猛地用牙齿咬住了史蒂文的手指，佯作埃尔维斯对着他汪汪叫，讨厌的史蒂文，为什么让我这样喜欢你。咬你。

"坏狗狗，"他逗她，"躺下。翻过身去。"凯瑞更大声地汪汪叫，又用了点劲咬了一下他的手指，史蒂文疼得大叫一声。

"在过去的二十四小时里，我已经第二次被冠以'坏'字了。"她带着自嘲说道，然后放了他的手指，仰面躺下，眼睛看着房顶，"我真的那么坏吗？"

史蒂文说道："我的女朋友是个用斧头砍人的杀人犯？你也不想想，你要是个精神变态者，我会把你带到这里来吗？"

"那谁知道呢，我可是很性感哟。"凯瑞开着玩笑。他俩没有认真地谈论过他们的关系，也没有山盟海誓，更没有提起任何跟谈情说爱相关的话题。但是他们昨晚决定凯瑞从靓玛丽家里拿上她的东西，住到史蒂文的健身房里。不是长期住，那样很可能会对健身房的生意造成影响。凯瑞在找到其他住的地方之前先暂居这里。

凯瑞盯着像洞穴的房顶看，上面是些落满灰尘的长方形泡沫，90年代安装的，如今有很多蚊虫印记和漏水造成的污渍，但四面墙是新刷的蓝色。在最高的角落里有蜘蛛网，因为史蒂文的吸尘器够不到那里。长腿蜘蛛游走在看不见的横梁上，用黏糊糊的网线编织着银丝城市。这些秘密的昆虫生活日复一日地继续着，完全无视是否有人类理睬或观察。那些高处的角落是经不住仔细查看的，但凯瑞想，有什么地方可以经得住仔细查看呢？每个人都藏有自己的秘密。这是人类的共性。

"可你不是我的男朋友。"她马上加了一句，"记着，我可从来没有跟你签任何契约啊。"

史蒂文牢牢地盯着她，他平静的外表掩藏着内心受到的伤害。每个周末他来帕城时，他们睡在一起，一起出去玩。然后他回到伯利镇跟他女儿在一起时，每天早上都会跟凯瑞通电话。凯瑞就差没跟他同居了。如果她这样还不算是他的女朋友，那她到底跟他什么关系呢？

"行啊，没问题，随你便。"他最后耸了耸肩，坐了起来，"可是我不想把这些都白搭进去啊。"他指了指整个健身房，"你是不是只是玩玩而已，过完开心的日子，拍拍屁股回昆士兰？是这样吗？你得诚实地告诉我。"

凯瑞也坐了起来："对，一开始是这样的，类似这个想法吧。但也不完全是，至少现在不再是这样了。"她不知该如何解释。当她使劲想解释清楚的时候，写在她脸上的给了史蒂文想知道的答案。

"好吧。"他说道，摇摇头，"我以为我们是有前途的，但看来是我自我多情了。"

"不是我不想……"凯瑞欲言又止。为什么所有的事情都得变得这么复杂啊！

史蒂文用手指捋了捋头发，大声叹口气。情人节后他们借了莎薇娜的剃头推子，凯瑞给史蒂文推了个头，露出了白白的头皮。之后的一周里，她总拿他打趣，说他是村子里唯一的光头党，还没完没了地叫他灯泡。眼下史蒂文的头发已长出来，一头短又茂密的卷发。史蒂文把两只亮眼的胳膊抱在胸前，看着凯瑞，神情严肃。

"我也不知道你搬到我这里是不是件好事。"史蒂文有点恼火地说道。

"这也太扯了吧！你知道靓玛丽把我赶出来了。"凯瑞问他。凯瑞·索尔特成了联邦各州都不欢迎的人。

"打住，别让我当坏人啊。是你要求我把我所有的一切都搭进去。"

凯瑞双手捂着脸。他也免不了俗套！早知就跟他撒个谎，说自己坠入爱河，想跟他生孩子等等，男人们就爱听这些瞎扯的话。二十四小时里她被两次踢出门外，这也算是个纪录吧。她也不是找不到便宜的地方睡一晚或一周，但那些地方不安全。她不想去吸毒人光顾的地方，充满了欺骗、暴力、疯狂。也许可以去理查德大舅家，开车到利斯莫城外也就一小时，但是他的继子让人受不了，没完没了地讲他上大学的那些破事。可以想象，她要是去他家，恨不得杀了他的心都有。凯瑞自言自语道，丫头啊，你这回算是把事情全搞砸了！就在去年 10 月她还跟艾丽在布里斯班洛亘区商业中心逛街，讨论买票去观看今年 3 月的同性恋大联欢。简直不敢相信，转眼那都成了好像上一世纪、上辈子的事似的。整个另外一个世界！凯瑞一口气喝完咖啡，把杯子放在挨着床垫的地板上，看着最后几滴棕色水珠滑到杯底，融合在一起，心情也直线下沉。

"凯子，我感觉自己就是个傻逼。"史蒂文跟她说，他的下嘴唇朝下撇。我的天哪！凯瑞的愧疚感袭上心头，她拍拍史蒂文的肩膀。

"别啊，我觉得你特别棒，可是……"

"是啊，一个'可是'就没戏了。"史蒂文没好气地打断她。凯瑞没理睬他。

"你让我说完。我从小长大，对肤色并不是很在意。我们在德容沟镇的孩子们很团结。然后我去了帕城的高中，情形就很糟糕……"

"这我知道。"史蒂文打断她，"别忘了，我也去了那所中学。"

"是啊，但你没待多久，而且你也不是攻击的对象，对吧？唐娜上初三那年走失了，整个郡里没有一个狗日的白人表示一点关心。哪怕过一下脑你也知道这是什么概念。帕城的警察们笑话我们，说唐娜一定是跟着哪个男人上了三菱旅行车转去了。当天跟她一起喝酒的白人男子觉得不关他屁事。那年我十四岁，每晚躺在床上听我妈在哭声中睡去，我就想我姐到底是去了哪里，是死了还是活着？几个月之后我爸心脏病发作……我就想，让那些白人见鬼去吧，我们必须跟自己人抱团。直到现在，我一直是这样做的。所以……"

凯瑞伸开双臂，是啊，就这么回事。可是凡事既不简单明了，也不容易。

她穿上牛仔裤，史蒂文看着她，感觉脚下的地变成了稀烂的沼泽。原来真相是这样。

"你是说不论我们之间发生了什么，我还是你的敌人，是吗？"史蒂文先是难以置信，继而感到恼怒，"你喜欢开的那些白人的玩笑，原来都不是玩笑，对吗？"

凯瑞耸了耸肩，把脸转了过去。白人们听不明白。他们根本不知道带着黑色的皮肤降生到这个世界等待你的是什么。当你告诉他们真相时，他们的反应总是，哎哟，好可怜啊。

"我出去兜一圈。"凯瑞说道，拿起车钥匙。有什么他妈扯不清的，趁早了了。

\多\嘴\多\舌\

凯瑞骑车闯过甘蔗地，到了玛金山脉的山脚下。她靠着直觉和肌肉记忆骑上山边的崎岖小道，一边整理着一团乱麻的生活。

今天是她妈妈的生日，要是还想有可能在靓玛丽的窝里落脚，她就必须回去在生日庆祝聚会上露脸。史蒂文还会想跟她去吗？她想带上史蒂文一起去吗？昨天那一幕之后，她妈妈会给她多大的难堪？最重要的是，肯尼会因为抢白了他要弄死她吗？她倒是很想抽肯尼这个混球一顿。院子里那一堆生了锈又没有用的破铁揭露了为什么发给她妈妈的丧葬费不翼而飞，全没了！她沮丧地寻思是不是就自己一个人去庆生聚会。这几周以来，她已经习惯史蒂文成为她的保护伞。她哥奚落踢拳是娘娘腔运动时，凯瑞知道史蒂文在场会让肯尼有所收敛。不论史蒂文是好是坏，你见他第一面就知道他不是吃素的。如果凯瑞单枪匹马去了肯尼的地盘，很难说他不会发飙。

我操他奶奶！

忽然一只巨大的袋鼠仰面飞奔而来！

来不及了。根本没时间做任何反应，只能听天由命了。凯瑞听到袋鼠的后爪撞到地上发出的巨大刮擦声。那是把她从深渊的边缘拉了回来的声音。袋鼠改辙，侧身一跃跟她的摩托车成了并行。她感觉到袋鼠硬邦邦的臀部挨上她的腿，轻轻碰了一下她的牛仔裤。然后，一切回到寂静。只看到袋鼠的耳朵、背部和尾巴一起一落，跳着回到了草场。眼前呈现的是一幅这个世界最自然的画面。

她浑身的血液在胸腔里汹涌澎湃，好似要暴乱。

生命危险瞬间蒸发。凯瑞扶起摩托车，关了发动机。眼前的弯曲小道空旷、无邪。黑灰色的小道两边是桉树和草场。知了在树上齐声吼叫着。昨天的暴风雨在长着草的渠道里留下了一个个水坑。

一头海福特牛卧在草地上休息，咀嚼着胃里反刍的草料，两个犄角之间站着一只白鹭。之前的情形和刚刚差点发生的状况形成鲜明的比对，让凯瑞感到震撼不已。

她喘着粗气，几近落泪。在这个充满阳光的山道上，几秒钟前一切差一点戛然而止，而海福特牛仍然会卧在那里咀嚼，知了也会接着有节奏地欢叫，唯一的不同是她消失了。凯瑞突然意识到靓玛丽差点收到又一个女儿没了的生日礼物，不禁打了个寒战。

坐在餐桌旁的吉明·巴克利看到他的猎猪犬跨着大步穿过草坪朝他走来，狗看上去疲惫、疼痛难忍。他手中的《帕城先锋报》掉在了地板上。他一个箭步跳起来，冲到凉台，狗站在那里，急促地喘着气。

猎猪犬抬起鼻子，乞求被轻轻拍一下，或者给个小点心，至少给点鼓励。猎猪犬经历了不曾有过的漫长的一天。它犹豫不决地摇摇它光滑雪白的尾巴，吉明张大了嘴巴盯着它。他慢慢地绕着狗走了一圈，说不出话来。他把手机放在耳朵上。

"我是帕城警察局。"

"是努努吗？我是吉明·巴克利。"

"是市长啊。需要我做什么？"

"我马上给你发张照片。是我的狗的照片。我要你找出来谁干的。先从那个自以为聪明的王八蛋肯尼·索尔特开始。"

"你的狗的照片？"

"没错。你看到照片就明白了。"吉明吐了口唾沫，"努努，这是头号任务。你抓到他之后告我一声。"

"放心吧。"高级警长托尼·努恩心里非常明白，当市长直接称呼自己的小学外号时，他该表现得有多积极，"我叫上秦卢克，马上过来。"

吉明停顿了片刻。这恐怕不合适。

"我想你还是不要把秦卢克拉进来。"他建议道,"这一回我不会只是对肯尼悄声警告一下。他这个黑鬼触动了我的极限,操他妈,得给他点苦头吃。"

凯瑞在面包店买了一个肉派,庆贺自己还活着。她打开上面的酥皮盖,热热的肉馅散发出一股诱人的香味。上中学的那些日子里,她总是闻到白人孩子们在小吃店里买的肉派,可她从来没有钱买午饭。直到现在她依然觉得吃到香喷喷的热肉派是奢侈。从市委会里拿来的钱还剩一点,凯瑞打算按照自己的意愿活。肾上腺穿过她的身体,让她有些一惊一乍的。她想在大街上奔跑,大声高喊"我还活着!"她想随便抓住一个人,告诉他们她刚才差点就没命了。她想砸个橱窗,或者找几个欠揍的狠狠打两拳。她想光着脚丫站在大街上,对着天空呼喊她的胜利。

她接下来要去酒吧,买下酒吧里最大的一瓶伏特加,因为她想等她回到家里,就已经喝得不省人事了。亲爱的,来吧,一口气喝了。肯尼今晚的聚会一定会喝黑帽伏特加鸡尾酒。行啊,那凯瑞就买超大瓶的伏特加,爽快地喝一晚上。要是肯尼想找麻烦,那她就奉陪到底。

凯瑞在人行道上踱着步,等着肉派凉下来。她走到帕城房地产代理公司橱窗前停了下来。她真想在哪个漆黑的夜晚拿块砖把这作孽的橱窗给砸了。她看了看水景房下面的广告,是一排排见不到水的周末度假房,都是大失所望的城里人遗弃的。另一面是租房广告。凯瑞边吃肉派,边带着嘲讽的心态看着广告。帕城的房租高得可笑,一周三四百澳元,但德容沟镇有两处房产倒是便宜,因为太旧太破烂，这两个房子出租也出售。凯瑞又咬了一口肉派，嘴里嚼着，心里想象着在新州待下去的前景，有自己的地方住，按照自己的规矩过，可以去农贸市场打工赚房租。也许可以叫唐尼来跟她合住，唐尼可以出点饭钱。或者跟表哥克里斯和他女朋友莎凯蕾还有他们的孩子一起租房，肯尼就不能无厘头地招惹她了。史蒂文可以来，也可以不来，随他便。但她不会永远待在这里的，等她把救回爱娃岛的事情搞定了就走人。

她把吃完肉派的纸盒扔进垃圾桶里，擦了擦嘴，哼了一声。他们应该是打死也不会给她出租房的，特别是一旦知道她是索尔特家的人就更不可能了。管他那么多，刚才她差点死在离这儿五公里的山道上呢，她还有什么放不下的？顶多他们就是让她滚蛋罢了。凯瑞推门走了进去。

三分钟后，凯莉把一张表格扔给了她。

她毫无热情地跟凯瑞说："你可以在这里和这里签一下你的名字，证实你明白如果有什么东西破损或者掉在你头上，我们是不负任何法律责任的。那些房子都很旧了。我觉得这个房子是以前的挤奶棚改造的。"

凯瑞听得目瞪口呆。她在表格虚线处签了名。她从前听到的答复都是"还是回你自己的简易小屋去吧"，或者，"那个房子租出去了"。今天听到这样的完全不同的答复，她才意识到感觉有多么不同。凯瑞看看自己的胳膊。没错啊，依然是黑色的。

"我在里面复印一下你的证件。"凯莉说道，拿起凯瑞的驾照和医疗卡。她或是没有注意到，也许根本不在意，凯瑞的驾照几年前就过期了："我们的房产代理拿着房门的钥匙，你要是不介意等一下的话，她一会儿就回来。"

凯瑞喜笑颜开，觉得难以置信。她跟凯莉说不着急。独自站在办公室前台，凯瑞的眼光落在了柜台里端。有点像猪窝。喝了一半已经冷了的咖啡，上面结了一层皱皮。手写的字条：给曼迪打电话，问篮板球。水暖工修理一排公寓下水道的要价。泰王国餐馆的菜单。在凯莉的文件盘的顶上是个纸质文件夹，上面写着"和尚山路375号"。就是那个鬼屋啊！

想起妈妈的装神弄鬼，凯瑞不禁偷笑。她打开文件夹瞅一眼。买主：瑞安和茉莉·马斯登夫妇，住在格洛斯特，提波支那街10号。卖主：帕城房地产代理商吉明·巴克利。没错，这个狗日的吉明，脏手伸向这个城的每个香饽饽。马斯登夫妇付了他三万两千澳元买了一个占地五公顷的白蚁宫殿。凯瑞开始心算，如果把德容沟的总面积乘以三万两千，然后除以五……算不下去了，没法估算出澳大利亚政府欠他们家族多少钱。即使上亿也没有什么意义，他们肯定追不回来。

她接着随意浏览卖方契约，看到最后证人签名的地方，她停住了。她使劲眨了眨眼。

不可能。

什么？

等一下。

真的吗？

这名字不可能，但确实在那里。

凯瑞在倾泻的巨浪中使劲地摇摆，她努力从包围了她、将要窒息她的海水中挣脱出来。她读了一遍又一遍协约最后的签名，无法理解。在马斯登夫妇签名之后，有个第三方用黑色笔潦草地写了个无法辨认的名字，然后下面电脑打出的一行字是：

唐娜·索尔特，新州执业代理号码80451

"对不起，你不可以看这个。"凯莉一把抢过文件夹，合上，瞪了凯瑞一眼，"这是商业机密文件。"

凯瑞没有道歉，甚至没有退回去。她像生了根一样站在原地，张大了嘴，眨眨眼，木呆呆地盯着凯莉，没听见她刚才说了什么。

凯莉看着她，寻思凯瑞是不是喝多了，还是她去复印文件的几分钟里吸毒上了头。她把文件夹放进一个铁制抽屉里，将手里的纸张码成整齐的长方形。她犹豫是不是给凯瑞和尚山路402号的钥匙。两周前玛蒂娜就告诉她，好歹租出去，不管租给谁，反正那破房子也没法住。两个本来要租的客人都摇着头回来还钥匙。

"你没事吧？要喝点水吗？"凯莉不禁有点担心。

凯瑞耳朵里全是轰鸣声。她坐在靠门边的椅子里，身体向前倾。凯瑞双手捧着脸，努力将今天发生的各种支离破碎的事情联系在一起。难道是吉明·巴克利偷了她死去的姐姐的身份？会是他多年前杀害了姐姐？还是新州南部有两个唐娜·索尔特？这个概率太小了，但也不是没有可能。

她抬起头，看到凯莉从冰箱里拿出一杯冰镇水递给她。

"是谁卖的和尚山路上的那幢老房子？"凯瑞呛了一下，水从杯子里晃出来，洒到地上蓝色的不透水地毯上，结成一粒粒小水珠，"我是说卖给马斯登夫妇。"

凯莉犹豫了一下，她开始有些担忧这个土著丫头片子是不是神经不正常。正在这时公司的后门打开了，她松了一口气。

"这是撞见了哪家的鬼了。"玛蒂娜轻声说道，走进来时不禁退缩了一下。她立刻进入战斗的状态："凯莉，亲爱的，你可以休息两小时出去转转。这里我来盯着。快去吧。"

"但是，你怎么……我是说，你肯定可以吗？"凯莉做了个鬼脸。她其实是想说，跟这个神经兮兮的黑家伙在办公室里，你没事吧？安全吗？

凯瑞的脸色变成了海边落潮时露出的泥滩的颜色。

"一切平安无事。快走吧。"玛蒂娜肯定地说道，用有些僵硬的手指尖推着凯莉的背，送她到了门口。当然了，平安无事这一说一去不复返了，"一点钟回来。"

真他妈见鬼！本来是再过两周，她就回到了玫瑰湾。就差见鬼的两周啊！

凯莉迷惑不解地耸了耸肩，走了出去。玛蒂娜三步并作两步走过去把办公室的牌子翻成"关门"，上了锁，开启了办公室电话的留言设置。

"你过来吧。"她跟妹妹说。

凯瑞神情恍惚地跟着唐娜到了办公室后边的角落里。

"喝一杯？"唐娜伸手到桃花心木桌子下面掏出金色的威士忌倒进两个水晶矮杯里。听到尊尼获加酒瓶砰的一声放在桌面时，凯瑞才回过神来。她看了看唐娜的左手腕。

是的，有个浅浅的疤痕，那天肯尼骑着十速变速自行车，没刹住车，撞到了唐娜，因为唐娜挡着道，非说该轮到她骑了。

唐娜利落地喝了一口威士忌。

"真的是你吗？"凯瑞完全蒙了。

"喝了吧。会有用的。"

"为什么……为什么你不让我们知道你活着？你是在……你一直都在哪里？唐娜，这不是见鬼吗？你搞的是什么鬼名堂？"

"我为什么现在在这里？或者说我为什么躲开了这里？你先坐下，求你了。"唐娜说道，一口气喝了两指的威士忌，然后又满上杯。她把另一杯推过去给凯瑞，凯瑞很快看了一下就扭过头去。威士忌的味道让她感到恶心，让她想起1999年冬天的恶臭，那一年靓玛丽把自己的困扰诉求于上苍的力量，从此戒了酒，但他们的爸爸查理却鬼使神差地一辈子头一次抱上了酒瓶。

"凯瑞，坐下。"唐娜又说了一遍。

凯瑞一屁股坐在椅子里。

"为什么不让我们知道你还活着？！"凯瑞气愤地脱口而出，"哪怕是看在上帝的分上呢！你知道你这样做对爸妈是怎样的折磨吗？"她摇着头，掏出手机，开始在上面戳起来。

"你得等一下。"唐娜急忙说道，"真的很重要，你先别给他人打电话……"

凯瑞从桌子这头看过去，看着这个光鲜亮丽的陌生人。唐娜的头发变了，现在是直发，分层，夹杂着几缕染成金色的头发，看上去是那种很贵的灰粉效果。她的鼻子也跟以前不同了，更窄了，而且加高了。但肯定还是她的姐姐，这点没错。

每次凯瑞想象唐娜还活着的时候，她脑海里出现的是一个十几岁的姑娘变得一脸的岁月沧桑，从酒吧里出来，上了一个陌生人的三菱车。她会是一个中年妇女，但仍然穿着小姑娘们穿的牛仔裤剪的短裤和邦乔维标志性的背心。可是凯瑞的想象完全错了。岁月的痕迹在唐娜身上蜻蜓点水，即便是做了鼻子，她整个身材依然很健美，胳膊、腿都紧绷绷的，她的腰跟她十六岁时没什么两样。对了，要是仔细看，还是可以看出她脸上因为常喝酒出现的褶子。但是她跟普普通通的澳大利亚丫头片子们没有什么两样。实在是很普通。她的橄榄色的皮肤让她轻易转变身份，成为另外一个人。凯瑞心想，要是我也想消失了，我会变成什么呢？印度妞库玛？南美姑娘加西娅？要不然是乔治亚州亚特兰大的美国黑人，凯瑞·M.华盛顿？听从您的吩咐。而唐娜只需要做一下鼻子和让家人心碎而已。

真是个铁石心肠的混蛋！

"求你了，等一下……"

凯瑞放下了手机。

"你还有别的吗？"她用头示意眼前的威士忌杯子。

"这可是尊尼获加红牌啊。"

凯瑞做了个鬼脸。她用两根手指捏紧了鼻子，仰头喝了半杯恶心的液体。威士忌触到了味觉时她不禁打了个冷战。她厌恶地大口吐着气，使劲擦了擦嘴巴。

"你显然不是威士忌迷妹哟。"唐娜扬了扬眉毛。凯瑞看着她。唐娜是在开玩笑吗？她以为自己会笑吗？不可能。我当然不是什么狗屁的迷妹。

"那你说吧。最好是个动听的故事。"凯瑞毫不让步地说。

是啊，唐娜什么样的解释可以消解这些年来不知道她的死活、想象着她受到的各种折磨的痛苦？那些个面目狰狞的夜晚，靓玛丽在墙的另一面呜咽，凯瑞躺在双层床的下铺，上铺永远空着，好像一座带着床单和枕头的坟墓。爸爸查理悲痛欲绝中对着一切发怒，直到怒气斩断了他的生命。

唐娜玩着手里的杯子，将杯子里的威士忌转到左边，又转到右边。

"好吧。那天大爆发之后，妈把我赶了出来……"她说道，然后停了下来，"你到底想知道什么？"

凯瑞哼了一声。唐娜觉得她想知道什么。难道她只是想问问她的文胸罩杯大小吗？

"一、你为什么不让我们知道你还活着？二、这十九年来你滚到哪里去了？在干些什么？还有，你为什么要人间蒸发？就先说几点吧。"凯瑞的嗓门越来越大。她感到一股自然的力量要她站起来，感到想把这个堂而皇之的办公室砸个粉碎的冲动。她恨不得举起她坐的这个沉重的椅子，把它砸向办公室的玻璃！她恨不得抄起桌子上的电脑，砸到地上，看着它爆炸成一块块灰色的塑料片，电线、玻璃片散落得到处都是！她恨不得抓住唐娜的胳膊，使劲往石膏墙上撞！如果她可以做了所有这些，也许，仅仅是也许，她表现出的愤怒可以等同她内在的感受，但只是在最小程度上，她有可能获得一种平衡。

但是唐娜在扯些另外的事，什么捅了爷爷，剪刀卡在他的胸口。她姐姐讲得完全没有逻辑。

"……之后，我也不知道是不是要了他的命，还是怎么样……别忘了，那时候也没有脸书什么的。然后时间越久，也没有人来找，就越觉得正常了。就保持失踪状态，变成了另一个人。"唐娜的声音断了一下，"几年之后，我真成了另外一个人……一个完全不同的人。凯瑞，我不指望你能明白，但我不再是唐娜·索尔特了。除了我的护照和房地产代理执照上名字没变，我现在是玛蒂娜·罗西。我在悉尼卖房子卖了十五年了，而且我还特擅长这一行。"

"是吗？那好啊！"凯瑞讥讽道，"玛蒂娜，我太为你高兴了！只是当时他没有死在你手里。几个月前他在家里的床上过世了。今晚是你妈妈的六十五岁生日聚会，而她以为你跟爷爷一样离开了人世。"凯瑞让唐娜看了看靓玛丽在白沙海滩潟湖边的照片。那是妈妈在爷爷去世之后第一次觉得心情愉快的一天，她在照片上灿烂地笑着。

"看看，这是你妈妈。还记得她吗？"

唐娜看到照片就像是在脖子梗上遭到致命一击。这些年来，她很多回想到爷爷和爸爸，想到黑超人，还有其他人。特别是在她出走的头几个月里，这些人的形象占据了她全部的想象空间。之后随着岁月的流逝，他们也渐行渐远。去年的时候，她有一次偶尔想到家人怎么样了，如果她在悉尼的大街上迎面碰到家人，她会认出来他们吗？但是1999年，唐娜非常清楚地知道，要想生存下来，她必须忘记那个瘦瘦高高的棕色皮肤的女人，在厨房里大声对唐娜喊叫，质问她如果她还不改邪归正，会堕落成为什么样的人！怎么

\ 多 \ 嘴 \ 多 \ 舌 \

可能不记得。所以从一开始，唐娜就把靓玛丽从自己的意识中整整齐齐地切割出去。有熟人问起她妈妈还健在吗，她都会一如既往地回答不在，她没有觉得自己在撒谎。在过去与现在之间落下了断头机，在闪闪的铡刀那边的一切都永远地被留在了那边。

唐娜拿着靓玛丽的照片端详很久，然后把凯瑞的电话正面朝下放在了桌子上。她的嘴角依然神情严肃，但她的眼睛湿润了。

"她还活着。"

"是啊。你今晚必须回去。这是你起码应该做的。"

唐娜用颤抖的手将酒一饮而尽，放下空杯子。她迫不及待地想抽根烟，但她的烟留在她的马自达车里。想也没想，她又给自己倒了一杯酒。

"你可不可以悠着点啊？"凯瑞说道，她看到唐娜的手在抖，误以为是酒精戒断综合征。

"那爸会去吗？"

凯瑞才意识到唐娜离开家有多久了："爸……你走后的几个月，他在厨房里心脏病发作。1999年6月5号。对不起。"她因为这句"对不起"责骂自己。她有什么要道歉的？又不是她跑了，让老爸忧虑而死，"肯尼离婚了。就我们所知道的，他有三个小孩，两个女孩是跟托雷斯海峡女人生的，她把两个孩子带回去了。唐尼是老大，今年十九岁了，是跟麦尔的孩子，现在住家里。麦尔死了，她得了动脉瘤。"

"唐尼！"唐娜不禁惊了一下。

"跟着你的名字取的。黑超人这些年一直住在悉尼的红坊区，他跟他的同伴乔希一起住，他们领养了两个约翰大伯家的孙子。但是他们有些招架不了，妈妈又在说是不是把孩子们带过来她给带，好像她带别人的孩子还没带够似的。"

"妈再嫁了吗？"

凯瑞摇摇头，顿了一下，问道："你呢？有孩子了吗？"

"我离开之前他告诉我说他觉得自己是同性恋。"唐娜说道，心里想着黑超人。她的声音变得有些狠，接着说道："爷爷打得他死去活来的。我没有孩子。我不是那种特有母性的女人。不过，我去特威德黑兹镇的诊所打掉过一个。"

她盯着凯瑞，扬起下巴，等着凯瑞的谴责。

"是啊，我俩一个样。"两个女人对视着，没有赢家，也没有输家，只是在岁月留下的缝隙里找到些许的真实状况。

"我是同性恋，不过我的情况有点复杂。你赶紧拿上你的东西，跟我回家。"凯瑞说着站起来。把唐娜带回去见靓玛丽，无异于重磅炸弹，只是希望是件好事，"我最好先跟妈打个电话，我不想让她也心脏病发作。"

唐娜坐在桌子的另一头没动，手里玩着威士忌酒瓶的瓶盖，一会儿拧松，一会儿拧紧。除了铁盖旋转在玻璃瓶口上发出的轻微的声音之外，办公室里一片寂静。凯瑞摇晃着手里的钥匙。

唐娜重新跷了一下腿，转过身去，脸的一半对着办公室的墙。她说话的声音很低，但很清晰。

"我不能跟你走。"

凯瑞带着不可思议的微笑，问道："什么？"

"时间太久了。"

"废话！所以才应该赶紧回家，这是你最起码应该做的。唐娜，你让爸和妈伤透了心。"

"你觉得我欠……"唐娜突然猛烈地咳嗽，好像她的身体拒绝承认她有愧于德容沟镇。看着她咳个不停，凯瑞走过去从办公室的凉水器接了一杯冰水。往回走的时候，她绊了一下，杯子里的水洒在了蓝色地毯上，更多的银色水珠集在地毯的表面，反射着头顶上日光灯的光。她把剩下的半杯水从桌子这头推过去，两手抱在胸前等待着。唐娜喝了一口水，抹了一下脸，然后用两只手的手指紧扣，紧紧握住威士忌酒杯。

这一回，她异常仔细地思考如何遣词。如果她表达得合适，那大家都不必受到更多的伤害。她就可以两周后安全回到悉尼，银行账户里又多了一份奖金。也就是说，如果她眼下足够精明的话，她自己的生活不必有丁点的改变。

"我不可能回去，扮演我们是个幸福的大家庭的角色。"她一字一句地说道，以免有任何误解，"过去的时间太久了，我已经不是你以为的同一个人了。我知道这带来的震惊太大了，但是，凯子，最好让已经尘封的一切原封不动。反正再过一周我就离开了。"

"你是说对谁好？所有的人都以为你不在人世了。"

"这样对每个人都好。"唐娜坚持己见。

凯瑞站在那里，努力地消化这个令人费解的提议。她心里出现的是肯尼吼叫着追着她跑下楼，她钻进了大雨中的情景，还有一只袋鼠在她骑着摩托的路上飞奔朝她而来的惊恐瞬间。与此同时，活生生的唐娜站在她面前，无视一切，毫不退让。她真的需要重新坐下来，她感到她的腿和身子脱了节。但是坐下来就意味着给认输开了头，就标志着她接受了唐娜不跟她走出房产代理公司的门，一起回家。

凯瑞在桌子的手机上响起来，机屏亮了，显示的是史蒂文的名字。电话响了六七下之后，唐娜拿起电话递给凯瑞。凯瑞按了终结，然后把手机放进口袋。史蒂文不再是她的当务之急。她把手放在椅子背上，椅子的格子花呢布面感觉有些粗糙。她漫不经心地盯着椅子看，她把椅子轻轻转到左边，又转到右边。什么地方响起了催眠曲：宝宝，摇啊摇，再见了，在树的顶端，风吹着……

她终于开口说话："可是你让我怎么跟妈讲呢？生日快乐！对了，告诉你一声，唐娜还活着，不过她变成白人了，不愿意理我们。"

"你什么也不用跟她讲。"唐娜回答，迅速绕开了变成白人的雷区。在出售房地产行业滚打摸爬了十五年让她明白了一个道理：有些争斗永远不可能取胜，只能绕道而行，"在她生活的近二十年里没有我的存在，她一定已经获得了一种……"她没用"终结"这个无聊的字眼："一种解脱吧。照片里的她看着很快乐。为什么又让她不快乐呢？干吗要挑事呢？"

凯瑞用颤抖的手把马尾辫放在脑后，又重新扎了一下。她看着地下，不禁摇摇头。地毯上的水珠还留在那里。这根本不可能，太残酷了，而且也说不通。告诉大家唐娜离家出走之后，如今顶一头金发，坐在办公室里，开始了她的新生。好啊，祝她好运。凯瑞无权决定他人生活，但是有了现在的一幕，她能再走开吗？然后让她去跟妈妈撒谎？这不可能，太冷血了。简直是他妈扯淡！难道还真如谚语所说，山不就我，我去就山……

"妈的这个女儿还在。我们还有你这个姐妹，唐尼从未见面的姑还在。今晚是天赐良机，所有的人都在。所以你只需要……"

所有的人都在。天赐良机。我的天哪！但是唐娜知道这样的情形需要仔细地处理。律己之重要。律己使得她走过了这些年。也只有通过律己，她才可以把这个噩梦远远忘在脑后。但是有个问题，这一回律己没有像往常那样有效。

靓玛丽微笑的照片，看着老了很多，有了更多的白发，手里抱着一把刚砍下来的绿叶植物。唐娜怎么也无法从心里推走靓玛丽。多年以来，她都能够将妈妈拒之自己的世界之外。在她的生活里不存在靓玛丽这个人，也没有妈妈这个概念。有的只是光滑、无痛的一块疤痕。但是眼下她却被两个妈妈的形象同时折磨着：一个是1999年满身是血的妈妈对着她嘶吼；另一个是老去的妈妈站在河边微笑。而这两个形象开始令人惊恐地融合在一起。也许是因为她眼里的泪水？

192 　　　　　　　　\ 多 \ 嘴 \ 多 \ 舌 \

凯瑞拿出手机，看着姐姐。决定了吗？

但是唐娜需要想清楚。她不可能卷入这一切匆匆忙忙、混沌不清的漩流中。她必须全力以赴脱身而出，赶紧回到悉尼的家中。

她的电话响了。正是她十一点钟的预约。

"糟了！我得接这个电话。"

她把电话拿在手里，有些犹豫，跟刚才凯瑞一样的情形。然后她把手放了下来。

"好吧，好吧。我今晚上过去。把你的电话号码给我，我见完这个客户就给你打电话。"唐娜站了起来，把凯瑞推出办公室，推出她的生活。她是玛蒂娜·罗西，她对德容沟镇的任何人没有一份亏欠。

凯瑞盯着她，有些将信将疑。她不能把唐娜打昏，劫持了她，所以也没有办法强迫她跟她回家。她姐姐必须是自愿回来，或者索性不回来。她的手机又响了，还是史蒂文。

"好啊。你不用送了。但是如果你今晚不露面……"凯瑞一边警告她，一边在一张房地产公司名片上给唐娜写下自己的电话号码："你别奇怪明天一早这办公室里会来一帮激愤的黑人们。你必须给妈、给我们大家，一个说得过去的解释！"

第十三章

"混蛋，回我电话！"凯瑞对着黑超人的电话留言喊道。他一直也没有回她的几个电话和短信。她必须马上把唐娜的事告诉什么人，否则她的脑袋非爆炸了不可，或者变成狂呼乱叫的疯子。唐娜的小秘密将成为和尚山路的一枚核导弹，她得做好爆炸后辐射微尘的善后工作。

史蒂文会告诉她他对这件事的看法，这点她知道。但是凯瑞发现她特别不想打电话给他。光是唐娜消失的事情就够糟糕的了，可她二十年后还不想回家……这个家得有多大的问题啊！凯瑞手里拿着一瓶伏特加，坐在帕城公园的野餐桌边，两眼直愣愣地看着草坡延伸到河边。她需要帮助，需要跟能懂她的什么人讲一讲今天发生的一连串见鬼的事。艾丽懂得草根人家是如何生活的，但在最需要的节骨眼上，艾丽在哪里啊？凯瑞眼下对艾丽在劳教中心恨之入骨。

她的电话响起来，显示的是"1月26"，是黑超人。终于打回来了。

"总算打来了，死到哪儿去了！"凯瑞感到一种巨大的解脱，"听我说……"

"姐，是我，乔希。"

黑超人的未婚夫，他说话的声音一反常态地急促。

"迈克尔让我跟你打电话,问一下可不可以等我们到晚上,因为我们同家庭与社会服务部有了点麻烦。布兰登惹了祸,他们说要把他带走,我们得赶紧摆平这破烂事,才能赶去机场。"

"怎么回事啊?"凯瑞问道,低头对着脏兮兮的木桌面。去年黑超人加了一把力,让布兰登不再一次次地被家庭与社会服务部带走。但是看来他也许动手晚了点。

"我们的邻居说布兰登想弄死他们家的猫。"乔希无可奈何地说道,"确实淹了个半死。"

"见鬼啊!他不会做那样的事吧?"

"谁知道呢?心理医生说显然他对动物做过类似的事,所以……"

"你们的邻居是黑人,还是什么别的人?"

"是椰子人,黑皮白瓤。城里那帮自以为是的老白人们一定会整他的。混球们。"乔希啐了一口。猫受到折磨是事实,孩子也确实为此感到抱歉。但是把一个谷里族孩子盗走又是另外一回事。家庭与社会服务部把布兰登强行带走并不解决任何问题。

"真他妈见鬼。乔希,真是倒霉。"凯瑞心里难受极了。他们一家都知道布兰登是个受了创伤的孩子,但他们觉得时间会让他迷途知返。十一岁的年纪还很小,还有时间补救。用爱浇灌一个任性的孩子,兴许有用。

"那你们还来吗?"

"来啊。你弟弟铁了心地要过去。"乔希有些疲惫地说,"姐,我得挂电话了,他们叫我进去。"

凯瑞关了电话,苦恼占据了她全部的思绪,真想跳进河里去。宽敞的河流,潺潺不断。河水会带着她穿过德容沟镇,如果她能继续漂浮,还可以到下流的布伦瑞克黑兹小镇的咸水湖。她可以把自己想象成一根掉下的树干,闭上眼,随河漂流。那该是多么幸福,把一切交付于河流的力量。唐娜还活着、白人小伙突然想当她的男朋友、还有收留的侄子有可能被投进监狱，等等这些破烂事，都统统见鬼去。她尽管融化在河流中，一切都同她一起融化……河流比她远古，就好像是族群的长老。那就让河流来决定她的生死吧。也许她会像历史一样沉入水底。水流的吸引力难以抵御，放弃一切的念头在脑子里打转，直到她感到了水打湿了皮肤，温度在变凉，她慢慢地淹没在河流中……

然而凯瑞最终没有勇气把自己扔进河里。她的双腿在颤抖，她的心感到疼痛，但她的意志还没有全部丧失。她喝了一大口伏特加，打电话给史蒂文。

"你要还理我的话，我想跟你讲讲话。"她对他说道，又喝了一大口烈酒，"你知道吗，出了大事了！"

"我也正想跟你讲话呢！我等你过来。"史蒂文说。

"刚才大家听到的是当地三人乐队'屠夫鸟'演唱的他们的单曲《没人看到我》。"ABC 广播电台的播音员安娜在报道，"好，巴克利市长，你好。你可以告诉大家爱娃岛开发的最新进展吗？"安娜面带微笑地说道。她倒是没有对市委会有什么恶意，但这一周的市长寄语是电话连线，这让她感到松了口气。巴克利每次来广播间都喜欢盯着安娜的乳沟看，还总找机会在走道里故意往她身上碰。今天巴克利只能在无线电波中骚扰她了。当巴克利的私人助手打来电话说市长有点流感症状，今天得在家办公时，安娜和她的制片盖瑞同时高兴地击掌。盖瑞对安娜说，什么瞎编的流感，巴克利明明是因为昨晚在看球赛时喝得烂醉。

吉明·巴克利坐在河边家中的凉台上，光着的脚搭在栏杆上，把手伸到睡衣下面挠痒，跟前桌上的拜耳复合维生素饮料冒着气泡。

"安娜，没错。"他圆滑地回答道，"开发计划正在有序进行当中，将会在未来的几年里创造二百多个新岗位。遗憾的是格拉夫顿镇的监狱无法应对日益增长的需求，所以我们在德容沟镇就占据了有利地位，现在只等反对方的上诉被驳回了。"

"市长先生，对此事还是有争议的，对吧？"安娜有意试探，"绿党质问到底能产生出多少永久职位。当地民众以文化和环境为由对开发方案提出上诉……"

"是这样，但我很有把握土地与环境法庭会清楚地看到几百个有技能职位的益处。"巴克利赶紧插进来，"我们的法律咨询说打死也没有阻止开发的可能！还有，新建的设施中至少有五分之一的岗位计划留给原住民。我认为那些对所谓'神圣土地'的关注是无足轻重的。这片土地一个多世纪以来一直用于初级生产，所以那些关注顶多是职业闹事者雇用来的人找麻烦。这些人非要让我们走一遍这个高额费用又浪费大家时间的上诉程序。他们真正应该考虑的是他们的行为会使当地人的工作岗位泡了汤。"

安娜评论道："以上是帕城市长吉明·巴克利先生严厉的措辞。他对建造监狱的提议不会受到当地社团日益增强的反对，似乎充满信心。接下来是对学校假期将至的交通状况的报道……"

安娜把麦克风放在静音上，转过身对着盖瑞。

"巴克利说假话都不眨眼。"安娜摇着头说道，"监狱会盖成的。但是他要真能创造二百个就业岗位，我就是奥普拉。"

"让我气不打一处来的是，为什么反腐委员会不盯上他呢？"盖瑞说，一边排下一首歌曲，"我们这位天不怕地不怕的领导显然享受魔力的保护啊。"

唐娜坐在房地产办公室的桌子旁，一把关上了收音机。她走进洗手间，把脸打湿。站在镜子前，她不住地发颤。原来爸爸已经死了十九年了。在她成长过程中的男性当中，现在只剩下两个兄弟了，还有一个头一次听说的侄儿，还随了她的名字。

唐娜一下子喘不上气来。她赶紧回到办公室里抓起车钥匙。在感到头重脚轻之前，安全地坐进了她的马自达轿车里。她靠在方向盘上，十九年来头一次感到失去的悲痛撕裂了整个身体。她弯下了身子，无声地哭泣起来，埋在双手里的嘴扭曲成丑陋的形状。

她无法抹去那些形象。妈妈微笑的照片；肯尼最后那个下午对她说的种种难听的话；她在后屋里哭泣着，爷爷下班回来，她去找爷爷求得安慰，可她哪怕是找猫啊鸡啊的也比找爷爷好；爸爸查理那天午后吃着剩下的生日蛋糕；她手里拿着剪刀，也不知从哪里钻了出来，然后爷爷向后倒下去，他的嘴张得老大，鲜红的血在他的衬衫上形成了红红的花朵。

靓玛丽声嘶力竭地谴责她。

"我怎么会生出你这样一个孽障。你给我滚！没人要你！你不属于这里！"

如今，十九年之后，她妹妹以为她离家是为了钱，是为了在白人世界里有立足之地。也许那是其中的一部分原因。有了钱、被当作白人，成为她的保护伞。有了钱、成为白人，就把那些以毁掉女人为乐的邪恶王八蛋挡在门外，被毁掉的多是年轻的姑娘们。但是她说因为恐惧而逃离并不是那晚的醉话。她的生活面临着无法面对的问题。如果她妈妈当年讲出的那些话是她的真心话，那她们有机会再见面时，妈妈会不会仍然说出那样的话？那么唐娜会不会感到瞬间回到了十六岁？独自忍受着内心的痛苦，却找不到能够让她得到安全的地方。她坐在车里，靓玛丽面带微笑的照片刺痛着她，但她同时又感到一种不可理喻的冲动。她想一扭车钥匙，发动引擎，一脚油门开到德容沟镇，得到答案，一了百了。你要是问唐娜，她寻求的是欢迎还是报仇，她自己也说不清。也许冥冥之中她希望两

\ 多 \ 嘴 \ 多 \ 舌 \

者兼有。

"你到了。"史蒂文吐出格斗护齿牙套，咬了咬手上胶皮带。他的汗衫全湿了，汗水从他的下巴滴下来，在塑胶地板上形成一个个黑点。凯瑞示意她来帮他把手腕上的带子解掉，史蒂文就把双手伸过去，好像戴了一副隐形的手铐。班上十几岁的学拳击的男孩们对着凯瑞挤眉弄眼，然后压低了声音议论她。

"你们有什么事吗？"她冷冷地问道。

"你们这帮孩子，一边去吧。"史蒂文说道，男孩们咯咯笑着去了更衣室。

凯瑞没理他们的茬，一帮傻孩子们。但是要是有大人这节骨眼上惹了她，她绝不会放过，因为她的心理承受能力已经达到了极限的边缘。今天哪怕是嘻哈音乐鼻祖闪耀大师[1]也得让她三分。

凯瑞讲述了她在房地产公司的经历，史蒂文背靠拳击台的绳索听着。凯瑞讲完之后，他吹了一声口哨。

"这他妈太扯了吧！你觉得会发生什么？我是说今天晚上。最坏的情况可能会是什么？"他很担忧，搓着手上留下的黏合剂。

"最坏的可能就是唐娜突然从天而降，妈妈受到惊吓而一命呜呼。"凯瑞回答道。她永远不会忘记爸爸躺在厨房地上的情景，妈妈嘶喊着，查理，快起来，不能这样丢下我！

"那你得先告诉你妈。"史蒂文说，但是凯瑞打断了他。

"第二糟糕的情景，或者最接近第二糟糕，就是我告诉了我妈唐娜还活着，但她晚上没有来。那我们大家还不得又日复一日地去

---

[1] 闪耀大师（Grandmaster Flash）是约瑟·萨德勒（Joseph Saddler 1958— ）的艺名。他是美国嘻哈音乐的先驱，是历史上第一位唱片骑师，同时也是第一个入选摇滚名人堂的嘻哈音乐家。

满世界地找她……"

史蒂文嗑了一下牙，琢磨着凯瑞刚说的话。第二个情景总还是比心脏病发作猝死的好，但复杂程度不亚于第一个设想，而且对靓玛丽来说，带来的痛苦几乎相等。

凯瑞停顿片刻，想起更多的倒霉事："另外，不论唐娜今晚来不来，很有可能肯尼因为我昨天顶撞了他，仍然不会放过我。他可能会突然狗脾气发作，给我一顿猛揍。"多嘴多舌是她的老毛病。越大越是难以闭嘴少说。她要是让步，这世界上这么多乌七八糟的事还不把她淹死？至少她可以在愤怒中发声，喷那些混蛋们，不畏惧，敢于抵御，再不济就逃命。

凯瑞对着史蒂文皱了皱眉头。地球要是有可能不转，这个生日聚会肯定不寻常。

"我在场他就不敢动你。"史蒂文做了个鬼脸。凯瑞眨眨眼，一股暖流涌上心头。

"你是说你今晚还会来？"

"你让我来我就来。"

"那你会挺身而出？"

"说什么呢？我当然会了。"史蒂文对着凯瑞堆起了抬头纹，好像凯瑞问了个他听到过的最愚蠢的问题。如果凯瑞以为他只会坐在那里雷打不动，那她就太不了解自己了。史蒂文，你他妈还等什么呢？告诉她啊！一份胆量一份荣耀。

"你要做好准备啊。"凯瑞警告他，"要跟肯尼打架，一伙人都会上。"表哥克里斯肯定会跟着肯尼拼了命地砸拳头，其他人一急也很难说不会一拥而上。眼前浮现出莎薇娜抄个葡萄酒瓶抢过来的情景。接下来可能出现的情景比较喜庆：凯瑞拿过酒瓶，砸向莎薇娜，莎薇娜一侧身从凉台边上掉进了蛇出没的齐腰高的草丛里。但她跟史蒂文还得要对付肯尼、克里斯，以及觉得头顶冒火加入进来

\多\嘴\多\舌\

的靓玛丽。不过，打住，应该不会到了这个地步。肯尼到了这个时候应该冷静下来了。但愿如此。

史蒂文苦笑了一下。

"车到山前必有路，到时候再说了。你现在讲完了你的重大新闻，该轮着我的重大新闻了。姑娘，你可能没有跟我签契约，"他说道，用双手捧起凯瑞的脸，"但是我要是站在那里看任何人敢动你一根指头，我就跟他拼了。凯子，你让我为你着迷。宝贝，我爱上你了，你知道吗？"

史蒂文隔着胡楂的脸红了，深红色一直到了锁骨。凯瑞的心怦怦直跳，好像要从嗓子眼里蹦出来。我的上帝啊！她的这生活，简直是不可思议。她怎么能这么没脑子呢？人们都说要过生活朝前看，要懂生活朝后看。知道吗，这话说到点子上了！因为现在回过头来，她突然恍悟，她完全把自己给蒙蔽了。她对史蒂文玩着肤浅的游戏，就好像真的是他女朋友那样表现，以为他的白皮肤会保护她不陷入跟他的热恋中。她满以为到了时候她就跟他挥手拜拜，不论他们一起做了什么，不论她会有多离不开他，时候一到，她都可以跑回昆士兰，心里不带任何愧疚。因为对于野蛮白人们来说，总有逃生舱口。在出口的门上永远标着黑色大字：只许白人使用。所以不是白人，就不是完全的人。在重要的事情当中就不被当回事。

但是凯瑞现在明白了，喜悦夹杂着惊恐，原来有些事情上可以完完全全地搞错啊。本以为根本不可能爱上一个白人小伙子，这下不是见了鬼了吗？她现在知道了，她其实是想做史蒂文的女朋友，她想把他牢牢地抓在手里。他的沉稳，他响亮的笑声，他坚信不好的事可以变得好起来，好事坏事都是生存所需要的。她绝不能放他走。她惊喜地意识到，眼前这个人是站在她一边的。她这一辈子都没有想到过，居然她不再是一个人对付那些王八羔子们了。

"我们得喝一杯啊。"她咧着嘴笑了，拿出一瓶伏特加。

第十四章

"我们这些人需要发动一场革命，绝对需要。"肯尼向来聚会的人们宣布，一边在烧烤的羊肉上浇着汁。结果招来震天的欢呼声，甚至酒吧的混混们也加入进来。肯尼受到了鼓励，接着讲道："发动一场从德容沟镇到达尔文市的黑人革命！"肯尼擦擦额头，他很满意自己决定使用表弟克里斯自制的木炭旋转烤肉架，而不是挖一个地炉。是啊，没有什么能和眼前的相比更令人兴奋的：亲朋好友相聚，在舒适的室外美餐一顿。

"受压迫的人们必须是他们解放自己的主人。"销售芝宝打火机而被称为芝宝的人附和道，"但是，老弟，真正的革命也包括经济斗争。"芝宝是一位加拿大梅蒂族原住民大爷，他对肯尼纯属偶然的政治理论抱有极大的兴趣。他们两人之前争论了一周，争得面红耳赤。之后，对监狱工业园区共同的仇视让他们走到了一起。他俩差不多是处在一不小心发展出一套新的澳大利亚民主制度的危险之中。

"长毛，主权是第一位的。"肯尼提出，"对谷里族男人来说，必须先有公约，然后我们可以谈论社会主义。"

"嘿，别忘了谷里族女人！"莎薇娜一边开玩笑说，一边往楼上走。隔壁尼尔大叔昨天透露他们家里有个曾祖父有土著血统，出生在河镇南边的第三传教中心。对于这个惊人的信息，除了靓玛丽以

\ 多 \ 嘴 \ 多 \ 舌 \

外，其他人都不知如何反应。克里斯带着怒气告知莎薇娜：你们家人不是我们黑人！证明是原住民需要的不只是找到一个黑人祖先。靓玛丽对此有不同意见，她说应该遵循"一滴血规则"[①]。如果他们家人在库克船长靠岸之前就住在这里，那他们就是原住民，就这么回事。肯尼对这个新发现挠挠脑袋。他之前对这片土地上的后来者过于经常、过于大声地发表反对意见，所以眼下也不好理直气壮地同意靓玛丽的说法。看着莎薇娜，对她的喜爱被新信息带来的尴尬有所稀释。莎薇娜和他穿着红色情侣衫，上面写着：保护我们的主权水域。肯尼跟索尔特家族的每一位成员一样，非常明确地知道爱娃岛前的水域是属于邦家仑民族的。但是究竟谁算是邦家仑族，谁被排除在外，大家对这个问题的理解并不那么清楚。肯尼皱了皱眉头，转回到即将到来的革命上。莎薇娜有可能身份转化，进入混沌不清的状态。但他，肯尼斯·爱德华·索尔特，是生为土著黑人，长为土著黑人，一个地地道道的土著黑人。他黑得就跟半夜里游走的黑猫的黑屁股一样。更何况他还有黑人计划要实施。他不会被分心。

"如果土地与环境法庭糊弄我们，"他继续说道，"我们就直接采取行动。把竖起的焊网拔掉！他们竖起来多少回，我们就拉倒多少回。我们在我们自己的土地上安营扎寨，我们要为我们的土地而奋斗！"他看了一眼他家的房子，胸甲就钉在对着后门的横梁上，只是从大门看进去看不到。他们的祖先又回来跟他们团结在一起了。胸甲上的弹孔更加能够证明，只要他们紧紧地连在一起，索尔特家族是摧不垮的。肯尼刻骨铭心地知道，没有什么能够阻挡他们。他需要做的就是完成他的使命。建造监狱只有死路一条。

---

① "一滴血规则"（one-drop rule）是美国 20 世纪长期使用的一条社会与法律原则，以此甄别种族。按照这一原则，只要在祖先当中有一个黑人，所有的后代都被归类为黑人。所谓的只要你的血液里有一滴黑人的血，你就是黑人。

肯尼和芝宝策划时，靓玛丽跟高玛丽坐在凉台上，望着下面的院子。之前克里斯从豹皮树下铲走了满满八大桶树上掉下来的干豆荚。男人们帮忙把那些旧车推到院子后面的一角，摆放整齐，还真像旧车出售行。然后肯尼又花了一上午，用尼尔大叔家的骑坐式割草机把院子里的草打了，每当轮子下钻出癞蛤蟆和蛇时，他就又喊又叫。瓦丽姨帮着高玛丽和海伦把屋里的地拖了一遍。现在就等凯瑞和史蒂文随时到来。他们会带回两只烤鸡，还有重大消息（但愿是他俩要订婚了）。靓玛丽满面春风。肯尼不仅昨天卖掉了两辆旧车，是的，两辆，他还马上给靓玛丽买了一条烟。还有，他居然出了买羊肉的钱。为这羊肉钱，靓玛丽一直在琢磨怎么从付各种账单的钱里省出来。去帕城农贸市场做了几次占卜，眼下她基本上不欠债了。她之前跟高玛丽说，要是能把冰箱门上那些追着她屁股后面要账的账单统统扔掉，那感觉该是多么畅快啊。一小时前，她无比喜悦地把那些账单都扔进了烤羊肉的炭火里。别再来威胁断电断气了，见鬼去吧。她面带微笑，喝着高玛丽从新州卡西诺镇带来的自制柠檬汽水。她在想要不要给高玛丽算一卦，因为她女儿多丽丝用冰毒惹出没完没了的麻烦。但她最终决定不去多说。

　　"妈，这些放哪儿？"莎薇娜问道，手里端着土豆沙拉和凉拌卷心菜。瓦丽姨步履蹒跚地走在她身后，抱着一摞盘子和一瓶烧烤酱。尼尔大叔裸露着晒成古铜色的上身，穿着一条印有澳大利亚国旗的短裤，他的重要性显著上升。他帮着克里斯把折叠桌支在豹皮树下。

　　"把东西都放在爷爷跟前的桌子上。"靓玛丽指挥莎薇娜，"还有，把那狗拴起来，要不然眨眼的工夫它就吃上了。"埃尔维斯气急败坏地趴在拴着的链子的尽头，困在了飘着烤羊肉的肉香和房子之间。它把鼻子放在两个前爪之间，愤怒地思考着这样做对它是多么不公。

　　"爷爷跟前？"莎薇娜皱着鼻子问道。

\ 多 \ 嘴 \ 多 \ 舌 \

靓玛丽茫然地看着她。

"你说放在爷爷跟前……"

"是吗？我是说肯尼跟前。"靓玛丽笑起来，意识到自己说错了，"爷爷从前都是在肯尼那个位置上烧烤，我们有个地炉。"

凯瑞坐在店门口，查看她的手机。没有短信。没有未接电话。她后悔没有坚持要下唐娜的电话号码，只是把自己的号码留给了她，太蠢了。肯尼跟她说过，唐娜一向是个狡猾的贱货和撒谎高手，现在看来肯尼说得可能没错。也许唐娜已经开溜了，又一次把她的家人给晾在了那里。凯瑞想，这样就更没有理由告诉靓玛丽了。这时史蒂文走来，一手提着一只热腾腾的烤鸡，说他这是"护翼下的小风"。

然后他把两只鸡举到齐肩高，在人行道上左右摆动，模仿歌手贝特·米德勒在唱《翼下之风》。

"你赶紧闭嘴吧。"凯瑞说道。史蒂文更大声地唱起来，故意在那帮聚在告示栏前闲聊的当地人面前显摆。两个年轻女人让他滑稽的动作逗得笑起来。凯瑞在想，要不然自己开车去生日聚会，让这个小子和他的烤鸡步行去。

史蒂文越靠越近，唱歌的声音也越大。

凯瑞翻了一个白眼。史蒂文刚才冲了澡，刮了胡子，套上了上次她在葬礼上见他穿的马球衫。显然他没有意识到，如果唐娜出现，这个聚会该有多难掌控。还有，要是唐娜不出现呢？凯瑞整个一下午躺在床上，脑仁都想疼了，也没想出一个如何告诉靓玛丽她的另一个女儿还活着的好办法。史蒂文建议她直接说了就得了。凯瑞知道这个行不通，在犹豫不决中来回摇摆。主要还取决于肯尼的心情，整个下午都对唐娜的事保持沉默，可不是件简单容易的事。

每个人都知道信息就是力量。而她作为家中老小，却知晓家中老大一无所知的一件事。如果她说了出来，肯尼会如何想呢？纯属反自然的犯罪行为。除非她想看到靓玛丽的世界无故崩塌，但她不想看到这一幕，这一想法太残酷了。所以她只能押宝押在唐娜不会出现在聚会上。

"你没事吧，宝贝？"史蒂文问道，终于两腿跨上了凯瑞的摩托车。他把下巴放在凯瑞的左肩上，他俩的头盔碰在一起，发出轻微的碰撞声。凯瑞耸了耸肩。

"我不想告诉她。不想在她的生日的时候告诉她。"

史蒂文沉默片刻。

"你知道的，我会帮你的。"

"是啊，就是希望不会到需要你帮的地步。"

摩托车到了家门口，凯瑞对自己做出的决定依然定不下心。从房车里传出米克·贾格尔气恼的吼唱。她给显然不想让步的肯尼和他在烤的羊肉快速打了个招呼，就上楼去了。她跟妈妈有点不情愿地道歉，说不该住在家里又不守家里的规矩，这时她差一点就说出唐娜的消息。

"接受你的道歉。"靓玛丽很正式地说，并示意史蒂文在她脸颊上亲一下。让凯瑞惊喜的是，她妈没有接着给她一顿教训，也没有把长辈们轮番拿出来数落她的恶劣行为。她心想，把草坪的草打了，再加条烟，居然能有这么惊人的作用。也许就像靓玛丽说的那样，胸甲终于回到了他们家，回到了它属于的地方，祖姥姥爱娃强大的祝福从每个角落辐射出来。

她妈妈这些年来从未像今天这样高兴过。史蒂文正式成为凯瑞的男朋友。肯尼卖掉了两辆旧车，买主的弟弟还想买第三辆。而且不久前意外地发现尼尔大叔、莎薇娜和莎薇娜的孩子们原来是失散多年的远亲，也属于谷里族群的一部分。还有，靓玛丽最喜爱的孩

\ 多 \ 嘴 \ 多 \ 舌 \

子黑超人已经在路上了，马上就来看她，还会向大家报告他请到的御用大律师将如何制胜吉明老蟋蟀，以及拯救爱娃岛的最新进展。按照靓玛丽的说法，所有这些好运都来自胸甲的神秘之力。因为胸甲是凯瑞带回来的，她的违法行为和不听话因此获得了原谅。

这一切都好像是祖先在传递奇迹。

十几口伏特加下肚之后，凯瑞听到了那天上午唐娜的声音在回荡：她挺高兴啊。为什么要打搅她呢？

是啊，为什么呢？

凯瑞亲了一下高玛丽姨的脸，也跟表姐海伦碰了一下脸，然后就走到凉台最暗的角落里坐下。说出来还是隐瞒，这是一个值得考虑的问题。[①] 她等唐娜的短信等了足足二十分钟，毫无结果。凯瑞叹了口气，拿起伏特加，无声地敬了海伦一杯。海伦怀孕四个月，戒了酒。

我干了，表姐。

没多一会儿，肯尼咧着嘴笑着大喊："城市老油子们到！赶紧把你们的儿子们都藏起来。"凯瑞从屋里出来，看到黑超人和乔希的车开进来。两个孩子坐在后座上。我操，谢天谢地！布兰登没有被拖去少管所。大家都说，分享问题就意味着问题解决了一半。那她现在可以跟黑超人分享一下她的问题。黑超人会倾听，他不会一下勃然大怒，或者立即去跟靓玛丽和盘托出，把事情搞得更糟。她等着跟弟弟讲话时，注意到唐尼在把隔壁的儿童充气游泳池拖过来。长方形的游泳池还盛着一半水，在草坪上一颤一颤地前行，里面的水晃到左又晃到右。凯瑞看到侄子增加了那么一丁点的体重，但她不确定是她的想象，还是真实所见。她看到他左上臂的皮肤下

---

① 转用莎士比亚的《哈姆雷特》中的名句：生存还是毁灭，这是一个值得考虑的问题。

面隐约有一条细细的肌肉。

"理查德大舅来了吗？"她听到黑超人在问。

肯尼告诉他："在路上了。他先去了那个葬礼。"

"嗨，你们往哪儿跑啊？捣蛋的来了！"凯瑞喊道，松了口气。布兰登和拉波拉波奔跑着加入围着游泳池的孩子们。

"唐尼，听着，赶紧把水倒了，要不然游泳池会被撑破了。"肯尼命令道。他走了过去，逼着唐尼把费力从隔壁拖过来的水倒出一半。

"快点，再倒出来一些。"肯尼坚持道，"用水管再加水很容易嘛。"

"不用了，可以了。"唐尼喘着气，终于把晃来晃去的充气游泳池拖到了豹皮树下。他把衬衫袖子挽了上去，露出肩膀下面新近刺上去的座头鲸。那只胳膊绝对宽了一厘米。

"小子，鲸鱼很漂亮啊。"凯瑞说着下楼去看个仔细。肯尼早就催着她再在小腹上刺一个澳大利亚的传奇人物，丛林大盗奈德·凯利，但她不太相信肯尼的手艺，担心奈德·凯利被刺成了巴特·辛普森的妈，玛吉·辛普森。不过唐尼胳膊上的鲸鱼确实刺得很真实。唐尼跟她讲，他想在整个胳膊上刺上他所有的图腾，说这话的时候满脸洋溢着喜悦。鲸鱼游在最上面，下面是火焰，然后可能会刺一棵祖姥姥爱娃的南洋杉，杉树从手掌往上走。唐尼非常想刺树，但肯尼说他对那类东西没太大兴趣。唐尼说起来挺难过。

"不如刺一个戴尔手提，然后鼠标器的线垂下来，绕在前臂上，怎么样？"肯尼喊道，对着莎薇娜挤挤眼，接着说，"还可以在上方刺一个谷歌的标志。"莎薇娜撇撇嘴，拍了肯尼一巴掌，别再奚落可怜的孩子了。

"你以为你很搞笑啊？"唐尼说道，一边去房子下面取冰块，"其实你特没趣。"凯瑞意味深长地笑了笑。唐尼不仅增了体重，还敢跟他爸回嘴了。奇迹永远不会终止。肯尼大笑。他卖了两辆旧

\多\嘴\多\舌\

车，赚了一笔钞票，这让他有了一副凡事都可乐的好心情。他转过身继续烤他的羊肉。唐尼把冰块倒进游泳池，然后扯开放啤酒的纸盒，把一罐罐啤酒都扔进了冰水里。眼睁睁看着孩子们马上脱了衣服跳了进去，相互又推又挤地抢着地盘，啤酒罐碰在一起叮当响。不一会儿孩子们就冻得浑身发抖，但还嘴硬地说一点也不冷。

瓦丽姨坐在烤肉架的另一边大声跟萝丝喊道："宝贝，盯着点弟弟不先生啊！"

"她知道。"莎薇娜说，一边把沙拉摆好，"美丫头，你是能干的大姐姐了，对吧？"

太阳浮在天边好像有数小时了，大家吃着切成块的烤羊肉。史蒂文把肥肉切出来放在一边。凯瑞没喝多，但也没少喝。她拿过史蒂文的肥肉放进嘴里，连同自己盘子里的肥肉，高高兴兴地都吃了。然后她解开牛仔裤最上边的一个纽扣，舒服地哼了一声，下决心明早要做的第一件事是禁食二十四小时。当每个人都乐呵呵地抱怨吃得太多了的时候，黑超人站了起来。他看着有些憔悴，但满脸写着希望。他清了一下嗓子，然后向大家报告说他们的御用大律师对胜诉的几率很乐观，律师认为巴克利把持的市委会出示的文件有相当多的漏洞，应该可以推翻建造监狱的计划。

"我就知道我的祈祷会有作用的！"靓玛丽欢喜地大声说道，"我们的先辈们在关注着我们。儿子，他们对你很满意。赞美上帝！"

"你要是想赞美什么神，那应该赞美原住民的创世神'天父'巴亚姆。"肯尼加进来，他近日是越来越显得有文化了。

"不如赞美我的黑屁眼！"凯瑞抢白道，仍然对那笔丧葬费很生气，"也可以赞美黑超人的黑屁眼。不过，妈，你先别鸡还没孵出来就数自己有几只鸡啊。为时过早。"

"我算牌的时候，这个监狱的事从来没有出现过。"靓玛丽满不在乎地回答，"而且我对这个御用大律师很有好感。"

"我的鸡！"史蒂文一下跳起来去厨房拿忘掉的烤鸡。莎薇娜赶紧腾了几个盘子，跟着进了屋里。凯瑞挺不高兴地看在眼里。一分钟之后，史蒂文端着鸡出来，凯瑞死死地盯着他，看有没有不忠的迹象。史蒂文看着凯瑞，然后朝着莎薇娜的后背翻了个白眼，做了一个惊恐的表情。凯瑞锁紧眉头，示意千万别吱声！要是莎薇娜对史蒂文有所企图，那他必须闭嘴不提。因为要是肯尼知道了，这家里的房顶还不给掀了才怪呢。幸亏肯尼的注意力在克里斯和乔希的扳手腕比赛上。

"谁赢了我就跟谁扳。"肯尼宣布。他十指相错，然后把手臂举过头撑一撑。

所有的人都围过来看这两个年轻人谁会赢。克里斯块头很大，但乔希是个木匠，而且每周在悉尼的国家原住民健身中心练四次举重。最后是克里斯的手被压倒在桌面上。但是乔希胜利的喜悦很快夭折。

"我操！我拉伤了筋了。"他说着弯下腰，抱着手臂。肯尼左右看看，有些恼火。他也不能跟受了伤的选手比赛。那能证明什么呢？

"苏格兰人，你上吧。"肯尼跟史蒂文说，史蒂文用微笑拒绝了。

"是因为你知道我会赢了你，对吧？"肯尼取笑道，"白人小伙子是不能容忍输给一个黑人的……"

"兄弟，我马上有两场比赛。我可不想冒受伤的危险。"史蒂文和气地回答，"但是比赛之后没问题。而且你要是想学一招，我可以教你怎样扳手腕。"

肯尼鼻子里哼了一声，转身去找酒吧的混混们扳手腕去了。凯瑞谨慎地估量着她哥的情绪。显然他还处在卖掉两辆车，又为大家提供了烤羊肉的亢奋状态，这个下午他放过了好几件事。唐尼还嘴

\多\嘴\多\舌\

时他没有恼。甚至大家在争论布兰登被要求每周去看两次白人心理医生来作为不进少管所的条件的事时，肯尼只是采取了嘲讽的态度，而没有勃然大怒。凯瑞又喝了一大口酒，站了起来。她必须要把黑超人单独叫出来，跟他讲唐娜的事。

　　孩子们肚子里塞满了烤羊肉、炸薯片和生日蛋糕，跑去瓦丽姨家玩完《侠盗猎车手》游戏，这会儿又回来吃第二轮蛋糕，然后在游泳池里玩。克里斯加大了《冷凿乐队》歌曲的音量，拿起他的吉他跟着演唱。芝宝用鼓棒在旧的马自达发动机上伴奏，甩着他的灰白脏辫想吸引靓玛丽的注意。布兰登一直缠着凯瑞，显然很有经验，凯瑞最终妥协，同意带他坐着哈雷兜一圈。这就是说接下来得带每个孩子兜一圈。放下最后一个咧嘴笑的小乘客之后，凯瑞不用再小心谨慎。她猛踩了一脚油门，然后前轮翘起，只有后轮着地，沿着和尚山路飞驰，回来经过他们家前门时，所有的人都一起欢呼、大叫。靓玛丽住的地方最大的好处是没有左邻右舍。爱干什么就干什么。
　　凯瑞把摩托车停靠在房子下面。烧烤正式结束，大人们都坐了下来聊着天。美食美意，快乐满满。克里斯和芝宝时不时地跟酒吧的混混们一起钻进面包车里，再出来时，一个个都红着眼睛，一边咳嗽一边咧着嘴笑，世界瞬间变得比较容易对付了。凯瑞很高兴看到大麻烟枪派上了用场。待会儿要是有什么事情发生的话，克里斯不大可能站出来帮肯尼干仗。而且即使真的大打出手，他的力量也已被大大削弱。凯瑞心里说：表兄，接着抽吧，使劲抽。至于她自己，她决定慢慢地喝她的伏特加。今天她不飞叶子。不是有句话是：言多必屎。噢，必失。凯子，稳着点。她看看酒瓶，还剩三分之一。有点醉，但还能找得见自己的腿。远没有到不知道腿在哪儿的地步，她对自己说。她突然想起来她本来计划是不沾酒的，好保持清醒。没关系了，她就慢点喝。反正肯尼乐得跟什么似的，以为他是阔佬了呢。狗屁。卖了两辆破车就以为自己变成了热门商人。哼，做梦去吧！

"外甥女啊，可别鼓动我讲欧萨利文牧师的事。"高玛丽对着凯瑞说道，斜眼看了一下史蒂文，看看他是不是配听这个故事，"记得他把你爷爷锁在太平间的事吗？"

"不可能！"凯瑞回答说，惊了一下。她有点不安地意识到她对爷爷的生活几乎一无所知。在她的记忆里，爷爷就像是家里的一副家具。一开始住在家里，后来因为他的鼾声如雷被流放到后院的房车里，但也许事情的真相是他因赌博而受到惩罚。并不是因为你跟什么人住在一起，你就了解他们。

"是真事。你肯定听说过河城的传教中心的情况吧。"高玛丽夸张地扬起眉毛。凯瑞点点头，她听到很多有关河城的传教中心的恐怖故事，"那个欧萨利文牧师心狠手辣，纯粹一个狗杂种，完全不像莫里森牧师。那是一个周末，他们认定你爷爷去看望了传教中心的矮子汉德森大伯。你说说他有多大胆。那时他刚从昆州回来不久，捧回那个银拳手奖杯，才十四岁啊。你爷爷就觉得他跟所有的人可以平起平坐，不管是黑人、白人，还是棕色人。他们说他顶撞了欧萨利文牧师，还向他挥了拳头什么的。欧萨利文牧师的鼻子都气歪了。他肯定在想，我得给这个混血杂种一点颜色看！欧萨利文牧师就抓起你爷爷的衣领，一下给甩进太平间里。"高玛丽使劲甩了一下自己的胳膊做示范，然后两手一拍，"砰，锁上了门，把你爷爷关在太平间里整整一晚上。"

"是真的吗？"莎薇娜问道，吓得目瞪口呆。

"绝对是。"高玛丽肯定地回答。坐在她旁边的靓玛丽频频点头。

欧萨利文牧师把他扔在太平间里面，水泥板墙外野狗号叫，大

\ 多 \ 嘴 \ 多 \ 舌 \

风呼啸。高玛丽的声音变成绘声绘色的细语："太平间里还有死尸，有个妈妈和刚出生的婴儿，因为医生不肯从杨巴小镇过来看她们，娘俩死了。你爷爷就跟死尸过了一整夜。你看看你男朋友，眼睛瞪得是世界上最大的眼睛！"

史蒂文吓了一跳，赶紧朝凯瑞看看，确定一下高玛丽姨是不是在开他的玩笑。所有的人都笑起来。

"是啊，没错。"凯瑞说，又喝了一口伏特加，淹死狗屎传教士们，淹死每个白人杀人犯，包括吉明·巴克利，还淹死她那不回短信不打电话来的假椰子人姐姐。

"第二天，他们打开太平间的门。欧萨利文牧师对你爷爷说，你还敢再顶撞我吗？当着传教中心所有人的面儿，你告诉我。你爷爷就说，欧萨利文牧师，我不知道怎么回答你。我顶撞了吗？你爷爷说当时感觉很离奇，他倒不是想要贫嘴，就是真不知道该怎么回答。他的头发一夜之间全白了。"高玛丽摸了摸自己的太阳穴，"他才十四岁。后来，你爷爷缓过劲来，他从此什么也不怕了。他告诉在传教中心的罗宾大伯和托尼大伯，那夜他感受到死神穿过了他的身体。他很认真地说的。"

汗毛在好几副棕色的胳膊上竖起。

"那是……"凯瑞摇着头，她不太清楚究竟是传教士们的狠毒，还是爷爷的转变打动了她。但是即便这个故事只有一半是真实的，也已经很匪夷所思了。

"我不知道爷爷是不是真缓过来了。"靓玛丽加进来，"他总说怀揣着死神，让他肩负着报仇的责任。为白人对原住民的大屠杀报仇，为偷走的原住民的孩子们报仇。那些被偷走的孩子们死的时候，他们的孤魂到处飘零，想在他们自己的土地上寻找一块安全的安息之地。你们知道，爷爷自己就是被偷走的孩子。这成了折磨他一生的痛。他因为不知道自己的出生地而感到耻辱，这份耻辱跟了他一辈子。难怪他喝上了酒。"

黑超人坐在靓玛丽的后面。他撇起嘴唇，用一根手指搓搓右耳的后面。他是想说，太扯了！黑超人绝对相信爷爷是让传教士们的残酷行为逼得头脑有些不正常，完全不靠谱，而且拿他人撒气。

凯瑞坐在那里，寻思着一个十四岁的孩子被整夜跟死尸关在一起是怎样的感受。一定会改变一个人的生活轨迹，或者创造了你的一生，或者毁了你的一生。不久之后，爷爷被送到神抽努恩家里干活。难以置信。

"但这就是你们白人文化啊。"高玛丽姨接着说，又使劲看了史蒂文一眼，"伤害他人，把小孩子们跟死尸关在一起！都是些邪恶的做法啊。"

"莫里森牧师跟他们不太一样。"靓玛丽说。

"说到报仇，"正在把烤肉盘刮干净的肯尼打断了靓玛丽，"有人最近看到市长的猎猪犬了吗？"

靓玛丽皱起了眉头。站在她旁边的黑超人一怔。

"妈，不用这样看着我。"肯尼傲慢地说，"老家伙也该尝尝自己酿的苦药。他要是不想让自家的财产受到破坏，他就最好盯紧点。"

"受到破坏？你什么意思？"黑超人严厉地问道，猛地转过身来看看布兰登是不是还在游泳池里玩。

"老弟，我是说稍加改进。"肯尼垂下眼皮，"你个胆小鸡巴，别紧张。我没伤害那狗。我是说，没太伤着它。"

"你知道吗，今天布兰登因为伤害动物差点被送去少管所！我可不想让他听到你把伤害动物当作狗屁笑话讲。"黑超人深陷的眼睛闪着愤怒的光。

"布兰登是欠揍。"肯尼抢白道，"好好抽一顿，他就立马变聪明了。你不抽他，就惯坏了那孩子。"肯尼又在烧烤盘上喷了些清洁剂，然后喝了口酒。

黑超人死死盯着他哥，鼻孔一扇一扇的。凯瑞想，有好戏看了。她紧握着伏特加酒瓶的瓶颈。还剩四分之一的酒，但如果需要，她可以毫无怨言地省了它。

"我操！你以为布兰登没少挨揍啊？"黑超人蔑视地翻了个白眼。凯瑞皱皱眉头，拍了一下自己的手腕。老弟，千万别再说了。肯尼是铆上劲儿了。你明明知道跟醉汉争个高低没什么好处。但是黑超人是箭在弦上，不得不发了。

"老哥，这孩子还带尿片的时候就被揍得屁滚尿流。他住在那个买卖毒品的屋子里，鬼知道他和他妹妹都遭受了什么样的罪。这还不够，他们那个混账后爸准备好浇水龙头，随时往他们身上喷水惩罚他们。我亲眼看到那些照片的，五岁的孩子身上全是血肿。你他妈应该先好好想想，再来给我你的什么操蛋的育儿忠告！"

"太过分了，可怜的小东西。也太残酷了！"凯瑞说，听得毛骨悚然。

"实在太歹毒了。"克里斯义愤填膺地说，"要是有人敢这样对待我的孩子，我让他们第二天就变成鲨鱼屎！"

"妈，有烟吗？"肯尼问道，好像根本没有听见黑超人在说什么。靓玛丽扔给他一支烟。肯尼用点烧烤炉的打火机点着他的烟。

"我们得保护我们的孩子们。"高玛丽姨脱口而出，手掌拍在她坐的椅子的扶手上，"白人仍然会像之前那样伤害我们的孩子们的。"

"姨，我说的那些人都是黑人。"黑超人转过身来，"不用假装看不见，那些残忍的事是我们自己人干的。"

"就算是，那也是白人教出来的！"高玛丽的眼里闪烁着愤怒，"你知道白人们对我们干了些什么。受到的伤害总得从什么地方释放出来。"

"是啊，当然给我们造成了创伤，但不能把创伤作为借口。"黑超人尖锐地指出。他实在厌倦听人们为那些根本无法袒护的行为进行争辩，甚至在证据确凿、一清二白的情况下仍然予以抵赖："重要的是我们自己如何对待我们的孩子们。你伤害了我、我就伤害他人的恶性循环该被打破了。"

"那些人就是欠给绑在树上狠狠地抽。"肯尼宣告，"不管是黑人、白人，还是棕色人，该死的瘾君子们！"站在肯尼旁边的莎薇娜使劲地点头。

"解决的办法就是实施更多的暴力。"凯瑞说道。

肯尼斜眼看了她一下。

"那你有更好的办法吗？少他妈自以为聪明。我们的古老法理说，一个人做了错事，就该受到惩罚。那些随意打孩子们的人，就是狗日的罪犯！"

这话出自一个刚才还极力主张要把布兰登打服的人之口。凯瑞想知道的是，古老法理有没有说如何处置偷窃长老、偷窃自己的母亲的人；逼着老人们交出他们的养老金的人；蒙骗自己的妹妹拿出最后的两元钱的人。我敢说在这些事情上，肯尼就不提法理了。

凯瑞知道史蒂文在跟前给她足够的安全感。她正准备豁出去问肯尼这几个问题，就听到游泳池那边突然传来震天的哭号声，吓得她膀胱一紧。黑超人腾地从凳子上跳起来，冲了出去，就好像步枪发射出的子弹。乔希、凯瑞和靓玛丽也赶紧跟出去。当黑超人一把抓住不先生的两个胳膊，从池子里提起来放到草地上时，所有的孩子都惊叫起来。浅浅的游泳池里的底部，碎玻璃片在一闪一闪。肯尼心里一紧，站起来走到房子下面埃尔维斯卧着的地方。孩子们疼痛的喊叫声刺激了他的神经最敏感的部分，让他有一种想要出击的冲动，就想要做点什么事，任何事，只要能让孩子停止哭叫。肯尼躲开人群，全神贯注地解开埃尔维斯的链子，链子一圈又一圈地缠在支撑房子的水泥柱子上。他竭尽全力假装什么也没有发生，吸了

\ 多 \ 嘴 \ 多 \ 舌 \

最后一口靓玛丽给他的烟，等待着，神经紧绷，等待哭叫声停止。

"孩子们，你们都站在原地别动。"黑超人命令道，一边检查不先生的伤势，"谁都不许动一下。"确定不先生划的口子不严重之后，他把孩子交给莎薇娜，然后把游泳池里的邦德堡朗姆酒瓶的三块碎片小心翼翼地拿出来。其他孩子们都乖乖地站在原地不敢动。拉波拉波从水池里跌跌撞撞地跑出来，跑到草坪上，然后蹲在那里一边打战一边哭泣。

"妹妹，等一下！"

布兰登也跟着跑了过去，一下坐在草地上，紧紧地把妹妹抱在怀里。拉波拉波的牙齿不停地在打战，不是因为冷。凯瑞抓了块干浴巾裹在她身上。凯瑞仔细地看了孩子的棕色小胳膊小腿，什么事也没有。

"宝贝，你怎么了？"凯瑞不停地问，手轻轻地放在孩子的背上。但是拉波拉波靠在哥哥的胸前还是不停地哭泣。凯瑞示意唐尼把埃尔维斯带过来。常常人做不到的事情，动物可以做到。埃尔维斯对着拉波拉波摇着它的半截尾巴，用它湿漉漉的鼻头去顶拉波拉波的脑袋。她的哭声开始减弱。

"宝贝啊，你没有流血。"凯瑞安慰她，"不先生也只划破了一个小口子，不严重。你哪里都没有划破，你没事的，宝贝。"

"不是因为这个。"布兰登说，"是朗姆酒的味道。她害怕那个酒的味道。"

"看到酒被浪费，我也产生同样的反应。"尼尔大叔说起了俏皮话，"上次我因为打破了一瓶啤酒，每天晚上哭到睡着，哭了整整一星期！"

但是靓玛丽感到更多的是沉重："可怜的孩子，她是见到太多的狂饮聚会了。"

"小子，你想让我来抱着她吗？"黑超人说着蹲下来，张开两个胳膊。

布兰登摇着头，说道："走远点！"

黑超人点点头，又说道："小子，我知道你想看护妹妹，但是她跟着我一定没事的。"犹豫不决很长时间，布兰登终于松开了抱着拉波拉波的双手。拉波拉波的哭泣减为使劲地抽鼻子。

"好孩子。"黑超人捏了捏布兰登的肩膀。他站起来，抱着哼唧唧的小姑娘到凉台上坐下来，他用干净纸巾轻轻擦擦她的小脸，跟她聊埃尔维斯，聊她的幼儿园，聊些跟朗姆酒没关联的事。肯尼就坐在他们下边，在房子下面木桩支起的空间里。听着拉波拉波的痛苦，就好像指尖划在黑板上发出的刺耳声。他只想像小孩一样把手指塞进耳朵，但这也太荒唐可笑了。他是个成年人啊，见了鬼了！怎么能让一个孩子的哭号影响到他？肯尼握紧了拳头，决定充耳不闻。然后他朝院子里望去，看见唐尼正把碎玻璃瓶扔进垃圾桶。劈里啪啦，三十六澳元一瓶的邦德堡朗姆酒，连瓶子都没开，就这样白瞎了。越想越感到气不打一处来。哪个鬼头想起来把朗姆酒放到水池里？连傻子都知道，朗姆酒根本不需要冰镇！

"你小子，赶紧收拾利落了，把剩下的全拿出啊！"肯尼突然大声喊叫。唐尼心里一颤，然后乖乖地把水池里剩下的瓶装和罐装酒从孩子们的脚底下抽出来，然后把滴着水的酒瓶和罐装伏特加饮料整整齐齐地摆放在折叠桌子上。肯尼大声地呼出一口气。

"你他妈没脑子啊？我是说把娃们赶出来！酒瓶自己待在那里会爆吗？"他对着唐尼怒吼道。

唐尼叹了口气。他什么话也没说，先把小孩子们都赶出来，然后又一个一个地把酒放回到游泳池里。

房子下面的空间是肯尼的避难所。他站在哈雷旁边，恼怒地想着他损失掉的酒。

第十五章

　　打碎酒瓶的那一刻成为了聚会气氛的转折点。孩子们受到拉波拉波情绪的影响，变得动不动就吵闹，生怕不受关注。大人们也找不回闲聊带来的乐趣。夜深下来，肯尼因为损失了朗姆酒的愤懑情绪越来越强烈。凯瑞不再查看她的手机，一心一意地帮助黑超人和乔希管理孩子们。显然唐娜把她给当傻子耍了。现在的问题是下一步该怎么办。为此她需要黑超人的点拨。但是两个孩子全然不理会她的心思。眼看着快十点了，她还没有找到合适的时机跟她弟弟分担她的心事。

　　"我还是带孩子们回旅店吧。"黑超人有些招架不住了。他刚刚把布兰登和萝丝劝开，两个孩子因为跳蹦蹦床争吵起来。平时他都是挺直了腰板，眼下弯着背，像个老头。凯瑞看得出来她弟弟用了多少精力保住了布兰登，没让那些打着保护孩子利益旗号的部门把他强行带走。他顶住了压力，但感觉被掏空一样。他把凯瑞拉到一边。

　　"姐，他们觉得布兰登有精神分裂症的迹象，说他讲的话莫名其妙，说他其实没有想杀了猫，是想杀了他后爸。所以乔希听了之后吓尿了，不知道自己是不是有能力做家长。我也有些被吓尿的感觉……你想要告诉我的事可不可以等一等？"

　　"精神分裂症？放他妈的狗屁！"肯尼恰好听到，气呼呼地说道，"那些操蛋的心理医生就是想对我们的娃们下手，给安上些唬傻子的标签。千万别叫他精神病，他们就他妈想让我们这样想，好像有问题的是我们！布兰登就是少打游戏少看电视，多来乡村住。"

"他们没说他是精神病。"黑超人面带倦意地说，弯下腰把孩子们的衣服收拾到背包里，"他们就是觉得他需要获得帮助，没别的。哥，你要是想什么时候帮个忙，让布兰登来乡村，就告我一声，我真他妈筋疲力尽了。我们跟妈说个再见，就回旅店了。"

这时就又听到萝丝尖锐的哭声，她又被挤下蹦蹦床。

"我的天哪！有完没完啊！"黑超人大吼一声，抓起两个孩子的背包，甩到肩上，"赶紧上车，没的闹了，我们走人！"

凯瑞站在那里，一句话也说不出。

"那好吧。"她极不情愿地说，"我明早再跟你说吧。"

凯瑞走进屋里时，牌局已经开始了。她拖过来一把椅子，靓玛丽立马把她给搭了进去。

"我这里还有塔尼莎的旧裙子，正好拉波拉波可以穿得上。"靓玛丽说。她刚刚宣布她要从黑超人手中接过两个孩子，"六十五岁还不算太老，而且还有我姑娘帮我一把……"

凯瑞对着史蒂文做了一个惊恐的鬼脸。黑超人正好出现在门口，他只是耸耸肩，大概太累了，没精力跟靓玛丽争辩她的提议是否现实。他真的会放弃这两个孩子吗？凯瑞突然记起黑超人曾经放弃的舞蹈团，只公演了三场，他就撂挑子了。还有，黑超人训练十一岁以下的孩子打篮球，2002 年的赛季只进行到一半他就厌倦了，结果还是肯尼出面帮了他。

"我们走了。"黑超人急急走进屋，弯下腰在靓玛丽脸上亲了一下，"老妈，生日快乐。明天见。"他悄声下了楼梯，消失在夜色中。

"老姐，你还没有帮别人带够孩子啊？"高玛丽问道，她记得

\ 多 \ 嘴 \ 多 \ 舌 \

靓玛丽这些年来带过很多无人看管的孩子。高玛丽拿起两张"J",接着说:"你难道真想要更多的孩子带给你更多的心痛?"

"高玛丽姨,你就直说吧,别绕弯子了。"凯瑞说道,听得很不受用。

"他们都是我们的人嘛。其实刺痛我的心的,只有一个孩子,就是唐娜。"靓玛丽跟大家说。凯瑞把一口伏特加全喷在了桌子上,她大笑不止,怀疑是不是听错了。史蒂文对她咧嘴笑笑。凯瑞最近发明了一个游戏,每晚睡着前历数靓玛丽对她的各种不满。到目前为止已经列出一百零两条凯瑞对靓玛丽本人,或对这个家以及两者兼有,做出的大逆不道的行为。

"我可以引用你的话吗?你可以用书面形式记录下来吗?"凯瑞眼睛瞪得溜圆。

"你是溜之大吉,很少回来看我们,但至少你不像那个发疯的婊子,拿着剪刀到处捅人。"肯尼说道,顺便扔出来一张"A"。肯尼是不管有多醉,玩牌的技能都牢牢跟着他,即便是莎薇娜坐在他大腿上,使劲扭着屁股想吸引他的注意力,他也不受到影响。"你不过是个没心没肺的蠢货,但唐娜以前的时候简直就是只疯狗。莎薇娜,我操,你可以走远点吗?"肯尼一把推开莎薇娜。莎薇娜站到了牌桌的另一头,抱着两只胳膊,满脸的不高兴。然后她开始悄悄地一点一点移动,往史蒂文身边靠近。

"不许这样讲我女儿!"靓玛丽皱着眉头说道,但不清楚让她恼怒的是肯尼对唐娜过于强烈的谴责,还是因为他用了过去时态讲到唐娜。

"妈,屎跟煤一样是洗不干净的。"肯尼说着把桌子上的牌拢起来,开始洗牌,"一个人不可能见了老人就捅,然后说自己没有精神病。"

"等一下,我得搞明白你说的话。你说唐娜是精神病,因为她捅了爷爷。但是布兰登那天差点故意淹死一只猫，就没有精神问题，是吗？"凯瑞敢挑战肯尼是因为伏特加给她壮了胆，又有史蒂文站在她身后。唐娜那天上午的表现可以用各种形容词，但肯定不是精神病。凯瑞加上了嘲讽的口气："噢，对了，我忘记了，女人只要不按照男人的意志行事就会被扣上精神病的帽子。"

"你懂什么？"肯尼坐在桌子另一头咄咄逼人的表情分明是在说：你给我闭嘴！再不闭嘴，你也是精神病！

"是啊，你就像魔术师一样，什么都知道。那我告诉你，动不动说别人是精神病，其实是控制狂的惯用伎俩！"凯瑞反击道。

"那也不一定，有些人就是精神病。"莎薇娜嘟囔了一句。

"你们谁也不许再说我女儿是精神病！"靓玛丽发火了，"没人是精神病！"凯瑞心想，那也不一定，但没说出口。

肯尼边弹着烟灰边死死地盯着他妹妹，然后他坐在那里一动不动。屋里每个人都确切地知道这种静止是暴风雨前的宁静。莎薇娜僵在了那里。靓玛丽和高玛丽交换了一下眼神。

"肯尼，该你先出牌。"靓玛丽用乐观的语调说道。肯尼没理她。他用了十九年的时间不断提升他对唐娜的鄙视。他不可能允许凯瑞来质问他，特别是当着大家的面儿，尤其是当着莎薇娜的面儿。

"你哪里知道唐娜的那些事？够写一本书了。"他对着凯瑞呸了一口，"所以，丫头片子，我建议你闭上你的臭嘴！"

丫头片子！哼，凯瑞对着肯尼冷笑一声。

"怎么着？也没见你的无知阻止你说个没完啊。"凯瑞毫不示弱，一把扔下手里的牌，抓起酒瓶喝了一口伏特加，"你以为你是天才啊？关于唐娜的事，我知道的比你多了去了。"

史蒂文倒抽一口凉气。

"凯子……"他发出警告。

"好了，好了，你们俩别再吵了！肯尼，该你出牌了。"高玛丽

\ 多 \ 嘴 \ 多 \ 舌 \

大声命令道。

"谁在乎你知道的什么破事？你不就是个说话阴阳怪气自以为是的婊子？！"肯尼龇着牙说，然后转过身来对着史蒂文，史蒂文紧靠着洗碗池。"兄弟，你最好让你女人别出声。教训她一下，让她知道什么是他妈的尊重！你要不教训，我来。"

整个屋子一下子鸦雀无声。做决定的时刻到来了。

"对啊，兄弟，你刚才不是说了吗？婊子们都是疯子嘛。"史蒂文在淡化肯尼的威胁。

除了凯瑞，屋里的女人们都松了一口气，大笑起来，笑的声音之大，显然超过俏皮话的可笑程度。她们的笑声其实是在乞求肯尼，告诉他别认真了，不过是个笑话。史蒂文不想动拳头，别再添堵了，特别是今晚。

"在这个家里，她们女人少多嘴！"肯尼说道，脸上没有丝毫笑容，"我跟你说了，你让她闭嘴。要不然她狗嘴再乱说，我就拿你问罪！"

站在洗碗池边的史蒂文直了直腰板。

"凯子，我们也该开路了。你的摩托车钥匙呢？"史蒂文平静地问她。

"我对自己说的话负责。你算个什么东西！"凯瑞对着肯尼吼道，"少找史蒂文的麻烦，除非是你的猪屁股痒了，想挨踢了。那他会让你躺在地上擦地板！你个不长脑子的混球！"

肯尼猛然站起来，他坐的椅子噌一下往后飞出去砸到了冰箱。他隔着桌了往前一伸手想抽凯瑞，凯瑞急忙往后退，却一下重重地摔倒在地板上。肯尼没打着凯瑞，但伸出去的手一下打在了靓玛丽的下颌上。靓玛丽疼得大叫一声，吓了一跳。她继而感到耻辱，两手捂住脸，眼泪夺眶而出。高玛丽姨用胳膊搂住靓玛丽的肩膀，两眼狠狠地瞪着肯尼。

"肯尼，这就是你干的好事！"她大声斥责道，"居然敢打老人了。你赶紧道歉，快点！"肯尼犹豫了片刻，悬在对凯瑞极端的愤怒与对打了靓玛丽感到由衷的后悔之间。他根本无意要打靓玛丽。

"好啊，打你自己妈！"凯瑞坐在地上讥讽肯尼。她握住伏特加酒瓶的瓶颈从地上站起来，"你胆子也太大了！"

"那是我失手了！"肯尼吼叫道，跨过倒在地上的椅子，要来好好收拾他妹妹。

"你失手失了一辈子！"凯瑞对着肯尼说，两脚踮着，挥舞着手里的酒瓶。

"听着！你要是非要动手，那咱们去外边打。"史蒂文说道，一个箭步挡在凯瑞前面，指了指后面的楼梯。

"你他妈给我滚开！"肯尼气势汹汹地说道，来了一个不是很标准的大抡拳，年轻的史蒂文轻易地躲开了。史蒂文一脚把肯尼倒在地上的椅子踢开，腾出个空地来。

"克里斯！"靓玛丽对着窗外的面包车大声叫道。然后又喊："莎薇娜，快去把克里斯叫来！再看看黑超人是不是还在那里。肯尼！快住手！"

莎薇娜赶紧跑到外面，叫那几个男人来帮忙。

"少废话，赶紧把这个混球收拾了！"凯瑞督促史蒂文，在一旁等着机会一来就把酒瓶砸向肯尼。高玛丽试图把靓玛丽拉到安全的地方，但没用，就自己也站到凉台上，跟大家一起紧张地看着。是高玛丽第一个注意到警车的蓝灯一闪一闪悄悄驶进院子，挡住了黑超人的退路。她赶紧奔进厨房，交叉两个胳膊示意紧急停止。

她大喊："警察！警察来了！注意！注意！"

凉台上顷刻间站满了穿蓝制服的警察，一片吵吵嚷嚷的喊叫声。闪着灯的警车显示着至高无上的权威。听到高玛丽喊的一瞬间，凯瑞就飞快地逃到她妈妈的卧室门后。她紧紧地贴着墙，诅咒自己的通缉令还有效，祈祷埃尔维斯冲上去使劲咬住高级警长托尼·努恩干扁的白屁股。警长站在凉台上，两手叉腰，一副趾高气扬的样子。他满满的自信来自于他从小就是这地区拓荒者的儿子、孙子、曾孙子。帕城的主大街的名字，不就是他家族的姓氏吗？他眼下来到的这个破烂房周围的几千公顷的地，不就是他拓荒者的祖先开垦的吗？警长清楚地知道，在这个星期五的夜晚，不论肯尼·索尔特周围聚集着多少喝得烂醉的狐朋狗友，他和他的副手都个个佩带手枪，他本人还拿着一把泰瑟枪，他们可以在任何自认为合适的场合使用，广大的民众对此给予他们默许。在凉台上布满灰尘的灯泡散发出昏暗的光线下，他们磨砂黑的武器闪着光芒。

努恩跟他的副手嘀咕一句什么指令，扶了扶他无论何时都顶在头上的奥克利墨镜。他们厌恶地看看周围。十几个空酒瓶和空酒罐扔在桌子上和翻过来放的装牛奶的塑料筐上；地上飞舞着数个炸薯片的空袋子，孩子们扔来扔去地当玩具玩；还是有三个盘子被遗忘在吊床边上，里面是剩的羊肉渣和土豆色拉。警长和副手没有看到挂在楼梯顶的横梁上的胸甲。

肯尼两只胳膊紧紧抱在胸前，老练地对付着努恩发射过来的一连串问题。肯尼对这类的标准询问的回答，就好像水珠掉进了热锅，嗞啦啦之后，什么也没留下。

"你说你对市委会办公室的盗窃事件一无所知？"努恩警长已经是第三遍问这个问题了。

"不知道。我怎么会知道呢？"肯尼回答。

"那好，你敢肯定 DNA 测试不会显示是你在市长办公室进行了犯罪破坏活动吗？"警长接着问道。靓玛丽和高玛丽忍不住笑出声来。

"要是我破门而入，并且在吉明·巴克利办公室的地毯上拉了泡屎，我想我很可能会记得。"肯尼对着家人坏笑了一下，大伙也都踩在点上齐声大笑。

"肯尼叔，好棒啊！"海伦咯咯地笑个不停，第一次捕捉到了警长的眼光。他喜悦地看了看海伦，然后背对着肯尼，仍然面带微笑地说道："好漂亮的姑娘。"

"你再给我说一遍试试看？"肯尼放下抱着的双臂。

"你应该听明白了，我们不知道什么偷盗的事。那是你们警察局的事。"黑超人从楼梯上上来，大声地打断了他们，"你们要想了解偷盗的事，应该去找白人们问。"两个警察迅速转过身来，马上警觉地意识到他们当中来了个出其不意的黑人。

"或者去找政府问哪。"史蒂文在凉台的另一端说道，面无表情。警察又转了过来。"偷盗是政府的专长。"

"兄弟，你说对了。就是政府那帮人接收了偷来的整个大陆。"克里斯表示同意，就好像这不过是最普通的常识。

"一帮混蛋。我为白人们感到悲哀啊，他们长期以来到处偷盗。他们需要心理治疗。遗憾的是从来没有人试图帮助白人们回归到自己的文化当中去。"黑超人摇摇头，表示出假惺惺的悲哀。

"我觉得是父母的错。"芝宝在人群后面插了一句。

"是啊，你说得对，兄弟。"肯尼对黑超人说道，开始拿警察说事，"兄弟，你们这帮人该带上这些白人们在城里转转啊，带他们看看他们的圣地，比如购物中心、工厂之类的狗屎地方。"

"哥，你快算了吧。你为啥不能指引他们回归到他们的传统呢？给他们来几个工作坊，教一教他们如何吊打、拖死、肢解人。对了，还有焚烧女巫！"黑超人稳操胜券地一一道来，"要治愈受到创伤的白人孩子，不用点老式的焚烧女巫还真不行。"

"如今他们已经不知道如何在养牛场把人当奴隶使了。"靓玛丽加进来，"小努恩，你得教教他们啊。"

"还有，如何侵入原住民国土，屠杀原住民，然后称之为文明……"肯尼很久没有这样开心了。

"别忘了还有偷原住民孩子入门手册，以及如何从娱乐和盈利为目的采取的干预措施。"黑超人兴高采烈地点着头。

"为百分之一的人实现全球资本主义。"芝宝喊了一声。

努恩警长绷在身上的制服衬衫越发紧了。看来市长说得一点不错，真是帮耍小聪明的混蛋。他把右手放在皮带上，想象着臭嘴的肯尼·索尔特的眼珠被泰瑟枪击中，就觉得手发痒难耐。

"小努恩，你是想要用泰瑟枪射击我，是吗？"肯尼问道，他抬起下巴，准备一战到底。他得痛痛快快地、不紧不慢地收拾这个操蛋的白人："有人在给这个混球录像吗？"

"兄弟，早想到了。"芝宝回答道，警车刚驶进院子的那一刻他就拿出了手机开始录像。

"老弟，这个区的每个人都知道你跟市长结了仇。"努恩对肯尼说道，"你推倒了焊网。去市委会对他进行恐吓。还破门而入，把市委会办公室糟践得一塌糊涂。这些都是你干的。还有，你对他的狗也下了黑手。"

"他的狗怎么了？"靓玛丽心怀狐疑地问道。

努恩伸出一只手，他的副手递给他一部手机。手机上显示的是巴克利的狗。狗毛像文身一样被剃出两排字。一排是"狗日市长"，另一排是"不要监狱"。在狗布满皱纹的额头印着一个超大的红色澳元符号。

靓玛丽忍住没笑，但她的眼睛跟其他人的眼睛里洋溢的全是笑意。

"这简直了！"肯尼一脸无辜表情能拿奥斯卡表演奖，"谁会对一个不会说话的畜生做这样的事呢？"

"白家伙们干的。"克里斯说，嘴里喷喷着。

"一定是。"黑超人表示同意。

"绝对需要他们开办工作坊。"肯尼向警长建议。

"你们以为你们都是喜剧演员啊？"努恩加重了语气说，"等看到你们眼光短浅争夺土地权的示威导致帕城损失两百多份就业机会的时候，你们就他妈明白什么是逗乐了。你说呢，肯尼？群情激愤的人们找上你家门来，也是有可能的。而且你也无法阻挡建造监狱。暖男，无论你喜欢还是不喜欢，都无济于事。"

"两百份工作？你是说两份工作吧，你一份，吉明·巴克利一份。"靓玛丽争辩道，她往前走了一步，站在灯光下。小努恩立刻看到她下巴上黑紫色的肿块。

"放心吧，我的工作稳着呢。玛丽，是不是有谁打了你啊？不会是肯尼这家伙吧？"靓玛丽一下子没话讲。小努恩对着靓玛丽上衣上绣的"性感老人"的字样傲慢地笑了一下："玛丽，你想起诉吗？不想？是不是自从他回家之后，你的日子就越发不好过了？"

警长说着话转过身来对着肯尼。他的声音变得冰冷而且充满了威胁。

"肯尼，你本来可以成为这个镇上不同凡响的人，可是，看看你现在的样子！可怜！你连你祖父的十分之一都不足。我跟你丑话说在前头，市长是绝不会跟着你们这帮骗吃骗喝的杂种们的指挥棒走的。所以，老弟，先想清楚了，别等到有人受重伤。"

"你今天要是不抓我，"肯尼发出警告，上前一步站在警长面前，两人的脚几乎碰到一起，"那你就回去告诉那个混账白痴，他的狗还在发情。你替我传个话，要是他的母狗需要，我知道哪里有公狗操它。"这个高大的谷里族男人跟上了年纪的警察四目对视，眼睛里透出的是死敌之间熟悉无间的仇视。泰瑟枪就在努恩右手的手指下面，坚硬、溜滑、充满威胁。肯尼对此很清楚。当他死死盯着警长的脸时，他注意到他敌手的浅灰色眼睛下深深的褶皱，他感受到神抽努恩的鞭子几十年前抽打在爷爷的脸上。

"小努恩，要有本事就把那玩意儿抽出来啊？"肯尼奚落着眼前这个白人，历史好像热血在他的静脉里沸腾，"我们来看看它能帮到你什么？"

肯尼慢慢地把两臂伸向房顶，伸向挂着的胸甲，然后使劲捏响了手关节，好像放了一枪。黑超人和克里斯走过来站在肯尼的两边，他们紧挨着，几乎是肩碰肩。三个人在警察和家人之间筑起了一道坚挺的人墙，其他人惊恐地围成半圆站在他们身后。史蒂文静悄悄地走过来，加入到他们当中。然后尼尔大叔从阴影中走了出来，站在克里斯旁边。他们怒视着努恩和他的副手，两把手枪，还有一把泰瑟枪。他们好像五兄弟，牢牢地站住不退缩。

努恩脸上的肌肉抽搐了一下。

"我还在录像。"芝宝提醒警长。

努恩的副手颤抖地清了清嗓子，他的步话机发出尖锐的声音。

"你们警察们，别站在我的凉台上，赶紧走。"靓玛丽回过神来命令道，用手指了指大门，"你们不受欢迎。现在不受欢迎，以后也不受欢迎！"

数秒过去了。努恩满目仇恨地看了肯尼一眼，把手从泰瑟枪上放下来。他不客气地对靓玛丽说他们明早还会来跟踪情况。警察们很猥琐地下了楼梯，撤退了。肯尼目送他们离开，嘴角露出胜利的微笑。他伸手将光盘唱机的音量调大。

"小努恩，你走好啊！"肯尼人声喊道。看努恩没有反应，他又学野狗号叫一声。警车的门砰一声关上。天使乐队的歌声《我还会再看到你的脸吗》震天响，划破了夜空。

一家人站在胸甲之下，准备好，然后对着离去的警车欢快地齐声高喊："滚！去你妈的！滚蛋！"

"狗日的警察们！这是我们的土地！"肯尼在歌曲完了之后加了一句，高举着握着的拳头。克里斯又打开一瓶啤酒，递给肯尼，以示致意。肯尼站在楼梯的最高一阶，举起了啤酒。

"为我们大伙儿干杯！"他声音洪亮地说道，一口气喝完了啤酒，"他们想派多少操蛋的警车来都随便，我们把那些没种的尿包们打个稀巴烂。"

凉台上爆发出笑声，欢呼声加上彼此拍背的声音。肯尼环视了一下，看着每个人脸上散发出的爱——对他这个领头人的热爱。他早已忘记了那是一种什么感受，让内心膨胀。就好像当你赢了总决赛时，你在球场上的所有表现都无懈可击，你根本就不可能出错。这才是他在生活中所应当感受的。他，就是一族之王。在自己的土地上，按照自己的规矩生活。他眼下的感觉就是他以身试法，他赢了，而法输了。

在接下来的一小时里，大家一次又一次地重温刚才胜利的喜悦。几个人分析来分析去，还添枝加叶，故事越讲越长。大伙一致同意，同德容沟镇的这一幕相比，丛林大盗奈德·凯利在格林罗旺客栈的最后一战①不算个什么。克里斯拿起他的吉他，即兴表演了一个十二小节蓝调庆祝胜利。芝宝激动地讲起在昆州海龟岛上同警察斗争的故事，一边不停地给靓玛丽抛媚眼。遭遇警察不仅没有影响大家的心情，反而助长了这个晚上的欢乐气氛。欢庆的吵闹声震天响的时候，谁也没有注意到一辆红色的马自达驶进了后院，车的主人下了车，走到了草坪上。

---

① 1878年奈德·凯利跟他的团伙因为枪杀了三名警察受到通缉，在逃两年之久。直到1880年6月28日，警察包围了凯利一伙以及他们抓的人质下榻的格林罗旺客栈。同警察激烈交火之后，团伙其他成员被击毙，凯利被逮捕。同年11月凯利被判杀人罪，并处以绞刑。

第十六章

　　其他人或有孩子，或者有各种爱好，唐娜有的是达到经济自由的目标。她为自己的目标坚持不懈地努力，精准地计划。说她野心勃勃，没错，但是行业里的人们谈论起她的杀手本能时，其实对她的了解只有狗屁那么丁点。顶层女房地产经纪人被情有可原的怒气所激励，但那不是她的动力来源。她也无意要同那些穿着西装、自我感觉良好的男经纪人们竞争。完全不在同一层面。她与众不同。

　　在房地产行业里无人知道她是土著人，有些时候连她自己都忘记了这一点。但是每天早晨醒来，看着镜子里呈现出的地中海人的肤色和黑眼睛，她便谨记自己的身份。每一档买卖的推动力都来自于身为土著人而感到的骨子里的恐惧。

　　每得到一笔佣金，唐娜就离德容沟镇更远一程，就好像她在躲避警察的追捕，跟着光着脚的祖姥姥穿过丛林，奔向爱娃岛。每成交一桩买卖都帮助她进一步减少不得不依赖他人的恐惧。唐娜如今拥有三座平房和一所公寓，从此没有任何白人可以用住所来控制她了。

　　预知即预备。在这群人中，只有凯瑞在唐娜出现时保持冷静。唐娜带着包装精致的生日礼物和难以分辨的表情来到靓玛丽的屋前。凯瑞想，带什么礼物可是个挑战。给相信你死了十九年的老妈，该买什么样的礼物？

看着唐娜独自站在楼梯脚下，每个人都瞪大了眼睛看着她。一开始迷惑不解，继而震惊不已。凯瑞不禁对唐娜有一种莫名其妙的同情。可怜又愚笨的姐姐，她以为可以用这个超大、打着很多蝴蝶结的礼物盒买到原谅。唐娜的礼物很耀眼，但她的眼神却是游离惊恐的，眼仁缩成了两个小黑点。凯瑞上一次看到这样的眼神还是在布里斯班女子惩教中心里。然而唐娜今晚的到来并非完全自愿。这一点至少证明她是索尔特家族的，有着百分之百的勇气。

"妈！"凯瑞大声喊，"快出来！唐娜回来了！"

"丫头，站到亮光里来，让我好好看看。"高玛丽姨对唐娜说，不敢相信自己的眼睛。

"什么？谁回来了？"靓玛丽从厨房里走出来，一下子晕倒在埃尔维斯身上。

狗叫声停止之后，靓玛丽站了起来，开始抱着唐娜的脖子痛哭，不停地说着："对不起，对不起。"唐娜也大哭起来，重复着她妈妈说的话。

凯瑞猛然意识到她完全错误地判断了眼下的情形。

妈妈对这个弃家又回来的女儿没有任何指责，而凯瑞每年圣诞必回来时，妈妈一定会斥责她抛弃家人于不顾。在索尔特家族里，你要是没请假消失一年，就跟犯了刑事罪一样。可是索性一甩手不见了十九年，变成了家里的幽灵，一旦回来，反而尽释前嫌。

凯瑞站在唐尼身旁，他刚从《魔兽世界》里出来，看着眼前混乱的情景一脸茫然。他看到的是一幅介于守灵与新生命之间的景象。靓玛丽喜极而泣地号啕大哭，其他人像受到惊吓的梭鱼，屋里屋外地穿梭着。凯瑞紧锁着眉头，总算找到机会告诉唐娜她没有走漏消息。她心想，唐娜可千万别把她给"卖了"啊。不过好像这个

\多\嘴\多\舌\

担忧让事态的发展变得无足轻重。

对于唐娜忽然奇迹般地活着出现在凉台上，大家都没有顾上多想。

"你怎么在这儿？"唐娜吃惊地看着史蒂文，其实他的胳膊搂着凯瑞的腰已经回答了她的问题。

"他跟我来的。"凯瑞说。

唐娜有点糊涂地皱了一下眉头。凯瑞一下记起来她跟唐娜说自己是拉拉。难怪了。

"阿姐，坐啊，坐下。"黑超人急忙说道，指了指家里最体面的折叠椅。他激动得一把鼻涕一把泪的。

"你喝酒吗？"凯瑞有意问道，用拇指示意了一下桌子上的罐装伏特加饮料，"姐，太多年不见，对你我是一无所知啊。"

"除了星期八。"唐娜回答，跟凯瑞会意地点点头。她接过一罐伏特加饮料，但没有坐下。

她双臂交叉在胸前，抱着冰镇饮料，极力藏住颤抖的手。她擦了擦眼睛，开始意识到眼前的现实意味着什么。

一切都无法倒转了。

靓玛丽哭得一塌糊涂，只好由其他人担起搞清唐娜失踪十九年来龙去脉的任务。黑超人告诉唐娜，爸爸查理没了，爷爷也走了。刚走两个月，你恰好错过了。但是理查德大舅一家人都还好，在韦斯特维尔镇的亲戚也还凑合，除了多丽丝走上了邪路，开始吸食冰毒，把她的孩子们扔给她妈矮玛丽姨管。黑超人接着问唐娜是不是听说了爱娃岛的坏消息，就是要在岛上建造监狱的事。简直太糟糕了。

终于，两手抱在胸前、站在走廊里的高玛丽耐不住了，不能再兜圈子了。她说出了凯瑞到了舌头尖的话：唐娜，你这些年究竟在哪里？你是结婚了，还是离婚了，还是怎么样？你有孩子吗？最关键的问题是：你为什么这十九年里不打一个电话，告诉家人你一切都好？

唐娜深深地吸了口气，开始异常小心地讲起她的故事，好像走空中钢索一般。

"因为我不是一切都好，有很长一段时间都不好。"唐娜对着她手里拿着的酒说道，"我去了悉尼，染上了毒品，然后流落到一个变态的混蛋手里，跟他住了四年。除了去工作之外，他不让我出家门。我的车里有导航仪跟踪，我的所有电话都被录音。他筛选我的朋友们，不许有男性，不许是家人，不许是他没有见过的。我的朋友必须是女性，最好是嫁给他的哥们儿的。即便是那样……"唐娜下意识地揉了揉下颌骨。凯瑞看见过史蒂文也做这样的动作，就是他的护齿不舒服的时候。她猛然醒悟，她姐姐新做的鼻子并非因为虚荣。

"反正很糟糕。"唐娜说。

"没有孩子吗？"靓玛丽捂着湿透了的纸巾问道。

"没有。因为被打，流产掉了两个。第二次发生之后，我跟医生说给我做结扎。"

"他是谷里族人，还是白人？"黑超人神情严峻地问。

"噢，是白人。"唐娜苦笑了一下，"穿着西装的白人。我后来是在隔壁房子着火时逃跑出来。"她接着说道："我就想我要是眼下不趁机跑掉，恐怕就只有被抬在棺材里出来了。所以我就冲出去了。消防员把我带到港口的另一边的一家避难所……一年之后，我拿到了房地产代理的执照，开始在卧龙岗卖房子。"她指了指停在草坪上的马自达，月光下闪着光，"总公司要求我过来，在帕城房地产公司做几周的代理经理。我计划回去之后就买一个自己的代理公司。"她说到这里时，闪现出一个很自豪的唐娜。头抬得高高的，做好了拿下任何事的准备。世界，看好了！

234　　　　　　　　　　　＼多＼嘴＼多＼舌＼

家人沉浸了片刻，消化一下刚才听到的。当他们一下反应过来这是一个从贫到富、白手起家的故事时都开始慢慢地笑起来，然后就变成了放声大笑。一个谷里族的土著女人掌控了白人的房地产！跟白人们说他们能住哪儿，不能住哪儿。还有，最让人喜悦的是还靠这个挣到好多钱，居然开上了红色跑车！这辈子听都没听说过的事。

　　唐娜看着大家兴奋地手舞足蹈，勉强地挤出一丝笑容。十五年来，她卖出的房子足可以造出两三个德容沟镇。眼下奔四十了，这成为她仅有的了。她活在房地产里，呼吸在房地产里，甚至梦境也都充斥着房地产。

　　正在这时电话响了。是理查德大舅，意想不到的耽搁让他明早才能到。黑超人告诉大伯谁此刻站在他家的凉台上，然后龇牙笑着把电话递给了靓玛丽。靓玛丽又哭泣起来。理查德大舅跟她简短说了几句，说他如何吃惊不已，然后又跟唐娜讲了几句，让唐娜也是一把鼻涕一把泪的。

　　"你难道是在帕城工作吗？"黑超人眉头紧皱地问道。唐娜尽量用若无其事的口气回答说她临时住在毛刷火鸡旅店，帮吉明·巴克利照看一下生意。

　　靓玛丽吓了一大跳，抬起头。

　　"只是暂时的，对吗？没有其他事？"靓玛丽追问道，她跟前已经堆了一大堆用过的纸巾。"没有别的事。"唐娜安抚道，说她就是临时来帮两三周的忙，然后就撤了。靓玛丽无声地舒了口气，算是放心了，压下去了心里的恐慌。

　　"那我们差点在旅店前台撞到你啊。"黑超人睁圆了眼睛说道，因为他和乔希也住在毛刷火鸡旅店。凯瑞心想他接下来会不会恍然大悟，把唐娜的出现跟自己说的"重大消息"联系到一起。

　　"你倒是耐得住，这么久没回来看看你妈。"高玛丽一边恼怒地说道，一边吸着鼻子。

"她现在回来了，这是最重要的。"靓玛丽马上替唐娜辩白，"你真的没孩子啊？一个都没有？"

唐娜摇摇头，停顿了一下，不知该怎么解释。

"我姑娘要是有你一半的运气多好啊！"瓦丽姨插进来，使劲在莎薇娜胳膊上拍了一下，大家哄堂大笑。

"对不住了，莎薇娜。"瓦丽姨说，"可是你要是十五岁就在车里给整大肚子了，也真没有多少时光享受青春。"

"妈，说什么呢！"莎薇娜回了一句，"抱歉了，毁了你和一家人的好日子。"

"我可从来没这样说过哟。"瓦丽姨语气不那么坚定地说。

"1977 年在默威伦巴中学时，瓦丽十五岁，已经是年纪最大的处女。"奈尔大叔开玩笑地说。

"我敢说 1977 年在默威伦巴中学我是唯一的处女。"瓦丽姨纠正道，沙哑地笑了一声，"然后呢，你说有多巧，就一次，我就怀孕了。"

"我二十岁的时候遇到查理。"靓玛丽回忆道，"利斯莫城方圆几十里最帅的男人。我看见他之后，就想，我要嫁给这个谷里族小伙子。果真就嫁了他。不过在这之前一直有老妈监督着我们，什么都不让干。而且要是查理斗胆敢寻思这事，你露丝姥姥非打得他屁滚尿流。"

"但那也没有阻止你去想啊。"瓦丽姨说，龇牙坏笑一下。

"我是除此之外什么都不想！"靓玛丽坦白道，扬了一下脑袋，"可别小瞧了我，迫不及待地等着新婚之夜的到来。"靓玛丽和瓦丽姨同时大笑起来。克里斯盯着自己的脚看。

"肯尼，你说说啊，你怎么没话了？"瓦丽姨抓住了他发窘的一刹那，"你的第一次怎么发生的？说说吧，跟大家坦白一下呗。"肯

\ 多 \ 嘴 \ 多 \ 舌 \

尼沉默不语，很不高兴地锁着眉。瓦丽姨只好转过去问女人们。

"我的天哪，去你的严刑拷问！我早八辈子都忘了。"唐娜有些惊恐地说道。凯瑞为了救场赶紧临时编了一个她在悉尼奥运会时跟一个智利运动员的风流事。

"你别瞎扯了。"黑超人嘲笑道，"我记得很清楚我们在酒吧里，我就站在你旁边一起看凯茜①赢了金牌。"

"我说的是闭幕式之后的事。"凯瑞强辩，脸不变色心不跳，"那个运动员当时在拜伦湾度假。"

"怎么样啊？他床上功夫如何？"高玛丽饶有兴致地问道。凯瑞开始渲染她臆想出的情人有多棒。

"我去烧壶水。"克里斯嘟囔了一句，赶紧溜走，躲开女人们的赤裸裸的描述。他进到屋里去泡茶，但其实一点不想喝。其他人也都陆陆续续进屋来，围坐在人造木板制作的折叠餐桌跟前，兴致依然盎然。

唐娜环顾了一下屋内。

"妈，家里没多大变化啊。"她说着拿起一个熟悉的盘子，用手指摸摸盘子的边。冰箱门上的磁贴变了，一个写着"秒变恶婆"，一个是"支持我们澳大利亚诺科乳品农场主"。日历也不同了。还有，原先的玻璃百叶窗变成了胶合板。天花板上的霉点也扩大成滚滚浮云。不过，除此之外，她看到的跟她那天夜晚离开时没有两样，仍然是黄色的橱柜，同样的窗帘，脚下踩着同样裂着缝的灰色塑胶地板。

"你爸爸走了。"靓玛丽纠正唐娜的话，"你爷爷也走了。这就是变化。"她把葬礼小册子塞给唐娜。唐娜犹豫了一下，从妈妈手里接过来。封面上的男子非常苍老，唐娜不禁唏嘘。好像是另一个

---

① 凯茜·弗里曼（Cathy Freeman）是首位摘得奥运会金牌的澳大利亚原住民运动员，她在 2000 年的奥运会上获得四百米短跑冠军。

时代，甚至另一个世界的文物。这个耄耋老人跟她十六岁那年用刀捅的男人，简直判若两人。

是啊，尘归尘，土归土。已经发生的，无法挽回。唐娜把小册子还给了靓玛丽，有意识让她妈妈以为女儿的沉默是伤心的沉默。在某种意义上，也确实是。

"我们大伙儿又在一起了，照张相吧。"黑超人喊道，仍然对跟唐娜居然住在一个旅店难以释怀。每个人都喊叫着照相。唐娜对着电视柜上的老照片不住地点头。

"我变化有那么大啊？"唐娜开玩笑地说。那是怎样一个夜晚啊！这一辈子活着就是为了忘掉那个夜晚。十六岁的妙龄少女，就被扔了出去。

"女儿啊，我从来没有放弃找到你，从来没有失去希望。我知道你会回来的。"靓玛丽说着使劲站了起来，一手搂住她的腰，另一只手紧紧抓住她的手，恨不得把她吸进自己的身体里。她仍然难以置信她的女儿还活着，终于回家了，回到她属于的地方了。凯瑞在想，整个一晚上，这话就算是靓玛丽对唐娜最严重的指责了。不可思议。这跟她概念里她妈妈的形象完全不符，在她看来，她妈一辈子就是个吹毛求疵的人。大家都说在同一个家庭长大的每个孩子会对这个家的印象有着完全不同的版本。也许是唐娜的失踪给凯瑞的童年染上了悲催的色彩。也许在唐娜出走之前，靓玛丽生活得很快乐，对家人也很宽容，就好像一缕温暖的阳光，就像眼下她充满爱意地看着大女儿。可惜这不是凯瑞记忆里的靓玛丽，在唐娜出走之前的很多年里，靓玛丽嗜酒如命。当然，他们的生活里有欢笑，但也有很多其他的。她对生活的记忆就像布满大小孔的瑞士奶酪。她妈妈的状态随着喝酒的速度每况愈下。大人们总是有很多的怨气，总在争吵，日复一日年复一年地重复着同样的不满和争吵，时而也有酒醒的片刻，但绝不出意料，很快又被摄入更多的酒精取

238　　　　　　　　　　　　　\多\嘴\多\舌\

代了。

　　凯瑞知道奶奶露丝走了之后的很多年里，日子都异常艰难，全家总是在挣扎中度日。有些星期里靓玛丽的状况还能勉强维持，但一年中总有几个月，靓玛丽会收到家庭与社会服务部的警告，威胁说要强行送她去匿名戒酒中心，吓得她惶惶不可终日，或者被爸爸查理送到韦斯特维尔镇的亲戚家，强行戒酒。但一年的大多数时间里，五公升一桶的廉价葡萄酒瞬间就把家里整得鸡犬不宁，吵架的声音越来越高，半夜三更瓶子摔得震天响。第二天早上起来拖着沉重又疲惫的脚步去上学。放学回来就看到唐娜和肯尼在翻箱倒柜地找东西当晚饭吃，但家里什么都没有。接下来就是靓玛丽一把鼻涕一把眼泪地道歉和悔恨交加，她满脸泪水地向孩子们许诺一定给他们做出一顿晚饭来。幸亏有爸爸想尽各种办法，使得他们逃离了冠冕堂皇地抢走孩子们的家庭与社会服务部的魔掌。只有爸爸知道如何让孩子在靓玛丽喝酒喝得昏天黑地的日子里还能感受到爱。靓玛丽每次喝得烂醉的时候，就会从酒吧里把同样喝得烂醉的老男人带回家来陪她，说他们是她的"酒友"。简直是瞎扯淡！直到现在，凯瑞看到留着八字胡的白人都让她倒胃口。小小年纪的孩子们遭了多少罪，能不能别再把那些酒友带回家啊？凯瑞看着她妈用充满爱意的眼睛看着唐娜，就不禁记起无数个酒精弥漫的夜晚之后，他们的妈妈都会说："孩子们，我爱你们，我真的很爱你们啊……"

　　直到后来爷爷当选为澳大利亚原住民及托雷斯海峡岛民委员会委员，一切才得以改变。他们终于从老努恩那里租来的挤奶棚搬了出来，住进了现在的这幢房子。新房子里有电，有塑胶地板，有冰箱，冰箱里放满了吃的。爸爸只需要每周五天去开出租车，再也不用一周七个晚上都去开车了。凯瑞回想起过去，突然意识到唐娜可能没有看到靓玛丽彻底戒了酒的日子。看看老妈，过了六十五岁了，仍然好好地活着。唐娜失踪的那个冬天，靓玛丽便滴酒不沾，如今整整十九年了。

全家人围拢在唐娜周围，都想挤进镜头。芝宝手里被塞了七八个手机，大家嚷嚷着告诉他哪个角度最好，不要给照出三层下巴，找准没人眨眼的瞬间，等等。

"快点过来，肯尼！"靓玛丽敦促他。凯瑞看到肯尼远远地蹲在厨房的角落里，掩饰不住满脸的嫉妒。有人从天而降，抢走了他的风头。而且他本来也不喜欢唐娜。他提起胳膊，交叉紧紧抱在胸前，表示对抗靓玛丽的提议，特别不爽地撇着嘴。

"没兴趣。"他尖刻地说，"等她先为自己的行为道歉了再说。"

"什么？"克里斯扬起了双眉。

"你什么意思？道歉什么？"凯瑞问道。难道他没有看到靓玛丽和唐娜刚才抱头痛哭，彼此都说对不起了吗？

"哎呀，你别这样，可以吗？"靓玛丽有些上火，大声说道，"儿子，过去的事就让它过去了。"全家一致同意，纷纷跟肯尼说别那么扫兴，赶紧过来跟大伙一起照张相。为什么肯尼凡事都要搞得那么复杂？真是个小题大做的"戏精"。

唐娜觉得心头一紧。是啊，当然了，凡事都是肯尼说了算。从来如此，难道忘记了吗？客厅里的墙纸依然是蓝色的花缠绕在淡绿色的茎上，跟她当年离去时没有两样。她逃离而去，消失在茫茫人海中的近二十年里同样的蓝花缠绕着淡绿色的茎。靓玛丽靠着洗她的牌来谋生，她的黑发变成了白发。而肯尼坐在那里，一年比一年怨气更大地数落着生活带给他的奇耻大辱。

"你们这帮人真他妈让我感到丢脸。"肯尼说道，从一张脸看到另一张，看看有没有对他表示支持的迹象，没找到，"简直了！难道你们没有听到这个臭娘们儿说的话吗？她在为巴克利效力！"

一阵尴尬的沉默。

"那也许她能帮到我们。"黑超人说，"跟我们说说巴克利是怎样运作的。"

"我们早他妈的知道他是怎么运作的！"肯尼一下怒火爆发了，"他就是用钱收买人，收买像她这种装模作样的烂货！"他指责唐娜的中指一直伸到饭桌的另一头，穿越了十九年的时间："告诉你，我可不吃那一套。你跟巴克利站在一条战线上，你他妈的赶紧滚！"

黑超人跟乔希对视了一下，他努嘴示意了一下两个孩子。两个孩子挤在客厅离着大家最远的角落里。一听到肯尼开始吼叫，布兰登就一把抓住拉波拉波，把她拖过来。他把妹妹的笑脸紧紧地靠在自己的胸前，这样她就不去亲眼目睹大人的世界里接下来要发生的事情。

乔希赶紧把两个孩子带了出去。

"有些事情永远不会改变，是吧，哥？"唐娜说道，做出一副冷静的样子，一边把手伸进手提包里找打火机。明白自己并不害怕，她接着说："我不是说厨房的橱柜没变。我是说你一贯是一个愤怒又充满负面情绪的混蛋。但是，我不再害怕你了，老兄。"

凯瑞喘不过气来，也挪不了步。

"好啊，你以为我不知道你的把戏？你就是个疯狂的臭婊子。你来这里不过是让我们上你的当，把爱娃岛骗走。我要是不立马下去点了你的车，你他妈就算走运！"肯尼的胸一起一伏，脑门上又冒出一层新的汗珠。凯瑞心想，他绝对干得出放火烧车的事。

唐娜笑了一声。她跷起二郎腿，点了一支烟，带着冷漠的微笑环视着屋里。没问题啊，老兄，你要想找事，那就来吧。唐娜感到心很痛，但内心深处的她却迫切地想要复仇，因此开始感到一阵放任的满足感。那个本来已经忘记的时刻又重新回来，那是破釜沉舟的时刻。未了的旧事，只可能被埋葬，但永远不会消失。也许这正是她潜意识在寻找的，所以她才同意接手了来帕城的这份工作。1999 年又吼叫着迎面向她扑来，但这回她不再是十六岁。她是一个成年女人，坐拥四套房产，银行有存款，还有一项仇要报。她把烟灰弹进烟灰缸里，小声哼着《我想要的你全无》里的歌词，也不知为什么这首歌就突然进入了她脑袋里。毫无疑问，肯尼没有她所需要的任何东西。

她讲话的时候，一字一句，听上去很平和，完全不像一个准备拿起靓玛丽的剪刀，完成她十九年前有始没有终的行动。

"'疯狂的臭婊子'……有意思的是我离家的那天，你就是这样骂我的，记得吗？你还说我做了丢脸的事，给全家族抹了黑。'唐娜，甜甜圈，有个谁都可以进的洞。'肯尼，你来回地重复着这句话，就好像滑了丝的电唱机。"唐娜猛地转过身来，面对瓦丽姨，她的满头金发也恰到好处地甩到脖子上。

"十二岁。"

"什么？"

"瓦丽姨，不可相信，对吧？瓦丽姨，我刚才没说实话。我当然记着我的第一次。而且，我记得太清楚了。就发生在这个家的最头上那间屋里。"她用拿着烟的手指了指走廊，一股烟在她的手指上方缭绕，"当时十二岁，因为得了腮腺炎待在家里没去上学，被我爷爷干了。他肯定觉得时候到了，十二岁了，我可以从'吹箫'结业了。也许他体贴入微，看到我红肿的嘴唇。"

死一般的寂静。然后靓玛丽发出一声惊叫，好像气球放气的声音。接着就炸了锅。

"你闭上你的狗嘴！"肯尼咆哮着，大步跨过来使劲把拳头砸在桌子上，整个房子被他的怒火震得颤抖，"你他妈的别再满嘴喷粪胡说八道了！你也不瞧瞧自己是个什么烂货！你跑回来就是为了再次在这个家里惹起祸端，讲的都是什么狗屁不通、肮脏污垢的谎话！妈，你别相信她说的！"

靓玛丽闭上眼睛，双手捧着头，嘴里说道："不会……不会……

\多\嘴\多\舌\

不会。"

"你妈当然不会相信了。"高玛丽怒不可遏地喊道,"你爷爷是个好人!"

"我告诉你们,这个家里流传着太多的谎言。"唐娜说道,坚决不把穿透她内心、弥漫在她周围的恐惧表露在自己的脸上,"但是,哥,说这些谎言的不是我。绝对不是我。"

看着唐娜站在那里,涂着口红的嘴透着愤怒,脸上长着一个陌生人的鼻子,凯瑞感到恶心想吐。她感到一种难以名状的害怕,而且酒喝得上了头,无法想象爷爷怎样按住姐姐的头,把自己的身体塞进她的嘴里。她想起在布里斯班女子惩教中心里,狱友们差不多人人都有类似的故事,不论是白人、黑人,还是棕色人。她们有时嘲笑地说就好像是他妈的流行病,世界上男人们的鸡巴进入了她们每个人的生活,有男友,老公,老爹,继父,叔叔伯伯,表兄表弟,等等。但强奸凯瑞的不是黑人。至于爷爷,爷爷从来没有碰过她。她小的时候,绝大部分日子里,爷爷根本不在家,要么去上班,要么去堪培拉开会,或者去了镇上的博彩店。他对她没有任何侵犯行为,这是一个明确、不争的事实。说到唐娜,对家人来说,唐娜死了十九年了。相信一个死了的女人讲的故事意味着什么?从她嘴里钻出来的难以理喻的魔鬼怪兽可信吗?

"爷爷从未对我做过什么。"凯瑞一字一句地说,"他根本就没有过那样的企图。"肯尼赞同地哼了一声。但唐娜并没有住口。

"是吗?这很有意思。爷爷威胁我,跟我说,如果我讲出去,他就会杀了妈和爸,还有我,然后就拿你来替代我。我那时十二岁,那你就是十一岁,还是十岁?我的童年,整个被操了!"

凯瑞使劲眨了眨眼,才又模模糊糊地看见全家。每个人都僵硬地站在屋子的各个角落,被唐娜骇人听闻的诉说猛力地推到墙边。史蒂文不知道眼睛该朝哪里看。唐尼的脸因为紧张变得煞白。凯瑞突然转过弯来，假如唐娜说的属实，那她就是用自己的童年保护了凯瑞的童年。但这怎么可能是真的呢？爷爷是长老，迫不得已的时候，他有暴力行为，但他怎么可能是天杀的虐童犯呢？他一辈子都在帮助他人。他怎么可能……凯瑞盯着厨房的塑胶地板，灰色的地板在她脚下晃动起来，好像灰色的海洋。可能她喝醉的程度远远超过她以为的，可能她已经醉得不省人事，可能眼前发生的一切到了酒醒时才能理出个头绪，或许根本没头绪。凯瑞闭上了眼睛，但立刻后悔不应该闭眼，因为黑暗一下笼罩在她周围。

"你太放肆了！"高玛丽咬牙切齿地说，"你怎么胆敢这样说我们社团的长老？"

"她中魔了！"靓玛丽突然宣布，"这是魔鬼路西弗在利用她做载体来传播邪恶。"靓玛丽马上开始大声地祈祷，请求魔鬼离开她的家。

"什么呀，妈！你就别瞎扯了！"唐娜然后看到黑超人，把目标转向他。唐娜并没有号哭，只是她的睫毛膏顺着眼睛流下来，形成了一道黑线，一直流到她的下颌。"你是什么态度？往哪边靠？在你眼里，爷爷也是世纪长老吗？还是你在他那里学的扯旗？"

"赶紧把她赶出去！"靓玛丽喊叫着，双手捂住了脸，"不要让魔鬼在我家里讲这些肮脏的东西！把她赶出去！赶快！"肯尼站了起来，但高玛丽赶在了他前面。赤裸的灯泡打出的光亮下，只见高玛丽高举着张开的右手，一下子打下来，狠狠地在唐娜脸上抽了一巴掌，打得她蹲了下来，空气中回荡着一声吃惊和疼痛的尖叫。然后高玛丽抓住外甥女的前臂，把她拖到了外面，使劲地痛打一顿。她罪有应得。

靓玛丽扑向前去，她的本能告诉她必须保护自己的女儿，但是对高玛丽一辈子的忠诚让她却步，使得事情既复杂又混乱，所以她又退缩了。最后靓玛丽站在那里，痛苦地搓着双手，祈祷神明的干

244

预来结束这一场由她的生日演变而成的噩梦。

唐娜硬从高玛丽的手中拽回了自己的胳膊，跟她说："是我的胳膊，不是你的！"她站在那里，喘着粗气，脸上留下的高玛丽的手指印子，在苍白的脸颊上清晰可见。她的左眼已经红肿起来。从她站的地方，凯瑞可以很清楚地看到唐娜和她妈，她们面对面，情绪激昂，俩人的脸上都带着新伤痕。哎呀，这个家啊，真是让人受不了！

"凯瑞。"史蒂文叫道，他的意思是他在跟前，如果她任何时候想走，他都可以马上跟她走。但是凯瑞没有听见他说的。眼下她的脑子被堵住一般，什么也进不去，只能看见在她眼前的人：唐娜，高玛丽，靓玛丽，还有肯尼。肯尼静止不动，等着看唐娜和靓玛丽之间会发生什么情况，然后在准备出击。

唐娜用两眼扫了一下屋里，一副没把任何人放在眼里的表情。

"一切照旧啊。大姨。不许你再碰我一下，我这就走。我还告诉你，你要是敢再动我，我绝不饶你，管你是不是老太太。妈，你可以问一下你自己，如果一个男人没有做错事，一个十六岁的女孩怎么会捅了他呢？你说魔鬼附到了我身上。我倒是担心三十年前是你把魔鬼迎进了我们家！"

靓玛丽盯着唐娜，痛苦扭曲了她的脸。黑超人抓到可能的一瞬间，赶紧挤在了高玛丽和唐娜之间，他设法把姐姐带到屋外，然后走下楼梯。

"老姐，我一会儿去旅馆找你。"他悄声说道，跟着唐娜走到她的马自达车前。

直到这会儿，唐娜才开始放声大哭，强烈的抽泣让她浑身颤动，她用衬衫袖子使劲地擦着眼睛。肯尼从凉台上把唐娜的手提包狠狠地扔到草坪上，手提包可怜兮兮地躺在一堆刚吃完喝完的垃圾里，包里的东西散落得到处都是。唐娜停下来把包捡起来，急急忙忙把掉出来的东西揽进包里。

"这就是……这就是为什么我根本不想回来！"说着朝房子吐了一口唾沫，然后愤怒地把还剩一半的啤酒罐对着房子使劲扔过去，啤酒罐砸到了楼梯一半的地方，接着弹回来，落在了楼梯最底一层，打了个转停了下来，里面的啤酒流出来，在罐子周围形成一个小水坑。别人家的房前都有一块"欢迎到来"的草垫，黑超人想，心头涌上一股强烈的倦意。

"姐，我明白的。"黑超人跟她说，"我明白的。没事的。我们一会儿聊。"

"你相信我说的，对吗？"她问道，她的脸上让眼泪和鼻涕抹得一塌糊涂。

"对的。"他跟唐娜说，"我相信你。但是你还是赶紧上路吧。"

"谎话连篇的臭婊子，赶紧滚吧！"肯尼蹿到他们后面喊道，"要不我抽你，你个到处招惹是非的贱货！"

凯瑞跑去洗手间呕吐，她隐约意识到马自达跑车开出院子，她姐姐跟车咆哮而去，留下她骇人听闻的故事在家里的每面墙上来回弹着，像子弹一样连续跳跃在每个索尔特家族的人身上，在他们之间搅起了似乎永无完结的矛盾和冲突。也许这正是唐娜一直在计划实施的，以此来转移他们拯救爱娃岛的视线。当凯瑞寻思着这一切的可能性时，她还隐约意识到脑子里有另一件事让她觉得很不安，但又没法确定到底是什么事。是跟史蒂文有关。她需要找到一个确切的点，才可以把这事串起来。但是喝了大半瓶的伏特加，她没法厘清这些，还是先别想了。倒头睡个觉比什么都重要。

她趔趔趄趄地从洗手间里走出来。灌了太多的黄汤，她甚至没法上去摩托车的后座，史蒂文把她塞进自己的福特车，送回到健身房。凯瑞躺在沙发床上，感觉天旋地转地想吐，昏睡中脑袋里充斥着噩梦。爷爷用神抽努恩的皮鞭把努恩的几条狗的尸体吊在豹皮树上。一伙白人男子提着锯了长托的枪在春德公寓楼前的街上转来转去。到处响着警笛和枪声，她既救不了自己，也救不了艾丽。当警察把她俩堵在布里斯班的卡洛沃特区时，她一下子被惊醒，全身冷汗。窗外刚刚破晓。那只嘴卡在蛇头里的乌鸦变成了僵尸，透过监狱窗户的纱窗盯着她看，用白骨做的窗户架在晨光中一闪一闪。乌鸦用快速且充满怒气的邦家仑语跟她严厉地说着什么，但凯瑞跟不上趟儿。抱歉，很抱歉。她对乌鸦说了一遍又一遍。抱歉，很抱歉。但她不断道歉时恍悟乌鸦是听不懂她讲的英文的，而且她是为什么道歉呢？她根本没有犯错。

天还没有破晓，吉明·巴克利就已经在车上了，慢悠悠地驶过了德容沟镇的酒吧。他把车对着十字路口开去，快到靓玛丽家车道的最顶头时，他熄灭了发动机。然后他把头从车窗里探出来，对着正在落下的月亮发出两声低沉、像狗一样的号叫。

吉明无法忍受侧头多看一眼他家被破了相的狗。他透过车的挡风玻璃直视前方索尔特家的房子，一边伸出一只手，轻轻抚摸狗毛茸茸的耳朵，狗对着他的胳膊满怀感激地舔了一口。睡在房子下面的埃尔维斯醒了。它一边叫着，一边带着强烈的不满跑到石头铺的车道上，看看到底是谁居然敢把车停在它家的门口，还号叫两声，胆子也太大了吧。当埃尔维斯靠近丰田陆地巡洋舰时，它嗅到了那条猎猪犬撩到它的味道，勾起了它三天前操这只母狗的美好记忆。结果它把查看入侵者的事忘在了脑后。巴克利下了车，把脸上刺了文身的母狗放到地下，让它站在自己旁边。埃尔维斯激动地摇着它的短尾巴，围着母狗撒欢地转圈。

"小子，你来试试吧。"巴克利低声说道，"祝你走运。"

第十七章

　　早上六点时，全家人在时醒时睡中不断抽动着。靓玛丽和肯尼因为唐娜、爷爷和唐娜失踪多年的事争吵了数个小时，之后大半个夜晚都盯着天花板发呆。现在看来，失踪的那些年反而成了"黄金时代"。他们的争论也陷入老一套，来来回回地重复着。肯尼拒不退让，坚持说唐娜就是个精神病，是个邪恶的泼妇，天生如此；而且很有可能唐娜是为了巴克利的投标而来，主动让人利用来摧毁我们的抵制运动。但是靓玛丽坚决反对这样的说法。她知道刚才他们目睹的一切是魔鬼的所为。"不是她的错。不是她的错。"她一直重复着这句话，直到其他人开始怀疑她到底是在为谁开脱。全家在这桩事件上争论不休，纠缠于能抓到的任何支离破碎的说法，一直到了大半夜。三点时，人人都疲倦不堪。四点时，几个人吃了镇定剂，又流了一摊摊眼泪，就连靓玛丽都招架不住了，昏昏沉沉地睡了过去。

　　唐尼最早起来，家里一片寂静。昨晚大家争吵不休的时候，他就回到自己的屋里上网去了。睡下之后梦里全都是打仗的。多个小组卷入大屠杀，到处响着机关枪、手枪射击声和炸弹爆炸声。他自己加入了弟兄小队，攻克敌人的进攻。这些画面和声音对他来说都很正常，在游戏里司空见惯，丝毫打乱不了他的情绪。但是他起来撒这一天的头一泡尿时，一丝的焦虑萦绕他的心头。他想起头天晚上在聚会上看到和听到的。唐娜丝毫不退却地盯着他爸爸，他爸爸充满血丝的眼睛露出的神色，都让他一丝的焦虑转变成暴风雨前的乌云压顶。乌云在不断增厚，一种无名的本能带着睡眼惺忪的他，跌跌撞撞地走到碎石铺的车道顶端。

当他走近敞开的大门时，他的身体一下僵住了。埃尔维斯的身体简单粗暴地横挂在大门的最上一栏，脑袋下垂，失去生命力的舌头在温柔的晨光里显得格外诡异。在太阳穴的位置，有一个子弹打出的黑色小孔，小孔周围翻起红色的肉，周围的白毛被炸药涂成了黑色。埃尔维斯是被近距离平射而死的。天色依然黑着的时候，血顺着它的右耳流到它的上嘴唇，停在了那里。结了干痂的血印在它的嘴上形成了一个好像涂着口红的微笑，看上去瘆得慌。苍蝇都聚集到这条从右耳到嘴的红线上，顺着红线一直爬进狗的鼻孔里。唐尼呆呆地站在那里，脑子里一片空白。好几分钟之后，他缓过劲来，走过去把埃尔维斯从门上拿下来，抱在怀里，麻木地往家里走去。冰冷的赤脚踩在尖利的碎石上不觉得痛，充耳不闻喜鹊在小溪边的喳喳叫声。唐尼好像一下变成了瞎子、聋子和哑巴。他把埃尔维斯抱到了房子下面，紧紧地搂着狗，一下瘫倒在布满灰尘的纸箱和破家具堆里。他用自己的身体护住埃尔维斯疲软的身体，闭上眼睛，告诉自己这一切都不是真的。

"我们不可以抬起屁股，一脚油门回到昆士兰了之。"史蒂文抗辩道，他已经在喝早上的第三杯咖啡了，"我是说，我理解你的心情，但是你不能逃之夭夭，假装自己根本没这个家。这不是见鬼嘛！"

"我为什么不可以？唐娜不是已经那样做了吗？"

"那你也看到了结果怎样。还有，凯子，我是把我的全部家当都搭进了我的健身房生意。我们得现实点，不能瞎胡闹啊！"

史蒂文尽管表示出坚决反对，但有那么荒唐的一瞬间，他觉得凯瑞也有道理，他们可以往北一走了之。撂下白手起家的挑子，到昆州去找新的机会。而且在昆州肯定不用跟把人能逼疯的索尔特一家人来往。可是，不行，这太荒谬了。

凯瑞在更衣室门后，对着洗手池干呕，把刚才替代早餐的咖啡都吐了出来。史蒂文听着她呕吐呻吟的声音不禁皱起了眉头。庆生聚会被搞得一团糟。靓玛丽，六十五岁生日快乐！哼，有什么意思？史蒂文去拿了一个塑料果盆，放在沙发床旁边。

凯瑞摇摇晃晃地从更衣室出来，回到了床上，她真希望能睡上一个星期，然后醒来时，脖子上顶的是别人清醒的脑袋。可惜不然，一小时后她就被迫起床，因为肯尼打来一个简短的电话，说召集了家庭会议，理查德大舅已经在路上了。

"怎么回事啊？"凯瑞闭着眼睛对着电话说，"见了鬼了！为什么这破烂电话偏偏今天还有电啊？"

"你要吗？"史蒂文问道，他正在往炒锅里打鸡蛋。

"你听上去醉醺醺的啊。"肯尼说，还想说什么，话到嘴边咽了回去，"把电话给史蒂文吧。"

"好吧。"史蒂文说着，把鸡蛋推到一边，拿起电话："我操！埃尔维斯怎么了？"

凯瑞一想炒鸡蛋就又想吐，赶紧进了淋浴间冲澡。心想，开家庭会议，能有什么用？你们以为理查德大舅特想当个能创造奇迹的人吗？

"我是说去爱娃岛。"黑超人说，他站在唐娜旅馆房间的走道里，"我肯定不会叫你回到妈那里。我又不是没脑子。"

唐娜坐在没有整理的床上，两只红肿的眼睛带着黑眼圈。她看着早上的电视节目，但其实什么也没有看进去。电视屏幕上显示的是几个律师和他们的客户在悉尼一家法庭外面，屏幕下方的流动新闻是有关皇家调查委员会的，说有更多受到牧师、体育教练还有老师性侵的受害者终于打破沉默，站了出来，要求他们的案子得到审理。其中一个团伙来自西区，其中一名高薪聘用的中学校长被曝是一个性侵惯犯。唐娜关上了电视。有些人根本就是坏人，这算哪门子新闻啊。

"去了爱娃岛又能怎样呢？"唐娜问道，终于抬头看着黑超人的眼睛，"我下周就回家了。跟这些都告别了。"她怒气冲冲地说，这些是指这家旅店、吉明·巴克利肮脏的小帝国，还有不可理喻的家人，"我要把这些全部忘在脑后，永远不再想起。我终于有机会买下我自己的房产代理公司了。你知道这对我来说，对一个像我这样的女人，这是多么了不起的成就吗？"

黑超人走进了房间，坐在一张划满印子的塑料椅子上，旁边放着一张藤条咖啡桌。他手里玩着旅店提供的两块标准饼干，一个是橘味的，一个是带巧克力豆的，两块饼干都被他的手搓得发软了。他应该提出带唐娜出去吃早餐吗？还是应该跟唐娜再强调一遍自己是相信她说的话的？还是单刀直入，奔主题而去，跟唐娜说，尽管昨晚大家的矛头都指向唐娜，但他们仍然特别需要她帮助拯救爱娃岛。不过估计最后这个想法是异想天开。他用手搓搓脸，告诉自己，也许有一天情形会完全不同，事情会简单又直截了当，他的世界就只有他和乔希，尽情地享受生活，周末去道格拉斯港口，休年假的时候去日本。只是今天离那样的日子很遥远。他强迫自己对唐娜马上就要离开这里表现出高兴的状态。

"姐，我明白的，真的是非常了不起的事。对你来说太棒了。你辛辛苦苦打拼这么多年，当然值得拥有自己的代理公司。但是，事情是这样的……"他刚要开头又停了下来。真相是……也许有所

251

疑虑的时候，应该说出真相，这样才公平，才地道。

"是这样的，昨晚的事情之后，你现在打算一走了之。但是这事不会放过你，会不断出来作祟。你可以跑到越远越好的地方去，但是过去会永远形影相随。这一点我太知道了。"他发现不知什么原因他的声音有点不对头，有块东西堵在嗓子眼里。透过旅店房间的玻璃，外边的世界一片模糊。

他把胳膊抱在胸前，低着头，对着地毯讲起了他的往事。

"你问我他有没有对我动手。我只能告诉你我不知道。在我的记忆里有着大片大片的空白。我就记得我被打得半死。大概因为死死地抓住这个记忆，其他的都被删除了。但还有一件事我不能忘怀。我记得看见肯尼躺在厨房的地上。他当时大概只有十岁。就是这样躺着……"黑超人蜷起身子，呈现出胎儿姿势，"他在地上像一只动物一样号叫着，用手抠着地板不断地转着圈，拼命想躲开爷爷狠踢他肚子的脚。我那时候应该是三四岁吧。要是我使了劲地去在记忆里挖出更多的东西，就会出现一个空空的黑洞。什么也想不起来，没有任何记忆。所以我就不去想了。但是，姐，我并不盲目乐观。我可能住在悉尼时尚的公寓里，但是我知道我时不时会在半夜三更梦中惊醒，全身冷汗，听到肯尼在厨房地板上号叫。这大概也是我为什么想收养这两个孩子的原因吧。"

唐娜坐在那里不自在地换着坐的姿势，用手指捋着头发。黑超人讲的故事让她想起了自己被打的情景，立刻觉得下颌疼痛难忍。但是在那些记忆之下，还有其他的东西在骚动。你可以说是愤怒，或者是恐惧，但是又远远大于这两种情感。这种感觉就好像一种声波不断地在她内心回荡，一种人类听不见但动物可以听见的声波。在意识之下，从她的肌肉和骨头记忆里发出的喃喃细语，时时警告她远离隐藏在她周围的各种危险，只有当她在自己家里喝多了或者亢奋的时候，她才会放下警惕。在这个凉快的清晨，她的上嘴唇上出现了细细的汗珠。

"你是在疑惑我为什么要走吗?"唐娜问道。

"我就是想带你最后去一次河边。"黑超人轻声说,观察唐娜的反应,"这样至少在你走的时候,你会带走美好的记忆。"他等待着唐娜的回答,吸了口气。心想,答应吧,求你了。

唐娜又把电视打开,还是在静音上。自打吉明将他跟新州惩教局以及阳恩集团达成的计划透露给她以来,她就有意没去爱娃岛。在她看来,吉明讲的这笔交易只不过是些文字和草图,没别的。跟无论是露丝姥姥,还是靓玛丽,还是爸爸查理,都没有关系。跟她童年时代露丝姥姥去世之前,他们一家度过最快乐的时光的爱娃岛更没有关系,因为她现在是玛蒂娜·罗西,她没有过去,没有家人,更没有历史。

"对于爱娃岛的记忆,我有足够多了。"唐娜满不在乎地说道。

"那就为我去一趟吧,求你了。就我们俩人去。"黑超人央求她。要让她跟自己去,让她亲眼看看将被毁掉的是什么。让她看看对她记忆犹新的河流,无论发生了什么,她永远都是那条河流的一部分。他奉承她,力争她,跟她插科打诨,跟她说好听的,说自己一向是她最宠爱的弟弟,他总是站在她一边。他一直跟唐娜磨嘴皮,直到她最后勉强被说服,同意跟黑超人去一趟河边,但不是今天,是一周之后的某一天。然后她就会收拾了东西,开车一路朝南回悉尼,从此不再回来。

黑超人独自站在河边。这一天风和日丽,但是疲惫在他与周围环境之间建起了一道肉眼看不见的墙。他隐隐约约地注意到桉树的树叶和南洋杉的松针在早晨的阳光中闪烁着。他看见河水急急匆匆扑面而下汇集到海水中,激起的水花好像一把把切碎的钻石如雪崩一样落下。可是今天他看到这一切，却无法欣赏这样美好的景象。他实在是有些身心交瘁。黑超人用剩下的一点气力坐直身板，开始用古老的语言吟唱：

> 祖姥姥，祖姥爷，来到我们身边，你们的骨肉，
> 祖姥姥，祖姥爷，为我们指引前进的道路。

从一棵没见过的树上传来了乌鸦的叫声。忽然起了一阵清风，继而变成强风，狠狠地打在他的脸上。南洋杉猛烈地摇晃起来。黑超人看到之后，更加起劲地吟唱。风力加大，一个劲地冲击着树梢，把南洋杉的树顶摇过来又摇过去，巨大的树干奋力抵抗大风撞击的力量，不断发出吱呀呀的声音。一缕螺旋而上的灰尘把碎叶、小树枝卷上天空，继而又将它们撒落在激流的浪尖和巨石跟前，爷爷的骨灰就撒在巨石周围。黑超人说道，是啊，你们听到我了，但是爱娃祖姥姥，祖姥爷秦乔伊，还有露丝姥姥，只是听到我远远不够，尤其是在今天。请你们告诉我，我们该做什么，该相信什么……帮助我们保护我们的家园，拜托了！

大风发出最后猛烈的一击，黑超人不禁退缩了一下，等待南洋杉的一根大树枝掉下来砸在自己的脑袋上。但是大树岿然不动。风接着减缓下来，阳光更加明媚，把影子打在水面上。他周围的各种鸟跟往常一样忙忙碌碌，叽叽喳喳地叫着，在树杈之间跳来跳去，专心地寻找着虫子。住在岛上的小袋鼠一家听到了他的歌声停下来吃草。它们熟悉从祖宗那里听到的声音，凡是不相熟的声音都会本能地引起它们的警觉。当它们又低下头开始吃草时，焦虑笼罩在周围。小袋鼠一边用尖利的前牙吃着草，一边竖起耳朵，惊慌失措地东张西望。有种不对劲的感觉，即将要发生的事情很可能改变宇宙的秩序。

\ 多 \ 嘴 \ 多 \ 舌 \

黑超人等待着召唤，但没有任何动静。

被称为"大夫"的鲨鱼在远离布伦瑞克黑兹镇的太平洋里穿梭着，突然灵机一动冒出个点子，它一转身，奋力逆流而上，朝着远方围绕爱娃岛的水域游去。它感到那里有什么在召唤它。鲨鱼用鼻子顶着浪尖，搏击着迎面而来的浪潮，它左右摇摆的节奏好像在弹一曲海洋之乐。海洋像是水中琴，而鲨鱼就是琴弓，拨动着琴弦。银色的鱼鳞跟着一路翻卷，当"大夫"到了河口时，琵鹭和苍鹭都警觉地望着它游过。河岸上的草丛在东风中摇摆跳跃着，然而水下一切都异常平静。鲨鱼没有加快速度的意向，它尖尖的尾巴好像一个节拍器，不紧不慢地拍打着水面。它慢慢到了上游，等待着一个老朋友的赴约。

"我还是不能相信你居然把我的摩托车钥匙留给了他。"凯瑞抱怨道。她小心翼翼地咽下最后一口抹了维吉麦酱的烤吐司，她和史蒂文坐在福特猎鹰车里，颠簸在高速公路上。火烧了的甘蔗林飞来的小黑渣子在挡风玻璃上打转，有些落进了挡风玻璃上越来越大的、像条蛇似的裂缝里。史蒂文打开雨刮器，想把黑渣洗掉，但水缸没有水，结果小黑点被刮成了一条条半圆的黑线。他们继续往前开着，透过灰尘看着外面的世界。

"要是他把摩托车开到黄金海岸出手卖了怎么办？"凯瑞想象着肯尼拿着一大捆百元钞票走进黄金海岸的木星赌场，而她昨天下午在房屋下面停哈雷的地方变得空空荡荡，心里不禁一阵恐惧。

"估计不会。但怪谁啊？要不是你因为喝伏特加喝得两腿站不起来，我也没有必要把你的车钥匙留给任何人啊。"史蒂文有些恼怒地反驳道。凯瑞小声说了句什么。她太难受，应付不了这许多。她把头靠在副驾的车窗上，闭上了眼睛，不去辩驳史蒂文无可争议的逻辑。一阵恶心袭上心头，她又睁开了眼睛。这回她没再闭上眼睛，看着窗外一片片甘蔗地飞速而过。车里的收音机在播报皇家调查委员对虐童团伙的调查。昆州挨千刀的波德塞特天主教少年收留所①在性侵儿童犯罪率上居全国榜首。西边一所中学的校长也同样罪恶滔天。凯瑞用食指使劲一捅，关上了收音机。别他妈再扯淡了。

"我还在听呢。"史蒂文说。

"我就希望我的车没事。"凯瑞说，焦虑袭上心头，令她不安。

"我更担心你姐，希望她没事。"史蒂文低声说道，一边寻思这个家庭会议是要干什么，他本人会承担一个什么样的角色，"你姐昨晚离开时特别生气。"

"是啊，她生气，别人也生气！嗨，她真的让我没脾气。"凯瑞说着有些上火，特别是对唐娜打乱了一家人的生活感到非常不满。现在可好，每个人都得承担这种无法知晓的后果，"我们都以为她死了的时候，事情反而更容易。"

"好善良啊！"

"说谁呢？你少来这一套！你想想，她突然从天而降，然后半小时之后又在我们大家头上浇了一盆污水！到底是为了什么？她以为会怎样呢？"

"也许这二十年来她一直都想能诉说出来。"史蒂文很有感触地说。

"那她为什么就不能等一等？可她偏不，就要在我妈生日这一天说一堆废话。而且也是在我们因为建造监狱的事进行抗议的当口。这些事情加起来看，还真是有很多疑点。"

---

① 波德塞特天主教少年收留所（Boys Town Beaudesert），1961 年由天主教教会牧师在昆士兰州的波德塞特成立，收留遭遇各种不幸的少年。基于多项虐待、性侵儿童指控，1999 年成立皇家调查委员会立案调查。2001 年，收留所被关闭。

多\嘴\多\舌\

"宝贝，你忘记了一个重要情节。不是她来找你，然后制造麻烦的。"史蒂文反驳道，"要不是你昨天在房地产公司撞见她，她还处在失踪状态，也没人了解过去究竟发生了什么。除非你认为你撞见她，也是她一手精心策划的。"

凯瑞不作声了。说的确实有道理。就在二十小时之前，唐娜还是处在死了的状态中。是凯瑞跨进了房地产公司的门，才让唐娜"起死回生"。从某个荒唐的角度看，可以说凯瑞应该对昨晚发生的灾难负责。她恨恨地咬了咬自己的牙齿。要是她昨天早上好好地待在人行道上，就没有之后所有一切的发生。哎呀，真是后悔莫及啊。

"听你的口气，你好像是相信唐娜说的话。"她质问史蒂文。史蒂文有点不自然地耸耸肩。他本可以给出很多种回答，但是一时却找不出哪一种答案不造成伤害。

"她为什么要撒谎呢？"他最后问道。

"你不了解我爷爷。他喜欢酗酒，也会很凶暴，但他绝对不是杀千刀的虐童犯。"凯瑞提高了嗓门抗议道。还没等史蒂文提醒凯瑞他曾经见过她爷爷时，就传来一阵刺耳的警笛声，一辆消防车飞速开过来。史蒂文赶紧把车往路边靠，消防车飞驰而过，很快从他们眼前的高速公路消失了。

"一定是烧甘蔗林的大火失控了。"史蒂文眯着眼看着在他们右边约一公里处升起的团团黑色浓烟。一群老鹰聚集在大火的上空，看上去像是一群黑影子盘旋在火苗之上。数秒钟之后他们路过了酒吧的广告牌，写着"老派乡村乐趣"。史蒂文放慢速度转弯进入了德容沟镇。

"不会在这个时辰吧？"凯瑞说，在座位上坐直了，忘记她是在缓酒劲，"而且也不像是烧甘蔗林的烟。"

第十八章

　　凯瑞确信，除了肯尼之外，她的家人全部葬身于火海之中。唐尼、靓玛丽、克里斯、高玛丽、埃尔维斯，全都没了。还有停在房子下面的哈雷爆炸之后迅速被烧成面目全非、丑陋无比的一团废铁。她把手压在仪表台面板上，身体向前倾，史蒂文飞速地开到碎石铺的车道。车道顶端是烟雾和烟尘包围的几根柱子。凯瑞迫不及待要亲眼看到惨不忍睹的景象，然后才可以抛之脑后。这大概就是肯尼在电话上提到的"有很多话要讲"的意思吧，简直就是超越想象的大屠杀。巴克利这回派来的不再是警察，而是杀人犯。

　　然而，在车道另一头的真实情景没有凯瑞想的那么惨重。史蒂文把车停到了烧焦的豹皮树下，黑色的树干好像是从烧焦的草坪上伸出来的一根表示谴责的手指。当他们两人从车里出来时，看到一幅怪异的画面。不仅肯尼和莎薇娜站在那里，还有理查德大舅、瓦丽姨、唐尼和克里斯都站在草坪上，衣衫不整但显然没有受伤。哈雷停在远处鸡棚的另一头，完好无损。足有十年历史的烟雾报警器从客厅里发出有气无力的叫声。莎薇娜说儿子不先生跟往常一样天还没亮就醒了，这回他的哭号声救了大家的命。靓玛丽活生生地站在那里，没碰着也没伤着，她松弛的脸看上去令人惊恐地熟悉。她大笑着说这就是自己的生活。她甚至没有想到藏起手里拿着的酒瓶。

　　"把黄汤给我！"凯瑞说着，伸手去抢靓玛丽手里的酒瓶。靓玛丽猛地一甩胳膊，躲开了凯瑞的手，然后大声地抗议，说她有自主权。

"你自己连话都讲不清了。你昨晚上喝成什么样了？都不知道自己是谁了！现在跑到这儿来充当什么特蕾莎修女啊。赶紧走吧。"靓玛丽提起酒瓶，喝了一大口酒，有意做给凯瑞看。

凯瑞忍着气低声骂了一句。春德公寓也就三个小时的路程。即使去月球也没多远，火星也去得了！

"不过眼下先不去管这事吧。"瓦丽姨小声说道。

三名消防员站在房前用水龙头冲着还在冒烟的横梁，其中一个扎着马尾辫的玛瑞族小伙子凯瑞在爷爷的葬礼上见过。凉台的一半让大火烧毁了，厨房的一大块也被烧了。大家站在本来是楼梯的地方，从那里看去，院子里的工具房像是袖珍玩具房。冰箱也被烧焦，但冰箱门上的磁贴还完好无损，冰箱也留在原处，旁边是洗碗池。再过去是客厅，被烟熏得一塌糊涂，而且被暴露在"光天化日之下"，谁都可以看客厅里的电视，只是等离子显示屏被房顶上掉下来的一块铁片砸中了，冒着烟，歪七扭八地躺在地毯中间。

凯瑞闻到家里全是烟味，只是不是桉树枝叶点燃的香味，清爽、疗伤，而是混合了化学药剂和烧焦的塑胶的烟味。而且整个家弥漫着挫败和绝望的气息。难道他们这个家族就总是受到厄运的诅咒吗？这事跟运气有关吗？还是就是巴克利所为，半夜派地痞流氓来实施警察所无法实现的诡计？也许肯尼说得有道理。也许是唐娜折回来，对这个再次拒她于门外的家进行报复。但如果真是这样，那唐娜死定了。不过凯瑞敢打赌是巴克利干的。那个混球干得出这样的事。

"这就可以了。"消防员中的一个喊道，把手里的水管关了，示意在消防车里的人收起水管。

理查德大舅跟其他人站在一起，他的澳洲牛仔帽推到脑门上面，他的双眉紧锁，好像放在抽屉底折叠了很久的什么证书。他的脸部麻痹使得他总带着一种表示怀疑的表情。眼下，这副表情更加适合这个场景。站在一边的肯尼正在告诉莎薇娜不用担心他右膝盖上破了的那条口子，伤口边上翻起，看着好像锯齿，挺吓人的，可他说没事。

有什么东西吸引了理查德大舅的注意力，火堆里显然有个东西。他的眉头皱得更紧了。他走上前去，用铁头靴子踢了踢烧焦的木头。让他一碰，被水浇湿表面的烟灰一下弹了起来。有一小缕烟从下面还干着的木头里钻了出来。

"小子，给我那根棍子。"他对克里斯说。克里斯从烧烤炉那边拿过一根长长的支火把的竹竿。大火的余烬仍然炙热，理查德大舅往后退了一步。隔着一定的距离，他想从还着火的木梁下面把那个东西扒出来，但没有成功。

"太烫了。"他说，把竹竿扔在地上，"得再等一下。"他转过身去对着靓玛丽。唐尼坐在靓玛丽旁边昨天晚上坐的折叠椅里，两手抱着膝盖，脸上没有任何表情。理查德大舅把他的妹妹搂了过来。无意识当中他的动作跟昨天布兰登做的一模一样。世界上的大哥哥们体贴入微，又有保护欲，这样的人看来是真实存在的。凯瑞不禁感到一闪而过的一丝自怜，她这个黑鸭子算是没这份造化。

理查德大舅吻了一下靓玛丽的头，然后用他的两个拇指擦去了靓玛丽眼角的泪水。靓玛丽的眼睛里没有笑意。他的左手顺着靓玛丽的脸颊摸下去，出乎意料地在她的下颌上摸到了一个肿块。

靓玛丽本能地退缩了一下。理查德大舅低下头仔细看看，试图用拇指把跟黑烟尘一般的黑紫色印记从她脸上擦去，但靓玛丽一把将他的手拿下来。她朝后退了一步，脸上的印子还在。理查德大舅眯起了眼睛，靓玛丽轻轻地呻吟了一下，转头看着消防车，极力掩饰自己的羞辱。

"别问了。你就别问了。"

一瞬间的沉默。然后理查德大舅大声出了一口气，显示出他的不安。他再开口时，声音里带着严厉的口气。

"谁来告诉我在这之前到底发生了什么事？"

没有听到任何人的回答，理查德大舅猛地转身面对那个玛瑞族消防员，考问道："你认识我吗？"

"大伯，当然了。"

"这火是意外事故吗？"

"大伯，很难讲。"

"小伙子，你可别跟我耍花腔哟。"

理查德大舅眼睛盯着年轻人，作为六十七岁的长老，还有他的满头白发，他有权威要求他给一个答复。

"你是布朗家的孩子。"他出其不意地对年轻人说道，"很多年前，欧文爷爷把你送进成人教育学院，当时你刚离开中学。"

"是啊，没错。奥提斯是我爸，我妈是莫琳。"

"当年我跟你爸爸一起上过川必原住民成人培训中心，我还跟他的妹妹莎迪约过会。小兄弟，这大火是事故，是不是啊？"

"大伯，我本是不应该说出来的。"消防员有些不自在地说，"但是从这火苗的势头来看，有可能使用了催化剂。这是有可能的，但记住这话不是我跟你说的。"

"催化剂。明白。我想我们可以之后再谈这事。"

"如果是投了催化剂，我是应该向警察报告的……"

"不用了，没有必要让警察过来。你们不是马上要走了吗？"

小伙子看看理查德大舅，然后回头看了一眼他的队友，他们正在收起水管，擦干仪器。在这个阳光明媚的星期六，黄金海岸的浪潮此起彼伏，他的孩子们在家里等着他回去，带他们去冲浪。他努了努嘴。

"是啊，我们马上就走。"

"好孩子。"

理查德大舅拍拍小伙子的肩膀，然后转身去张罗家里的事情。看来是有人想把这房子烧了，而且没顾及在里面的人。有人准备好了催化剂，洒在房子下面，房子里的人们在沉睡，然后扔了一根火柴。在这么个小小的德容沟镇，谁会做这事呢？在大门前面有新的四轮驱动车的车印。据说反贪局在步步逼近爱娃岛开发计划，巴克利可能会狗急跳墙，但他绝不会那么愚蠢。

理查德大舅走回到靓玛丽和肯尼跟前，他好奇地左右张望。他妹妹目前看来还安全，他外甥女和外甥们也都在，还有凯瑞的新男友。邻居们也都来了。肯尼说昨晚一发不可收拾之后，高玛丽姨和海伦赶紧跑回家了。眼下橘色猫倒是安然无恙地坐在鸡棚的顶上，清洁着自己的爪子，对这些愚蠢到让自己的房子烧到坍塌一半的人们充满了鄙视。

第三名消防员终于关掉了听着耳朵磨出茧子的烟雾报警器，寂静一下笼罩周围。没有乌鸦的叽叽喳喳声，没有牛的长鸣声，就连最爱热闹的狗都没出声。

"埃尔维斯呢？"理查德大舅问道。

唐尼心头一紧。

理查德大舅注意到谁都不看他，更不要说回答他的问题了。一家人好像都在津津有味地看着烧焦了的豹皮树、隔壁瓦丽姨家院子里晾衣服的架子，甚至是小溪边上的一排排桉树。理查德大舅眼前的景象中显然缺了一条狗，也缺了唐娜。他把两手放在胯上，一字一句地说道："你们一家有什么瞒着我？埃尔维斯在哪儿？唐娜在哪儿？还有，为什么黑超人不在？"

沉重的沉默仍在继续。凯瑞一把拿过靓玛丽手里的烟，使劲吸一口。看看没人有讲话的意思，她开始描述她记得的昨晚的情景。

\多\嘴\多\舌\

先是警察找上门来，替巴克利做得罪人的事，但没人理他们的茬。然后唐娜突然从天而降，她说的有辱家门的故事让气氛一下子急转直下，糟糕透顶。黑超人大概是跟唐娜在一起。至于埃尔维斯在哪儿，凯瑞也不知道。

"埃尔维斯死了。"肯尼告诉她。是被同一个试图烧死他们全家的那个心狠手辣的混蛋开枪打死的。

凯瑞瞪圆了眼睛看着她哥哥。埃尔维斯死了？一头雾水。

"唐娜现在在哪里？"

"谁他妈操心她呢！"肯尼啐了一口，听到唐娜的名字就火冒三丈。

"她被赶出家门了。"凯瑞告诉理查德大舅，"我估计她还在帕城，应该在她住的旅馆里。"

理查德大舅对着靓玛丽扬起眉毛。女儿一夜之间被找回来又丢了？

"玛丽，是这样吗？唐娜被赶出家门的？"

"哥，对的。我没法顾及那些……我得操心我们这一家的事。我不可能……"她话没说完。那些骇人听闻的话让她没法说出口。

"还有狗，真被枪杀了？肯定吗？"

"是的。唐尼一大早在大门口发现的。不用说我们都知道是谁干的。"肯尼气愤地说道。

"是啊，这事很让人恼怒，也令人担忧啊。小唐尼，你把埃尔维斯放哪里了？"

唐尼坐在折叠椅上，对着眼前火烧的废墟眨了眨眼睛。没有语言能表达他的心情。但他知道理查德大舅明白沉默的含义。他能够明白唐尼的心思，能够明白埃尔维斯的死……无法改变，无法逆转，但是能够被净化，在呼啸的火焰中获得一点净化。尘归尘，土归土。这是唯一的、恰当的途径。埃尔维斯在空气中飘浮，在他们中间飘浮。它永远安全地留在了家里。它不会再被带走。

理查德大舅微微侧头，看着唐尼。

"是在那里吗？"理查德大舅朝着废墟努努嘴。

"我觉得唐尼可能受到惊吓了。"凯瑞说，意识到自己的腿在颤抖。要是火势的发展稍有不同，她一睁眼醒来时，就变成了没妈的孤儿了。现在她再也看不到活着的埃尔维斯了。肯尼点着头，一瘸一拐地往他的福特车走去。他的右腿从膝盖以下全是血。凯瑞隐隐约约地觉得这一切都很合时宜。埃尔维斯走了。最后的底线被跨越。这一天是血与火交融之日。报应即将来临。

"惊吓。妹子，你说得太对了。他们就是要让我们感到惊吓和敬畏。50年代的时候，白人们把在拜伦湾的黑人住房全都拆毁。吉明·巴克利就是想复制那样的做法，只是他个混球更甚，想直接就杀人害命了！"肯尼艰难地把身子探进车里，将车钥匙从钥匙孔里拔出来。他全身的重量都靠在车上，脸部挤成一团，示意让莎薇娜走开。

"你可不可以滚远点？"他不耐烦地说，"我跟你说了，我没事！"腿上流出的血，让他看上去好像穿着滑溜溜的红袜子。

"你傻啊！你需要缝针。"莎薇娜坚决地说，把儿子不先生抱在腰上。

"你难道听不懂让你滚远点吗？"肯尼没好气地抢白她。

莎薇娜重重地叹口气，走到唐尼跟前。唐尼站起来，把椅子让给她坐。

理查德大舅示意让唐尼走过来。

"孩子，你发现家里狗狗遭遇的惨景，我非常难过。"理查德大舅说，"它是一条超级棒的狗，虽然它每次见我都在我的靴子上撒泡尿。你听我说……"理查德大舅把自己的右手放在唐尼的左肩上。他伸直的手臂在他和唐尼之间好似一座桥梁。理查德大舅安详地看着唐尼，在理查德大舅的黑眼睛里，唐尼找到了归属。他回到了这个世界，不停地颤抖，又很胆怯。

凯瑞看到唐尼在发抖，扔给他一条野餐毯想盖住他瘦小的肩膀，毯子先落在他头上，一下遮住了他的视线。凯瑞帮他把毯子拉下来，盖住他的背，然后披在他的衬衣领口处，弄成一个斗篷披在他身上。总归管点用。唐尼站着，披着脏羊毛毯，面对家族长老。

"孩子，"理查德大舅低声说，"我问你，这火，是你放的吗？"

唐尼的脸抽成一团。

"是为了你的狗狗，是吗？"理查德大舅的口气温柔。

唐尼号啕大哭。他只记得走到车道顶端看到埃尔维斯挂在那里，红红的舌头吊出来……之后发生了什么他并不清楚，直到消防车来到，消防车也是红色的，这其中意味着什么，唐尼也搞不明白，就看见消防员开始用水管冲灭火海。要是人们说是他放的火，那就一定是了。至于为什么要点火，原因都是胡诌。他就知道死亡意味着烟雾，意味着火焰。埃尔维斯，他一生的伙伴，死了。他的大姑唐娜，从未出现在他生命中，却活着。而且，他在这个世界上一如既往的孤独。

"孩子，悲痛可以用各种奇异的形式来表达，但是你不可以放火烧房子。"理查德大舅说着用他黑色的手臂紧紧搂住唐尼。紧紧地搂着孩子，让他知道这位长老的肌肉与热血带给他安全感。让他感受到美好的东西，这美好的东西比他个人更强大。

唐尼一边不停地道歉，一边抽泣得喘不上气来。

理查德大舅让他别哭了，告诉他一切都会没事的，他也会没事的。

"你他妈的是在说什么？我操！"肯尼一瘸一拐地转着圈。他用力挥舞着两手，意识到这事原来不是巴克利干的："你他妈这个熊孩子脑子有病啊？操他奶奶的！"

"哥，你可以把这孩子带到你家去吗？帮帮他。求你了。带上他，教育一下他。他在这里长得全错位了。他不懂得尊重，也不懂文化……"靓玛丽哀求道。理查德大舅脸上的表情一下严肃起来。他讲话的时候，还紧紧搂着唐尼，他需要让唐尼听到他说的话。

"玛丽，你说的就像是这孩子有问题，而且当着他的面说这样的话。"

"他差点就把整个房子烧了。让我说啊，他就是有问题。舅舅，你不能这么迁就。"凯瑞忍不住插了嘴。

"没错，但是，丫头，那么谁来承担这个问题？谁使得他成为今天的他，会放火烧房？"

一家人丧气地看着理查德大舅。

"这个孩子是一个有家的少年，"理查德大舅说道，"他有父亲，对不对？他有奶奶，有姑，有叔，有表兄弟。所以我们大家都是这问题的一部分，这问题不是他独有的。"

凯瑞不作声，重新校准大脑思维。

肯尼瘸着腿走到后院的围栏，对着和尚山咒骂，无法接受他刚才听到的，也不明白理查德大舅讲的哪家子的道理。即使他智商低下的儿子有可能把凉台烧了，但这一切的背后是巴克利在作祟。巴克利想出了建造监狱计划，枪杀了埃尔维斯。在肯尼看来，眼前发生的每一件事都是这个巴克利操纵的。没错，问题是存在的。但是每个问题都有近在咫尺的解决办法。

"儿子啊，不用担心。"他对唐尼喊道，"我们先让我们的忠实伙伴入土安息，然后我去把那个狗日的巴克利一次性地给收拾了，我得让他后悔终生。"

"你是什么意思？"理查德大舅问道。

"意思是我要为我们的权利战斗，不会说着废话等死，让他们把我们一个一个干掉。"

"是啊，没错，我们需要战斗。但是我认为当务之急是你最好这个周末来'男人营地'。外甥，你头脑需要清醒一下，也需要控制好自己的怒火，以便利用自己的情绪，而不是让情绪左右了你。"

"别跟我提什么扯淡的愤怒管理。我必须愤怒才能够捍卫我们的爱娃岛！"肯尼啐了一口唾沫，转身瞪着怒火中烧的眼睛看着每个人，"我所拥有的就是愤怒！"

理查德大舅正了一下他的牛仔帽。他用舌头从嘴里面顶了顶歪斜的嘴巴，眼睛盯着肯尼。

"肯尼，已经有一条生命丧失了。枪杀致死，的确是非常严重的事件。你感到愤怒很正常。我的计划是这样的：你先去把腿上的伤口缝了针，然后今晚你带上儿子一起来乡下，我们去丛林。我和凯文大伯，还有从特威德黑兹镇过来的莱斯大伯，加上莫克大伯跟其他几个大叔从利斯莫城来，带着他们做的腌鱼。我们大家坐在一起，好好聊一聊这件事。之后呢，如果你还是觉得需要收拾吉明·巴克利，也不晚啊，今天的他跟下一周的他，没什么两样。"

"我说的不是下一周，是今天！"肯尼说着打开福特猎鹰的后备厢，拿出了爷爷的猎枪。空气在肯尼周围晃动、聚集。他手中的枪成为关注的焦点，使得他本人被放大而变得模糊。

"得了，这混账又来了。"凯瑞低声说道，眼角捕捉到唐尼脸上的恐惧。

在没有任何前兆的情形下，凯瑞一下被激怒了。为什么家里的一切都要让肯尼说了算，所有的事情是他来定夺。而且她发现她不再惧怕。

"被推延的正义，"肯尼说道，用弯着的胳膊关上后备厢盖，两只手好像让胶水粘在了枪托上，"就意味着正义被剥夺。我对总是被剥夺厌恶至极！"

凯瑞绕过史蒂文，径直朝肯尼走去。心想，又来放他的大男子主义狗屁。

"肯尼，先把枪放下吧。"理查德大舅小心谨慎地说，"我们可以先聊一聊。"

凯瑞心想，别有什么指望。

"给我们看看这杆枪。"凯瑞说道，好像这把5.6毫米小口径步枪不过是个新款手机而已，"我还以为这把枪早没了。上了膛的吗？"

但是肯尼紧紧地握住枪。他大腿上裂开的口子又渗出了血滴，顺着他的腿滴到了地上，在他黑色的腿上留下了几条弯弯曲曲的黑红色的蛇印。他光亮的脚映衬着草地。枪托很旧了，用浅色的黄木做的，上面划了很多道子，印证着多年的使用，靠它为家人谋食果腹，也有几次用来喝退德容沟镇最歹毒的白人大老粗。凯瑞还一直以为这杆枪多年前就被典当了，或者被偷了，他们很久都没看见过了。她甚至没想过这枪还存在。可是，家里的这杆枪就在眼前，起死回生了。

"即使眼下没上膛，也会马上就上膛。"肯尼说道，"我实在受不了总是在那里空谈。有什么好谈的？"

"我可以摸一下吗？"凯瑞问，说着把手伸过来。肯尼一下把枪闪到了身后，让凯瑞够不着。然后他把枪抱得更紧了，搂在胸前，在草坪上来回走着。看那个姿势，随时准备好了瞄准，射击。他迈着大步的势头就好像一触即发。他显示出的动能从脚传到腿，再传递到胳膊，最后到了无名指。

黑鬼，黑鬼，扣动扳机。[①]

"你少他妈的瞎胡闹！"肯尼警告凯瑞，急促地喘着气。他的蓝眼睛瞳孔放大，端着枪，好似主耶稣第二次圣临。肯尼端正了肩膀，抬头正视理查德大舅，正视一大家人，正视这个与他为敌的狗

---

① 黑鬼，黑鬼，扣动扳机（Nigger, Nigger, pull the trigger）是20世纪澳大利亚经常听到的种族歧视的表达。

　　　　　　　　　　\ 多 \ 嘴 \ 多 \ 舌 \

厌世界："巴克利敢派警察带着泰瑟枪找到我家门上，敢枪杀我的狗！我操他妈！他必须付出惨重代价！"

"凯瑞，你可不可以……"史蒂文的声音里透着惧怕。

"哥，然后我们大家都要付出代价。"凯瑞尖锐地大笑一声，"你一枪毙了他，我们大家都完蛋，我们肯定会失去我们的爱娃岛，你也会在监狱里坐穿了牢底。"本来还想加一句，成为一个愚蠢又虚荣的老头。但话还没有出口，肯尼已经举起了枪。

"凯瑞，"理查德大舅招呼她，"丫头，赶紧回来。"

赶紧回来？你当我是牧羊犬啊？她犹豫了一下。她跟肯尼较劲还没完呢，她看不惯他非要表现出天下我为大的行为。这时她看到史蒂文准备马上跳出来营救她，好像她真需要可笑的英雄救美似的。

"哥，你要是枪杀了巴克利，我们就都完蛋。"她一边重复刚才说的话，一边往回走。史蒂文撞在她身上，赶紧把她拽了过来。他跟靓玛丽一起数落凯瑞，你以为你是什么东西？你以为你能耐得很？不许再逞能。

"我恨透了总被别人在头上拉屎！"肯尼大声喊道，"如果不做出改变，什么都不会改变！"

理查德大舅叫了一声："史蒂文。"他的声音依然沉稳，但眼睛盯着肯尼手里的枪，"我需要你把女人们和唐尼带到隔壁去。克里斯，你留下。"理查德大舅轻轻把唐尼从旁边推到史蒂文跟前，他用头示意了一下隔壁尼尔的福特皮卡 F100，意思是开了车赶紧离开。

"明白。"史蒂文说，"要我打电话给……"

"什么也不要做，不要给任何人打电话。赶紧走。"理查德大舅说。

"他不放下枪，我就不会走。"凯瑞说。她感到义愤填膺，为埃尔维斯，为可怜的唐尼，为这个冒着烟的家，还有为唐娜。当他们自家人恶语相向时，他们的爱娃岛就加速成为历史遗迹。回到新州这边的生活真是一团糟。见鬼了。不过理查德大舅说得对，这乱麻一般的情形，是他们大家共同的责任。

"你必须走，你现在就得走。"理查德大舅对凯瑞说，口气中的温柔顷刻消失。凯瑞觉得被蜇了一下，她甩开史蒂文的手，说道："我又不是小孩!"舅舅刚转过去，她就溜了，跨着大步到了房子下面，从烧焦了的木板缝里朝里看，等着看谁先被枪击中。

当史蒂文把女人和孩子都带到隔壁之后，理查德大舅和克里斯相互对视了一下，然后做了一件令人惊奇的事。他俩什么话也没讲，同一时间在草坪中间蹲了下来，然后盘腿坐在地上，就像事先编排好的动作，似乎地上有一股磁力把他们拉着坐下来，肯尼离着他们几步远。理查德大舅慢慢张开手掌，举过烧焦了的草，但肯尼没有接受邀请。他仍然站着，右手挎着猎枪，枪管跟地面平行。他如同一枚人体指南针。他到底要往哪里指？哪边是真正的北面？

"外甥，我知道你想毙了吉明·巴克利。但是，我听到的传言是他很快就被收入罗网了。"凯瑞听到理查德大舅说道，"反贪局对他的种种交易有很大的兴趣。这些从悉尼来的调查员可不是一般的人。这一回他是逃不了了。"

"是啊，我之前也听说过。"肯尼争辩道，"但他受到层层保护。"

他们继续谈论着，但压低了声音，听不清楚在讲什么。凯瑞身体支在大腿上蹲着，她慢慢往跟前挪了挪，到了埃尔维斯一直待的地方。拴狗的铁链子还挂在桩子上，链子的另一头扣子空着，看着令人哀痛。

那几个男人在谈论唐娜的事，但凯瑞无法听清他们说的话。肯尼又大喊大叫起来，挎着枪走来走去。他看上去就像个疯子。要是刚才史蒂文犯傻叫了警察，就全完了。警察什么理由都不需要。啪！啪！啪！

完了！肯尼就被警察枪杀！

凯瑞发现自己咬紧了牙齿，腮帮子硬得像花岗岩。她寻思这一

\ 多 \ 嘴 \ 多 \ 舌 \

切不会有好结果的。她透过木板的缝隙观望着三个男人。

"她跟十九年前一样，满嘴谎话！"肯尼大声喊着，"你居然还相信她？舅舅，所有人当中，你是最不应该相信她的话的！你这样做是为什么？"他的右胳膊下垂，手紧紧捏成拳头。挎着的枪跟他的膝盖成对角。凯瑞从她蹲着的地方看去，好像一个十字架，或者是瞄靶的十字线。

"肯尼，我要你把枪放下。"

"这把枪就原地不动地待在这里。"

"好吧，好吧。外甥，你需要听我说。我很爱你们，这一点你是知道的，这一点永远不会改变。你说得对，我是相信唐娜所说的。"理查德大舅心情沉重地说道，等着肯尼端起枪，然后开枪。是否会发生，只有上帝知道。理查德大舅长长地吸了一口气，"肯尼，我相信她，是因为我有可信的理由，我想你其实也有。孩子，不是你的错。"

肯尼的脸好像痉挛了一样，一下变得无法辨认。他转过身去，对着从烧毁的房子冒出的一缕缕烟雾怒吼。他把武器端在肩上，扣动了扳机，朝着烟雾开了一枪，又对着鸡棚开了一枪，然后对着坐在西边山脉上的月亮开了一枪。枪声在山脉中回荡，听上去好像远处牧场扬鞭的声音。肯尼又上了子弹，啪啪啪地开始新一轮的射击。最终他停了下来，站在那里喘着粗气，就好像在进行凶杀。

"说到欧文爷爷……"理查德大舅慢声细语地和说，"也许有那么一丁点的托词，也许一点也没有。但是，肯尼，欧文爷爷的一生中发生了很多悲惨全极的事情，它们扭曲了他的身心。他很少谈及那些往事，对他来说，借酒浇愁比讲出来更容易些。他被深深地伤害了，不是一次两次，而是一次又一次地遭到伤害。从小就被从父母身边强行带走，他对自己的家庭一无所知，这使得他感到非常耻辱。之后又是被送到传教中心，遭到欧萨利文牧师的欺凌之后教会对其丑行极力掩盖。然后他又被送去了牧场，遭遇了一只眼睛被打瞎，粉碎了一生的拳击冠军梦想。所以他遭受的苦痛得有地方释放。外甥啊，你不应该承担羞耻，因为不是你的错，也不是唐娜的错。你们是无辜的。"

天哪！凯瑞听得目瞪口呆。

"大外甥，我很爱你。我们都爱你。我们会渡过难关。你把枪放下吧，马上放下。"

肯尼站在那摇晃着，嘴巴一张一合。他脑子里什么都不想，只有一件事。他把枪倒过来插在他站的地方，像是战争纪念馆的无名战士雕像。他站了很久没有动。然后，他颤抖着，慢慢地蹲下去，用他没有受伤的膝盖跪在地上，身体前倾靠在枪管上，低着头，全身剧烈地颤抖。

理查德大舅和克里斯像鹰一般从地上一跃而起。克里斯一个箭步冲过去，一脚把枪从肯尼的下巴下面踢了出去，枪在克里斯脚下飞起的尘土中打着转。理查德大舅后脚紧跟上来，一个熊抱把肯尼紧紧搂住，直到肯尼瘫倒在地。他用双手捂住脸，抽泣起来。凯瑞坐在被烧焦的满目疮痍的房子下面，透过支起房子的柱子之间的缝隙看到黄色尘土的光芒，她突然意识到她的脸被泪水全打湿了。

\多\嘴\多\舌\

第十九章

理查德大舅上了他突突作响的丰田海拉克斯皮卡，坐在他旁边的是腿上缝了针、缠着绷带的肯尼。凯瑞和史蒂文跟靓玛丽站在草坪上，身上全是整理、打扫被火烧了的房子的污垢。

"老妹子，你等到周二没事吧？"理查德大舅问。靓玛丽做了个鬼脸，用手里的葡萄酒杯指了指房子。

"要是你们这几个男人留下来修理一下房子有多好。"她有些刻薄地回答。凯瑞心想，酒后吐真言。

"早安排好了。"理查德大舅说道，挂好挡准备开动车，"黑超人和乔希会完成任务的。"皮卡的轰鸣声更响了。他又问尼尔大叔："你肯定不来吗？"尼尔大叔摇摇头。自打听到肯尼拿着猎枪的事，他对索尔特一家都不大放心。他已经把造反派的旗子从自己的车上拿下来了，但还是没把握。六十年来他一直是个白人。每个大男人都有权利停下脚步寻思一下。他也许不是纯种白人，但他也不觉得自己是个黑人。

"老兄，我得干活啊，要给靓玛丽找一套新的横梁来。"

"好啊，那就下次了。"俩人握了一下手，点点头。

这时黑超人和乔希开车到了。

"我们还是赶紧干活吧。"乔希说道，"看这个样子要去邦宁斯五金建材市场买很多东西。需要两三天把厨房修好，装上新楼梯。

凉台得等些日子再来修。"

理查德大舅从他的皮卡上腿脚不那么利索地下来，拥抱了一下黑超人和两个孩子，也给乔希一个拥抱。他握握布兰登的手，跟他说听到很多人表扬他保护妹妹的事，好棒啊。

"这是谁干的？"布兰登倒吸一口气，眼睛睁得溜圆看着房子。

"我们还不知道。"黑超人撒了个谎，"赶紧下来活动一下腿脚吧，我们得去五金建材市场。"

"但这是谁的错呢？"布兰登打破砂锅问到底，为了把话说清楚，从嘴里拿出含着的三个棒棒糖。

"小子，不是什么事情都有人可以怪罪的。"黑超人告诉他，"有时候事情就发生了。你赶紧下车吧。"

布兰登把棒棒糖又放回嘴里，一脸的不信。他所生活的世界里，没人不受到怪罪。

"奶奶，你要答应我，等我们回来再埋它。"唐尼说，从一堆行囊和保温桶后面探出顶着金发的头。埃尔维斯的尸体找到了，一点没有被烧，因为被埋在肯尼一摞破旧的冲浪板下面，冲浪板倒是都被烧焦了。

靓玛丽做了个鬼脸："是啊，小子，到了周二它就发酵了。"

尼尔大叔赶紧解了围，说："把它冷藏在我钓鱼的冰柜里。你们反正是住在我们家，加个狗更热闹。"

"噢，对了，我差点忘了。"史蒂文走到一堆烧焦的木头跟前，在灰里扒来扒去，找到一件什么东西，捡了起来，擦了擦上面的污垢，用一块破布包好，递给了靓玛丽，靓玛丽又转递给她哥哥。

理查德大舅眯缝着眼看着破布包着的胸甲，吃惊地嘬了一下他的牙花。

"玛丽，我们埋狗的时候记着带上它，我们要把物归原地。把它挂在这里太危险了，恐怕刚才发生的一切跟它有关呢。"他用嘴

\ 多 \ 嘴 \ 多 \ 舌 \

指了指眼前的房子。然后又压低了声音说道："不要再让史蒂文摸它了，他毕竟是个白人。"他把胸甲还给靓玛丽，发动了皮卡，发出巨大的响声，"好了，我们赶紧上路了。露营需要人启动啊。"

当丰田海拉克斯皮卡的轰鸣声和排气管回火的声音渐渐远去，寂静重新降临时，靓玛丽站在房子前，两只胳膊抱在胸前，手里冰凉的葡萄酒杯紧挨着右肩膀。黑超人伸出胳膊搂住了靓玛丽的腰。

"妈，我们会帮你修好的，不用担心。到时候跟新的一样，比以前的更好。"乔希说道。

靓玛丽皱了一下鼻子

"这个破烂房子。"她很不屑地说，"要是真烧成灰烬，我也不在乎。"

"瞎扯，别这样说。"黑超人数落道。

"我的算命用的帐篷还在，我的牌还在。"她用空着的那只手得意地拍拍她的塑料合成手提包。一开始以为她的塔罗牌跟厨房桌子一起烧毁了，但高玛丽那天晚上没注意就把牌带到了楼下。

刚一发现时，靓玛丽马上从胸罩里扯出之前放进去的"奇迹疗治聚会"的传单："这就是一个黑女人所需要的，有个地方露营，有个办法果腹。"靓玛丽说的大部分是发自内心的。她希望房子被烧为灰烬，就可以把这个家里丑陋的过去洗刷一空。也许房子被毁之后，她反而可以把在厨房发生的一幕永远抛在脑后，忘记唐娜说爷爷的那些可憎的鬼话。也许那样她就可以忘记高玛丽高高举起手一巴掌打在唐娜脸上的记忆。高玛丽的行为就好像是欧萨利文牧师的祈福，在他死后的几十年之后，由他坚持以圣母玛丽命名的数个玛丽中的一个传递了他的祈福。

星期一的下午。"快起来跑上十公里。"史蒂文说，一边系着跑鞋的鞋带，"跑完你会感觉好很多。"凯瑞四仰八叉地躺在折叠床上，闭着眼睛以示抗议。求上帝了，这小伙子真没治了。不管经历什么气断肠的事，他都可以像那个劲量电池广告里永远精神饱满的粉兔，再跑一圈。可凯瑞真的不想动。

凯瑞身心好像被榨干，直线往下栽。她只想躺在床上什么也不做。周末过去了，她更加懈怠。她试图把家里发生的事情理出个头绪来，但所有的努力都是徒劳。可史蒂文正相反，他的积极性反而越涨越高。男人们最喜欢的事就是做项目。史蒂文跟黑超人和乔希星期六晚饭前，就把垃圾全部清除，前院的新墙也砌起来了。当尼尔大叔搬来了几个他在利斯莫城建筑工地上捡来的旧椅子时，这个家几乎就恢复到之前的样子了。凯瑞心想，要是人也可以这样容易地被修复该多好。

"我免了。你回来时带一包雅乐思巧克力夹心饼干。"凯瑞说，然后接着刷脸书。她看到艾丽的表弟刚刚被选入美国一家大学的棒球队，今晚肯定要在洛亘狂欢庆祝了。不过凯瑞眼下根本没有精力聚会，她疲惫又伤心，还身无分文。索尔特一家那天下午才知道土地与环境法庭驳回了他们的上诉。凯瑞的脑海里来回翻卷着同一个画面：一辆黄色的推土机轰鸣在河边的丛林，轧过来轧过去，推倒了参天桉树，推土机锋利的锯齿把土地翻得一片狼藉。在这之前，她拒绝让这样的画面进入自己的脑海。

"要不然我们就跑到山脊，然后就折回来。"

"你耳朵聋啊？你要是没有巧克力饼干给我，就别打搅我。赶紧滚蛋。"

"懒猪。"史蒂文说她，站在床尾，两手放在胯上。他用自己的大脚趾挠凯瑞的脚心。挠一挠，停止，接着又挠一下。凯瑞真想跳起来，一拳把他打倒在地，哪怕就这一次。

"我还以为你想参加穆伦宾比镇快乐长跑呢。"

"你有脑子吗？我不是懒，我是在哀痛。"

史蒂文又挠挠她脚心，知道她马上就坚持不住了。

凯瑞使劲瞪了他一眼，感到一丝的情欲。是啊，瞧他的样子，满身肌肉发达，光着膀子。她呻吟了一声。也许跑一圈可以帮助她摆脱郁闷，让她可以更清楚地想想如何对付巴克利，如何应对土地与环境法庭那些没用的法官们做出的决定带给他们的灾难。她转身从床上下来，穿衣服。

"算你长得帅，混球。"她对史蒂文说，拿起梳子把头发梳到后面扎起来。

"宝贝，瞧我这火辣身材赛辣椒啊。"史蒂文对着健身房的镜子做了一个大笑的造型，凯瑞不屑地哼了一声，下楼去了。

"确实如此啊，所以才可乐。"史蒂文追着她喊道，紧跟她下了楼。

他们踩着同样的步伐一路跑到了山脊，俯瞰帕城。史蒂文比平时跑慢了一拍，凯瑞则多使了一份力。人的身体其实总是比大脑以为的可以做到更多，史蒂文告诉过这一点。在训练之前不要预支训练带来的疼痛，按照当下的现实情况进行。

得了，得了，说的容易。你也不流血，肚子发胀，或者一门心思地想吃巧克力。你说按当下现实行事，那我告诉你，当下的境况一团糟。当下的境况就是住在这个破烂的小镇，那帮腐败又充满杀机的混蛋们掌控这个小镇一百多年，你要不喜欢，就走人，爱上哪儿上哪儿去。

凯瑞终于进入节奏，跑两步，吸气，再跑两步，呼气。跑步产生一种催眠的作用，让凯瑞甩掉了一直萦绕心头的生日聚会、爷爷、爱娃岛即将面临的危机的种种场景。当他们跑过了一公里又一公里的甘蔗林，一步一步上到了山脉其中突出部分的时候，凯瑞不再为靓玛丽焦虑，也可以放下埃尔维斯被暴虐者枪杀的悲痛。她甚至不再担忧肯尼可能会再找一支猎枪来，像个疯子一样到处挥舞。

她不去惶惶不安地期待理查德大舅制造让她的哥哥改变的奇迹，恐怕那样的几率小而甚微。"男人露营团"不过是一帮男人们去到丛林里，坐下来摆谱，讲他们各自如何了不起，而又如何遭到不公的待遇。但史蒂文觉得这个活动超级棒，他当然会认同，因为他总是不停地谈论年轻人，年轻人需要什么，如何能够帮助到年轻人成长。他们需要年长的人引导他们转变为男人。凯瑞挑战他的这些观念时，他就会跟她争论不休。凯瑞反驳说，他们怎么也变不成洗衣机吧，洗一洗就干净了。他们从来没有考虑过女孩子们的命运，她们被剥夺的机会，以及她们的所需。那些男人们谈论的总是老一套，给老掉牙、充满暴力行为的做法加油打气，让其他人跟随他们。

当他俩跑到了山脉中部的小公园时，凯瑞示意她需要休息一下。她的两腿炙热，跟前又没有任何东西可以让她解渴。她把一块扁平的卵石放进嘴里含着，等待身体里的痉挛减缓。让她恼火的是，史蒂文赶紧做了二十个快速下蹲促腿的动作，接着又在跟前的双杠上开始做引体向上。简直了，这个家伙有停下来的时候吗？哪怕停五分钟呢？她跟跄地走开，离他远点，瞭望着乡村的景象。风又开始刮起来。北边是德容沟镇，这一回那里没有冒着不祥之兆的缕缕黑烟。一眼望去是一片接着一片畜牛的牧场，下山的夕阳洒出的光芒好似银色的丝带环绕着远处的德容沟镇。看着好像微型车的车辆急急忙忙行驶在朝东的高速公路上，去布里斯班，或者开往悉尼的方向。黄昏降临，有几辆车打开了车灯。凯瑞默默对自己说，我这就可以跑回家，然后骑上哈雷朝着昆州驶去，跟这里发生的种种离奇事件再见了。她突然停住思绪，意识到刚才自己想到的"回家"，是指在帕城的健身房。

"你没事吧？"史蒂文走过来问道。

"没事。"

"过去那边是邦家仑的圣地沃伦彬山。但这个是和尚山吗？"史

\多\嘴\多\舌\

蒂文问道，用手指着同一山脉上另一个小一点的山峰，圆圆的满月正好悬在山峰之上。

凯瑞不可置信地大笑起来："你没开玩笑吧？"

"那你的意思是不是了，可为什么做那样的表情呢？"

"哪样的表情？"

"就是'我很爱你，但你又把我逼得哑口无言'的表情。"

"是吗？但是你的眼力也太差了，就好像说秦寇亘山跟和尚山很像。哪一点像啊！就跟问白人是怎样'找到'澳大利亚一样！"凯瑞摇着头，"库克船长一定是在找加拿大，也或许是在找中国的路途上碰上了澳大利亚大陆。"

"中国离这也没多远哪。"史蒂文戗了一句，"你可不可以不要每天分分秒秒都跟我过不去啊？"

凯瑞无奈地吹了口气。

"不远？划着小木船就可以到？别扯了！阳光男孩，你要是想跟黑人混在一起，你就要听到你不习惯听到的话。这叫文化消除，就是从你接受的文化中消除受到毒化的思想。你应该给我付费。"

"你是满嘴跑火车。"史蒂文一边说，一边把两个手掌平放在地上，做起了俯卧撑。

凯瑞有些被惹恼："你认为我们的文化没有什么价值，特别是跟喝得烂醉的澳新军团日^①相比，或者是跟狠捧阿拉伯族的克罗纳拉暴乱^②相比。是吗？"

---

① 澳新军团纪念日（Anzac Day）是每年的 4 月 25 日，是为纪念第一次世界大战期间，澳大利亚和新西兰联军登陆土耳其加利波里半岛的战役而设立的。在那次战役中，澳新部队损失惨重，并未取得战斗的胜利，但参战部队英勇顽强，不怕牺牲，因此得到国人的纪念。这也是澳大利亚社会和民众对这个纪念日产生争议的原因。

② 悉尼的克罗纳拉海滩 2005 年 12 月 11 日爆发种族歧视骚乱，数千名澳洲青年攻击出现在海滩的中东裔人，并与警察追逐混战，骚乱甚至蔓延到悉尼部分郊区。澳大利亚警方第二日组成特别行动队，负责追捕悉尼附近海滩骚乱事件的煽动者。据报道，骚乱造成三十一人受伤，二十八人被捕。

"我可没这么说。"史蒂文反驳道,"你总是特别混账,我在黄金海岸培训的玛瑞族人就没像你这样。你妈也没这样,不管是理查德大舅,还是克里斯,都很好。而且理查德大舅还邀请我去下一次的男人营地。"

凯瑞哼了一声,不置可否。

"他说我为年轻人做的事情跟他做的一样。还有,他也知道我们会一起生养黑皮肤的孩子们。"史蒂文马上住口,对凯瑞表达了自己内心的想法,感到有些尴尬。

"我的天,多么美好的愿景啊!"凯瑞揶揄道,"等他们从我肚子里蹦出来,我们就在这里把他们养大,叫他们小约翰尼、小玛丽。"她把手一挥,接着说道:"然后指着在我们祖先世世代代生活的河岸上修建的崭新的监狱,跟他们说,孩子们,等有一天我们一蹬腿死了,留下这操蛋的一切给你们。"

"是理查德大舅说的,不是我说的。"史蒂文辩解道,"反正就是告诉你,我被邀请去露营了。"

"好啊,体验丛林生活,绝对棒。"她龇牙笑笑,"可能你还可以学点导航知识。"

史蒂文眯眼看着凯瑞,知道凯瑞又在挖苦他。然后猛然抓住她,把她放到在草地上,使劲胳肢她的肋骨,直到她坚持不住要尿裤子,才赶紧求饶。

"好啦,就算你比我力气大。"她对史蒂文说,一边坐了起来,把草末弹掉,"但是我比你更聪明,也更好看。而且我还有黑色的皮肤。所以呢,我们算是平分秋色。"

"得了,我他妈认输了。"史蒂文说,又引起了凯瑞一串响亮的笑声。

在往回跑的路上,他俩放慢了脚步。凯瑞感到腿有些沉重,呼吸也是长短不均,最后总算回到了健身房所在的工业园区。他俩上楼梯时跟当晚的第一位客户擦肩而过，史蒂文看了看表，说还来得及准备六点的杠铃操练习班。凯瑞冲了个澡，吃了点东西，倒头躺在折叠床上，让脑子什么都不想。

第二十章

在丛林深处，一弯苍白的月亮之下，十几个男人坐在一堆黄桉树枝点燃的篝火周围。他们低声讲着话，跺着穿着靴子的脚，抵御寒冷。这里距离最近的村庄有相当长的路途，开车到任何一个小镇需要至少一个小时。有几个男人穿着澳式足球队的绒毛队服，有鳗鱼队、鲨鱼队、爱犬队。其他人穿着廉价的夹克衫，抵挡夜间的寒流。在围着篝火的半圆中间位置坐着理查德大舅，他的澳洲牛仔帽换成了羊毛针织帽，他脱掉红色法兰绒衬衫，露出胸口上长老的印记。如果寒冷让他受不了，他没有露出任何蛛丝马迹。

凯文大伯用敲敲木把散了的柴火拢到一起。理查德大舅然后走到另外一个长老莱斯大伯跟前。莱斯大伯手里拿着一个剪成两截的两升橙汁塑料空瓶，理查德大舅没有把塑料瓶拿走，而是托住瓶底，摇晃着瓶子里的液体，直到觉得均匀了。他用右手的拇指沾了沾，然后招呼年轻人依次走到他跟前，他们挺出胸膛，紧张，好奇，又自豪。理查德大舅把沾了赭石颜料的拇指在这些谷里族年轻男人们的身体上画，一边不断地说道："这是我们表达大爱的仪式。"

"妈知道唐娜也会来吗？"凯瑞问道，仍然觉得不可置信。

自打生日聚会上发生了骇人听闻的故事之后，靓玛丽对唐娜做出了三番五次的咒骂。但是在肯尼意想不到地爆出了他的故事之后，靓玛丽就只字不再提及唐娜对爷爷做出的种种指责。如果有别人提起，靓玛丽马上转身回到自己屋子，把门摔上。几个小时过去之后，她出来时，眼睛红肿，拒绝回答任何问题，谁也不知道她在屋里做了什么，更不要说问她是否相信对她死去的公公的指责。

黑超人皱了一下鼻子。

"是啊。"他说道，"她知道的，但她其实有些不知所措。所以你千万别打破砂锅问到底，把事情给搅了。就让她顺其自然。"

凯瑞翻了个白眼。唉，又得小心翼翼如履薄冰。所谓的顺其自然就是让靓玛丽用廉价的白葡萄酒洗刷她的肠胃。肯尼从男人露营回来之后，脸上有了笑容，也清醒了。看来坐在黄桉树篝火周围驱走了他身上的几个恶脸鬼神。然后，就好像靓玛丽的家里有个最低法定酗酒人数，现在轮到靓玛丽喝起酒来不要命了，拒绝听任何劝告，也宁死不去任何帮助会。凯瑞不禁对着史蒂文感叹，什么时候该轮到我呢？我什么时候也可以这样不管三七二十一，把整个家搅得鸡犬不宁呢？

眼下凯瑞不免恼怒地对黑超人说："是啊，你说得对，我不会惹事的。而且，也没有什么可能搞砸事情，对吧？"也不想想看，把唐娜、肯尼和靓玛丽拉到一起，面对着埃尔维斯的尸体，打算把过去的积怨全捋顺了。这难道是带来家庭和谐的秘方？凯瑞可对此一无所知。

"姐，你有更好的点子吗？"黑超人单刀直入地问道。他请的御用大律师在土地与环境法庭上犯的低级错误，他觉得自己负有责任，"芝宝说巴克利准备安排推土机上岛了。你要是有什么点子可以阻止巴克利，赶紧倒出来。"

"那个指自学的学生，A字开头，共有十个字母的字是什么来着？"靓玛丽大声问道，眉头紧锁地看着眼前的填字游戏。她坐在噼噼啪啪的火盆旁边，挥着因为风湿性关节炎而变形的手腕。肯尼在院子里晾衣服的架子与鸡棚之间修了个火盆。

"Autodidact自学成才！"凯瑞透过烧没了的厨房窗户喊道。她在史蒂文拿来的露营用的简易炉子上搅动着咖喱饭。他们目前只能吃这个，得等到黑超人的收养儿童补贴下来才有钱改善。因为要花些日子修理房子，黑超人就请了不带工资的假期，这样可以在家待的时间长一些。在德容沟镇，他可以简单生活，穿着T恤和牛仔裤就可以了。靓玛丽在跟前还可以帮助照看两个孩子。他跟乔希计划在帕城租个房子，试试让孩子们在乡村成长。他跟凯瑞说生活不只是为挣到政府部门的工资。

"我们可能贫穷，但是有自由。"他一边用拿养老金的人的声音颤颤巍巍地说道，一边大笑着把三个大包扔进了后院的房车里。房车这些日子空了，因为克里斯跟他女朋友和好了，又回去穆伦宾比镇跟女朋友和孩子住了。

"你得了吧，哭什么穷啊，你在悉尼红蕨区公寓的租金就可以帮你还房贷了。"凯瑞挖苦他，"你是想让我为你拉世界上最小的小提琴来平息你的无病呻吟吧。而且你还有十多年的公积金存在银行里。"

"是啊，没错。"黑超人表示同意，但他没有说出来的是最近发生的一次谈话让他把所有的公积金都取了出来。

"你想都别想混进我的塔罗牌算命帐篷。"靓玛丽严厉地跟他说，"那可是女人们的事，你们别掺和。"

"又一个梦想破灭了。又一个展望破碎了。"他一本正经地说。

"哈哈，没救了。剪个头，找份工作去吧。"凯瑞说。

"先不管什么剪头和找工作的事。"靓玛丽加进来说道，她对下午的葬礼感到焦虑："你做的咖喱饭好了吗？放了足量的椰奶吧？我可不想坐在河边时肚子好像传教中心的老板怒吼，只因为你们这帮人太懒不好好做顿饭。"

"哎呀，妈！"黑超人说，使劲搂了一下靓玛丽，"你怎么就一点也没变呢？"

"放开我，你个黑傻蛋！"靓玛丽一把把他推开，走到冰箱跟前，又续了一杯廉价白葡萄酒。

凯瑞心想，有些事情永远不会改变，还有些事情改变得不够。

凯瑞盖上锅盖，用小火煮着咖喱饭，注意力转到客厅里借来的电视上正在播放的午间新闻。头条新闻是讲联邦政治的事，啰啰嗦嗦讲了一大堆，谁他妈有兴趣听。但是第二条新闻报道了布里斯班的两个人因为偷盗失手逃离现场的事。

凯瑞把炉子的火熄了。

这起失手偷盗案件发生在森尼班克区，犯罪人试图偷走一个保险柜。

凯瑞赶紧跑进客厅。

新闻主持人显然是忍住笑接着报道说："两名偷盗者成功地将保险柜搬出来，没有被发现。但是在试图用干冰来获取保险柜里的东西时遇到了麻烦。当盗贼用榔头使劲砸被冷冻的保险柜时，保险柜和里面差不多八万的现钞同时被炸成了碎片。警方仍然在查找这两位女性盗窃者的身份，据悉她们两人都是白人……"

凯瑞立马可以想象罗基和外号"花生"的伙伴在现场目瞪口呆的画面。速冻的现钞在森尼班克的停车场被炸成了彩色纸屑，飘散在她们俩周围。她笑得瘫在沙发上，直到笑出了眼泪。

第二十一章

　　黑超人掐算到达河岸的时间准确到秒。秋日的阳光好像长长的手指斜着穿过桉树。树林空旷地带没有其他人打破沉寂。活跃的河水闪着钻石般的光芒，渐渐涨起的潮汐拍打在湿漉漉黑色的岩石上。岛上的喜鹊唱着悦耳的歌。这景色简直就是出自电影镜头。

　　"这里就是皇冠上的宝石。"黑超人把车停靠下来，对唐娜说道。

　　"宝岛，我的家。"唐娜默默地说，本来是想嘲讽一下，但却发现她说出的是真话。她深深吸了一口气，下了车，同一个跟她对爱娃岛有着同样感受的人一起来的那种奇特感觉，让她有点眩晕。她跟黑超人有多久没有一起来过爱娃岛了？距他们俩最后一次一起在这里游泳足有二十年了。那根高高挂在桉树的树权上的绳索还在那里，他们当初就从那根绳索上像荡秋千一样，荡得老高的时候跳进河里，只是绳索已破损。那时候他俩还在对岸的小沙滩上点一堆火，烧他们抓上来的鱼。这些年的时间都去了哪里？他们自己又有了什么样的故事？这些都是没法回答的问题。但是她这个聪明又善辩的弟弟有一点说对了，河湾没变，依然美丽如同从前。你以为童年的时光尽在你的记忆中，很多年前就深深印入脑海里，不论你是去了悉尼，还是香港，还是乌布德，但是当你再回来的时候，你才意识到你错了，因为你心里所记住的不可能确切。眼下河流的完美让唐娜感到震惊，就跟她离家之后偷偷跑回来时感到同样的震惊。

　　　　　　　　　　　　　\多\嘴\多\舌\

她使劲吸着桉树叶和金合欢散发出的香味，金合欢长在狭窄的海峡的另一边，将他们同先人们隔开。她太熟悉这个带有淡淡鱼腥味夹杂着长满青苔的岩石溢出的泥土味。鲜亮的沙发草一直长到河的边沿。这是最漂亮的地方，是她度过孩童时代的地方。那时候露丝姥姥还活着，带着她来这里。唐娜尽情地享受这里的一切，眼睛让泪水刺得痛。最后她转过身来对着黑超人。

"这些刚收到。"她有些生硬地说，递给黑超人一沓法律文件。她把夹克的领子竖起来，抵挡从河面刮来的冷风。她摇摇头，调侃地说："老弟，你应该去做销售。"黑超人咧嘴笑了笑，把文件折起来放进游侠防水夹克的口袋里。想到他们俩人要做的事情，心怦怦地跳。

"绝对棒的销售员。"他对唐娜说，肾上腺素充满了每个毛孔，他从未感到像现在这样激昂，"你知道我们要做的事情意义重大。"

唐娜不是完全信服。放眼看看丛林，看看对着她一闪一闪的河水，好像是她最喜爱的大伯高兴地看见她回来，但又一转身去忙别的事了。在空地的边上停着一辆巨大的黄色推土机，沉默又恶狠狠地对着跟前的大树，严阵以待将树统统推倒。推土机的马达一开，所有这一切，所有她的家族无比珍视的一切，都将被粉碎，两个小时的时间就被夷为平地。世界上最简单的事莫过于肆意地毁灭。而没有比早期记忆更易碎的东西。唐娜转过身去，有意将视线躲开推土机。

"这个天气举行葬礼很好啊！"她说，心想索尔特家族里哪一位有幸被选中抱着埃尔维斯冰冻的尸体来到河边。

"大舅，我不知道我是否可以做到。"肯尼坦白地说。理查德大舅没患麻痹的那一半脸的肌肉抽了一下。他从后视镜看了一眼，克里斯、史蒂文和唐尼挤在后排座位上。一帮成长中的男人，一帮好汉，但没有跟他同辈的。沉默中，他驶出了靓玛丽家石子铺的车道。在殖民大道上开到一半时，他才开口回答，低沉的声音里带着不满。

"我们之前谈过了。"

"是啊，可是……"肯尼说。

理查德大舅打断他："另一桩事情不搞定，我是不会上岛的。你也知道为什么。"

肯尼坐在副驾的座位上沉默不语，低头看着他的牛仔裤。他闷闷不乐地用手掌搓着牛仔裤，想赢得多一点的时间，找到灵验的托词把自己从今天这个棘手的任务中解脱出来。理查德大舅叹了口气，把车停到了路边。他坐在车里，看着他们面前路上被破坏了的焊网。然后他转过身来对着肯尼。

"小子，你要面对自然法规，你就必须一身干净无邪。不酗酒，不吸毒，还必须了结所有的债务。太多的男人们不是真心实意，总想找捷径，但是这里没有捷径可走。大多数时候，在你准备好之前，你必须完成一项艰难但必要的任务。"

理查德大舅搓了搓自己的鼻子，然后拉开夹克的拉链。他解开法兰绒衬衫上面的纽扣，露出胸膛上很宽的疤痕，就好像有个巨大的爪子在上面使劲抓了一下，留下了发着光的疤痕，光溜溜的不再长汗毛。

"你也想要这些疤痕吧？"他问肯尼，一边拿起外甥的手，放在自己的心脏处，后面座位上的三双眼睛齐刷刷地盯过来。"外甥，它们可不是无代价就可得到的。你必须靠努力赢得。"

肯尼独自坐在车里，跟自己做着思想斗争。他用马上抽完的烟

\多\嘴\多\舌\

头又点燃了一根新的，接着又抽到了烟尾巴。

其他的几个男人加入家人的群里，他们围着推土机，表达着极大的愤恨。"真想把胎给扎了。"凯瑞恶狠狠地说。克里斯告诉她推土机的轮胎是特制的，扎不透的。"那就把点着的火柴扔进油箱！"凯瑞接着说道。可是油箱是锁着的。

唐尼一眼注意到了推土机的钥匙高高地挂在驾驶室里的引擎孔上。心中的愤怒油然而生，他一把拉下银色的钥匙，使劲朝着河里扔去。只听见扑通一声，钥匙掉进了靠近爱娃岛的泥水中。凯瑞惊奇地眨着眼。

"这下他们的进度就会受到影响了。"她赞赏地大声说，但立马意识到他们本可以把推土机开进河里，让它锈死在水里！

"好样的！"克里斯跟唐尼说，捏了一下他的脖子。上次被打烂的摄像头在他们头顶上的那棵树上无可奈何地盯着他们。

理查德大舅和靓玛丽在另一头跟唐娜非常投入地谈着话，已经足足谈了二十分钟。他们三人头对着头，好像一个秘密的三人集团，其他人听不见他们在说什么。他们之间又来来回回说了一阵，最后母女俩人拥抱在一起。唐娜转过身去，以为没有人看见，赶紧擦了一下脸上的泪水。等她点头示意准备好了之后，理查德大舅带着母女俩回到大伙跟前。

"肯尼小子。"他喊道。车门嘎吱作响不情愿地打开了。停顿了半天之后肯尼才下了车，一瘸一拐地走过来。凯瑞觉得他身上好像缺了点什么似的。不对，不是缺了什么，而是男人露营剥掉了他这些年来一直用来伪装自己的东西，留在了丛林中。现在站在她面前局促不安的这个男人，才是真实的肯尼。

"来，坐我旁边。"理查德大舅招呼他。肯尼从命坐了下来，脸上没有任何表情。黑超人从半圆的外围走过去，站在靓玛丽和唐娜旁边。他把一只手放在唐娜的肩上，让他出乎意料的是，唐娜没有把他的手拿开。

一片寂静。没有人知道接下来会发生什么。

"你们都知道，肯尼和其他男人们最近去了丛林露营。"理查德大舅说，一边将帽子往头后面推了一下，他习惯在深思的时候，或者当场被问住的时候，下意识地推一推帽子。"今天我们在这里有几件事要做，包括要把我们的老朋友留存在岛上。"他点头示意埃尔维斯的尸体，尸体包在一个带条纹的尼龙袋子里，"但是在做这件事之前，我们有另外一件事要了结。当我们站在自然法规之地，我们不能够彼此之间存有恶意。所以，我希望把唐娜带回这里，让她感受到本应该受到的欢迎。"

他直接跟唐娜说道："亲爱的外甥女，你离家很久了。我们都非常想念你。我们从未忘记你，也从未忘记这个地方。"理查德大舅示意河流和岛屿，"我们的先人们也没有忘记你。这个美丽的家园，这条河流，祖姥姥和祖姥爷的宝岛，这里的一切，都包含着你。你知道吗？这条河流就是你的血液，这片土地就是你的身体。你被迫离开属于你的家园这么久，我感到非常难过。我尤其难过的是，上一周我没能赶到，欢迎你回家，告诉你我相信你讲的往事。所以，宝贝，真的特别开心看到你终于回家来。"

唐娜严肃地点点头，又点了点头。她没有笑，也没有说出她在过去的二十年里两次回来看河流。她没有因为最终受到欢迎而雀跃。她能够原谅靓玛丽。黑超人不需要她的原谅。至于家里的其他人，那要等着看了。

理查德大舅对肯尼说："外甥，好了，该你讲了。"

肯尼清了一下嗓子。他把拳头塞进牛仔裤的口袋里。他想起理查德大舅的话："面对你内心的恶魔。完成艰难但必要的任务。"

"我想说的是……我，我想跟你道歉。"他头一次看着唐娜的眼睛，看到唐娜眼睛里闪动着吃惊的波纹，"当你突然出现的时候，

＼多＼嘴＼多＼舌＼

就是让所有的人都感到措手不及，我说了我不应该说的话。"

肯尼喘着粗气，尽管空场地刮来清冷的风，穿着 T 恤，但他开始冒汗。完成艰难但必要的任务，我的天哪。

靓玛丽用手绢捂着脸又哭泣起来。老妈这几日简直变成了消防用的水管，而且是说哭就号起来了。凯瑞跟往常一样不动声色。唐娜看着肯尼，那表情就好像在看一头长了两个头的牛。理查德大舅站在那里，沉着地把握自己。唐尼也在跟前，目不转睛地看着眼前发生的这一幕。是啊，唐尼在看着，要给孩子做个榜样。肯尼挺直了背，把两只手从裤兜里拿了出来。

"我不止一次地说出不该说的话。但是，妹妹，我相信你说的话。我是你哥，我本应该帮你的，可是我没有。就觉得我心里一部分相信你讲的爷爷的事情，但更多的是恨你把那些事情讲出来。听到真相，实在太痛苦。但是，在内心深处，我知道……你知道的我都知道。所以，我算是都讲出来了。"

肯尼眼睛直直地看着唐娜，使劲地出了一口气。他努力不在大家面前暴露感情。理查德大舅用胳膊搂住肯尼的肩膀，肯尼迫不及待地要挣脱开，逃离耻辱和软弱。当他意识到他大舅不会放手让他走时，他才放弃了抗争的念头。这一认识就好像沉重的铁锹对着他当头一棒，他的零起点就是同白发老人一起站在河水边。

"好汉。"理查德大舅说，把肯尼的头扳过来靠在自己的肩上，又说了一句："好汉。"然后他吻了一下他的头，退后一步，放手让他进入新的生活。

"唐娜，你听到你哥哥向你道歉了。你想说点什么吗？"

唐娜避开猛然转向她的每张脸，那些犀利的眼神跟从前一样带着偏见打量着她。她觉得在嗓子眼里有块结晶岩，她想把岩石拉出来，砸向硬是把她带到这里的每个人，让她遭受这样的考验和磨难。她从黑超人臂膀里挣脱出来。

"姐……"他喊道。

"道歉多容易。"唐娜口气坚硬地说道，"我独自度过了十九年。当年的时候我还只是个孩子啊！有人必须为此承担责任！"

"是啊。"理查德大舅严肃地说，"我们当初确实应该认真听你说。对孩子犯下的罪行，确实应该为此承担责任。可是，丫头，当犯罪人已经死了，入土了，事情就不那么容易了。有的时候，道歉是唯一的方式。"

又是一阵尴尬的沉默。最后唐娜耸了耸肩，看来是没有什么解决的办法了。突然间靓玛丽发出尖锐的哭声。她转向唐娜，双臂抱在胸前，下嘴唇颤抖着。

"闺女，你听我说。"她说道，"那天晚上我把你赶出去，是因为我太害怕听到你要说出来的事。女儿啊，我对不起你。我白白浪费了十九年，失去了那些宝贵的时间，一无所获……"

"你感到害怕？"唐娜不可置信地问道，"你感到害怕？你知道什么是真正的害怕吗？你知道一个孩子半夜竖起耳朵，倾听又害怕听到走过来的脚步声是什么样的感觉吗？你知道这个孩子特别害怕去浴室吗？就怕他在那里等着她。你知道她年复一年地忍受着，就是为了他不把恶爪伸向她的妹妹和弟弟吗？而你在哪里？在酒吧。"

靓玛丽抖了一下，理查德大舅马上伸出胳膊搂住她。靓玛丽无力招架，一切都发生的太快。唐娜需要时间来……

"你的态度硬得跟钉子一样。"凯瑞突然怒火中烧，指责她的姐姐，"所发生的事情是不对的。你所说的话，我们也都相信。但是肯尼说了对不起，妈妈说了对不起。你还想要什么？你是想让我们建造一架时光机器，回转到1999年吗？还是把那个老混蛋的骨灰挖出来，让你在上面吐上两口唾沫，告诉他你是多么仇恨他？"她两眼瞪着姐姐。

"历史使得我们都很坚硬。"理查德大舅迅速插进来，"我们为

\多\嘴\多\舌\

了生存而变得坚硬，就跟竖在那里的岩石一样坚硬。但是拯救了我们的坚硬同时也会毁了我们自己，所以我们必须打破我们的坚硬。唐娜丫头啊，发生在你身上的事真的是十恶不赦，纯粹的犯罪。但是他现在已经走了。我们所能够做的就是为我们没有听你讲述道歉。那么接下来会怎么样，就全在于你了。"

"别指望我会原谅他！"她对理查德大舅说，眼睛里闪烁着愤怒。

"丫头，没人要求你那样做。"他回答道，"这不是今天聚在一起的目的。"

就在唐娜犹豫的时候，靓玛丽又鼓足了勇气说道："闺女，受到虐待的不只是你。"她一字一句地说，举起手掌示意理查德大舅不要打断她："哥，我明白的，我明白他根本不爱听，也许我们没有理由要求她听，但是她应该知道。爷爷临死的时候告诉我，他说那件事比癌细胞更甚地侵蚀着他的生命。当年在布里斯班时，他还是个孩子，只有十四岁，三个警察抓住他，把他关到监狱里，然后三个人整晚上轮番欺凌他，就是因为他赢了不该赢的银拳大奖。"

"我的天哪！"史蒂文悄声说道。

"原来你知晓的。"理查德大舅对靓玛丽说，把帽子往后推了推。

"老哥，很多事我都是知道的。"她回答说，她挺直了一下肩膀掩盖她颤抖的声音，"而且这么多年以来，在这些事情上保持沉默，实在让我受够了。可是我们都道了歉，如果唐娜不介意的话，眼下我想让我们的老朋友入土为安。"

"唐娜……"理查德大舅等她说话，"我们不讲原谅，那是白人们的做法。但是至少我们还可以继续保持一家人，对吧？"

每个人都在等待。那个瞬间世界处在静态。

"妹子，求你了。"肯尼轻声说。

唐娜叹了口气，闭上了眼睛。再睁开眼时，她看到跟她同一血脉的家人站在她的周围。

"那好吧，开始吧。"她有些疲惫地说道。埃尔维斯的葬礼正式开始。

河水高涨，阳光普照，梭鱼卖力地在狂跳。好美的景色，可肯尼刚下河蹚水时，让冰冷的水一刺激叫出声来。大家又赶紧从理查德大舅的皮卡上卸下了独木舟，轮流把每个人都渡过河去，上了岛。全家人聚集在南洋杉后面的灌木丛里。唐尼和肯尼在祖姥爷秦乔伊的花岗岩巨石旁边挖了一个圆坑。靓玛丽跪在圆坑边上松软的红土地上。她从凯瑞的书包里拿出胸甲，轻轻地把它放在埃尔维斯僵硬的瘦小的身体上面，然后又放了几层树皮，最后铲了一些土盖在最上面。"赐予我王的胸甲。"靓玛丽说道，一边用手把土抹平准备放贝壳。"行之有道。"理查德大舅唱道，接着靓玛丽的敲敲木响了起来，唐尼头一次跟他爸爸肯尼一起跳起了抖腿舞。看着父子俩跳舞让每个人都流下了眼泪，连凯瑞也不例外。

"你也有柔软的时候啊。"肯尼调侃她，一边用胳膊搂住了儿子的肩膀，使劲把他往自己身上靠了靠。

"你少跟我贫。"凯瑞跟他说。肯尼大声地笑着，咧着的嘴露出了他的一口破牙。

每人又从烟雾中走过一遍。大家一致同意他们都饿得前胸贴后背了。唐尼和史蒂文被派去捡柴。肯尼从水边托出沉重的冷藏箱，把一个银色的锅递给克里斯。凯瑞的肚子咕咕叫起来，太馋咖喱饭了。冷空气，还有河水，总是让她胃口大开。

"我在想埃尔维斯有没有可能在哪里留下了狗崽崽。"她不禁讲出心里所想。

"闺女，那还真不奇怪。"靓玛丽笑着接了凯瑞的话。

"妈，要我帮忙做饭吗？"唐娜生硬地问道，好像她妈妈没有给一大家子做过饭似的。靓玛丽停下手喘口气。

"谢谢了，丫头。"她说着再自然不过地把热气腾腾的两碗饭塞进女儿的手里，让她传一下。大家一起吃饭。

坐在树枝上的笑翠鸟眼睛盯着下面的饭锅，发出一串断断续续的叫声。克里斯抬头看了它一眼，朝它扔了一块带着软骨的鸡筋，这只鸟坐在原处用嘴稳稳地接住了。嘴左右甩了两下，零食就下肚了。

"简直就是同类相食啊！"唐尼咧嘴笑了一下。

"你得感谢我家老狗。"凯瑞对笑翠鸟说，"它可是追这只芦花鸡很多年也没有得手。真是啊，我太想我们这条整天风风火火的狗了。"她想起再也没有埃尔维斯躲在后院了，一下子又眼泪汪汪。

"你当然会想念它的。"理查德大舅说，一边嗛着一只鸡翅膀，"它是我们家庭的一员啊。你也会为它哭泣。我们大家要学会在酒醒之后哭出来，这样可以避免自相残杀。"

凯瑞告诉大舅一定是神显灵，她到目前为止还没有杀过人，而且除了破门闯入市政委员会办公室之外，她已经一年多没犯过案了。事实上，她是一名改造好的社会一员。史蒂文立马凑过去，把头在她肩膀上蹭来蹭去，她正要拿着抹了黄油的面包蘸咖喱汤汁。

"你个臭小子，要干什么？"

"蹭点你头顶上的光环反射出的光芒啊！"史蒂文说。大伙都笑起来，打趣凯瑞的改邪归正。

"哈哈哈，太可笑了！我跟你们说，在市委会办公楼的那个晚上，祖姥爷秦乔伊出现在我面前。"凯瑞改变了话题，表示她对史蒂文的调侃不在意，"他告诉我胸甲在哪里，要不然我肯定就错过了。"她停顿了一下接着说："不过要是没有看到胸甲也未必不是一件好事。"自打这个胸甲重新出现之后，他们的生活中发生了太多的事，很多都不见得是好事。

"把你吓坏了吧？"肯尼问道，"说实话，要是我，肯定吓尿了。"

"我还真是给吓得屁滚尿流。"凯瑞坦白道，"我吓得腿都挪不动了。"

"要知道，老人家绝不会对我们有恶意的。"靓玛丽微笑着说，"他连一只苍蝇都不会伤害的。但是爱娃祖姥姥，你小心点，她有可能狠狠揍你一顿哟。"

理查德大舅皱了皱眉，用手擦擦胡子拉碴的下巴，看看有没有沾着鸡肉渣。他在想，无论祖姥爷秦乔伊对凯瑞多么善良，已经被损坏的胸甲绝不应该让一个没有孩子的年轻女人拿来拿去。那样做不合适，这事必须由男人来做。

"我在想这一系列的倒霉事，是不是因为我偷来了胸甲导致的。"凯瑞向靓玛丽吐露心事，"尽管是从吉明老蟋蟀那里偷回来的，而且本来也是我们家的东西……"

"你现在原原本本告诉我们事情的真实情况。"理查德大舅说，吹着手里拿着的小铁茶杯。凯瑞就讲述了当天晚上如何破门而入市委会办公室的前前后后，说到她当时只发现了现金和神抽努恩的雕像，然后祖姥爷秦乔伊就出现了，领她到了后屋里的柜子跟前。

"我本来进去是找一大把钞票的，那笔钱足够拯救我们的爱娃岛。"凯瑞解释道，有意回避了她丢了的背包里有什么的细节，她仍然对找回她的背包满怀希望，"但出乎意料的是，我在吉明的办公室找到了胸甲，还有其他一些零零碎碎的东西。这些东西还在我的书包里。"她指了指她的红色书包："有石英水晶，文物，还有什么其他东西。我当时就是看见什么抓什么，然后赶紧逃跑……"

"石英水晶？"靓玛丽和理查德大舅不约而同地打断凯瑞。

"给我看看。"理查德大舅说，急忙放下手里的茶杯，茶水溅出来一半，落在野餐坐毯上。

\多\嘴\多\舌\

"祖姥姥的智慧石。"靓玛丽悄声说道，眼睛瞪得老大，凯瑞感到一股兴奋的情绪从脊梁骨里穿过。

凯瑞翻着书包，掏出一尊努恩的青铜雕像，把它放在一边，她打算以后卖掉。然后她又拽出一个超市的塑料袋，两个白发老人的头一着急碰到了一起，他俩都迫不及待地想看看凯瑞带回来的是什么。

"都是些没什么用的东西。"理查德大舅看了一两分钟后，不无失望地说道，"不知道是什么，但肯定不是智慧石，不是赭石。"他把这些什么都不像的东西放回塑料袋，递给凯瑞，眉毛发愁地抽搐了一下。凯瑞把东西堆在一边，心想自己可真是个草包盗贼。

"哎呀，我还真以为拿到了好东西呢。"她后悔不已地说，想着早上的那根大麻烟要是留到现在该多好啊。心里感到一阵强烈的失落。埃尔维斯埋了，法庭传来的全是坏消息，眼前面临的是更加艰难、更加无望的斗争。我们手中没有任何牌来拯救爱娃岛。

靓玛丽拿起了青铜雕像，在手里掂了掂，脸上掠过一丝若有所思的表情。

"我知道在莫巴镇有个男的会出大价钱买这个。"克里斯说，凯瑞脸上顿时生辉。

"姥爷啊，你算是终于上了岛啊！"靓玛丽说道，"你个残暴的老混蛋。"

肯尼皱了皱眉头。唐娜正要伸进嘴里的勺停在了半空。

"你说什么呢？谁的姥爷？"凯瑞愤愤不平地说，"祖姥爷秦乔伊才是你的姥爷！"

靓玛丽发出一串笑声。她用纤细优雅的手指摸摸自己红棕色的皮肤。

"你看看我这肤色就明白了。我叫秦乔伊姥爷，是因为他跟我姥姥爱娃结婚差不多有三十年。但是我的妈妈，也就是你们的露丝姥姥和她的几个兄弟姐妹们的父亲都是神抽努恩。你们以为那天追杀爱娃祖姥姥的人是谁？"

"但是你说祖姥姥爱娃跑掉是为了逃命。"凯瑞脱口而出，"是你告诉我们的！你说她是为了逃命，那帮龟孙子们因为要偷我们的土地朝她开了枪。"

"朝她开枪确有其事。"靓玛丽很平静地表示同意，把最后一点咖喱饭铲进塑料盒里，准备带回车里。她用两个拇指使劲压了压塑料盒的盖子，听到啪嗒一声关上了。靓玛丽抬起头，接着说："她逃命也是真的。但是当时我们的土地早被抢了。丫头，你动动你的脑子啊！1899 年时努恩家族已经在这里生活了两代人了。那时已经到处都是白人的农牧场和村庄了。祖姥姥跑掉是为了保住自己的孩子，不让他们给抢走。她在那之前给神抽努恩生了四个孩子，都被警察强行带走了。她告诉我，那天她宁愿淹死，也不愿意再失去自己的孩子。结果她逃跑成功了。"靓玛丽左右环顾着爱娃岛，神情严肃而满意地点着头，"她搭了个草棚，到处找食，艰难度日，抚养露丝姥姥，那时候祖姥爷秦乔伊要去各个农场干活。后来警察们还是把露丝姥姥，就是我跟理查德大舅的妈妈，给强行带走了。不过她那时已经十二岁了，知道自己的身世和民族，对吧，哥？"

理查德大舅点头同意。

凯瑞坐在那里，吃惊不已。想象着她的祖姥姥躲在岛上、远离所谓文明的生活，跟她唯一能够亲自养育的孩子平静地生活在一起。露丝姥姥十二岁时被从自然乐园偷走，很多年后回到岛上，带来满脑子的基督教义，还有最后一个雇主的儿子传给她的疾病。

凯瑞看着营火的火苗舔着周围的干裂的桉树枝，把绿色松针顷刻烧成透明的橙色松针。她在上升的烟雾中辨认着每个人，突然觉得不认识自己了。他们一家从来都为家族中的华人血统感到自豪，凯瑞自己也一直认为在家族史上的什么地方有那么一点来自殖民时期白人囚犯的血统，但是绝没有想过他们会是最初来到这里杀人放火抢夺他们领土的开拓者的后裔。

如果这样的话，帕城里白人的一半都是他们的远亲了。

凯瑞撇了撇嘴。要让她跟那些人认亲，八辈子也不可能！

"那就是说我们也有亲戚在南边了，是吗？"她终于张口问道，"就是爱娃祖姥姥的另外四个孩子。"

理查德大舅点点头："是啊，如果他们还活着的话。就我们所知，约翰舅舅活下来了，我们找到了爱丽丝姨姨一家。我觉得我们在悉尼也有亲戚，恐怕在西边，以及昆士兰，都可能有亲戚。他们把偷走的孩子们带到任何可能去的地方……所以，你要是约会黑皮肤的男人，可是要当心点哟。"

"所以看到肯尼跟那个托罗斯海峡的女人生孩子，我就很放心。"靓玛丽坦白地说，"因为根本没法确定你跟谁有血缘关系。"

此刻大家都陷于沉默，寻思着刚才谈论的话题。

靓玛丽把剩下的咖喱饭放进冷藏箱，把小铁茶杯涮了涮，递给肯尼一袋速冻青豆，让他放在受伤的腿上。靓玛丽站了起来，舒展一下腿脚，然后招呼两个女儿，说带她们去岛的另一头的女人之地。

"女人之地？"

"你们觉得爱娃祖姥姥为啥要大老远地跑到这里生这个孩子？"靓玛丽对着女儿们瞪大眼睛，眉毛成弓形，"她完全可以躲在任何地方的丛林啊，对吧？"

靓玛丽带着凯瑞和唐娜穿过丛林，葬礼仪式的烟雾还缭绕在周围。她们走在路上投下的影子好像三双脚和三个头从她们的腰部伸出来。肯尼看到扯开嗓门放声大笑起来。

"不惮辛劳不惮烦。"① 肯尼一边唱起来，一边对着克里斯、唐尼和史蒂文挤眼，"三个女巫在前进。"

　　"女人事务。"理查德大舅说道，一边躺下来，把帽子盖在脸上乘机打个盹，"不关我们的事。别招惹她们。"

---

① 出自莎士比亚剧《麦克白》里面的名句，三个女巫在炼制毒药前念念叨叨的话。"不惮辛劳不惮烦，釜中沸沫已成澜。"朱生豪译本。

＼多＼嘴＼多＼舌＼

第二十二章

四点钟到了又过去了。南洋杉斜着罩在河水上的树荫越来越低，最后移到了停在河对面空场地的车辆上。独木舟收了起来。营火上烧着最后一壶茶水。一家人谁也没有讲话，慢慢地围在新坟堆前。在他们身后，一群乌鸦在南洋杉上开始大声地吵闹。凯瑞愤愤地瞪了它们一眼。为什么发出最难听声音的鸟却总可以喋喋不休？哇！哇！没命地大叫着，这帮操蛋的乌鸦比酒吧里粗野的白人乡巴佬还吵。她抖了一下手里拿着的书包。她真想把书包一把扔过去，砸在乌鸦头上，让它们吓得魂飞魄散。光是书包里的那个青铜雕像，砸过去，会把凶悍无比的婆罗门公牛都吓得半死。但是靓玛丽坚决不让动乌鸦一根汗毛，因为乌鸦是她的图腾。所以无论这群破鸟怎么无节制地吵闹，大家都得受着。

"再见了，老朋友。"靓玛丽对着坟头挥舞着一只手，另一只手给着飞吻，"爱你！你再也不用惦记着我的那群母鸡了，也别想着在每个人的脚上撒尿了。你就好好去玩乐吧！帮着祖姥爷和祖姥姥看好公牛，别让它们跑了。当心别让牧牛犬撕碎了你，它们可都不是些好东西。"然后她弯下腰在坟的上面拿起一个什么。

"看啊！"她激动地说，手里摇晃着一根带点的羽毛，"这羽毛是芦花鸡的！是老朋友送来的。丫头啊，我告诉你，这是在给我们传递信息呢。"凯瑞心想，别逗了，这羽毛是一只雄鸦鹃几小时前路过这里掉下来的。但她看到理查德大舅看了她一眼，又跟她笑着挤了一下眼，凯瑞就忍住没说出来。靓玛丽小心翼翼地把带点的羽毛塞进文胸里，大伙情绪高涨起来。

其他人都默默地跟埃尔维斯道别，或者拍拍坟头，或者摸一下在坟上围成圆圈的贝壳。唐尼眼泪汪汪地把贝壳重新摆放整齐，表明他对埃尔维斯刻骨铭心的爱。"我在想它在来世会不会补齐它的断尾巴。"靓玛丽边想边说，但是乌鸦越来越高的叫声几乎盖过了她的声音。

凯瑞又狠狠地瞪了乌鸦一眼。简直太过分了！有些人称乌鸦为信使，但她认为乌鸦是些爱显摆又不识时务的混蛋。

"你们赶紧闭上你们的黑嘴！"凯瑞冲着乌鸦喊道，"我们在做葬礼哪！懂点尊重吧！"

"它们是我的神鸟。"靓玛丽提出抗议。

乌鸦们立马高兴地齐声高唱："做葬礼！做葬礼！哇哇！你的葬礼！你的葬礼！"

"妈，它们也许是你的神鸟，但这些乌鸦真的让我抓狂。"凯瑞争辩，她冲向乌鸦，嘴里诅咒着，假装做个样子要拿书包砸过去。可是让她吓了一跳的是，书包真的从她手里飞了出去。红色的帆布书包越飞越高，直往南洋杉上飞去，吓得乌鸦们都哗啦啦从树枝上飞到了天空，结果书包带子被挂在了伸出来的树杈上，离地面足有二十多米。乌鸦们看到这一情景，乐得大叫，在树顶上盘旋着。当凯瑞咬牙切齿地请求它们帮忙把书包弄下来时，乌鸦们爆发出帮不了忙的大笑。

凯瑞气得发出一声叹息，然后全家都往挂住书包的树杈上扔木块。结果当水面上像麻子脸一样漂了一层木块时，大家才住了手。理查德大舅揉揉他用来甩木块的那只肩膀，做了个鬼脸。大家一致同意，这树干太粗了，没有绳子是绝对爬不上去的，即使有绳子，

\ 多 \ 嘴 \ 多 \ 舌 \

也未必能爬上去，而且那个挂着书包的树杈也支持不了一个大人的重量。

最后理查德大舅提出："看来是要等来一场暴风雨，才有可能把书包刮下来。"

"我操！"凯瑞啐了一口唾沫，"我他妈怎么就这么倒霉啊。现在我就更是身无分文了。"瞧她这个倒霉劲，一定是跟什么诅咒干上了。

"那你就只好回到塔罗牌算命帐篷里工作了。"靓玛丽很不满意地说，好像凯瑞是有意丢了她的财富似的。

"至少你的手机还在着。"史蒂文说着从自己的口袋里掏出手机递给凯瑞。刚才他们跳舞时，史蒂文用凯瑞的手机拍录像。凯瑞做了个鬼脸，才想起来她的银行卡也挂在半空中，在祖姥姥的南洋杉上。不过对她也没太大影响，她的账户从去年 12 月以来都是零，她这个小黑鸭一路都是靠现金。但是有个那玩意儿还是更好。

"我们还是回家吧。"凯瑞叹口气。她侧眼看了一下独木舟，正好跟水位吻合："妈，你第一个过去？"

"等一下。"黑超人说，看了一眼唐娜："先别过河，我们有个事要……"

"妹子，怎么了？"理查德大舅打断了黑超人的话。靓玛丽正聚精会神地看着从远处的殖民人道上卷起的一股橘黄色的尘土。随着汽车高速向着岛上的空地驶来时，引擎发出的声音也越来越响。凯瑞心里咯噔一下，马上想起了几个月前就在这个地点与吉明·巴克利不期而遇，结果倒了大霉。引擎的声音越来越近。没人会无故把车开得这么飞快。

"一定有什么事！"肯尼不安地说道。

"不管这是谁，这车开得快得不要命了。"理查德大舅同意。

靓玛丽把手伸进包里，紧紧攥住她的塔罗牌，骂自己为什么不在底气十足的时候算一把牌。她的牌是不会撒谎的。但是有时愁苦的生活中遇到的不幸实在太多时，很难保持信仰。她琢磨是不是可以现在算一把牌，但是眼下每个人的情绪都在波动，精神不集中，精力涣散。反正也没有时间了。当人老了的时候，就总是没有足够的时间做想要做的重要事情。别人的计划总是搅乱你自己的打算。

"是辆大众面包车。"肯尼说道。他聚精会神地听着，一只手掌放在耳朵后面，好像一台微型卫星天线，"是个三缸引擎。"

"是芝宝！"史蒂文说。

"他这是在奔命啊，也许美国佬来啦。"凯瑞带着嘲讽的口气说。

芝宝是有名的慢性子，过的是冰川时代的生活节奏，从来没有人看见过他急急忙忙，而且手里总是拿着一根大麻烟。大家都不由得凑在一起，心里万分紧张地等待着他们的朋友带来的消息。

等车转过最后一个弯，一个急刹车停住时，果不其然，芝宝从车里出来。他跑到水边，两手做成喇叭状，对着一大家人语无伦次地大声喊叫起来。好一阵儿之后，大家才看出来在芝宝的两只手和一把大胡子后面，是一张龇牙咧嘴笑歪了的脸。芝宝大声喊了三遍，一家人才开始明白他在说什么。

"反贪局逮捕了巴克利！"他喊道，"在他家里找到三万澳元的受贿现金，藏在一个旧的双肩包里。他这下是一落千丈，遭这报应，没有比他更合适的混蛋了。"

一瞬间，大家全蒙了，接着索尔特一家大呼小叫起来。他们相互拥抱，喊叫着，放眼看着爱娃岛，河流，空场地，这一切现在都安全了。都安全了。停在对面河岸的那台丑陋的黄色推土机一瞬间变得疲沓无力。"赞颂上帝。"靓玛丽说着一下跪了下来，任凭塔罗牌从手里滑落到地上，"赞颂主之名。塔罗牌从不撒谎。"

\ 多 \ 嘴 \ 多 \ 舌 \

理查德大舅笑得肚皮颤抖，他说："报应之车一定是在吉明老蟋蟀家门口计划外停了车。"

唐尼高兴地大叫，一把将 T 恤衫扯了下来，奔跑到河岸，一个猛子扎进了冰冷的河水中，接着又赶紧爬上来，哆哆嗦嗦地站到营火边，脸上挂着从未见过的灿烂笑容。"哈哈，你们这帮人，可是够傻的。"靓玛丽说道，自己也禁不住笑起来，比谁都笑得厉害。

其他人在呼叫、拥抱的时候，凯瑞独自转着圈走，难以相信刚才听到的消息。三万澳元正在被送往悉尼反贪局的保险柜的路上。三万澳元去了悉尼！

那是

她

搞来的

三万元啊！

"吉明老蟋蟀今晚就会被关起来啦！"靓玛丽欣喜若狂地欢呼，"我敢说关在里面的弟兄们一定会给他办个欢迎会。"

"打住。趾高气扬的刑事案律师会在晚饭之前就把他解救回家。"肯尼摇着头说，一副怀疑表情，"他十有八九还会派更多的彪悍的土匪去我们家吓唬我们。"

"我觉得不大可能。"唐娜说。

肯尼抬头望去，唐娜背对着他，蹲在那里抽烟，两眼直直地盯着河水，她想厘清思绪，这一周来自己的生活中发生了三百六十度的大转弯。变化之巨大，让她有些应接不暇。

"说什么呢？"肯尼说。

"你觉得是谁打电话通报反贪局的？"唐娜站了起来，转过身，"一个月前我给反贪局递了有关巴克利的材料，这些材料足以让他关在里面等到耶稣第二次圣临。等那个混球出来时，得要用助行架走路了。"

305

肯尼笑得乐不可支。

"巴克利以为我不过是个没头脑的女人，他可以任意摆布。"唐娜接着说道，"我早盯上他了。一开始我只是想让他吃点苦头，让他给我那个开发项目的百分之三十……"

上帝啊，不会吧！凯瑞心想，大吃一惊。唐娜看到她的表情，举起手让她镇定。

"但是，听我说完。我无法说服自己那样做。还有，很快我就有了更好的主意。"她朝着黑超人点点头。

"什么更好的主意？"凯瑞警惕地问道。

"吉明可不傻。他设立了十来个货架公司。但是，他要是进了长湾监狱，恐怕很难还保留他的房地产公司执照。"唐娜吐了一口烟，露出一副对自己极为满意的样子。

"你在说什么？"靓玛丽没听明白。吉明·巴克利终于要被抓起来，当然是件大好事，可是她想知道唐娜为啥得意洋洋，还踌躇满志的样子。

"是你告诉大家，还是我告诉？"黑超人说，一边从口袋里拿出一沓文件。唐娜从他手里拿过文件，沉静了一小会儿。

"三天前我去找了吉明。"她咧着嘴笑着说。

"是在我帮你拨开迷雾之后。"黑超人加了一句。

"我给了他一个无法拒绝的提议。你们看看这个……"唐娜说着小心翼翼地打开手里的契约，"看清楚了这个上面帕城房地产公司的拥有人是谁。从今往后是我们来决定谁可以住在德容沟镇啦！"

"而且我还可以告诉你们的是，中级警戒监狱的计划也不可能实现了。"黑超人说。他站在唐娜旁边，笑得合不拢嘴。

"你们俩是犯罪合谋人啊！"史蒂文羡慕地摇着头。

靓玛丽一下转过弯来，说道："哎呀，这可是太棒了！你们俩人干得实在漂亮！"

\ 多 \ 嘴 \ 多 \ 舌 \

河对岸的大众面包车发动起来，排气管发出两次回火的声音，发动机又轰鸣起来。"酒吧见！"芝宝大声喊道，回去参加庆祝活动，"绿党在酒吧里给大家包了场！"

"点比萨外卖！"肯尼喊道。

"惨了，五点十五分了！"史蒂文看着他的手机说，"举重体能训练班六点开始。"

"姐，想蒙你可不容易。"凯瑞对唐娜说，对她姐姐刮目相看。也许还真可以以其人之道，还治其人之身。凯瑞眼下可以想象唐娜在办公室里，朝后倾地坐在皮革单人沙发里，运筹帷幄。然后黑超人穿着笔挺的意大利西装，口若悬河，向那些中产阶级的买主兜售房产。他们俩就会随着河流上游的穆伦宾比镇和布伦瑞克黑兹镇中产阶级化，以迅雷不及掩耳之势捞到很多钱。还有，那些白人买家们都得先上文化教育补习班，然后才会给他们开绿灯，让他们买房。先让那些没文化的白人们了解一下"邦家仑土地指南"，不然就给他们统统赶出去！

"打住，打住！先别高兴太早了。"肯尼提出不同意见，"巴克利很可能去坐牢，但是他仍然拥有这块土地，他可以出售。所以本质并没有改变啊？"

"老哥，看这里。"黑超人指着手里的文件，读道："以上提到的购买者还将拥有河边地带地产两年的独家使用权，自3月18日起生效。是我们迫使巴克利放进两年的免费租赁。在这两年时间里，各种事情都有可能发生。"

"要是两百年岂不是更好。"肯尼说道。唐娜对着他翻了个白眼："但总还是给了我们喘息的机会。"

"简直了，我今后一切都拜托你们了。"凯瑞狡黠地说，"你们这么会做便宜买卖啊，居然还弄到了这个地方的免费租赁。接下来你们在推销房子上又要发横财了。也许我应该去上一个房地产商的培训课程。"

"是啊!"黑超人说,眼睛周围让笑容带出了密密的细波纹。

"说到发横财,"绰号"大夫"的鲨鱼在不足十米的河流处,黑色三角形的鱼翅划破水面,突然开口说话,"还有一桩关于一项债务之小事。"

一大家人踉踉跄跄地来到岛屿的边沿。他们张着大嘴看着鲨鱼在水里左右摇摆着,优雅地传递着死亡的讯号。

"鲨鱼大姐,你好啊!"理查德大舅一本正经地说着邦家仑语,"我们一直铭记你们家族的善举。"

鲨鱼"大夫"使劲甩了一下尾巴也用邦家仑语回答道:"很好。我很高兴听到你这么说。欠的债过期很久了。"

鲨鱼游了一个大圈,巡视着停靠在祖姥姥南洋杉跟前的独木舟与对面的空场地之间的河流通道中。就在一小时之前,凯瑞还觉得这个独木舟看上去特别结实的样子,一转眼看着就跟小孩玩具似的。真好像在开玩笑。当鲨鱼游过时,凯瑞看到它比一条船还要长,不禁哆嗦了一下。

"怎么回事?"唐尼问道,一边从营火边站了起来走到河边,一边把衬衫套在身上。

"你们知道祖姥姥爱娃游过河流到了岛上。"靓玛丽愁容满面地解释道,"论理,祖姥姥是活不下来的。她被警察的枪击中,流了很多血,但费尽全力游到了岸边。这时鲨鱼闻见了血腥味游了过来,祖姥姥跟鲨鱼讨价还价之后爬上了岸,但是要回她的命有个交换条件,她答应鲨鱼让它吃到白人的肉。所以那天她极力引诱警察追她到河水里,但警察最后没下水就返回了。"

"我祖父一直在等你们偿还欠下的血债,但直到死也没有等着。"鲨鱼说,猛地合住巨大的上下颚。然后飞速地一个猛子扎进水里,一家人看得目瞪口呆。鲨鱼有意一侧身碰到岸边,结果呼啦啦紧靠岸边的土,大块坍塌掉进了水中。被棕色的土壤染浑的水迅速在河面上展开,然后沉入打着漩的水面下面,最后从视线中消失。"我母亲也没有等到就过世了。我们的耐心有限。"

"我们听到你的话了。"理查德大舅用邦家仑语僵硬地说完之后,又重复一遍,"你的话,我们听清楚了。"

鲨鱼"大夫"游得更快了,每次从索尔特一家眼前游过都把岸边的河水激得老高。清澈的河水让河岸边坍塌下来的泥土搅得浑浊起来。鲨鱼靠着岛屿突出的嘴尖之近,凯瑞觉得伸手就能碰到鲨鱼背上突出的鱼翅。理查德大舅站在那里一动不动,他的脸色变得异常铁青,一直在不安地把帽子往后推一推又往前拉一拉。谁都不讲话。然后肯尼慢慢地朝后退了几步。他转过身,弯下腰拿起刚才用来埋葬埃尔维斯的铁锹。他两眼发光,他的时机就在眼前,证明自己无愧的时机。他用双手高高举起铁锹,眼睛朝理查德大舅看了看,然后默默地紧闭双唇对着鲨鱼。他两腿站稳,忍住受伤的那条腿的疼痛。接下来只需要跳一步,猛地把铁锹朝着露出水面的鲨鱼头戳下去就行了。但是理查德大舅皱了皱眉头。

"小子,我们不能破了祖姥姥爱娃的承诺。不可以这样做。"

肯尼的脸一下沉下来。他把手里的铁锹放下来。

"血债要用血来偿。这是最古老的法道。"鲨鱼说道,翻转过身体用眼睛盯着理查德大舅。

"说得对。"理查德大舅停顿了很久之后口气沉重地回答。他的声音不禁让凯瑞打战。凯瑞见过很多回大舅严厉的样子,但是这一回他的脸上露出令人恐惧的表情,好像他在做决定,要伤害到他的所爱。

"如果欠你的是血债,我们会用血来还。"理查德大舅说。

他从口袋里拿出他的折叠刀，在拇指上试了试刀锋。刀在落下的夕阳中闪着光芒。

"肯尼。"

肯尼抬头，眼睛里充满了犀利的喜悦。他高高地仰起头，走到理查德大舅跟前。这个时刻终于来到了。终于来到了。理查德大舅看到肯尼眼睛里流露出的表情，感到震颤了一下。他把刀猛地插到营火中又拔出来，然后带着肯尼站到岛屿嘴尖的最边上。

肯尼仰望天空，用钢铁般的意志把持住自己。

"吃血吧。"理查德大舅用邦家仑语对鲨鱼说道，"吃了血，心满意足。"

他把刀在肯尼上臂厚实的肌肉上划了一道，肯尼疼得低声叫了一声，看着自己鲜红的血喷入河流中。

"大夫"闻到血腥味，疯狂地拍打着水面。它张开大嘴吞噬着散发在它周围的血色雾气，然后愤怒地高高跳起，猛地靠着岸边扎下去。大块夹带着泥土的草皮飞向空中。一家人惊慌失措地往后跳，河水在他们脚下咆哮着。

"耍诡计！"鲨鱼气急败坏地怒吼道，"你们承诺的是屠杀者的肉体，不是你们鲨鱼族的几滴血！"

"我们赶紧退下。"理查德大舅一边说一边去拉肯尼。肯尼却丝毫不胆怯地死盯着鲨鱼，好像看到他刚刚流出的血渐渐变成粉色的水中花朵，让他感到迷幻。他把手压在刀划开的口子上，血从他的手指流出来。理查德大舅把肯尼领到营火前，拿起一把炭灰撒在刀口上。他继而转过身来对着鲨鱼。鲨鱼带着冰冷的愤慨，怒目而视。

"老家伙，你说得很对，你尝到了鲨鱼族男人的血。"理查德大舅对"大夫"说，"但是他母亲的外祖父并不了解许诺下的人肉。欠的债算是偿还了。"

"大夫"爆发出怒吼，跃出水面，在半空愤怒地翻转，张着血

\ 多 \ 嘴 \ 多 \ 舌 \

盆大口，空咬着无法回避的真实。鲨鱼再落入水中时，激起巨大的浪花，打在岛上，飞溅的水珠噼噼啪啪落在了一家人的身上，他们的脸、衣服和头发全被河水打湿。接着水流又被打了回来，使劲拍打着已经岌岌可危的河堤，更多的泥土从岛屿的嘴尖倾泻而下。爱娃南洋杉前面的那块地好像伸出去的舌头，水浪冲撞的力量终于使得那块地开裂，慢慢地下沉，边缘松弛的土坍塌到河流中。

河流没有半点的犹豫，轻松地挺进河岸线上刚刚凹进去的部位，冲掉了南洋杉下更多的泥土。河水继续拍打着河堤，带走大块的岩石、泥土和鹅卵石，困在里面的昆虫和各种小动物都被淹死。河水撕扯着搅在一起的青草和芦苇，将大树下粗壮的根茎暴露无遗。同泥土、石头和青草一同被卷入河水中还有肯尼的血。不足一分钟前掉在土地上仍然带着温度的血滴，连同几周前肯尼从爷爷的骨灰篮子里撒落在同一地点的白色骨灰，一起被冲刷进了河里。

所有的一切：青草、石子、血滴、骨灰，都被河水带走。一去不返。

"足够了。"靓玛丽用邦家仑语对着天空喊道。

"足够了。"理查德大舅也疲惫地跟着说。他对着落日举起他的右手，继续说："都了结了。"

第二十三章

　　史蒂文伸手帮助靓玛丽从独木舟上下来，走过大石块，进到福特车里。他走回到独木舟时，绕了一下道，空场地的边上有个什么奇怪的东西，他过去看个究竟。

　　"我看看那是什么。"他喊了一声。

　　凯瑞有些恼火又要耽误时间，索性也走了过去，顺着草丛边上看下去。她发现是一只死鸟躺在那里。一小堆细小苍白的骨头，周围有几根黑色的羽毛，一半已经腐烂在泥土里。棱角突出的白色小脑壳同土地形成鲜明的对照。凯瑞看到，夹在鸟喙里还有一个更小的死棕蛇，棕蛇弧形的牙齿紧紧卡进鸟紧闭的嘴。

　　凯瑞感到脖子后面的汗毛竖起，她不禁打了个战，眼睛转向其他地方。有些东西即使看上去好像早死了，也不可以当游戏玩，太危险，令人发怵。这只乌鸦不够明智，它本应该明白不要停下来跟路上的死神蛇瞎胡闹。

　　"我的天哪！"史蒂文说，不安地看看周围，"这是什么鬼地方啊？"

　　"唉，可怜的约利克。"[①] 凯瑞默默念叨，然后大声喊道，"没

---

① 引自莎士比亚《哈姆雷特》中的名句。哈姆雷特手持掘墓人挖出的约力克的骷髅，
　说道："啊！可怜的约力克，我认识他。"约力克曾经是宫廷弄臣，让哈姆雷特回想
　起童年岁月。骷髅象征死亡。

什么，就是一只乌鸦。"

她捡起一根树枝，把死鸟的尸体挑进茂密的草丛中，继续往前走去，没有回头。

唐尼在岸边等着，他是最后一个上独木舟离开爱娃岛的。当其他人都站在空场地等着，有些急不可待地想去酒吧时，凯瑞漫步到丛林里撒了泡尿。她蹲在肥皂树后面，突然想起刚回来的当天下午，巴克利开着他的皮卡轰隆地到了这里。她当时害怕被抓，赶紧逃离。可眼下是她在河边，而巴克利被关在光溜溜的铁门里。她站起身来，系上牛仔裤的扣子，一丝令她不可思议的微笑出现在脸上。笑在最后，笑声最大，这才是他妈的硬道理。

"这跟骑车差不多。"理查德大舅靠着船桨，喘着粗气，跟靓玛丽说，"还真够费劲的！"

"小表弟，再见了。我们明天来接你。也不一定哟。"克里斯坐在福特猎鹰里逗唐尼。

"你说什么？"唐尼把手搭在耳朵上，看着有些着急了。

"你就别折磨他了。"凯瑞抗议道，"你们一帮人先走，我去把他带过来，让他坐我的摩托车。史蒂文可以借一下福特猎鹰去健身房，可以吧？"

"没问题。"肯尼表示同意，"只要他还车时把油箱加满就行。他去上班，我替他喝瓶啤酒。"他一下看到理查德大舅的眼神，改口说道："轻度啤酒。"

"老兄，你太慷慨了。"史蒂文讽刺肯尼，"我要感动得哽咽了。"

"兄弟，你懂我的。"肯尼跟他挤了挤眼睛。

唐尼独自在岛上，坐在南洋杉下，用一根干树枝捅着地面。他明白生活中大部分时间是等待。他也明白，等待一个大家族中最年轻的男孩出道，需要一份耐心。同时他也想到，大家可能真的都走了，把他一个人留在岛上，即便是为了开玩笑逗他，独自被遗落在岛上的可能性是存在的。整个夜晚没有人陪伴，只有埃尔维斯的孤魂，还有他从未见过面的祖先的鬼魂。想到这一点，就让他感到恐惧。当他听到肯尼转动发动机的钥匙时，他猛地站起来，赶紧去捡柴来掩饰内心的害怕。但是让他倍感欣慰的是看到凯瑞坐进独木舟，朝着岛的方向摇过来。她使出的力气远远大于她划船的技巧。

"我们走吧。在酒吧有个庆祝聚会，喝酒免单。"

"把埃尔维斯留在这里感觉怪怪的。"唐尼一边说，一边拽起放在火边烘烤的牛仔裤，"我就觉得难以相信埃尔维斯再也不会回到家中了，就好像……"

他的话被头顶上啪啪的断裂声音打断，把他跟凯瑞都吓得一缩。有个什么东西掉下来。唐尼大叫一声，本能地接住。等他睁开眼睛时，发现手里捏着一个红色的书包。

"我操！"他叫了一声，明显感到手里书包的重量。他吓得两眼瞪得滚圆，"这玩意儿差点给我砸死。"

"还真是呢。"凯瑞舒口气。书包里的那个青铜雕像轻而易举地就能把唐尼脑袋砸扁了，"神抽努恩这老东西还惦记着报仇呢。"他俩缩着脖子朝上面看了看。原先那根挂着书包的枯树干又换了个角度下沉了一档，之前是指向天空，现在朝下对着空场地。

"这树一定是在河堤坍塌时移动了一点。"凯瑞判断，"我们最好赶紧离开，要不然树干整个掉下来把我们砸了。"他们刚刚回爱娃岛就让祖姥姥的南洋杉给砸劈了脑袋，这也太讽刺了吧。

唐尼有些气恼地对她说："你应该说，唐尼，多谢你接住了我的书包哟！侄子，太棒了。你救了我的那些宝物，感激不尽啊。"凯瑞才意识到唐尼还在哆嗦。唐尼瘦小的胸脯一起一伏，脸上的青春痘全显现出来。

\ 多 \ 嘴 \ 多 \ 舌 \

凯瑞斜眼看了他一下，有些吃惊。这少年，知道打趣了。她突然大笑起来，一把搂住唐尼。看到精气神又回到这孩子身上，令人高兴。那条刻在他胳膊上的鲸鱼一定给了他正能量。

"你说得很对。小子，你接住书包真的很了不起。也幸亏没有东西破碎了。"她打开包，给唐尼展示。

"黄、青铜一时半会儿是碎不了的。还有这些石英块，还有这个玩意儿，也还结实。"她给唐尼看包里一块不确定是何物的东西。

唐尼很好奇，把手伸进包里，用指甲掐了一下蜡状的东西，把手指拿到鼻子底下闻了闻。

"肯尼说这味道能把孩子熏得流鼻血，但我觉得没那么严重。"凯瑞加了一句，转头看了一眼独木舟，沮丧地说道："惨了，我们走之前还得把小船拉上岸，给它藏在什么地方。你还有力气吧。"

"这东西是哪里来的？"唐尼严厉地问道。凯瑞转过身来。唐尼一动不动地站在那里，脸上没有了血色。

"市委会。就是祖姥爷秦乔伊出现的那天。"凯瑞告诉他，"标签上写着赭石，但理查德大舅觉得不是赭石。"

唐尼的表情有些激动，凯瑞盯着他看。

"怎么了？"

唐尼张了一下嘴，又合上了。反复做了两次。凯瑞看着他手里拿的那块东西皱了皱眉头，那块东西跟婴儿头差不多大小。凯瑞突然起了吓她自己一跳的念头。

"小子，你让我好担心啊。"

唐尼喉咙里发出一丝奇怪的声音，就是说不出话来。

"不舒服了？"凯瑞把一只手放在唐尼颤抖的背上，唐尼弯下了腰。一瞬间之后，她突然意识到她侄子在哭："小子，别急，别急，喘口气。"

唐尼使劲吸了口气，挺直了背，回过神来。他用闪着泪光的两眼看着凯瑞，然后说出了从此改变了他们生活的三句话。

"这是龙涎香。"他告诉凯瑞，"就是鲸鱼的分泌物。一克值两百澳元。"

他把这块看上去奇怪、气味很冲的东西递给凯瑞。凯瑞满怀惊喜地去拿，他们两人的手碰在了一起，共同捧着这块东西，其形状既不像石头，也不像心脏，但又介于这两者之间。这块东西安稳地待在他俩的手里，散发着土地和海洋的味道，还有希望。当凯瑞用手握住这块龙涎香时，她感到她握住的是爱娃岛。

\ 多 \ 嘴 \ 多 \ 舌 \

澳大利亚当代作家梅丽莎·卢卡申科访谈录

韩 静

梅丽莎·卢卡申科简介

梅丽莎·卢卡申科（Melissa Lucashenko）生于 1967 年，是澳大利亚原住民作家，同时是当代文学中最重要也最具有影响的作家之一，以小说和散文著称，作品屡屡获奖。1997 年梅丽莎发表了第一部小说《格格不入》（*Steam Pigs*），获得了澳大利亚女性小说奖多比尔文学奖，并入围新州州长文学奖。第二年又发表了第二部小说《杀死达西》（*Killing Darcy*），获得极光奖。2013 年梅丽莎的第五部小说《穆伦宾比》（*Mullumbimby*）获得了维州州长文学奖和昆州小说奖。梅丽莎的新作《多嘴多舌》（*Too Much Lip*）获得了 2019 年澳大利亚最高文学奖迈尔斯·富兰克林文学奖，成为澳大利亚文学史上第三位获此殊誉的原住民作家。与此同时，这部小说被一家影视公司购买，正在改编成电影。

梅丽莎·卢卡申科出生在澳大利亚昆州首府布里斯班市远郊，其父亲是俄国难民的儿子，母亲是混血的澳大利亚原住民，属于邦家仑（Bundjalung）民族。梅丽莎的身份认同来自于其母家家族。原住民的身份由于白人占领原住民土地的历史原因，并非只是由血统和肤色来决定，而是基于对原住民文化充分融入的程度以及跟世代家族的纽带。梅丽莎在家是七个孩子中排行最小，当初她母亲被迫将她的大哥藏起来，担心会被政府强行带走，放在白人家中寄养以达到被同化的目的。因为家境困难，梅丽莎从十五岁就打工接济家中。她十九岁进入格里菲斯大学，获得公共政策学士学位。

因为看到澳大利亚文学中对于原住民生活的描述甚少，而原住民作家更少，梅丽莎 20 世纪 90 年代中期开始小说创作，她多年来坚持的目标是书写普普通通原住民不普通的生活经历。她的作品，不论是小说还是散文，都带有强烈的历史责任感。

梅丽莎非常有个性，生活经历多样又丰富。她从小练空手道，拥有空手道黑带，并且五次荣获昆士兰州空手道大赛冠军，三次获得全国空手道荣誉称号。她还在 2014 年澳大利亚最有名的电视知识问答大赛《百万富翁》中获胜。她

\ 多 \ 嘴 \ 多 \ 舌 \

有着非常强的正义感，积极为原住民，特别是原住民妇女和其他受到边缘化的女性的权益不懈地努力。都说文如其人，梅丽莎随性和敏锐的观察力，以及她特有的幽默都体现在她的创作中。《多嘴多舌》的特别之处是作者以鲜活、犀利又带有黑色幽默的笔触描绘了一幅原住民在当代社会中的生活，以及原住民文化与传统与现实激烈碰撞的画面，主题在跌宕起伏的情节中得以深入地表述。

　　澳大利亚西悉尼大学澳中艺术与文化研究院韩静教授，同时也是小说《多嘴多舌》的译者，针对 2019 年获澳大利亚文学最高奖的小说《多嘴多舌》，同作者进行了以下的访谈。

访谈于 2020 年 2 月 16 日下午 6 点在悉尼进行

韩　静：梅丽莎，你好。非常高兴有机会跟你做这个访谈。首先我想问的是有关你个人的身份问题。你在杂文《白肤色》中提到，你十几岁的时候，并不知道你的原住民身份，只有一种模糊的感觉，因为你有一半是白人血统，父亲是欧洲人，母亲是混血的原住民，所以只从肤色上看不出来你是原住民。直到你十四岁那年，你母亲才第一次对你坦白你的原住民身份。请你谈谈你的身份发现历程以及你成长的环境。

梅丽莎：我在布里斯班郊区长大。我是家中七个孩子中最小的一个，上面有六个哥哥，我很小的时候，大哥就已经离开家了。我上的是普通的公立小学和中学，十五岁离开学校打工，后来有人跟我说我应该去上大学，我其实也不知道去上大学能有什么用，但还是申请了，并取得入学通知书。后来我明白上大学是我这辈子最正确的决定，因为上大学改变了我的一生。

韩　静：那个时候原住民的孩子们上大学的人数多吗？

梅丽莎：我今年五十三岁，上大学时十九岁，当时我是属于格里菲斯大学第一批原住民大学生，共有三十多名，上大学不很稀奇，但没有今天这样普遍。我主修的是公共政策和经济，本来想着毕业之后做个小生意，但毕业的时候我对政治、哲学、社会学和文学产生了极大的兴趣。上大学对我非常重要的另一个原因是在我成长最重要的几年当中，我同其他原住民学生共同学习，从他们那里学到了很多原住民文化和传统，成为他们当中很多家庭中的一员，我们之间密切的关系一直保持到今天。

韩　静：当你母亲跟你说你是原住民时，你感到吃惊吗？

梅丽莎：当然吃惊了。我一直不知道我们家哥哥们和我是原住民后裔，我小时候就以为每个人都有不同的肤色，有的人肤色很白，也有的是棕色，头发也是各种颜色，有带卷的有不带卷的。上世纪 70 年代时昆士兰政府停止了同化原住民的政策，但还在以其他形式将原住民的孩子们强行带到白人家里寄养，而这些原住民家庭完全有能力抚养自己的孩子们。当时的人们很少谈论种族，也不会有人问你这类的问题，除非是有意的种族歧视。我只知道我们跟其他澳大利亚人一样，要是再有人追问，我就会说我们有俄罗斯血统。所以当我母亲说我们是原住民时，我才恍悟为什么我的肤色是浅棕色的，我们有着棕色的眼睛。我也突然明白为什么在学校里我一直觉得我跟其他蓝眼睛金色头发的同学不同。但很难辨别这种感到不同是因为我母亲是原住民，还是我父亲是俄罗斯移民，也许是两者都有吧。

韩　静：那发现自己是原住民对你的身份认同有什么样的影响？

\ 多 \ 嘴 \ 多 \ 舌 \

梅丽莎：这个影响并不是立竿见影的。那个时期我非常热衷于练空手道，我练了有十年，多次获得昆州的冠军，十八岁拿到黑带。所以十四岁的我一门心思都在空手道上，空手道成为我的替代身份。那时候我对种族的问题没有什么兴趣或感觉，或者说处在中立的状态。但是我记得很清楚的是，当我把我母亲说的话告诉了我的中学同学罗尔·奥康纳时，我第一次知道罗尔同我一样也是原住民后裔。有意思的是我们家跟罗尔家关系非常好，尤其是我的哥哥们跟他的哥哥们，犹如亲兄弟。回头来看，这并非偶然，我发现原住民家的孩子们会自然而然地相互吸引，即便是他们不知道对方是原住民，这主要是因为一种内在的和谐感知。

韩　静：那么可以说身份的发现将你跟原住民的价值观、生活方式，或者说原住民的世界拉得更近了？

梅丽莎：肯定是激化了我的兴趣。虽然我的身份被隐瞒，但我从小生长在原住民的价值观中，比如信奉人人均等、跟自然保持密不可分的关系，以及从很多小事上学到的道理，例如不把一棵树上的果子都摘光，每次留一些为了再生长；还有毫不吝啬地分享自己有的东西，等等。

韩　静：那你生活的环境是基本上以原住民为主的社区吗，还是什么人都有的多样化社区？

梅丽沙：离我们最近的原住民就一家，就是我刚才提到的罗尔一家。住在社区的多是主流的澳大利亚人，还有一小部分亚洲和欧洲来的移民。就是我现在居住的布里斯班的这个区，也是绝大部分是白人，有一些亚洲和南非移民。我成长和后来居住的都不是以原住民为主的社区。但是自从我知晓了我的真实身份之后的三十多年当中，我的原住民认同得到极大的增强和深入，我跟居住在附近的原住民家庭交往密切，也成为布里斯班原住民社团中的一员。

韩　静：谈谈你父亲，他对你的成长和价值观的形成有影响吗？你觉得你了解你父亲吗？

梅丽莎：对第一个问题的回答是肯定的，因为我成长的过程中，我父亲一直都是在跟前的。我记得我十几岁的时候奶奶从西伯利亚来，跟我们住在一起。所以我父亲对我的影响肯定是有的。我父亲年轻的时候受到很多的种族歧视，被辱骂为欧洲来的蠢货，他一辈子都做蓝领工。他最后融入澳大利亚主流社会的同时，还保留着他的俄罗斯传统，所以我说他有两个灵魂。同时他也在澳大利亚丛林干活，所以对丛林文化和原住民文化也有所了解，他是个混合体。问到我对父亲了解吗，这个问题很有意思。父亲 2010 年去世了，但我对他的了解还在继续中。在他的葬礼上，我写了一首打油诗，大意是"取了澳大利亚的名字，安了澳大利亚的家，淌着俄罗斯的血液，长着俄罗斯的筋骨"。我父亲的生活经历很复杂也很坎坷，遭遇了很多的暴力伤害，他自己也成为一个暴躁的人。他从来不谈及自己的父亲，因为他的父亲的暴力行为，他母亲不得不把他和他的弟弟送进孤儿院一年。我想他在孤儿院的遭遇恐怕使得他终生难忘。

韩　静：这些经历也在你的写作中有所反映，对吗？

梅丽莎：是的。

韩　静：你曾经在一次访谈中谈到你 90 年代拿起笔写小说的原因，你说"当时在澳大利亚文学中存在着巨大的缺口，就是只有极少数的原住民作家的作品得以出版"。当然现在的情况有了很大的不同。你还特别提出，作为一个原住民，主要的链接是文化和家庭的链接，而不只是限于血统。那请问你是如何定义原住民写作和澳大利亚原住民作家的?

梅丽莎: 在我看来,原住民作家就是有原住民血统并且认定自己是原住民、跟原住民社团有着紧密联系并被原住民接受的作家。至于什么是原住民写作,我想采用一个广义的定义,即凡是原住民作家的作品都可以算作原住民写作。

韩　静: 为什么对于大多数的外人来说,对原住民的认识很狭义和有着很大的局限性?

梅丽莎: 这是因为两百多年的殖民历史和种族歧视所导致的,澳大利亚刚刚开始懂得原住民所拥有的是错综复杂而宝贵的文明,并且有着几万年的持续性,而在这个国家里他们遭受残酷不公的待遇两百多年,很多年来白人一直不认为原住民是智人,而是亚人类。对于国外的人来说,对澳大利亚原住民的了解也很少。事实上在澳大利亚直到最近一直都在实施精神上并且也常是身体上的种族隔离政策,所以在世界上大多数人眼里,我们原住民仍然像是谜。

韩　静: 这也是为什么我希望把你和你的作品介绍给中国读者的原因。你提到原住民写作,你是指作品必须是有关原住民,他们的文化和生活吗? 原住民写作必须有别于其他澳大利亚作家吗?

梅丽莎: 无论是否描写典型的原住民人物或生活,原住民写作一定有别于其他写作,因为我们是透过原住民的眼睛来看这个世界,所以我们所看到的不同于其他民族的作家,例如德国作家,或者中国作家,以及英国作家。这跟摄影是同一个道理。塔斯马尼亚原住民摄影师里奇·梅纳德说,他能从照片上看出摄影师是不是原住民。我觉得他说得非常有道理。

韩　静: 作为原住民作家,你的作品都是有关原住民的故事吗?

梅丽莎：是的，到目前为止，我所有的作品都以原住民为主题。

韩　静：在发表《多嘴多舌》之前，你出版了《穆伦宾比》，小说非常成功，获得了昆士兰州文学奖。故事定位在现代社会，但以古老的土地为背景，如你所说，你的所有作品都是反映原住民现代生活的一种版本。《穆伦宾比》故事的设定成就了其主流社会的成功，但是在那本书之后，你决定写一篇完全不同的小说，讲述一个"犀利的故事"，一本"让主流社会里很多人都会有意见"的小说，甚至有可能引起来自原住民社区的反冲，一个让你写的时候感到"心惊胆战"的故事。这可以说是你写《多嘴多舌》的初衷和忐忑的态度。你调侃地说"我仍然在等待在一个没有月光的漆黑夜晚，有人照着我的头部猛砸一棒"。可以谈一下为什么写作这本书带给你担忧和惧怕？

梅丽莎：回答这个问题不剖透恐怕有些困难。当我谈到写这本书胆战心惊时，澳大利亚主流读者和批评家会以为我是在说因为我在书中表现出对白人社会的不恭而害怕遭到批判，完全不是，对此我没有丝毫的惧怕，我根本不在乎，因为直到今天，我们原住民还在受到白人警察无故地驱赶和追杀。所以如果白人读者对我在书中表现出的对澳大利亚种族歧视粗野的态度和强烈的谴责感到不满，我对此无动于衷。我所恐惧和担忧的是，我是否有足够老练的写作技巧和能力来公正地描绘原住民的生活，而不会意外地协助了白人将原住民人物妖魔化。这是我最担心会发生的，但同时我也需要从各个方面来审视和表现原住民社区，包括丑陋的一面。

韩　静：《多嘴多舌》发表之后，受到大量好评，被很多文学批评家称赞为一本"无所畏惧""坚忍不拔""毫不退缩"的小

\ 多 \ 嘴 \ 多 \ 舌 \

说，同时又是一部让人忍俊不禁、开怀大笑并且非常暖心的作品。最令人喜悦的是《多嘴多舌》获得了 2019 迈尔斯·富兰克林文学奖，澳大利亚最高的文学大奖。你对澳大利亚读者和批评家对这本书的反响以及获得这一文学奖感到吃惊吗？

梅丽莎：在宣布获得迈尔斯·富兰克林奖之前，《多嘴多舌》入围了另外几个文学奖，我就想这本书还算是成功吧，但也许故事的基调不符合澳大利亚主流社会的口味。就在最后宣布获奖决定之前，我还在跟《澳大利亚人报》的批评家斯蒂芬·罗文说我感觉我不会获奖，因为我的小说没有遵循传统的欧洲小说的风格，我还说希望有一天能写一部那样的小说。当得知我获得了这项国家文学奖时，我实在是高兴得难以自禁，就好像第一次发表作品一样，就觉得我的书出版了，谁也拿不走了，成为一个正式的作家了的感觉。可以说迈尔斯·富兰克林奖极大地促进了我的自信心，改变了一切。亚历克西斯·赖特是第一位获得迈尔斯·富兰克林奖的原住民作家。我得奖的第二天，她给我打来电话，她跟我说，她获奖一年之后才认识到得奖意味着什么。我非常高兴她告诉了我她自身的体验，我现在就知道了，需要时间来发现获得这项大奖对我的意义。

韩　静：你认为获得迈尔斯·富兰克林奖意味着《多嘴多舌》成功地讲述了原住民的故事，而没有使得原住民被妖魔化？还是这一点仍然很难断定？

梅丽莎：我当然希望如此，但也觉得很难确定。我深有体会的是，永远不可低估在澳大利亚的种族歧视。还有一点是，作家按照自己的想法和路子写，而读者可以有自己的解读，我写作的时候总会把这一点考虑进去的。所以说写原住民的故事不是件简单的事，这也是为什么外人写不好原住民的故事，因为他们不了解澳大利亚对于原住民的种族歧视，以及原住民的历史，而只有我们原住民懂得和体会得到。那么我在写作的时候，就会在揣测非原住民读者的心思上特别下功夫，就好像下象棋，我需要从对方的角度出发，非常有策略地计划和设计我的写法，同时又要把故事写得很有趣，很有意思。

韩　静：接下来我们谈一下《多嘴多舌》。你说这本书的本意是向权力诉说真相。这个故事讲的是原住民社区中代际之间的创伤及其导致的家庭暴力，是一个让人很难直面的故事，同时又是一个充满蔑视和挑战的故事。这种蔑视也表现在作者的态度中，直视真相的残暴，以毫不退缩的笔触描绘暴力和创伤。那么你是想给澳大利亚主流社会传达什么样的信息呢？

梅丽莎：在我之前所写的作品当中，从未出现过主要的原住民人物遭遇死亡的情节。之前我的焦点在于表明我们的文化是生命不息的文化，我们的民族没有消亡，我们生存在澳大利亚的每个角落，尽管我们看上去、听上去以及我们的思维跟大家想象中的原住民不一样，但自从我写了《穆伦宾比》之后，我对我所想要达到的目标有了更大的把握，所以我决定我要让我笔下的原住民人物拥有四样东西：第一有美，第二有权，第三有幽默，第四有土地。最近我又加了一条，有爱。这五点是美好生活的必备条件和元素，而在白人进入这个大陆之前，原住民的生活具备这五项，美、权、幽默、土地和爱。我们的祖先的生活富足而美满。这就是我想要传达给我的读者的内容，使得他们懂得我们原住民的人性。

韩　静：你是作为原住民作家从内向外讲述这个原住民家庭及其历史和其所处的社区的故事。为什么由一个知晓内情的作家写这部作品尤其重要？

梅丽莎：因为每一个故事其实都是一个带有政治性的故事，而白人写的有关原住民的故事都有可能对我们造成损害。白人作家不可能写原住民的故事，他们所了解的原住民故事只限于两百多年来在种族歧视生存环境下的原住民，而这一点一直都不受到承认和了解。我非常主张原住民作家跟其他作家的合作。对非原住民作家，我的主张是，你尽可以把原住民写入你的故事中，但只是作为配角，而不能作为主要人物，因为你不可能做到准确地把握，在不能够正确体现人物的过程中，你会造成对人物和初衷的损害。就好比一个外国作家，对中国文化、历史、环境、生活等没有深入到内部的了解，他不可能造就出准确的中国人物的形象。

韩　静：这部小说的故事描述的是居住在澳大利亚新南威尔士州乡村、处在下层阶级的原住民的生活。看这本书的时候，我最大的感触是书中原住民并非生活在遥远的地区和神话般的时代，展现在读者面前的是原住民在大家非常熟悉的2018年当代社会中的当下生活，与此同时，在普通生活的表面之下是书中人物所居住的现代社会与追回他们失去的远古土地的诉求在时间轴上的冲突或者不协调。那么这种冲突和不协调的基调是否定义或者奠定着原住民的生存条件？

梅丽莎：我认为是奠定了原住民的生存条件，也是这本书的主题之一。美国小说家简·史麦利说过的一句话让我牢牢记在心里，她说小说的前提是描述的景象并非与看上去的一致。

就原住民社会来讲，所看到的和实际的相去甚远。从文化上看，很多现象有着多层表面上看不出来的知识和意义，以及原住民文化特有的隐喻。作为一个原住民，成人的标志就是学会和理解多层知识的细微之处。在这本书中，有些层次的意思只有邦家仑民族的读者可以看得明白，有些层次的意思只有其他原住民可以领会，还有一些层次的意思是澳大利亚及其大众读者都可以捕捉得到的。比如，书中有个情节是索尔特家的大哥肯尼不同意给他的少年儿子文身，说他还没有准备好。大众读者会以为肯尼是担心儿子怕疼，澳大利亚原住民读者会明白有更深层的意思在里面，而邦家仑民族的读者则很清楚其中的原因。

韩　静：所以你是说不同的读者，所看出的故事的意思和深度也有所不同？

梅丽莎：是的，这就是传统原住民的写作方式，据我所知，欧洲很多民族也是如此。例如原住民的民间传说，很多人以为是给孩子们讲的故事，但其实这些故事有很多层的内容在里面。而澳大利亚主流并不了解，因为他们没有接受过有关这些故事的教育，也不懂我们的语言，所以只是看到孩子层面的故事。

韩　静：你聚焦原住民现代生活的描绘，目的是反驳原住民是行将消亡的民族的论调吗？

梅丽莎：是的。在很大程度上原住民都生活在现代社会，有一部分原住民英文不好，或者不会讲英文，但是他们是少数人。绝大部分的原住民的第一语言是英语，我们也在很大程度上使用现代科技，比如 FaceTime 一类的新型交流手段。与此同时，我们仍然践行我们的文化和传统，保持我们的价值观。

\ 多 \ 嘴 \ 多 \ 舌 \

韩　静：你在书中对暴力的描述毫不退缩，从历史时期的种族灭杀，到家庭暴力、代际创伤，以及受到暴力和酗酒损害的年轻一代。当家族史中令人不堪的秘密被揭开时，连最彪悍的肯尼都承认，"这个真相，真他妈难以入耳。"你认为救赎是可能的吗？

梅丽莎：首先不是每一个原住民家庭都会出现这样程度的暴力。其次这本书的重点就是讲救赎，讲愈合。我们的家庭和社区有帮助救赎和愈合的手段。但是因为澳大利亚主流社会总是通过负面的模式和镜头来衡量原住民，给原住民安上了无用、懒散、酗酒等有害的标签，使得我们无法进行疗愈。我们想要管理自己的事务，我们有这样的能力，在白人侵入之前，我们管理自己的土地几万年。种族歧视是最严重的阻碍，种族歧视一贯的观点是原住民没有文明，对宇宙只有简单的认识。而事实是他们对原住民的了解太少，达到了解的鸿沟有多大，很难表述。

韩　静：这部小说中的人物并不很多，主要围绕索尔特一家以及跟他们有紧密联系的人，而所显现的是鲜明而生动的原住民生活的画面，他们所面对的是个人、家庭、社会和历史问题错综复杂的交错。主要人物，索尔特家的小女儿凯瑞，在二十一章故事快要结尾时说："她在上升的烟雾中辨认着每个人，突然觉得不认识自己了。"我想问的是，原住民的身份追寻与发现是原住民写作中的持续主题吗？

梅丽莎：这是个很有意思的问题。1988年，西澳的原住民作家莎莉·摩根发表了传记小说《我的位置》，讲述了她从一个不知道自己身份到发现是原住民的历程，跟我自己的经历很相似。自打那以后，澳大利亚主流读者都会按照这个视角阅读每一本有关原住民的作品。在我的这本书中，凯瑞对自己身份产生的疑问是当她得知她的血统跟镇子上某个白人家族有联系后出现的，除此之外，这本书中的所有人物都对自己原住民的身份没有任何的迷茫。

　　但是读者常常用莎莉·摩根的故事来套读所有的原住民故事。比如有人跟我说，我写的《穆伦宾比》展现的就是一个寻找身份的故事，而那本书的主角很明确地知道她是原住民，她对自己是邦家仑民族的身份没有丝毫的疑问。原住民的身份会是我的以及很多原住民作品的中心内容，因为这是历史上种族灭绝所遗留下来的问题。但是，同样重要的是，不能够在没有身份挣扎时强加这样的视角。

韩　静：讲到《多嘴多舌》，不能不说到其生动、独特的语言，充满了原住民的俗语表达。很多评论家说这本书透着令人难以直面的坚韧，同时又充满了令人忍俊不禁的滑稽。可以说黑色幽默是贯穿整个故事的基调，使得阅读这本书的时候紧张又投入。为什么黑色幽默和土著黑人幽默在这本书里如此重要？

梅丽莎：这正是这本书的地道所在，是对原住民家庭的真实写照。可能很多澳大利亚人以为我们就是整天坐在那里愁眉苦脸，或者是喝得醉醺醺，其实在原住民的生活中的欢笑远远多于很多人生活中的欢笑，我们是从几万年对生活和自然的观察中汲取的用之不竭的材料。原住民常常滑稽到无节制。

韩　静：那么滑稽和幽默同时是否也是一种表示蔑视的本能？

梅丽莎：是的，特别是对于贫困的原住民来说。当你一贫如洗时，你就没有什么后顾之忧了，你就可以想怎么逗乐都没问题。我想这在中国文化中也是同样吧。

韩　静：这本书的题目《多嘴多舌》，是不是有两层所指。一是说

\多\嘴\多\舌\

主人公凯瑞，她的老毛病就是喜欢表达自己的意见，不服气，爱抬杠。二是指作者本人，不畏惧，喜欢多嘴，一定要表达自己的看法。

梅丽莎： 对，其实这句话是引自我的一位朋友，他是约克角的一位长老，我跟他耍贫嘴，他带着赞赏的口气说"你这个丫头，就爱多嘴多舌"。我使用这个标题还有第三层用意。在我看来，澳大利亚还是个年轻的国家，就好像青少年时期，还没有完全进入成熟的成人社会。意见很多、口出不逊、爱顶嘴是青少年的特性，所以使用这个标题很对澳大利亚主流社会的口味。

韩　静： 最后一个问题。你知道我将把这本书翻译成中文，由作家出版社出版。你想对中国读者们说些什么？

梅丽莎： 我就希望中国读者了解到我们仍然生活在这里，我们既现代又古老，这一点恐怕跟中国人一样，过着现代生活，但根却非常久远。而根非常之重要，永远存在于我们的当下生活中。希望中国读者喜欢这本书，让它成为畅销书。

韩　静： 梅丽莎，再次感谢你。

后　记

　　《多嘴多舌》是一部虚构作品，小说中的帕城、德容沟镇、爱娃岛以及河镇这些地点都出自作者的想象。但是如果有读者臆断小说中对原住民生活的描述有所夸张，我希望加以说明的是，基本上书中讲述的每一件暴力事件都在我的直系亲戚身上发生过，极个别例子来自历史记录或原住民口述历史。小说开篇的题词讲的就是我的祖姥姥克里斯蒂娜·科普森，她是居住在昆州沃尔维镇的谷里族人。她于1907年被逮捕，被指控的罪名是，她向对她企图进行强暴的人开枪（此人也是一名原住民）。克里斯蒂娜后来在布里斯班的法庭上胜诉。她当时毫无歉意地陈述道，可惜她只射中了对她施暴的犯罪人的臀部，她本来是瞄准他的心脏，很遗憾她没有击毙施暴者。

译后记

    澳大利亚原住民文学在学术研究中算是一个新的领域。澳大利亚原住民文学是指由原住民作者发表的以原住民为题材的作品。据史料证明，第一件由原住民用英文书写的文字作品是 1796 年一名原住民写给当时的菲利普总督的一封信。第一位发表作品的原住民作家是大卫·尤纳庞（David Unaipon），他于 1924 年 5 月发表了第一部原住民文学作品《澳大利亚土著人的传奇故事》。原住民著名诗人吾杰濡·努诺卡（Oodgeroo Noonuccal）1964 年发表了第一部原住民诗集《我们离去》。上世纪 70 至 90 年代，原住民文学伴随着原住民土地所有权的政治运动处在兴旺发展时期，特别是 1987 年原住民作家莎莉·摩根（Sally Morgan）发表了畅销传记小说《我的位置》，将原住民文学带向一个高峰，引起了读者对原住民故事更广泛的关注。1988 年昆士兰大学出版社成立了第一个原住民文学奖：大卫·尤纳庞文学奖，鼓励和支持原住民作家。

    澳大利亚原住民文学创作从 21 世纪起始在当代澳大利亚文学中可谓是异军突起，星光灿烂，尤其表现在近二十年来原住民作家屡屡斩获澳大利亚最高文学奖：迈尔斯·富兰克林文学奖。2000 年金·斯科特（Kim Scott）的《心中的明天》获得迈尔斯·富兰克林奖，使他成为首位获此殊誉的原住民作家。2007 年这项大奖颁给了原住民作家亚历克西斯·赖特的小说《卡彭塔利亚湾》。2011 年金·

斯科特凭借其第三本小说《死者之舞》再次获得迈尔斯·富兰克林奖。而继2019年梅丽莎·卢卡申科的《多嘴多舌》捧走大奖之后，2020年迈尔斯·富兰克林奖的桂冠又被原住民年轻作家塔拉·琼·文奇（Tara June Winch）的《屈服》摘取。与此同时，还有很多优秀的原住民作家活跃在澳大利亚当代文坛。在原住民人口只占澳大利亚总人口3.3%的背景下，取得如此瞩目的文学成就实在令人惊叹。

原住民作家作品的共同特点是以表现原住民的历史、文化、人物和生活为主题，深入到远古时代讲述世代传说，同时又勾勒出一幅原住民在当今社会中多样而真实的生活画面和故事。他们对自己文化和传统的切身体验和对历史的深入调查和了解，以及对于人物、场景真实性的把握，使得他们能够通过多种文学创作手法将独特的原住民故事展现给读者。理解原住民文学的创作环境和原住民故事的诉求，首先要对澳大利亚的历史和殖民统治对于原住民造成的巨大的影响有所了解。

历史回看：当英国探险家库克船长于1770年4月19日首次登陆澳大利亚大陆时，宣称这里为"无人之地"，即terra nullius，这是个法律词汇，意思是此地无人所属。因而英国殖民者无视原住民的存在，率先宣布大陆东部为新南威尔士，归属于英国国王乔治三世。1788年1月26日亚瑟·菲利普总督率领的英国第一支舰队，载着首批英国人在悉尼湾登陆，正式在杰克森港建立起第一个英国殖民区，开启了在澳大利亚的殖民统治。而当时有四百多个原住民民族居住在澳大利亚大陆，祖祖辈辈以打猎和捕鱼为生，在富饶的水域和广漠的土地上自给自足地生活了六万多年。以"无人之地"为由而宣布澳大利亚成为英国殖民地就等于是否定了原住民作为人类的存在，将他们与自己国土的不可分割的纽带和作为原住民生存的权利一笔勾销。这使得原住民在澳大利亚殖民统治成立以来的历史中遭受了残酷的屠杀、疾病（尤为突出的是欧洲人带来的天花和流感）、驱赶、分离、同化与歧视。宣布澳大利亚大陆为"无人之地"而没有缔结任何协约也成为原住民两百多年来一直在为自己的家园被掠夺而不断地抗争的中心问题。直到1992年澳大利亚最高法庭在审理马博（Mabo）一案时宣布之前的"无人之地"的法律概念无效，但至今在澳大利亚宪法中仍然没有承认原住民和托罗斯海峡岛民为这块大陆的原始第一民族。殖民时期遗留下的负面作用和没有签订条约的历史问题对当今的原住民仍然产生着至关重要的影响。1901年1月1日澳大利亚联邦政府成立。1946年联邦政府决定将第一舰队第一次登陆澳大利亚的日期——1月26日定为澳大利亚国庆日。但是与之相反，原住民称之为入侵日，并在这一日举行哀悼活动。近年来，对于澳大利亚国庆日的分歧越来越激烈，很多人呼吁、游说政府重新选择国庆日。同时原住民社区也一直在积极推动对于宪法的修改，使得原住民作为第一民族的权益得到根本上的承认和保护。

早年进入澳大利亚大陆的欧洲人认为原住民是没有开化的野蛮人，因此对他们采取了屠杀手段。英国的殖民统治对原住民的文化传统与生活方式的完全蔑视和敌意导致了一系列的消灭、打击与同化的政策和体制的出台，从根本上使得原住民处于被欺压、凌辱和剥夺各种权利的劣势群体的地位，也造成了原住民与非原住民之间多年以来的隔阂。殖民早期对于原住民部落的虐杀使得原住民文化、族群、语言受到重创，甚至遗失，而很长时期以来的历史记述中鲜有如实地提到这些虐杀事件。

为了实现原住民白人化的目的，19世纪早期各州政府通过设立相关法律和政策将原住民驱赶出自己的家园，被迫进入白人管理的教会中心、土著人教养基地以及畜牧场，为白人做劳工。直到今天有很多原住民仍然感受到当年流离失所、与家人分离，生活在被虐待和歧视的环境中带给他们精神、身体的创伤，以及贫穷和缺少教育使得他们没有机会过上正常的生活，造成恶性循环的自我伤害、酗酒，以及暴力行为。1910 年起，在政府实施的同化政策之下，原住民被视为低劣于白人的种族，原住民的孩子们，尤其是混血的孩子们，被强行从家中带走，送到白人机构或家庭中，在白人文化的环境中成长，被迫摒弃原住民传统、文化和语言，与家人、传统生活环境完全脱离联系，以期达到融入白人社会的目的。这些孩子们后来被称为"被偷走的一代"（Stolen Generations）。据统计，当时有十万原住民孩子被强行带走，按照当时人口比例，三个原住民当中就有一个同家人分离。

原住民当今的状况：2016 年的人口普查结果显示，澳大利亚原住民人口约为八十万，使用的族群语言多达一百五十种。由于历史的原因，99% 的原住民为混血。按照澳大利亚政府的定义，原住民的身份须符合以下三点条件：必须是原住民或托罗斯海峡岛民的后裔；身份认同是原住民或托罗斯海峡岛民；得到所居住或曾经居住的原住民社区的接纳。如今原住民 38% 住在各大城市，44% 住在乡镇，18% 住在边远地区。按人口比例，北领地的原住民人数最多，占到 33%，而居住在新南威尔士州的原住民实际人数最多，其次是昆士兰州。随着公众对于原住民的历史有了更多的了解和认同，原住民在社会、教育、就业、健康等方面享有平等机会的状况有了很大的改善，以及政府也努力在原住民的历史问题上通过协商找到解决的办法，澳大利亚从国家到个人对于原住民的尊重也在各个方面有所体现，例如在对原住民的称谓上。殖民时期，原住民被冠以带有强烈歧视色彩的名词"土人"（aborigines），后来用"土著人"（Aboriginal people）一词，到了上世纪 80 年代，"土著人"的用法被淘汰，开始使用更为切合实际并带有尊重的称谓"原住民"（Indigenous people）。之后有人对"原住民"没能将原住民民族的多样性体现出来提出质疑。如今官方普遍使用的是第一民族（First

\ 多 \ 嘴 \ 多 \ 舌 \

Nations）。对于原住民传统、习俗、信仰的尊重，对于有效、积极保护原住民文化遗产，以及文学艺术的知识版权和正确的使用，政府也都出台了详尽的相关准则和规定。

原住民文学的核心和起到的最重要的一项作用是使原住民人性化（humanising），即通过栩栩如生的故事展现，使得原住民不只是历史叙述中的抽象概念或数字，或者展览馆里远古时期的展品。读者所看到的是在特殊生存环境下，原住民充满喜怒哀乐、多种多样的人生故事。通过文学作品，原住民带着他们的文化、传统、历史和极为个人化的人生历程走进了读者的世界。读澳大利亚原住民文学，会有一个非常强烈的感受，就是原住民就生活在我们共享的大千世界当中。

也正是基于这样一个原因，梅丽莎的小说《多嘴多舌》获得了广大读者的喜爱，赢得了文学批评家的好评，带给了她梦寐以求的迈尔斯·富兰克林大奖。在发表《多嘴多舌》之前，梅丽莎发表了六部小说，一部比一部更成功。所以在写《多嘴多舌》时，她已经是文坛老手了。她写小说的目的就是真实地反映原住民所经历的生活，特别是原住民的当代生活。她的故事大都发生在她所来自的部落，就是居住在新州北部的邦家仑族，这部小说也不例外，小说中发生的所有的事情都是她耳闻目睹、来自真实的生活，所以小说中的每个人物都塑造得非常鲜活。这部作品很重要的一个特性是将过去自然而然地融入当代生活，使得读者看到的是原住民21世纪当下的生活。手机、电脑、电子通讯的当代科技同乡镇传统生活相随相行；书中人物对历史残酷不公的追讨与现代经济发展以及经济利益带来的腐败形成了强烈的冲突；而揭开历史遗留下的代际创伤的伤口将故事情节推向高潮，也将读者带入原住民生活的漩涡。

世代居住在德容沟镇的索尔特家族显然属于社会底层，是镇上为数不多的原住民，但他们跟住在其他镇子的亲戚理查德大舅和靓玛丽姨关系密切如同一个大家庭。一大家人终日在为生计忙忙碌碌的同时，念念不忘祖先和祖先留给他们的福地爱娃岛。家中四个孩子都个性突出，其中反叛精神最强的小妹凯瑞和最有头脑的小弟黑超人离开了小镇去布里斯班和悉尼大城市去寻求发展，大姐唐娜在一个漆黑的夜晚消失之后没有再回来，只留下成天梦想倒卖旧车发财但其实是在靠啃老妈混日子的大哥肯尼在家。当从小就被从家中强行带走受尽了苦难的爷爷奄奄一息时，凯瑞和黑超人分别急急赶了回来。但是给爷爷送了终之后，准备按家族传统把爷爷的骨灰葬在爱娃岛祖先的坟边时，他们无意中发现白人市长已将爱娃岛的开发权出售，马上要在爱娃岛上盖一座监狱。这一发现引发了一系列跌宕起伏的事件展开，其中包括唐娜失踪的谜底。而凯瑞意外地爱上了白人小伙史蒂文，让这个笼罩在黑暗、残酷和暴力中的故事时不时散发着柔和的亮光。

梅丽莎说她写这个故事就是要诉说真实，不仅是历史中残酷对待原住民的真实，更有历史的残酷在原住民个人生命中造成的恶果的真实。在展现真实时，梅丽莎使用了大量的原住民幽默和黑色幽默。她说对于没有权力的人来说，最大的力量来自于在诉说真实的同时伴随着发自内心的大笑。她机智、诙谐、幽默的语言和对话，常常让读者在扎心之时又忍俊不禁。梅丽莎同时使用了大量的俚语与俗语，极大地增强了人物和故事的生动性。《多嘴多舌》带着读者走进了澳大利亚原住民的历史、传统和他们的当代生活。作为当代澳大利亚文学中的代表人物，梅丽莎受邀在 2021 年悉尼作家节开幕式上做主旨发言。她说道，她写作的中心就是展现那些普普通通的人们的绝非平凡的生活。

译者：韩静

2021 年 7 月 5 日于悉尼

\ 多 \ 嘴 \ 多 \ 舌 \